수호지 지도

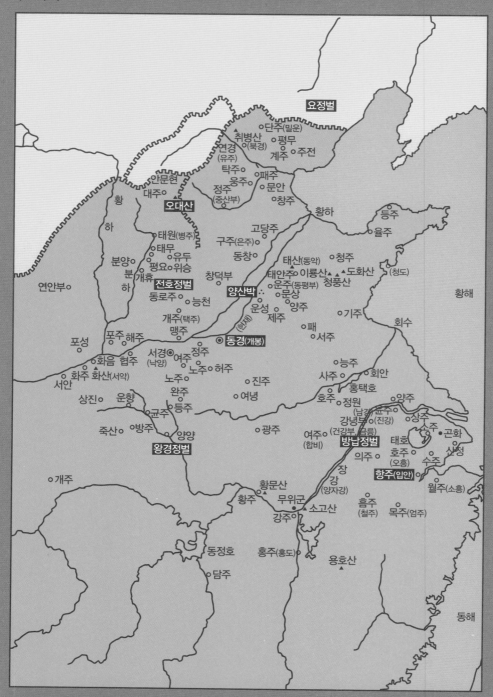

요정벌

단주(밀운)
취병산
연경(유주) 평무
(북경) 계주 ○주전

탁주○ ○패주
웅주○ ○문안
정주 ○창주
(중산부)

황하

대주 오대산

고당주 등주
구주(은주) ○율주
동창
태산(동악)
태원(병주) 태안주○ ○청주
태무 이룡산 도화산
분양 유두 운주(동평부) 청풍산 (청도)
평요○ ○위승 전호정벌 문상
분 개휴 창덕부 양산박 ○양주
하 동로주 운성 제주
능천 (현재) 기주
개주(택주) ○패 회수
맹주 ○서주
포성 ○동경(개봉)
포주○해주
화음 서경○ 여주 정주 능주
협주 (낙양) 노주○허주 사주○ ○회안
서안 화주 화산(서악) 홍택호
노주○ 진주 호주○ 정원 ○양주
상진○ 운향 완주 여녕 (남경) 균수
죽산○ ○방주 균주 강녕부 (진강) 상주
등주 (건강부) 곤릉 태호 ○곤화
양양 왕경정벌 여주 방납정벌 호주 사성
광주 (합비) 의주 (오흥) ○수주
황문산 장 항주(임안)
개주○ 강 월주(소흥)
황주 무위군 (양자강) 흠주
강주○ 소고산 (철주) 목주(엄주)

동정호 흥주(홍도)
용호산
담주

수호지 4

도술대결 편

수호지 4
도술대결 편

초판	1쇄 발행 2021년 10월 15일

지은이	시내암
평역	김팔봉
펴낸이	한승수
펴낸곳	문예춘추사

편집	이상실
디자인	이유진, 심지유
마케팅	박건원, 김지윤

등록번호	제300-1994-16
등록일자	1994년 1월 24일
주소	서울시 마포구 동교로27길 53 지남빌딩 309호
전화	02-338-0084
팩스	02-338-0087
블로그	moonchusa.blog.me
E-mail	moonchusa@naver.com

ISBN	978-89-7604-480-8 04820
	978-89-7604-476-1 (세트)

김팔봉

수호지

시내암 지음 | 김팔봉 평역

4

도술대결

문예춘추사

수호지
제4권 | 차례

일러두기

1. 이 책은 팔봉 김기진 선생이 『성군(星群)』이라는 제목으로 1955년 12월부터 〈동아일보〉에 연재한 작품으로, 1984년 어문각에서 『수호지(水滸誌)』라는 제목으로 바꿔 출간한 초판본을 38년 만에 재출간한 작품이다.

2. 이 책은 수호지의 판본 중 가장 편수가 많은, 164회(전편 124회, 후편 40회)짜리 『수상 오재자 전후합각 수호전서(繡像 五才子 前後合刻 水滸全書)』라는 작품을 판본으로 했다.

3. 가능한 한 원본에 맞게 편집했으나 최신 표준어 맞춤법에 맞게 고쳤고, 지명이나 인명은 일부 수정하여 독자들이 읽기 편하게 했다.

4. 한자 표기는 정오正誤에 상관없이 원본을 따랐으나 동일 인물이나 지명의 상반된 표기가 있는 경우에는 올바른 한자를 찾아 표기했다.

5. 이 책의 지도는 내용에 맞게 새로 제작한 것이다.

진인의 치일신장

송강은 싸움에 두 번이나 패하여 적지 않은 인마(人馬)의 손실을 당한 것이 분하고 부끄러워서 번민하다가, 오용을 보고 의논했다.

"고렴이란 놈 한 놈을 상대해서도 이렇듯 참패했으니, 만일 저놈이 다른 곳 군사의 원조를 받아 쳐들어온다면, 이 노릇을 어떡하지요?"

오용이 대답한다.

"정말 걱정이올시다. 내 생각 같아서는 아무래도 공손승을 청해다가 저놈의 요술을 깨뜨려야지, 그러지 않고는 도저히 시대관인의 목숨을 구해낼 길이 없을 것이고, 또 고당주 성(城)을 깨치지 못하겠는데요."

"요전에도 대종을 보내지 않았소? 그때도 못 찾고 그냥 돌아왔는데, 또 이번엔 어디로 가서 찾아보란 말이오?"

"계주 관하(薊州官下)하고 많은 진시(鎭市)·향촌(鄕村)을 무턱대고 돌아다닐 수야 없지요. 공손승이 본래 도술을 좋아하는 터이니까, 그가 가 있을 곳은 명산(名山)의 동부(洞府)거나, 대천(大川)의 진경(眞境)일 거외다. 그러니까 이번엔 대원장을 보고 이런 곳을 찾아 다녀보라고 말씀하십시오. 그러면 아마 찾아낼 것 같습니다."

송강은 그 말이 옳다고 대답하고서 즉시 대원장을 불러, 계주로 가서 일청도인 공손승을 찾아 데리고 오라고 부탁했다. 그러자 대종이 말한다.

"그럼 다녀오겠습니다만, 누구 동행이 한 사람 있는 게 좋겠군요."

"아니, 자네는 신행법(神行法)을 쓰는 사람인데, 누가 자네하고 동행을 하겠는가?"

"아니올시다. 동행할 사람만 있다면, 제가 갑마(甲馬)를 붙여주고 똑같이 신행법을 쓰도록 해줄 테니까, 그건 염려 없습니다."

이때 곁에서 흑선풍 이규가 나섰다.

"내가 대원장과 동행하죠."

"좋아, 그런데 나하고 동행하려면 매사에 내가 하라는 대로 하고 내 말만 들어야 하네."

"암! 그러고말고요."

이리해서 흑선풍이 대종을 따라가기로 결정되어 송강과 오용은 그들에게 주의를 주고, 그 자리에서 길을 떠나게 했다.

십여 일 후 두 사람은 계주성에 도착했다.

두 사람은 객주에 유숙하면서 성내로 돌아다니며 공손승의 소식을 물어보았으나 아무도 안다는 사람이 없다. 사흘째 되는 날은 성 밖으로 나가서 알아보기로 하고, 노인만 만나면 두 사람은 공손히 예를 하고 물었다.

"황송합니다만 잠깐 한 말씀 여쭤보겠습니다. 혹시나 공손승 선생이 지금 어디 계신지 모르십니까?"

이렇게 몇 사람을 붙들고 물어보았건만 모두 모른다는 대답뿐이다.

이리저리 헤매다가 점심때가 지났다. 두 사람은 배가 고파서 음식 파는 집을 찾는데, 마침 '소면점(素麵店)'이 눈에 띄므로 우선 요기나 하려고 그 안으로 쑥 들어갔다.

그러나 손님이 많아서 앉을 자리가 없다. 앉을 자리가 나기를 기다리느라고 한구석에 서 있으려니까, 점방에서 심부름하는 아이가 그들을

바라보며,

"두 분 손님, 면을 잡수시려거든 저 영감님하고 한 상에서 잡수시오."
한다.

대종이 그놈이 가리키는 쪽을 바라보니, 한 노인이 큰 상 하나를 혼자 차지하고 앉아 있다. 두 사람은 그리로 가서 노인한테 실례한다고 인사를 한 후, 맞은편 자리에 앉아서 음식이 나오기만 기다렸다.

그런데 아무리 기다려도 아무 소식이 없다.

흑선풍은 속에서 화가 솟는데 심부름하는 아이가 그제야 온면 한 그릇을 그 노인 앞에 갖다놓고 들어가자, 노인은 두 사람한테 아무 말 없이 젓가락을 들고 머리를 숙이고서는 더운 국물을 홀홀 마시는 게 아닌가.

흑선풍은 화가 터졌다.

"이놈아! 우리는 안 갖다주느냐? 국수 시킨 지가 반나절이나 지났는데 어떻게 된 셈이냐?"

흑선풍이 이같이 소리를 지르고 주먹으로 상을 탕 치는 바람에, 고개를 숙이고 정신없이 국수를 먹고 있던 노인의 국수 그릇이 엎질러지면서 더운 국물이 노인의 얼굴에 튀어 노인은 그만 얼굴을 데었다.

그는 성을 버럭 내면서 소리를 지른다.

"아니, 이게 무슨 짓이야?"

그러자 흑선풍도 지지 않고 화를 내면서 주먹으로 그 노인을 때리려 든다.

이때 대종은 흑선풍을 꾸짖어 물리치고 노인한테 사죄했다.

"이 사람이 좀 미욱해서 그랬습니다. 뭐 치지도외(置之道外)하시지요. 국수는 제가 새로 사드리겠습니다."

노인이 대답한다.

"나는 갈 길이 바쁘오. 얼른 먹고 가서 강도(講道)하는 것을 들어야 하겠는데, 만일 늦어지면 낭패란 말이오."

"노장께선 어디 살고 계시는데, 강은 무슨 강을 들으러 가십니까?"

"나는 이곳 계주 관하 구궁현(九宮縣) 이선산(二仙山) 아래 사는 사람이오. 이번에 성내에 들어와서 좋은 향(香)을 샀는데, 이길로 가서 나진인(羅眞人)의 장생불로법(長生不老法) 강도하시는 걸 들어볼 작정이오."

대종이 이 말을 듣고 언뜻 생각하니, 혹시나 이런 곳에 공손승이 나타날는지 알 수 없다. 그래 한마디 물어보았다.

"노장께서 혹시나 공손승이라는 분을 아십니까?"

노장이 대답한다.

"노형이 다른 사람한테 물어보았더라면 아마 알 사람이 없으리다. 그런데 나는 그분하고 바로 이웃해서 살고 있는 까닭에 자세히 아오만, 그분이 그동안 종적 없이 다니다가 요새 집에 돌아와 노모(老母)를 모시고 지내는데, 사람들이 그분을 '청도인(淸道人)'이라고 부르는 까닭에 공손승이라고 해서는 아무도 모를 게요."

대종은 속으로,

'원, 그런 줄 누가 알았나!'

하고 다시 노인을 보고 물었다.

"구궁현 이선산이 여기서 얼마나 먼가요? 그리고 청도인은 지금 댁에 계실까요?"

"이선산이 예서 4, 50리요. 청도인은 지금 나진인의 수제자(首弟子)라, 본사(本師)께서 잠시도 좌우를 떠나게 안 하시는 터이지."

이 말을 듣고 대종은 기뻐서, 주문했던 국수를 재촉하여 먹은 뒤에, 그 노인과 작별하고 흑선풍과 함께 객주로 돌아가서 행장을 수습해 구궁현 이선산을 찾아갔다.

산 아래 당도하여 나무꾼 하나를 붙들고 청도인을 물으니까, 나무꾼이 가르쳐준다.

"바로 저 산모퉁이를 돌아가면 작은 돌다리가 있는데, 그 옆에 있는 집이 바로 그 집이라오."

대종이 나무꾼에게 고맙다고 인사하고 산모퉁이를 돌아가 보니, 과연 십여 간 초가집이 하나 있는데, 뺑 둘러 토담을 쌓았고, 담 밖이 바로 돌다리다.

마침 노파 한 사람이 광주리에다 과일을 담아가지고 안으로부터 나온다.

"청도인이 지금 댁에 계십니까?"

대종이 물으니까 그 노파가 대답한다.

"뒤에서 금단(金丹)을 모으고 계십니다."

대종은 즉시 흑선풍을 돌아다보고 나무 뒤에 숨어 있으라고 이른 뒤에 안으로 들어갔다. 한일자로 방 세 개가 나란히 있고 문 앞에는 갈대로 엮은 발이 걸려 있다.

대종은 문 앞에서 기침을 한 번 크게 했다. 그러자 안으로부터 호호 백발 노파 한 분이 나오니 이분이 바로 청도인 공손승의 어머님이다.

대종은 그 앞으로 나가서 공손히 예를 베풀고 말했다.

"청도인을 만나뵈려고 찾아온 사람입니다."

그러자 노친이 묻는다.

"관인(官人)의 존함이 뉘신지요?"

"저는 대종이라는 사람인데요, 산동서 왔습니다."

대종이 말하자 노친은,

"우리 아이는 운유(雲遊)하러 나가고 지금 집에 없소!"

하고 딱 잡아뗀다.

대종은 간곡히 청했다.

"저는 자제 일청과는 오래전부터 친한 사이입니다. 꼭 긴급히 일러 줄 말이 있어서 찾아온 터이니, 한번 만나게 해주십시오."

그러나 노파는 여전히 잡아뗀다.

"집에 없는 걸 어떻게 만나게 해준단 말이오? 긴히 할 말이 무엇인지 내게 말하시오. 그럼 그 애가 돌아온 다음 내가 전하리다."

"아닙니다. 그럼 다음날 다시 찾아오겠습니다."

대종은 이렇게 말하고 문밖으로 나와, 나무 뒤에 숨어 있는 흑선풍을 보고 가만히 말한다.

"이번엔 네가 나서야만 되겠다. 네가 들어가서 다시 한 번 청해보는데, 만일 이번에도 집에 없다고 잡아떼거든 네가 한 번 야단을 치는데 노친을 다치게 하지 말아야 한다. 그리고 내가 나서서 너를 꾸짖거든 곧 그치도록 하란 말이야."

"그러지요."

흑선풍은 대답하고, 보따리 속에서 쌍도끼를 꺼내 품속에 감추고 문 안으로 들어서며 큰소리로 외쳤다.

"여기 아무도 없느냐? 썩 이리 나오너라!"

그러자 안에서 백발 노파가 황망히 나오면서 묻는다.

"게 누구요?"

흑선풍은 그 말에 대답도 않고, 본래 큰 눈을 더 크게 부릅뜨고 노려 보았다. 노파는 은근히 두려운 마음이 생겼다.

"관인은 무슨 일로 오셨나요?"

노파가 또 이같이 물으니까, 흑선풍은 더 큰소리로 대답한다.

"나는 양산박 흑선풍이오. 형님의 장령을 받아 공손승을 데리러 왔는데, 제가 순순히 나와서 만나준다면 나도 부처님 눈으로 대하겠지만, 만약에 제가 나를 만나지 않으려 한다면, 그만 이 집에다 불을 확 질러버릴 테니 그런 줄 아시오. 자아, 어서 나오너라!"

"아니, 이 양반이 잘못 오셨군. 여기는 공손승의 집이 아니라 청도인의 집이란 말이오."

"여러 말 말고 어서 아드님을 이리로 불러오슈. 내 눈으로 보면 알 테니까!"

"내 아들은 집을 나가고, 지금 집에 없다고 말하지 않았소?"

이 말을 듣고 흑선풍은 품속에 감추고 있던 도끼를 꺼내더니 한쪽 벽을 냅다 찍었다. 벽이 우르르 무너졌다.

"아니, 이 양반이 미쳤나? 왜 이러는 거요?"

노파가 앞으로 내달아 흑선풍을 가로막자 흑선풍은,

"어서 아드님을 데리고 나오시오. 만약 내 말대로 안 했다간, 할머니도 저 바람벽같이 된단 말이오!"

하고 도끼를 번쩍 쳐들고서 노파의 머리를 찍으려 하는데, 이때,

"철우(鐵牛)야! 너, 이게 무슨 짓이냐?"

라고 외치며 뒤꼍에서 공손승이 급히 달려나오고,

"너는 또 말썽을 부리는구나! 가만있지 못하니?"

하고 대종이 꾸짖으며 문밖에서 뛰어들어온다.

흑선풍은 손에 들고 있던 도끼를 땅바닥에 던지고, 공손승 앞에 넙죽 절을 하고 말한다.

"형님! 오해하지 마슈. 내가 이렇게라도 해야지, 그러지 않고서야 어떻게 형님을 만나겠소?"

공손승은 우선 자기 모친을 모시고 안으로 들어갔다가 다시 나와서 대종과 흑선풍을 딴 방으로 인도하여 들였다.

세 사람이 자리를 잡고 앉은 뒤에 공손승이 먼저 묻는다.

"대체 두 분이 무슨 일로 예까지 오셨소?"

대종은 송강의 장령(將令)을 자세히 이야기하고 간곡히 청했다.

"지금 송공명 형님이 고당주 지경에서 일일여삼추(一日如三秋)로 고대하고 있으니, 사부(師父)는 우리와 함께 내려가서 고당주를 쳐부수고 시대관인을 구해내셔야 하겠습니다."

대종의 말을 듣고 공손승이 대답한다.

"빈도(貧道)가 젊었을 땐 강호(江湖)로 방랑하면서 호한(好漢)들과 상종하기를 좋아했으나, 양산박을 떠나 이곳 향리(鄕里)로 돌아온 뒤론, 핑계가 아니라 첫째 모친이 연로하신데 누가 시봉(侍奉)할 사람이 없고, 둘째는 본사 나진인(羅眞人)이 잠시도 좌우를 떠나지 못하게 하시므로, 빈도도 아주 이름을 청도인이라 고치고 이곳에 숨어 사는 터입니다. 그런 줄 아시고 다시는 함께 가자는 말을 마시오."

대종은 다시 청한다.

"지금 송공명이 위급한 처지에 있습니다. 제발 생각을 돌려주십시오."

"글쎄, 내가 가고 싶지 않다기보다도 노모를 봉양할 사람이 없고, 또 나진인께서 놓아주시지 아니하니, 어찌하겠소."

대종은 자리에서 일어나 그에게 두 번 절하고 재삼 간곡하게 청했다.

공손승은 대종을 붙들어 일으키면서,

"차차 의논해서 좋도록 합시다."

하고, 즉시 소주소식(素酒素食)을 내어다 대접했다.

세 사람이 한 잔씩 술을 먹고 나서, 대종은 또 간절히 청했다.

"사부가 끝내 안 가주신다면, 송공명은 반드시 고렴의 요술에 잡혀가고 말 것이요, 산채(山寨)의 대의(大義)도 이것으로써 그만 무너져버리고 말 것이니, 기막힌 일입니다."

"가만히 계시오. 내가 본사 나진인께 품해보아서, 만약 가라고 허락만 내리시면 내 가리다."

"그럼 지금 곧 가서 품해보시지요."

"그렇게 급하게 굴 게 무어요? 오늘은 편히 쉬고, 내일 의논하십시다."

"아니올시다. 송공명 형님이 기다리실 생각을 하면, 실로 한시가 급합니다."

공손승은 마침내 대종과 흑선풍을 데리고 집을 나와서 이선산(二仙山) 위로 올라갔다. 때는 늦은 가을에서 초겨울로 들어가는 시절이라, 해가 짧고 밤이 길어, 산을 반도 채 못 올라가서 해가 서산 너머로 숨어 버린다. 소나무 그늘 속으로 간신히 보이는 좁은 산길을 한동안 더듬어 올라가니, 과연 나진인의 도관(道觀)이 보이는데, 주홍패액(硃紅牌額)에 금으로 '자허관(紫虛觀)' 석 자가 새겨 있다.

대종과 흑선풍이 사면을 둘러보니 과연 선경(仙境)이다.

세 사람은 착의정(着衣亭)에서 의복을 정돈하고 복도를 지나, 바로 전각 뒤에 있는 송학헌(松鶴軒)으로 들어갔다.

공손승이 사람을 데리고 들어오는 것을 보고, 동자 두 명이 안으로 들어가서 고했다. 나진인의 들어오라는 법지(法旨)가 내렸다.

세 사람이 안으로 들어갔을 때, 나진인은 조진(朝眞)을 파하고 운상(雲床) 위에 앉아 있다. 공손승은 앞으로 나가서 엎드려 절하고 일어나 허리를 굽히고 두 손을 모으고서 나진인 곁에 시립(侍立)한다.

대종도 이때 황망히 나진인을 향하여 예를 베풀었다. 그러나 흑선풍은 눈을 멀거니 뜨고 서서, 꼴만 보고 있다.

나진인이 공손승을 돌아다보며 묻는다.

"이 두 분이 어디서 오셨느냐?"

공손승이 머리 숙여 대답한다.

"이 두 사람은 전일 제가 말씀드린 일이 있는 산동의 의우(義友)입니다. 이제 고당주 지부 고렴이 이술(異術)을 행하는 까닭으로 의형 송강이 두 사람을 보내서 제자를 부르는데 제가 감히 독단하여 따라갈 수 없어 사부께 품하는 터입니다."

나진인이 대답한다.

"네가 이미 화갱(火坑)을 벗어나 장생(長生)을 학련(學練)하거늘, 어찌 다시 그런 곳으로 가고자 하느냐?"

이때 대종이 두 번 절하고 아뢰었다.

"제발, 잠깐만 일청을 내려가도록 허락해주시면, 고렴을 격파한 뒤에 즉시 다시 산으로 돌아오게 하겠습니다."

그러나 나진인은 허락하지 않고,

"출가인(出家人)이 알 바 아니니, 그대들이 내려가서 의논을 하구려."

하고 입을 다물고 눈을 감아버린다.

공손승은 나진인 앞을 물러나와 두 사람을 데리고 자기 집으로 향했다.

길에서 흑선풍이 대종을 보고 묻는다.

"그 선생이 대관절 뭐라고 합디까?"

대종이 말한다.

"왜, 너는 그 선생의 말씀을 못 들었니?"

"옹알옹알 지껄이는 소리를 알아들을 수 있나요."

"그 선생이 청도인더러 가지 못한다고 말씀하시니, 걱정이다."

흑선풍은 소리를 버럭 지른다.

"뭐라구요? 아니, 우리가 별별 고생을 다 하면서 여기까지 찾아왔는데, 제가 그래 기껏 한다는 수작이 그래요? 그저 그 노인을 한주먹에 때려죽이고 가루를 만들었으면 속이 시원하겠다!"

"이게 무슨 소리! 어디서 그따위 말을 함부로 하는 거냐?"

대종은 흑선풍을 꾸짖고, 세 사람이 함께 공손승의 집에 돌아와서 저녁밥을 먹었다.

밥상을 물리고 나서 공손승이 말한다.

"우리 오늘 밤 자고 내일 다시 올라가서 말씀을 드려 쾌히 허락하시거든 떠나기로 합시다."

대종과 흑선풍은 주인에게 인사하고, 보따리를 들고 물러나와 정실(淨室)로 가서 함께 자리 속에 들어갔다.

그러나 잠깐 눈을 붙이는 둥 마는 둥 5경 때나 되었을 때 흑선풍은 눈을 떴다. 옆에서는 대종이 코를 드르렁드르렁 골며 세상모르고 잔다.

'이런 빌어먹을 경우가 어디 있나? 가면 그냥 가는 게지, 선생한테 물어봐서 허락하면 가고, 안 하면 못 가고. 내일 아침에 또 올라가 물어봤다가 못 간다고 그러면 우리 일만 낭패가 아닌가? 옳지! 내 그놈의 늙은 도둑놈을 없애버리면, 제가 물어보고 싶어도 물어볼 데가 없겠지!'

흑선풍은 자리 속에 누워서 이 같은 생각이 들자, 즉시 일어나서 쌍도끼를 찾아서 손에 들고, 방문을 가만히 열고서 밖으로 나왔다.

달이 휘영청 밝다. 그는 길을 찾아서 '자허관'으로 올라갔다.

대문이 꽉 닫혀 있다. 그러나 담이 그다지 높지 아니하므로 흑선풍은 훌쩍 뛰어넘었다. 그는 발소리를 죽이며 가만가만히 걸어서 '송학헌' 앞까지 왔다. 귀를 기울이고 들으려니까, 방 안에서는 『옥추보경(玉樞寶經)』을 외우는 소리가 들려 나온다.

흑선풍이 가만히 마루 위로 올라가 창구멍으로 방 안을 들여다보니, 탁자 위 향로에 향을 피우고, 좌우 양쪽에 촛불을 밝히고서, 나진인이 운상(雲床)에 단정히 앉아서 낭랑한 음성으로 경을 외우고 있는 것이었다.

'이놈이 이제 내 손에 죽었다!'

이렇게 생각하고 손으로 창을 밀치니까, 문이 활짝 열린다. 흑선풍은 방 안으로 뛰어들며 도끼를 번쩍 들어 나진인의 머리를 내리찍었다.

나진인은 끽 소리도 못 하고 쓰러지는데, 상처에는 백혈(白血)이 흐른다.

흑선풍은 웃었다.

'이놈이 도(道)를 닦느라고 원양진기(元陽眞氣)를 빼지 않았기 때문에 조금도 붉은 빛이 없구나!'

속으로 혼자 중얼거리고 다시 보니 도관(道冠)을 쓴 채 머리는 잘리어 운상 아래 떨어져 있고, 몸은 운상 위에 늘어져 있다.

'이놈을 죽였으니까 이제 공손승이 안 가겠다고는 못 하겠지!'

흑선풍은 이렇게 생각하고 돌아서서 복도로 나오는데, 여기서 청의동자(靑衣童子)가 나타나더니 앞을 가로막고 꾸짖는다.

"우리 사부님을 죽이고, 네가 어디로 달아날래?"

"요놈! 너도 죽고 싶으냐?"

흑선풍이 소리를 벽력같이 지르고 손을 번쩍 드니, 그와 동시에 도끼가 내려지며 동자의 머리가 뜰아래로 툭 떨어진다.

흑선풍은 껄껄 웃고, 관문(觀門)을 나와서 부리나케 공손승의 집으로 돌아와 가만히 방문을 열고 들어가 보니 대종은 아직도 곤히 자고 있다. 흑선풍은 제자리로 들어가서 날이 밝을 때까지 한숨 늘어지게 잤다.

이튿날 아침에 세 사람이 조반을 마친 뒤에 대종은 공손승을 보고 또 간청했다.

"사부는 부디 진인께 다시 한 번 말씀드려서 아무쪼록 허락을 받아 주십시오."

공손승이 승낙하고 두 사람을 데리고서 다시 산 위로 올라간다. 흑선풍은 속으로 웃음을 참지 못한다.

자허관을 들어서서 송학헌 앞에 이르니까, 두 명 청의동자가 서 있다. 공손승이 물었다.

"진인께서 지금 어디 계시냐?"

도동(道童)의 대답이다.

"운상 위에서 참선(參禪)하고 계십니다."

흑선풍은 이 말을 듣고 놀랍고 어이가 없어 두 사람을 따라 방 안으로 들어가 보니, 과연 나진인이 운상 위에 단정히 앉아 있는 게 아닌가.

'간밤에 분명히 내가 저놈의 머리를 도끼로 잘라 죽였는데, 이게 웬일일까?'

너무도 괴이해서 이같이 의심할 때, 나진인이 돌아다보며 묻는다.

"무슨 일로 또들 왔노?"

대종은 예를 하고 또 애걸했다.

"진인께서는 자비를 베푸시어 여러 사람의 화난을 구해주십시오."

나진인은 그 말엔 대답 않고,

"저 시커멓게 생긴 큰 사나이는 대체 누군고?"

이같이 묻는다.

대종이 아뢰었다.

"저의 의제(義弟)로 이규라고 부릅니다."

진인이 웃으며 말한다.

"내가 공손승을 안 보내려고 했지만, 저 시커먼 사람 낯을 보아 보내는 터이니, 그리 아오."

대종이 절을 하고 사례하자 나진인이 공손승을 돌아보고,

"내 너희들 세 사람을 편시간(片時間)에 고당주에 이르도록 보내주랴?"

하고 묻는다.

"그리하여 주십시오."

세 사람은 이구동성으로 말했지만, 대종은 속으로,

'저이에게 내가 쓰는 신행법보다 더 나은 법이 있을라구?'

이렇게 의심했다.

나진인은 도동을 불러 수건을 세 개 가져오게 한 후, 앞을 서서 관문 밖으로 나간다. 세 사람이 그 뒤를 따라서 관문 밖에 있는 큰 바위 위에 오니까, 진인은 먼저 붉은 수건을 바위 위에 펴놓고 공손승더러 그 위에 올라서라 한 다음 소매를 한 번 펄렁 저으면서,

"떠라!"

하고 외친다.

그러니까 붉은 수건이 갑자기 붉은 구름으로 변하더니, 공손승을 태

운 채 공중으로 떠올랐으니, 높이가 20여 길이다.

"섰거라!"

나진인이 또 외치자 붉은 구름은 움직이지 않는다.

진인은 다시 푸른 수건을 펴놓고 대종더러 올라서라 한 다음,

"떠라!"

하고 외친다. 그러자 그 수건도 역시 푸른 구름으로 변하더니 대종을 태우고서 반공중에 솟는다.

흑선풍이 이 모양을 보고 기가 막혀 어쩔 줄 모르고 있는데, 이번에는 나진인이 흰 수건을 펴놓고 그를 보고 타라고 한다.

흑선풍은 웃으면서 말했다.

"괜스레 날 골탕 먹이려고 이러슈? 자칫 잘못해서 공중에서 떨어지는 날엔 머리가 깨지게?"

"저 두 사람을 보란 말이야. 아무렇지도 않잖나!"

나진인이 이같이 말하므로 흑선풍은 그제야 두 발을 수건 위에 올려놓았다.

"떠라!"

진인이 한마디 외치자, 그 수건은 한 조각 흰 구름이 되어 하늘로 날아오른다.

"어구나! 어구나! 난 싫수! 날 내려주슈!"

흑선풍이 겁이 나서 소리를 지른다.

나진인이 오른손을 쳐들고 부르니까, 청운(靑雲)·홍운(紅雲)이 둥실둥실 떠내려와서 땅에 닿더니, 대종은 내려와서 진인을 오른편에 모시고 서고, 공손승은 왼편에 가서 모시고 선다.

흑선풍 혼자만 반공중에 떠서 큰소리로 외친다.

"이거 큰일 났네! 오줌 싸겠네! 똥도 마렵고! 얼른 나를 빨리 내려줘요! 안 내려주면 머리에 다 깔길 테야!"

이때 나진인이 꾸짖는다.

"나는 출가한 사람으로 일찍이 너한테 섭섭하게 한 일이 없는데, 너는 무슨 까닭으로 간밤에 담을 넘어와서 도끼로 나를 찍었느냐? 내게 도덕(道德)이 없었다면, 속절없이 네 손에 죽었을 게다! 그리고 도동은 어째서 죽였느냐?"

흑선풍은 아주 뚝 잡아뗀다.

"내가 언제 그랬어요? 딴 사람을 잘못 보고, 애매한 소리 마슈."

나진인은 웃으면서,

"네가 나로 알고 또 도동으로 알고서 도끼로 찍은 것이 두 개의 호로병에 지나지 않는다만, 네 마음이 착하지 못하! 아무래도 너는 고난을 좀 겪어봐야 하겠으니, 그리 알아라!"

하고 손을 쳐들고 흑선풍을 가리키며,

"가거라!"

호령하니, 별안간 일진악풍(一陣惡風)이 일어나면서 흑선풍이 타고 있는 백운을 몰아치며, 두 명의 황건역사(黃巾力士)가 좌우에서 그를 붙들고 가는데, 흑선풍의 귀에는 오직 바람소리 빗소리가 들릴 뿐, 땅바닥의 수목이나 집 같은 것은 돗자리를 말아버리는 것처럼 휙 지나가고, 그의 발밑에서는 구름과 안개가 일어나는 것만 같고, 혼(魂)이 몸에 붙지 않고, 손과 발이 부들부들 떨려 어찌할 바를 알지 못하는 중에 어느새 계주성 안에 이르러,

"우르르 쾅!"

요란스러운 소리와 함께 땅바닥 위로 뚝 떨어지니, 거기가 바로 계주부의 청사(廳舍)다.

이날 계주부윤 마사굉(馬士宏)이 정청(正廳)에 앉아 있고 수많은 공리인(公吏人)이 청전(廳前)에 늘어서 있을 때인데, 난데없이 시꺼먼 놈이 하늘로부터 뚝 떨어져 내려왔으니, 이 아니 놀라우랴.

마지부(馬知府)는 즉시 정신을 가다듬고서 노자 옥졸(牢子獄卒)들을 꾸짖어, 시꺼먼 놈을 잡아오게 하여 뜰아래 꿇어앉히고서 꾸짖는다.

"네 이놈! 어디서 생긴 요인(妖人)인데, 네놈이 함부로 공중에서 내려왔느냐?"

그러나 흑선풍은 머리가 터지고 이마가 깨져 아무 말도 못 한다.

마지부는 다시 호령한다.

"이런 요인은 별수 없다. 어서 법물(法物)을 갖다줘라!"

분부가 떨어지자, 노자 절급의 무리들은 흑선풍을 잔뜩 묶어서 밖으로 끌고 나가 땅바닥에 앉혀놓고, 우후 한 사람이 개피(狗血) 한 통을 들고 와서는 머리서부터 쭉 끼얹고, 또 한 사람 우후는 오줌똥 걸쭉한 것을 한 통 들고 와서 그의 머리서부터 와락 쏟아붓는다. 흑선풍의 입속에, 귓속에 개피와 똥오줌이 들어간 것은 물론이다.

흑선풍은 참을 수 없어서 소리를 버럭 질렀다.

"나는 요인이 아니라 바로 나진인의 제자요!"

이곳 계주 사람들은 나진인을 현세(現世)의 활신선(活神仙)으로 알고 있는 터인지라, 이 사람이 요인이 아니고 나진인의 제자라는 말에, 노자 절급들은 그만 기가 죽어버렸다.

그래서 그들은 흑선풍을 끌고 다시 청전으로 가서 아뢰었다.

"계주 나진인으로 말씀하오면, 천하에 이름 높은 득도(得道)한 활신선이온데, 이자가 그의 제자라 하오니, 만약 그렇다 하오면 형벌을 가하시지 않는 것이 좋을 것 같습니다."

마지부는 껄껄 웃고 공리(公吏)의 말을 믿지 않으면서,

"내 천권서(千卷書)를 읽고, 고금사(古今事)를 안다마는, 신선한테 저따위 제자가 있다는 이야기는 못 들었다. 틀림없는 요물이니 어서 저놈을 매우 쳐라!"

이같이 분부한다. 노자 옥졸들이 좌우에서 달려들어 흑선풍을 때리

는데 일불출세 이불열반(一佛出世 二佛涅槃)이 되도록 무섭게 친다.

흑선풍은 독한 매에 견디지 못해서 마침내 자기가 요인이이(妖人李二)라고 굴초(屈招)하고 말았다. 이리하여 지부는 그에게 큰 칼을 씌워 옥에 가두라고 분부를 내렸다.

흑선풍은 사수옥(死囚獄) 안으로 들어가면서 떠든다.

"나는 치일신장(値日神將)이다! 나한테 칼을 씌워 가두기만 해봐라. 그랬다가는 계주 백성들을 모두 몰살시킬 테니, 그런 줄 알아라!"

압로·절급·노자의 무리들은 오래전부터 나진인의 도덕청고(道德淸高)함을 알고 있는 터이라, 이 사람이 나진인의 제자라면서, 칼을 씌워 가두기만 하면 계주 백성들을 몰살시킨다는 바람에 모두들 놀라서는 묻는다.

"여보, 당신이 대체 어떤 사람이오?"

흑선풍이 대답한다.

"나는 나진인을 모시고 있는 치일신장인데, 어쩌다 잠깐 실수한 까닭으로 잠시 이곳에 와서 고난을 받게 되었다마는, 며칠 지나면 나를 다시 데려가실 게다. 너희들이 주식(酒食)을 갖추어 나를 잘 대접하면 괜찮지만, 만약 그렇게 하지 않는다면 용서 없이 죽여버릴 테니, 그런 줄 알아라!"

이 소리를 듣고 노자·절급의 무리가 모두 겁을 집어먹고 술을 사온다, 고기를 사온다, 굉장히 떠받드니까, 흑선풍은 아주 기고만장해서 더욱 풍을 떨었다. 노자·절급들은 더욱 겁이 나서 물을 끓여다가 흑선풍으로 하여금 목욕을 하게 하고, 또 의복도 새것을 갖다가 갈아입히는 등 온통 야단법석을 피웠다.

한편, 이선산 자허관에서는 나진인이 공손승과 대종을 보고, 흑선풍 이규가 지금 당하고 있는 일을 이야기했다. 이야기를 듣고 대종은 흑선풍을 대신하여 절하고 빌면서 구해주기를 애원했다.

나진인은 대종의 청을 듣지 않고, 그를 다만 자허관에 머무르게 하면서 간간이 양산박 산채의 사무(事務)를 묻기만 하는 것이었다. 대종은, 조천왕과 송공명이 얼마나 의(義)를 숭상하고, 재물을 천히 여기며, 하늘을 대신해서 도(道)를 행하고, 충신열사(忠臣烈士)와 효자현손(孝子賢孫)과 의부절부(義夫節婦)한테는 조금도 손해를 끼치지 아니한다는 이야기를 자세히 했다. 나진인은 이런 이야기를 듣기만 하고 다만 묵묵히 말이 없었다. 대종이 닷새 동안이나 나진인의 자허관에 묵고 있으면서 매일같이 관대한 처분만 기다리다가, 하루는 그가 머리를 조아리며 흑선풍을 살려달라고 빌었건만,

　　"그따위 위인은 없애버리는 게 좋지! 데리고 간다 해도 쓸데가 없을걸!"

　　나진인은 이같이 말하고 듣지 않는다.

　　"아니올시다. 진인께서는 모르시고 하시는 말씀입니다. 이규란 위인이 약간 우준(愚蠢)하고 예법을 모르기는 합니다만, 그 대신 취할 점도 더러 있습니다. 첫째, 성품이 강직해서 털끝만큼도 남을 속이는 법이 없고, 둘째는 사람에게 아첨하는 일이 없어 설령 죽는 한이 있을지라도 그 마음을 변동시키지 않으며, 셋째는 음욕이나 사심(邪心)이 전혀 없는 까닭에 재물을 탐내거나 의리를 배반하지 않고, 큰일을 당하면 누구보다도 먼저 앞서 나서는 까닭에 송공명 형님이 매우 사랑하는 터입니다. 이런 사람을 이대로 버려두고는 제가 돌아가서 여러 형제들과 대면할 낯이 없습니다. 제발 용서하시고 구해주십시오."

　　대종이 이같이 애원하니까, 나진인은 그제야 빙그레 웃으며 말한다.

　　"나도 이미 그런 줄은 아오. 본래 그 사람은 상계(上界)의 천살성(天殺星)으로 하계(下界)에 내려왔으니, 이는 중생의 작업(作業)이 태중(太重)하므로 상제(上帝)께서 그를 내려보내 살육하게 하심이라. 내 어찌 하늘 뜻을 거슬러 그 살육을 해치겠소? 다만 잠시 고난을 겪게 했을 뿐이오."

대종이 이 말을 듣고 절하여 사례하자 나진인이,

"역사(力士)는 어디 있는고?"

이같이 한마디 외친다. 그러자 송학헌 뜰아래서 별안간 바람이 일더니 한 사람 황건역사(黃巾力士)가 나타나 허리를 굽히면서 아뢴다.

"사부께서 무슨 법지(法旨)를 내리시려 하시나이까?"

나진인이 분부한다.

"전일 너로 하여금 계주로 데리고 가게 한 그 사람이, 이제 죄업을 다 마쳤으니, 지금 즉시 계주로 가서 그 사람을 데리고 오너라."

역사가 분부를 받고 나간 지 반개시진(半個時辰)쯤 지나서 허공으로부터 흑선풍 이규가 뚝 떨어졌다.

대종이 너무도 반가워서 흑선풍을 붙들어 일으키고,

"너 그동안 어디 갔었니?"

하고 물었다. 그러나 이규는 그 말엔 대답을 않고, 나진인을 향하여 머리를 조아리며 사죄하기만 한다.

"다시는 사부님께 무례한 짓을 안 하겠습니다!"

이에 따라서 대종도 진인에게 절하고 새삼스러이 애걸했다.

"제가 여기 온 지 여러 날이 되었습니다. 고당주의 군마가 대단히 어려운 지경에 빠졌을 것이오니 진인께서는 자비를 베푸시어 공손승 선생을 저희들과 함께 내려가게 해주십시오. 그래야만 고렴을 무찌르고 송공명을 구해낼 것 같습니다."

나진인은 마침내 허락하고 공손승을 불러 이른다.

"네가 전일 배운 법술(法術)이 고렴이나 마찬가지다. 이제 내가 너에게 '오뢰천강정법(五雷天罡正法)'을 전수하겠다. 이 법을 행하면 가히 송강을 구하고, 보국안민(保國安民)하며, 체천행도(替天行道)할 것이다. 부디 사사로운 욕심에 동요되어 대사(大事)를 그르치면 안 되느니라. 네 노모는 내가 사람을 보내 돌보게 할 것이니, 괘념하지 마라. 너는 본래 상계(上界)의 천간성(天間星)을 응했기로 내 네가 떠나는 것을 허락하거니와, 이제 팔개자(八箇字) 비결을 일러줄 터이니 네 명심하여라."

나진인은 이같이 말하고서,

유를 만나 그치고(逢幽而止)
변을 만나 돌아오다(遇汴而還)

여덟 자의 비결을 일러주는 것이었다.

공손승은 진인에게 절하고서 비결을 받은 후 대종과 흑선풍을 데리고 산에서 내려와 집으로 돌아오자, 즉시 도의(道衣), 보검(寶劍), 철관(鐵冠), 여의(如意) 등속을 수습하여 어머님께 하직하고 이선산을 떠나 고당주로 향했다. 세 사람이 길을 걷기 3, 40리 했을 때, 대종은 신행법을 써서 두 사람보다 먼저 송강한테 가서 고하기로 하고 공손승과 흑선풍은 그냥 걸어가기로 했다.

흑선풍은 나진인의 법술에 단단히 혼났는지라 진인의 수제자 공손승한테도 두려운 마음이 있어서, 아주 조심해 하면서 그를 모시고 간다.

사흘째 되는 날, 흑선풍은 공손승을 모시고 무강진(武岡鎭)에 도착했다. 이틀 동안 부지런히 걸어온 까닭에 두 사람은 몸이 피곤했다. 그들은 소주(素酒)와 소면(素麵)을 사먹으려고 역도(驛道) 가에 있는 조그만 술집을 찾아 들어갔다.

공손승이 상좌에 앉고 흑선풍이 보따리를 내려놓고 하석에 앉으니까, 심부름하는 아이가 재빠르게 술과 안주를 상 위에 갖다놓는다. 공손승이 물었다.

"너희 집에 무슨 소점심(素點心) 파는 것이 없느냐?"

"저희 집에서는 주육(酒肉)만 팔고요, 소점심은 없어요. 여기서 조금 내려가시면 길 어귀에 대추떡 파는 집이 있습죠."

아이의 이 말을 듣고 흑선풍이,

"선생, 내가 가서 그걸 사올 테니 여기서 기다리십시오."

하고 보따리 속에서 동전을 몇 푼 꺼내서 품속에 넣고 밖으로 나갔다. 떡집은 멀지 않은 곳에 있었다. 흑선풍은 대추떡을 넉넉히 사들고 다시 술집으로 돌아오려니까, 길가에서 사람들이 한 군데 삥 둘러서서 손뼉을 치며,

"야, 기운 장사로구나!"

이같이 떠드는 소리가 들린다.

무엇인가 하고 흑선풍이 가까이 가서 보니, 어떤 사람이 길가에서 철과추(鐵瓜鎚)를 쓰고 있는데, 키는 7척도 넘어 보이고, 얼굴은 주근깨투성이고, 콧마루에는 큰 줄이 있는 사나이다. 그리고 이 사람이 손에 들고 있는 철추는 약 30근쯤 되어 보이는데, 이 사람이 그것을 번쩍 쳐들어 길가에 놓인 큰 돌을 한 번 때리자, 돌은 그대로 가루가 되었다. 구경꾼들은 일시에 박수갈채한다.

공손승의 신공도덕

이 광경을 본 흑선풍은 참지 못하고 대추떡을 품속에 감춘 다음 앞으로 썩 나가서 그 철추를 손에 쥐어보았다.

그러자 그 사나이가 벼락같이 소리를 지르는 것이 아닌가.

"너는 누구냐? 어째서 내 철추를 들어보려는 게냐?"

흑선풍은 껄껄 웃고 말한다.

"야, 네가 이런 것쯤 가지고 휘두르는 게 무어 그리 장하다고 거리에 나와서 행세를 한다는 거냐? 내가 한번 보여줄 터이니, 저쪽으로 비켜라!"

그러니까 그 사나이는 조금 비켜서면서,

"네가 큰소리를 하니 빌려는 주겠다. 그렇지만 네가 철추를 잘 쓰지 못하다간 내 주먹맛을 볼 테니, 그런 줄 알아라!"

이같이 말한다. 흑선풍은 그 말에 대답 않고 30근 철추를 손에 들더니, 마치 공깃돌 놀리듯이 한바탕 희롱하다가 도로 땅 위에 내려놓았다. 그랬건만 흑선풍은 얼굴빛이나 숨 쉬는 소리나 조금도 변함이 없다.

이 모양을 보고 그 사나이는 흑선풍 앞에 넙죽 절을 하고 묻는다.

"누구신지 몰라뵈었습니다. 존함을 가르쳐주십시오."

그러나 흑선풍으로서는 자기 이름을 함부로 댈 수가 없는 처지다. 그래서 그는 도리어 그 사나이보고 물었다.

"노형, 댁이 어디요?"

"예서 멀지 않습니다."

그 사나이는 이같이 대답하고 즉시 흑선풍을 이끌고 한곳에 가더니, 잠근 문을 열고 안으로 청해 들인다. 흑선풍이 좌우를 둘러보니 철첨(鐵尖)·철추(鐵鎚)·화로(火爐)·감착(泔鑿)·가화(家火) 따위가 놓여 있다. 묻지 않아도 타철장인(打鐵匠人)의 집이 분명하다.

'이 사람이 대장장이로구나. 우리 산채에 소용되는 사람이니 이번에 데리고 가서 입당시켜야겠다!'

흑선풍은 속으로 이렇게 생각하고 인사를 청했다.

"피차에 우리 성명이나 알고 지냅시다."

흑선풍이 말하니까 그 사나이가 대답한다.

"네, 소인의 성은 탕(湯)이요, 이름은 융(隆)입니다. 제 선친이 그전에 연안부 지채관(延安府 知寨官)으로 쇠를 잘 달구었던 덕분에 노충 경략상공이 사랑하셔서 장전(帳前)에 서용(叙用)되셨었는데, 불행히 연전에 작고하시고, 소인은 노름을 좋아했던 까닭으로 강호로 떠돌아다니다가 이곳으로 굴러들어와서, 배운 것이 도둑질이라고 대장장이가 되었습니다. 얼굴이 주근깨 바가지라 해서, 남들이 금전표자(金錢豹子)라고 별명 지어 부른답니다."

듣고 나서 흑선풍은 그제야 제 성명을 밝힌다.

"나는 양산박 두령 흑선풍 이규라는 사람이오."

그러자 탕융은 얼른 일어나 절하고 말한다.

"선성은 오래전부터 모셔 알고 있었습니다. 오늘 이렇게 만나뵙기가 참으로 뜻밖입니다."

"노형, 여기서 대장간이나 내고 이러고 있으면 뭘 하오? 이러지 말고 나하고 함께 양산박으로 들어갑시다."

흑선풍이 이렇게 권하니까, 탕융은 기뻐하면서 그에게 절하고 말한다.

"제게는 별로 딸린 식구도 없으니까 지금 당장이라도 형님을 따라나서겠지만, 어디 그럴 수 있습니까? 오늘은 거리로 나가서 삼배담주(三盃淡酒)로 결의형제(結義兄弟)한 정을 나눈 다음 하루 쉬고, 내일 일찌감치 떠나기로 하시지요."

"그랬으면 좋겠다마는 내가 지금 사부님을 술집서 기다리시게 해놓고, 대추떡을 사러 나온 길이니까, 그렇게 오랫동안 지체할 수가 없다. 가려거든 어서 지금 곧 가자."

흑선풍은 고개를 저으면서 대답한다.

"형님이 괜스레 일부러 서두르시는 거 아니오?"

탕융이 이렇게 말하니까, 흑선풍이 대답한다.

"네가 모르니까 하는 말이지, 지금 송공명 형님이 고당주에서 얼마나 고생하시며, 우리 사부님이 얼른 구원하러 와주기를 얼마나 고대하시는데, 서두르지 않고 어떡한단 말이냐?"

"사부님이 대체 누구요?"

"가보면 알 테니까 어서 행장이나 수습하려무나."

탕융은 부리나케 보따리를 꾸린 후 은냥(銀兩)을 전대 속에 넣고서 전립 쓰고, 요도 차고, 박도 들고 집 안에 있는 풀무와 쇠 부스러기는 그냥 내버린 채 흑선풍을 따라서 술집으로 갔다.

공손승은 흑선풍이 돌아온 것을 보고 원망한다.

"왜 이렇게 오래 있었니? 내 그만 도로 갈까 했다."

흑선풍은 감히 말대답도 못 하고 다만 탕융을 끌어당기면서 그에게 절하여 뵙게 한 후 그제야 자기들 두 사람이 결의형제한 경과를 고했다. 공손승도 이 사람이 대장장이란 말을 듣고 은근히 기뻐한다. 흑선풍은 사가지고 온 대추떡을 꺼내놓고 술을 가져온 후 세 사람은 함께 술을 마시고 또 대추떡으로 요기한 다음 무강진을 떠나 고당주를 향하여 길을 재촉했다.

세 사람이 이같이 하여 5리쯤 갔을 때 맞은편에서 오는 대종과 만났다. 그는 고당주까지 가서 송강에게 소식을 전하고 다시 공손승을 영접하러 나온 것이다.

공손승이 반가워하면서 싸움 형편이 어찌 되었느냐고 물으니까 대종이 대답한다.

"고렴이란 놈이 어깨에 화살 맞은 상처가 다 나아서 매일 군사를 거느리고 나와 싸움을 걸지만, 송공명 형님은 나가서 대적하지 못하고 지키고만 있답니다. 선생이 오시기만 그저 고대하고 있지요."

그 말을 듣고 공손승은 세 사람과 함께 고당주를 향하여 걸어가는데, 대채(大寨) 5리 밖에 이르자, 여방·곽성 두 사람이 백여 기 군마를 거느리고 나와서 영접한다. 네 사람은 그제야 말을 얻어타고 대채까지 갔다.

송강과 오용이 이때 영채 밖에까지 나와서 공손승을 영접하여 들이고 접풍주(接風酒)를 나누며 그동안 적조했던 이야기를 한 다음에, 모두 함께 중군장(中軍帳)으로 들어갔다.

그곳에 있던 두령들이 모두 나와서 인사를 드린다.

흑선풍은 탕융을 데리고 앞으로 나와서 송강·오용과 다른 두령들에게 인사를 시킨다. 이같이 서로 인사가 끝난 뒤에 송강은 곧 분부하여 크게 경하연석(慶賀宴席)을 베풀고 모두 즐겁게 놀도록 했다.

그 이튿날,

송강·오용·공손승 세 사람이 중군장상(中軍帳上)에 앉아서 고렴을 쳐 무찌를 일을 의논하자, 먼저 일청도인 공손승이 한마디 한다.

"주장(主將)이 영을 내려 군사가 나간 다음에 적세(敵勢)를 보아 빈도(貧道)가 스스로 구처(區處)할 것이니 과히 염려 마시지요."

송강은 그 말을 듣고, 즉시 영을 내려 전군(全軍)이 고당주 성 밑에 있는 개천에 가서 하채(下寨)하고, 이튿날 5경에 밥 지어 먹은 후에 송강·오용·공손승 세 사람은 진전에 말을 달려 나가, 기를 휘두르고 북을 치고 고함을 지르면서 성문으로 쳐들어갔다.

이때 고렴은 군졸의 보고를 받고 즉시 갑옷 입고 투구 쓰고 말을 타고 성문을 열어젖히고 조교(吊橋)를 내려놓고, 삼백신병(三百神兵)과 대소장교(大小將校)를 거느리고 성 밖으로 나왔다. 양군(兩軍)이 각기 진세(陣勢)를 돋우고 화강고(花腔鼓)를 둥둥 울린다.

이때, 송강의 진문(陣門)이 열리면서 열세 명의 장수가 내닫으니, 왼편의 다섯 장수는 화영·진명·주동·구붕·여방이요, 오른편 다섯 장수는 임충·손립·등비·마린·곽성이요, 중앙의 세 장수는 바로 송강·오용·공손승이다. 송강 등 세 명 총군주장(總軍主將)이 진전에 나와 대진(對陣)하고 바라보니, 이때 적진에서 금고(金鼓)가 일제히 울며 문기(門旗)가 열리면서 수십 명 군관의 옹위를 받고서 고렴이 말을 달려 나온다.

송강은 좌우를 보고 호령했다.

"누가 나가서 저 도둑을 당장 죽이겠느냐?"

말이 떨어지자 화영이 창을 비껴들고 말을 달려 나가니까, 이때 고렴이 또한 외친다.

"뉘 나가서 이 도둑을 잡아라!"

고렴의 소리가 떨어지자 그의 등 뒤에서 통제관대(統制官隊)의 상장(上將)으로 있는 설원휘(薛元輝)라는 장수가 쌍도(雙刀)를 들고 춤추며 달려 쫓아온다.

두 장수가 서로 어우러져 5, 6합 싸우다가 문득 화영이 못 이기는 체 말머리를 돌려 달아난다. 설원휘는 이것이 계책인 줄 모르고 급히 그 뒤를 쫓아간다.

화영은 창을 안장에 걸어놓고 즉시 몸을 돌이키면서 활을 쏘았다.

설원휘는 화살을 맞고, 말 위에서 그냥 거꾸로 떨어졌다.

고렴은 이 모양을 보고 노해서는 말안장에 걸어놓은 취수동패(聚獸

銅牌)를 떼어 들고 칼로 세 번을 쳤다. 그러자 돌연히 신병대(神兵除) 속에서 누런 모래가 회오리바람과 함께 일어나며 하늘이 캄캄해지더니, 함성이 크게 나면서 이리·늑대·호랑이·표범 따위 맹수 독충의 떼가 모래 속으로부터 달려나오는 게 아닌가.

송강의 군대가 모두 놀라서 달아나려 할 때, 공손승이 마상에서 한 자루 송문고정검(松文古定劍)을 높이 쳐들고 적군을 향하여 속으로 진언을 외우고서,

"빨리!"

이렇게 외치니까, 그의 칼끝에서 한 줄기 금광(金光)이 적진을 쏘면서 하늘을 덮었던 모래가 깨끗이 걷히고 맹수·독충의 무리들이 낙엽처럼 공중에서 우수수 떨어지는데, 자세히 보니 이것들은 짐승 모양으로 오려낸 종잇조각이다.

송강은 즉시 채찍을 들어 적진을 가리켰다. 그와 동시에 삼군이 일시에 적진을 돌격했다.

고렴은 마침내 크게 패하여 3백 명 신병을 거두어서 성으로 들어가, 성문을 굳게 닫고 나오지 않는다. 송강은 징을 쳐서 군사를 거둔 다음, 공손승의 신공도덕(神功道德)을 칭송하고 삼군을 크게 호상했다.

이튿날 송강은 다시 군사를 나누어 사면으로 성을 에워싸고 힘을 다하여 공격했으나 별로 효과가 없다.

공손승이 송강과 오용을 보고 말한다.

"우리 군사가 어제 이기기는 했으나, 아직 적을 절반도 못 죽였고, 또 3백 신병은 고스란히 살아서 돌아갔으니까, 저것들이 오늘 밤에는 필경 우리 영채를 몰래 치러 올 것이라, 물러가 이에 대비하는 게 좋겠소이다."

송강은 곧 그의 말에 쫓아서 삼군에 영을 내려 대채로 돌아왔다. 그리고 군사를 사면에 매복시킨 후 벽력 소리가 들리거든 일제히 내닫으

라 하고, 영채 안에서는 크게 잔치를 벌이고 술을 마셨다.

밤이 어두웠다. 여러 두령들이 각각 군사를 거느리고 멀리 떠나 사면에 매복하고 나자, 송강·오용·공손승·화영·진명·여방·곽성 등은 토산(土山) 위에 올라가 기다렸다.

그러자 과연 고렴이 3백 신병을 거느리고 나오는데, 군사들이 저마다 유황(硫黃)·염초(焰硝)·연화(烟火)·약료(藥料)를 감춘 철호로(鐵葫蘆)를 등에 지고, 제각기 손에 쇠갈고리를 쥐고, 입에는 노초(蘆哨)를 물었다. 그리고 3백 신병 뒤에 3천여 명 군마가 따라온다.

이같이 고렴의 군사가 송강군의 영채 앞에 당도하더니, 고렴이 마상에서 요술을 지으면서 칼을 들어 영채를 가리키며 진언을 외우고,

"빨리!"

하고 소리치니까, 별안간 흑기(黑氣)가 하늘을 찌르고, 모래와 돌이 날리더니 3백 신병이 철호로 주둥이에 불을 붙이고, 입으로 일제히 노초를 불며, 칼과 도끼를 휘두르면서 영채 안으로 뛰어들어갔다.

이때 토산(土山) 위에서 이것을 내려다본 공손승은 칼을 높이 쳐들고 법술(法術)을 베풀었다. 그와 동시에 아무도 없는 빈 영채 가운데서 돌연 우르르 벽력 소리가 요란하게 일어났다.

3백 신병이 깜짝 놀라 급히 뒤로 물러가려 할 때, 빈 영채 속에서 별안간 불이 나면서 사방으로부터 불길이 종횡으로 난비(亂飛)하는 통에 빠져나갈 길이 막히고, 또 사방에서 복병이 일제히 일어나 영채의 둘레를 철통같이 포위해버린다.

꼼짝 못 하고 고렴의 신병 3백 명은 모두 영채 안에서 죽고, 고렴만이 겨우 30여 기를 거느리고 동충서돌하여 간신히 목숨을 도망해 달아나자, 그 뒤를 송강군의 임충이 급히 쫓아간다. 고렴은 크게 패하여 겨우 7, 8기를 거느리고 성안으로 들어가면서 조교(吊橋)를 걷어버리고 성문을 굳게 닫고 백성들로 하여금 성을 지키게 하고는 신병 3백 명을 잃

어버린 것을 한탄했다.

그 이튿날, 송강이 다시 군사를 몰고 나와 성을 치는데, 그 형세가 매우 급하다.

고렴은 탄식했다.

'내가 오랫동안 배운 술법(術法)이 오늘날 이렇게 허무하게 깨어질 줄은 몰랐구나! 아무래도 사람을 이웃 고을로 보내서 구원을 청해야겠다!'

그는 이같이 생각하고는 즉시 편지 두 장을 쓴 후 통제관(統制官) 두 명을 불러 그 편지를 동창(東昌)과 구주(寇州) 두 곳으로 보냈다.

송강이 성을 에워싸고 맹렬히 공격하고 있을 때, 돌연히 서문(西門)이 열리더니 두 장수가 내달으면서 한사코 포위망을 뚫고 서쪽으로 달아나는 게 아닌가.

이때 송강군의 장수들이 그 뒤를 쫓아가는 것을 보고, 오용이 영을 내려 두 놈을 쫓아가지 못하게 한 후 송강에게 말한다.

"고렴이 이웃 고을로 구원병을 청하려고 사람을 보낸 모양이니, 이때를 타서 저놈의 꾀를 가지고 저놈을 잡아야겠소이다."

송강이 묻는다.

"군사(軍師)는 무슨 묘책이 있으시오?"

"성중의 군사가 약하고 장수는 적어서 고렴이 지금 구원을 청하러 보냈으니, 우리가 거짓 구응(救應)하는 원병(援兵)을 가장하고 길에서 우리끼리 혼전(混戰)하면 필연코 고렴이 성문을 열고 나와서 싸움을 도울 거니까, 그때를 타서 얼른 성에 들어가 성을 빼앗고 고렴은 좁은 길로 끌어들여 사로잡아버리는 게 좋겠지요."

이 말을 듣고 송강은 기뻐하고서 대종으로 하여금 양산박으로 올라가 2대 군마를 거느리고 두 길로 나누어 오게 했다.

한편, 고렴은 매일같이 밤만 되면 성중 넓은 벌판에 시초(柴草)를 산

같이 쌓아놓고 불을 질러 군호로 삼으면서 인군(隣郡)으로부터 구원병이 오기를 기다리고 있었는데, 며칠이 지나지 아니해서 성을 지키던 군사가 달려 들어와 보고하기를, 송강군이 성을 공격하지 않고 도리어 그들의 진중에서 혼란이 일어났다 한다.

고렴은 이 말을 듣고 급히 갑옷을 입고 성 위에 올라가 보니 멀리서 두 갈래 길로 다가오는데, 티끌은 햇볕을 가리고 고함 소리는 하늘을 찌르는데, 지금까지 성을 에워싸고 있던 송강의 군사는 사방으로 흩어져 달아나는 게 아닌가.

고렴은 인군에서 보내는 구원병이 오는 줄로 알고서, 즉시 성내에 있는 군사를 모조리 이끌고 성 밖으로 달려나가 바로 송강의 진문 앞에 이르렀다. 그때 송강은 화영과 진명과 함께 말을 몰아 작은 길로 달아났다.

고렴은 군사를 재촉하여 그 뒤를 쫓아갔다. 그러나 얼마 쫓아가지 않아서, 별안간 산 너머로부터 연주포(連珠砲) 소리가 탕 터진다.

고렴은 이 소리를 듣고 의심이 덜컥 일어났다. 그래서 급히 군사를 돌려 후퇴하려 할 때, 좌우 양쪽에서 별안간 바라 소리가 요란스럽게 들리며 왼편에서는 여방, 오른편에서는 곽성이 각각 5백 명 인마를 몰고 나와 들이친다. 고렴은 이 통에 수하 군졸을 태반이나 잃어버리고 간신히 길을 찾아 성을 바라보고 말을 달렸다.

그러나 고렴이 가까스로 위기를 벗어나서 달려오다가 성을 바라보니, 뜻밖에도 성 위에 꽂혀 있는 것이 모두가 양산박 기호(旗號)일 뿐, 자기를 구원하러 온 군마는 하나도 보이지 않는다.

고렴은 비로소 송강의 계교에 속은 줄 알고서 패졸잔병을 거느리고 말을 채찍질하여 산벽소로(山僻小路)로 들어갔다.

그러나 그가 10리도 못 갔을 때, 산 너머에서 함성이 요란하게 들리며 한 떼 군사가 길을 막으니, 앞선 대장은 손립이다. 고렴이 당황해서 급히 말머리를 돌려 달아나려 할 때, 또 한 떼 군사가 나타나 뒷길을 막으니, 앞선 장수는 주동이다.

고렴은 어떻게든지 위기를 벗어나려고 말을 버린 후 산 위로 기어 올라갔다. 그러나 산과 들에 까맣게 깔린 것이 양산박 군사다. 고렴은 좀처럼 위기를 면할 길이 없음을 깨닫고 급히 속으로 진언을 외우고서,

"일어라!"

하고 소리쳤다.

그러자 금시 그의 발밑에서 한 조각 검은 구름이 일어난다. 고렴은 그 구름 위에 올라서서 공중으로 떠올랐다.

바로 이때, 산모통이에서 공손승이 달려나오다가 이것을 보고, 그는 곧 칼을 들어 하늘을 가리키며 속으로 진언을 외운 다음,

"빨리!"

하고 외쳤다.

고렴이 구름으로부터 거꾸로 떨어진다. 이때 마침 곁에 있던 뇌횡이 급히 달려들어 칼로 내리치니, 고렴의 몸뚱어리는 두 동강이 되었다.

뇌횡이 고렴을 죽였다는 보고를 받고, 송강은 곧 군사를 거느리고 고당주 성내로 들어가서 먼저 영을 내려 군사들로 하여금 백성을 해치거나 재물을 빼앗지 못하게 한 다음, 사람을 대로(大牢)에 보내 시대관인을 구해오게 했다.

이때, 당로절급이나 압옥(押獄)이나 금자(禁子)들은 모두 도망해서 없고, 옥 안에는 4, 50명 죄수만 남아 있을 뿐이다. 그래서 죄수들을 일일이 칼을 벗기고 석방하는데, 소선풍 시진의 모양은 보이지 않는다.

송강은 근심하기를 마지않으며, 사람을 놓아 사방으로 찾아보게 했으나, 한곳 감방 안에 시황성의 일가 노소가 갇혀 있는 것과 또 다른 곳 감방에 창주로부터 잡혀온 시진의 일가 노소가 들어 있는 것을 알았을 뿐, 시진 한 사람만은 아무 데서도 발견하지 못했다.

오용은 고당주의 압옥, 금자의 무리를 모조리 불러모으고서 일일이 물어보았다. 그랬더니 그들 중의 한 사람이 나와서 말한다.

　　"소인은 당로절급 인인(藺仁)이라는 자이온데, 지부의 명을 받아 시대관인을 감수(監守)하고 있던 중, 바로 사흘 전에 고지부로부터 행형(行刑)하라는 분부를 받았더랬습니다. 그러나 소인은 시대관인을 차마 죽일 수가 없어서, 지금 그 사람이 병이 중하여 거의 죽게 되었으니 구태여 행형할 거 없다고 미뤄왔는데, 어제 또 죽이라는 재촉을 받고서 소인은 거짓말로 벌써 죽였다고 보고하고, 만일 지부가 사람을 보내서 알아보기라도 한다면 필경 시대관인도 죽고 저도 죽게 될 것 같기에, 간밤에 소인이 시대관인을 업고 뒤뜰에 있는 마른 우물가로 가서 칼을 벗기고 우물 속에다 넣었는데, 그 뒤에 어떻게 되었는지 생사(生死)는 알지 못하고 있습니다."

　　이 말을 듣고 송강은 즉시 그를 앞장세워 뒤뜰에 있는 마른 우물가로 가보았다.

　　허리를 꾸부리고 우물 속을 들여다보았으나 도무지 캄캄하여 얼마나 깊은지 밑바닥이 보이지 않는다. 소리를 질러보았으나 아무 대답이 없다. 시험 삼아 밧줄을 아래로 늘어뜨려 보니, 깊이가 8, 90척이나 된다.

　　"아마도 시대관인이 돌아가셨나 보지!"

　　송강이 눈물을 머금고 이같이 말하자 오용이 나서며,

　　"아니, 아직은 모릅니다. 너무 마음을 괴롭히지 마시지요."

　　하고 즉시 여러 두령들을 돌아보고,

　　"누구든지 저 속에 들어가서 허실(虛實)을 알아보고 올 사람이 없소?"

　　하고 물었다.

　　오용의 말이 떨어지자 흑선풍 이규가 썩 나선다.

　　"내가 들어가 보지요."

"그래라. 당초에 너 때문에 시대관인이 이렇게 된 거니까, 네가 들어가야만 사리에 맞을 게다."

송강이 이렇게 말하니까, 흑선풍이 한마디 한다.

"괜스레 모두들 겁을 집어먹고 못 들어가니까 내가 들어간다는 건데 그러네. 내가 내려간 다음 줄이나 끊지 마슈."

여러 사람이 웃음을 참고 우물 위에다 시렁을 매고 큰 광주리의 네 귀퉁이에다 밧줄을 건 다음에 흑선풍이 옷을 벗고 손에 도끼를 들고 광주리 속에 들어가니까, 광주리는 아래로 내려갔다.

우물 밑바닥에 광주리가 닿자, 흑선풍이 광주리에서 나와 두 손으로 사방을 더듬어보니, 손에 만져지는 것이 모두 해골뿐이다.

"이런 제기랄… 이게 모두 뭐야?"

그가 이렇게 중얼대며 다시 캄캄한 속에서 한쪽을 더듬어보니, 이번엔 정녕코 사람의 몸뚱어리가 손에 만져진다.

"시대관인 아니시오?"

그는 이렇게 소리를 질러보았으나 아무런 대답이 없다.

그는 몸뚱어리를 더듬더듬 찾아 얼굴을 갖다대어 보았다. 가만히 귀를 기울이니까, 숨은 아직 있는 모양이다.

그는 맘속으로 하늘과 땅에 감사하고, 그 몸뚱어리를 번쩍 들어 광주리 속에 담은 후 끈에 달린 방울을 흔들었다.

우물 위에서는 방울 소리를 듣고 즉시 밧줄을 당겨 올려놓고 보니, 광주리 속에 들어 있는 것이 바로 시진이다. 여러 사람이 모두 기뻐하면서 자세히 보니, 머리와 이마에 생채기가 있고, 양쪽 넓적다리도 생채기투성이고, 두 눈만 껌벅껌벅 떴다 감았다 한다.

참으로 처참한 형상이다.

송강이 이 모양을 보고 놀랍고 측은해서 즉시 의원을 불러다 진찰을 하게 하는데, 이때 우물 속에서 크게 외치는 소리가 울려 나온다.

그제야 흑선풍이 아직까지 우물 속에 들어 있는 것을 깨닫고, 송강은 즉시 광주리를 내려보내 그를 끌어올리게 했다.

우물 밖에 나온 흑선풍은 퉁퉁 부었다.

"모두들 맘보가 그래서는 못써! 그래, 어쩔 작정으로 날 우물 속에다 내버려두는 거야?"

그는 이렇게 투덜거렸다.

"시대관인을 구하느라고 경황이 없어서 좀 늦어진 게지, 일부러 너를 내버렸을 이치가 있니?"

송강은 이렇게 흑선풍을 위로한 다음에 군사들로 하여금 시진을 곱게 떠메어다가 수레에 뉘고, 두 집 식구들과 도로 찾은 허다한 재물을 모두 20여 채 수레에 실어 흑선풍과 뇌횡으로 하여금 그를 영솔하여 먼저 양산박으로 올라가게 한 후, 고렴의 집안 식구들과 하인까지 3, 40명은 거리에 내어다 모조리 목을 베고, 당로절급 인인에게는 상을 내리고, 다시 부고(府庫) 안에 있는 재물과 곡식과, 또 고렴의 집 안에 있는 재물을 모조리 수레에 실어 양산박으로 운송하게 한 다음, 대소 장교(大小將校)는 모두 고당주를 떠나 양산박으로 돌아갔다. 이같이 송강 군사가 회군(回軍)하는데, 그들은 지나가는 주현(州縣)에 털끝만큼도 손해를 안 끼쳤다.

수일이 지나서 양산박 대채에 도착하니, 이때 시진은 병상에서 일어나 송강에게 사례한다.

조개는 산꼭대기에 있는 송강의 집 가까운 곳에 새로 집을 한 채 세우고, 시진으로 하여금 그곳에 거처하도록 했다. 그리고 조개 이하 여러 두령들은 이번 고당주 싸움에서 시진과 탕융 두 호걸을 새로 얻은 것을 못내 기뻐하고, 며칠 동안 계속해서 경하연석(慶賀宴席)을 베풀고 산채의 상하가 함께 즐기었다.

관군의 연환갑마

이때, 동창(東昌)과 구주(寇州) 두 고을에서는 고렴이 죽고 고당주가 함락된 것을 알고, 즉시 표(表)를 작성하여 조정에 상주하고, 또 고당주로부터 피난해서 나온 관원들도 모두 서울에 들어가서 자세한 소식을 전했다.

고태위 고구는 둘도 없이 사랑하던 저의 조카 고렴이 도둑떼의 손에 죽은 것을 알고 몹시 분해했다. 그리고 이튿날 5경에 고태위는 대루원(待漏院)으로 들어가 경양종이 울리기를 기다려 궐내로 들어갔다. 백관이 모두 공복을 단정히 입고 단지(丹墀) 아래 사후조현(伺候朝見)하는데, 오경삼점이 되어 도군(道君) 황제가 전상에 납시자 정편(淨鞭)이 세 번 울렸다. 문무 양반이 조현하기를 마치자, 전두관(殿頭官)이 앞으로 나와서,

"일이 있거든 반을 나와 아뢰고, 일이 없거든 조회를 파하게 하라."

이같이 외친다. 이때 고태위가 출반주(出班奏)한다.

"양산박의 적수(敵首) 조개·송강의 무리가 여러 번 대악(大惡)을 지어 성지(城池)를 타겁(打劫)하고, 창오(倉廒)를 창로(搶擄)하며, 흉도악당(凶徒惡黨)을 취집(聚集)하여, 전번에는 제주서 관군을 살해하고 강주 무위군을 노략했고, 이번에는 고당주를 습격하여 관민을 살육하고 창오고장(倉廒庫藏)을 모조리 노략질해갔으니 이는 실로 심복대환(心腹大患)이라,

만약 일찍이 주멸하지 아니하여 적세가 강대해지고 보면 그때엔 제복(制伏)하기 어려울 것이오니, 복망하옵건대 속히 성단을 내리시옵소서."

황제는 듣고 크게 놀라, 즉시 고태위로 하여금 장수를 선택하고 군사를 뽑아 신속히 적류(賊類)를 소탕하라는 성지(聖旨)를 내렸다.

고태위가 다시 아뢰었다.

"초적(草賊)의 무리를 무찌르는 데 구태여 대병(大兵)을 일으킬 것은 없사오니, 신이 감히 한 사람을 천거하와 도둑을 소멸하게 하오리다."

"경이 천거하는 사람이면 어련할 게 아니겠으니, 곧 나아가게 하여 공을 세우게 하고, 상을 내린 후 벼슬을 올리게 하라."

천자가 또 이같이 말하자, 고태위가 계속해서 아뢴다.

"신이 천거하는 사람은 개국 초(開國初)에 하동명장(河東名將)이었던 호연찬(呼延贊)의 적파후손(嫡派後孫)으로 단명(單名)은 작(灼)이온데, 두 자루 동편(銅鞭)을 쓰되 만부부당지용(萬夫不當之勇)이 있사옵고, 그리고 여녕군 도통제로서 수하에 정병용장(精兵勇將)이 많이 있사오니, 이 사람으로 병마지휘사를 제수하시와 양산박을 치게 하시오면 마보 정예를 영솔하고 나아가 날을 기약하여 산채를 소청하고, 반사환조(班師還朝)하옵겠나이다."

천자가 고태위의 말을 듣고, 그리하라고 성지를 내린다.

이날 조회를 파한 후 고태위는 전수부에 나와 추밀원의 관원 한 사람으로 하여금 칙서를 받들고 여녕주로 가서 호연작을 불러올리도록 했다.

수일 후, 여녕주 도통제 호연작은 두회(頭盔)·의갑(衣甲)·안마(鞍馬)·기계를 수습하여 종인 30여 명을 거느리고 칙사를 따라 서울로 올라갔다.

그가 서울에 도착하여 바로 전수부에 들어가서 고태위에게 보이니, 고태위는 좋은 말로 그를 위로하고 후하게 상사(賞賜)를 내렸다. 그리고 이튿날 고태위는 호연작과 함께 궐내로 들어가 천자에게 보였다.

천자가 고태위와 함께 들어온 사람을 보니, 과연 인물이 비범하므로 용안(龍顏)에 희색을 띠고 척설오추마(踢雪烏騅馬) 한 필을 하사했다.

이 말은 온몸이 먹칠한 것같이 검고, 네 굽만 분칠한 것같이 흰 까닭에 이렇게 이름지은 것인데, 하루에 천리를 달리는 말이다.

호연작은 사은(謝恩)하고, 고태위를 따라 다시 전수부로 나와서 양산박 토벌할 일을 상의했다.

"은상께 아룁니다. 소인의 소견으로는 지금 양산박 형세가 군사도 많거니와 장수도 많고, 그 위에 그놈들의 무예가 모두 비범해서 도저히 경적하지 못할 것 같습니다. 소장이 두 사람을 천거하겠사오니, 이 두 사람을 선봉으로 나서게 한 후 군마를 거느리고 나가게 해주시기 바랍니다."

고태위가 묻는다.

"장군이 천거하겠다는 장수가 누구요?"

호연작이 아뢴다.

"한 사람은 지금 진주 단련사(陳州團練使)로 있는 한도(韓滔)인데, 이 사람은 본래 서울 태생으로 한 자루 조목삭(棗木槊)을 잘 쓰는 까닭에 사람들이 백승장군(百勝將軍)이라 부릅니다. 이 사람으로 선봉을 삼고, 또 한 명은 영주 단련사(潁州團練使)로 있는 팽기(彭玘)인데, 이 사람 역시 서울 태생으로 두 대(代) 장문(將門)의 자제입니다. 무예가 출중하고, 한 자루 삼첨양인도(三尖兩刃刀)를 잘 쓰는 까닭에 세상에서 천목장군(天目將軍)이라 부릅니다. 이 사람을 부선봉(副先鋒)으로 삼아야겠습니다."

고태위는 호연작의 의견을 듣고 기뻐했다.

"장군이 천거하는 두 장수를 선봉 삼는다면 양산박 광적(狂賊)을 내가 근심하지 않겠소."

이리하여 고태위는 즉시 문서 두 통을 만들어 추밀원 관원에게 주어, 밤을 도와 진주와 영주 두 곳에 가서 한도·팽기 두 장수를 서울로 불러 올리게 했다.

수일 지나서 두 사람은 서울에 도착하자, 전수부에 들어가 고태위와 호연작에게 인사를 드렸다.

이튿날 고태위는 모든 장수를 거느리고 어교장(御教場)으로 나가서 무예를 조련한 후, 전수부로 돌아와서 추밀원 관원들을 전부 모으고서 군사 회의를 열었다.

고태위가 호연작을 보고 물었다.

"장군의 삼로인마(三路人馬)가 모두 얼마나 되오?"

호연작이 대답한다.

"마군 5천에, 보군 1만이옵니다."

"그러면 장군은 한·팽 두 장수와 함께 고을로 돌아가서 정예(精銳)한 마군 3천과 보군 5천을 뽑아서는 양산박을 쳐부수기 바라오."

"네, 저희들의 마보군병(馬步軍兵)이 모두 정예한 터이오니 심려 마십시오. 다만 부족한 것은 의갑(衣甲)입니다. 이것을 완전히 준비하려면 자연 날짜가 걸릴 것이오니, 은상께서는 한(限)을 좀 넉넉히 해주시기 복망합니다."

"의갑이 부족하다면 갑장고(甲仗庫)에 가서 수목(數目)은 따질 것 없이 맘대로 의갑과 회도(盔刀)를 골라 속히 군마를 정돈하도록 하오. 출사(出師)하는 날엔 내 친히 점시하리라."

호연작이 고태위의 분부를 받고 갑장고에 가서, 철갑(鐵甲) 3천 부(副)와 숙피마갑(熟皮馬甲) 5천 부, 동철두회(銅鐵頭盔) 3천 정(頂), 장창(長槍) 2천 근(根), 곤도(滾刀) 1천 파(把)를 골라내고, 궁전(弓箭)을 끌어내니 궁전의 수효는 부지기수요, 화포(火砲), 철포(鐵砲)는 5백 가(架)도 더 된다.

행군(行軍)하는 날, 고태위가 전마(戰馬) 3천 필을 내리고, 호연작·한도·팽기 세 장수에게 각각 금은과 주단을 상 주고, 또 삼군에 양상(糧賞)을 내렸다.

세 장수는 필승군장(必勝軍狀)을 들여놓고서 고태위에게 하직을 고한

다음 성문을 나와 행군하니, 전군 개로(開路)는 한도요, 중군 주장(主將)은 호연작이요, 후군 최독(催督)은 팽기라, 마보삼군(馬步三軍)이 지금 호호탕탕하게 양산박을 향하여 치러 나가는 것이다.

이때, 양산박에서는 모든 호걸들이 취의청에 모여 조개·송강이 가운데 앉고, 윗자리에는 군사(軍師) 오용, 아랫자리에는 법사(法師) 공손승, 이렇게 여러 두령들이 모두 차례대로 둘러앉아서 시진의 무사함을 마음껏 즐겨하고 있었는데, 마침 원탐보마(遠探報馬)가 달려 들어오더니,

"지금 여녕주의 호연작이 군마를 거느리고 쳐들어옵니다."

하고 보고한다.

그 자리에 있던 모든 두령들이 보고를 듣고, 즉시 관군을 맞아 대적할 의논을 하는데, 군사 오용이 앞으로 나와서 말한다.

"내가 들으니, 호연작은 개국공신 하동 명장 호연찬의 적파후손이요, 무예가 출중하여 동편을 잘 쓴다 하니, 아마 쉽사리 때려잡기는 어려울 거요. 그러니까 내 생각 같아서는 먼저 용감히 싸우는 장수가 나가서 힘써 싸우고, 다음에 지혜로써 사로잡도록 하는 게 좋을 것 같소이다."

오용의 말이 끝나자마자 흑선풍이 한마디 한다.

"그거, 내가 나가서 싸울랍니다."

"가만있거라. 네가 나설 때가 아니다. 내가 하라는 대로 하기만 해!"

송강은 이같이 흑선풍을 꾸짖고, 즉시 장수들을 각각 분별하여 부서를 정하니,

진명은 두진(頭陣)을 치고,

임충은 제2진을 치고,

화영은 제3진을 치고,

호삼랑은 제4진을 치고,

손립은 제5진을 치되,

이 오대군마(五除軍馬)는 마치 물레바퀴처럼 서로 호응하여 전군(前

軍)이 후군(後軍) 되고, 후군이 전군 되어 번갈아가며 싸우게 하고, 송강은 두령 열 명을 거느리고 대대인마(大隊人馬)를 인솔하고서 후방에서 공격하기로 하니,

좌군(左軍)은 주동·뇌횡·목홍·황신·여방 다섯 사람이요,

우군(右軍)은 양웅·석수·구붕·마린·곽성 다섯 사람이요,

수로(水路)에는 이준·장횡·장순과 원가 삼형제가 선척(船隻)을 갖고서 접응하고,

그 외에 따로 흑선풍 이규와 양림 두 사람은 보군(步軍)을 거느리고 두 길로 나누어 매복하고 있다가 구응(救應)하게 했다.

송강이 이같이 부서를 작정하자, 먼저 두군(頭軍)의 진명이 군사를 이끌고 산에서 내려가 넓은 벌판에 이르러 진세를 벌였다. 때는 비록 겨울철이기는 했지만, 날씨가 매우 따뜻했다.

하루를 기다리니까, 이튿날 아침에 관군이 이르러 선봉대의 한도 장군이 군마를 영솔하여 채책(寨柵)을 세운다.

이날은 싸우지 않고, 이튿날 날이 밝으면서부터 양군이 대전하니, 삼통화고(三通畫鼓)가 울리며 진명이 말을 달려 진전에 나온다. 이때 관군 진영에서 진문이 열리면서 선봉대장 한도가 창을 비껴들고 말을 달려 나오더니, 진명을 보고 호령한다.

"천병(天兵)이 이제 이르렀거늘 네 어찌 항복하지 않고 대항하느냐? 속히 죽기를 자원하는 거냐? 내가 수박(水泊)을 무찌르고, 양산(梁山)을 깨뜨려, 네놈들 반적 떼를 모조리 사로잡아 서울로 올려보내 쇄시만단(碎屍萬段)할 것이니, 그리 알아라!"

진명은 본래 성질이 급한 사람인지라, 이 말에 대꾸도 않고 그냥 말을 몰아 나오며 낭아곤(狼牙棍)으로 한도를 치려 든다.

한도가 창을 꼬나잡고 나와서 마주 싸운다.

두 사람이 어우러져 싸우기를 20여 합 하고서, 한도가 힘이 부족해

서 달아나려고 할 때, 중군 주장 호연작이 그곳에 이르러 그 모양을 보고 쌍편(雙鞭)을 휘두르며 척설오추마를 휘몰아 진전으로 달려나왔다.

진명은 한도를 추격하지 않고 호연작을 상대하여 싸우려 하는데, 이때 마침 임충이 그곳에 당도해서는,

"진통제(秦統制)는 잠깐 쉬시오. 내가 저놈과 3백 합 싸우는 걸 구경하시오."

하고 큰소리로 외치고는 사모(蛇矛)를 비껴쥐고서 바로 호연작에게로 달려든다. 진명은 뒤로 물러나 군사를 거두어 왼편 산 너머로 들어갔다.

임충이 진명을 대신해서 호연작과 싸운다. 두 사람이 바로 적수이어서 사모가 오고 동편이 가다가 서로 부딪치면 번갯불이 번쩍한다. 또 동편이 가고 사모가 오다간 번갯불이 번쩍한다.

두 사람이 싸우기를 50여 합 하여도 승패가 나지 않더니, 문득 제3대 화영의 부대가 진문(陣門) 앞에 이르러,

"임장군은 잠깐 쉬시오. 내 저놈을 사로잡으리다."

하고 외친다.

임충이 말머리를 돌려 달아나자, 호연작도 그의 무예가 비상한 것을 보고 그 역시 본진(本陣)으로 돌아갔다.

화영이 창을 꼬나잡고 말을 달려 진전(陣前)으로 나가자, 마침 호연작의 후군이 당도하여, 팽기 장군이 삼첨양인도를 비껴쥐고 황화마(黃花馬)를 급히 몰아 나오며 큰소리로 화영을 꾸짖는다.

"이놈 역적 놈아! 빨리 나와 창을 받아라!"

화영이 아무 말 하지 않고 쫓아나가 팽기를 대적한다.

두 사람이 서로 싸우기를 20여 합 했을 때, 팽기의 칼 쓰는 법이 점점 어지러워지는 것을 보고 호연작이 내달아서 팽기를 도우려고 하자, 이때 마침 제4대 호삼랑의 군사가 이르러 큰소리로 외친다.

"장군은 잠깐 쉬십시오. 내가 그놈을 사로잡겠어요."

호삼랑의 음성을 듣고, 화영은 군사를 거느리고 오른편 산 뒤로 들어가버리고, 팽기가 호삼랑과 마주 싸우는데, 마침 제5대 손립이 이곳에 당도하여 말을 세우고 두 장수의 싸우는 모양을 보고 있다.

호삼랑과 팽기가 싸우는데, 하나는 대한도(大桿刀)를 쓰고, 하나는 쌍도(雙刀)를 쓰면서 살기가 등등하다. 그런데 두 사람이 이같이 맹렬히 싸우다가 불과 20여 합에 돌연 호삼랑이 말머리를 돌려 달아나는 게 아닌가.

팽기는 제가 공을 세우려고 그 뒤를 급히 쫓았다. 호삼랑은 조금 달아나다가, 쌍도를 말안장에 걸어놓고, 전포(戰袍) 아래서 스물네 개 쇠갈고리가 달린 홍금투삭(紅錦套索)을 꺼내 팽기의 말이 가까이 오자 그것을 휙 던지니까 팽기는 미처 몸을 피할 사이가 없어 그만 쇠갈고리에 얽혀 말 아래로 떨어졌다.

손립이 곧 군사를 호령하여 팽기를 묶어버렸다.

호연작이 이 꼴을 보고 크게 노해서 팽기를 구하려고 달려나오는 것을 호삼랑이 가로막는다. 호연작은 호삼랑과 십여 합 싸운 후 못 이기는 체하고 꽁무니를 빼다가, 호삼랑이 가까이 다가왔을 때 그가 잘 쓰는 쌍편을 들어 호삼랑의 정수리를 내리쳤다.

이때, 호삼랑은 워낙 눈이 밝고 손이 빠른 까닭에, 어느 틈에 쌍도를 번쩍 드니까, 내려오던 쌍편이 칼날 위에 떨어지면서 쨍그렁 소리를 내며 불빛이 번쩍 빛난다.

이 순간, 호삼랑은 말을 몰아 본진(本陣)으로 달아나므로 호연작은 그 뒤를 쫓아간다. 그런데 이때 손립이 내달으면서 앞을 가로막고, 또 송강의 중군이 도착하므로 호삼랑은 그만 군사를 이끌고 산 뒤로 숨어버렸다.

송강은 팽기가 사로잡혔다는 보고를 듣고 마음에 기꺼워서 진전에 나와 손립과 호연작이 싸우는 모양을 구경했다.

손립이 창을 팔에 걸고, 손에 죽절강편(竹節鋼鞭)을 들어 호연작을 대적하니, 두 장수의 장속한 모양이 비슷하다. 손립은 머리에 교각철복두(交角鐵幞頭)를 썼고, 이마에는 대홍라말액(大紅羅抹額)이요, 몸에는 백화점취조라포(百花點翠皁羅袍)에 오유창금갑(烏油槍金甲)인데, 한 필 오추마에 올라앉아 한 자루 죽절호안편(竹節虎眼鞭)을 쓰니, 과연 옛날의 울지공과 흡사하다.

그리고 호연작은 충천각철복두(沖天角鐵幞頭)를 머리에 쓰고, 소금황라말액(銷金黃羅抹額)을 이마에 띠고, 칠성타정조라포(七星打釘皁羅袍)에 오유대감개갑(烏油對嵌鎧甲)을 껴입고, 한 필 척설오추마에 올라앉아 두 자루 수마팔릉강편(水磨八稜鋼鞭)을 쓰니, 왼손에 든 것이 무게가 12근이요, 오른손에 든 것이 무게가 13근이라, 참으로 그의 선조 호연찬과 방불하다.

두 장수가 서로 어우러져 30여 합을 싸우건만 승패가 나지 아니하는데, 관군 진중에서 백승장군 한도는 이미 팽기가 사로잡힌 뒤인지라, 분함을 억제할 수 없어 군마를 휘동하여 일시에 총공격을 개시한다.

이것을 보고 송강은 채찍을 들어 한 번 가리켰다. 그와 동시에 열 명의 두령이 군사를 휘동하여 돌진하고, 배후에 있던 사로군병(四路軍兵)이 두 길로 나누어 좌우에서 협공하는데, 그 형세가 매우 급하므로 호연작은 급히 군사를 수습하여 진각(陣角)을 이루게 하고 굳게 지킨다. 그렇게 되자 송강의 군사는 더 치고 들어가지 못한다. 무슨 까닭이냐 하면 호연작의 진세(陣勢)는 '연환마(連環馬)'라는 진세이니 말은 모두 마갑(馬甲)을 입었고 다만 네 굽만 드러내었으며, 사람은 모두 갑옷을 입었고 오직 두 눈만 내놓고 있는 까닭이다. 이런 까닭으로 송강의 군대가 아무리 활로 쏘아도 관군은 조금도 두려워 않고, 도리어 마군 3천 명이 송강군을 향하여 화살을 빗발같이 쏘아온다. 도저히 깨칠 수 없는 형편이다.

이를 보고 송강이 징을 쳐서 군사를 거두니, 호연작도 20여 리를 물러가서 하채(下寨)했다.

송강이 군사를 이끌고, 산 서편에 이르러 주둔하고 나자, 군사들이 아까 사로잡은 팽기를 결박지어 들어왔다.

송강은 이 모양을 보고 즉시 일어나서 군사들을 호령하여 물리친 다음, 내려가서 친히 그의 몸에서 결박지은 끈을 풀러주고 장중(帳中)으로 그를 이끌어들인 후, 그 앞에 넙죽 엎드려 절했다.

팽기는 깜짝 놀라 얼른 일어나서 답례하고 묻는다.

"소장은 사로잡혀온 몸이니까 마땅히 목이 베일 것인데, 장군이 도리어 빈객(夜客)의 예로써 대하시니, 이 어찌된 일입니까?"

송강이 대답한다.

"우리가 세상이 넓다 해도 용신(容身)할 곳이 없어서 잠시 양산박에 몸을 감추고 있는 터인데, 이제 조정(朝廷)에서 장군을 보내 우리를 수포(收捕)케 하시니, 우리는 마땅히 목을 늘이고서 묶음을 받아야 도리에 옳을 것입니다. 그러나 목숨이 아까워 부득이 죄를 지으면서 호위(虎威)를 범했으니, 장군은 부디 우리를 용서해주십시오."

팽기가 말한다.

"급시우 송공명의 선성은 익히 듣자왔거니와, 이제 만나뵈니, 과연 의기심중(義氣深重)하신 것을 알겠습니다. 만일 장군께서 소장의 잔명(殘命)을 살려주신다면, 소장은 이 몸을 바쳐 보답하겠습니다."

송강이 듣고 크게 기뻐하면서 팽기로 하여금 그날로 양산박에 올라가 조천왕과 만나게 한 다음, 삼군과 여러 두령들을 호상(犒賞)하고서, 군정(軍情)을 의논했다.

한편, 호연작은 군사를 수습하여 한 곳에 하채(下寨)하고, 백승장군 한도를 청해 일을 의논하니, 한도가 말한다.

"오늘 도둑의 무리가 우리 진을 범하려 하다가, 감히 가까이 들어오지 못하고 제풀에 물러간 것은 우리의 장한 위세를 보고 스스로 겁낸 까닭일 겝니다. 내일 만약 우리의 군마를 모조리 내어 한꺼번에 몰아친다면 정녕코 이길 것이라고 생각하는데, 장군께서는 어떻게 생각하시는지?"

호연작이 말한다.

"장군의 말이 유리하오. 나도 그렇게 생각하고 있었소."

그는 이렇게 말하고 즉시 영을 내려, 마군 3천을 분배하여 30필씩 작대(作隊)하고, 각 대마다 철환(鐵環)으로써 연쇄(連鎖)하되, 만일 적군을 만나는 때엔 먼 곳에서는 활로 쏘고, 가까운 곳에서는 장창으로 찌르게 하며, 3천 연환마군(連環馬軍)이 나가는 때엔 5천 보군(步軍)이 그 뒤를 따라가며 책응하도록 하게 했다.

그 이튿날 아침이다. 송강은 군사를 오대(五隊)로 나누어 앞에 두고, 양로복병(兩路伏兵)은 좌우에 숨기고, 십원대장(十員大將)은 후군을 거느리게 한 다음, 먼저 진명으로 하여금 나아가 관군한테 싸움을 청하게 했다.

그러나 관군 진영에서는 크게 떠들고 고함지를 뿐, 좀처럼 나와서 싸우려 하지 않는다.

송강군의 전군오대(前軍五除)가 나란히 늘어서서 진전(陣前)으로 나가니 중간은 진명이요, 왼편은 임충과 호삼랑이요, 오른편은 화영과 손립인데, 그 뒤에서 송강은 열 사람의 대장을 거느리고 내달으니, 중중첩첩한 것이 모두 송강군이다.

그러나 대진(對陣)을 바라보니, 1천 명 보군(步軍)이 북만 치고 고함만 지를 뿐, 한 놈도 나와서 싸우려 들지 않는다.

송강이 이 모양을 보고 의심쩍어서 즉시 영을 내려 후군(後軍)을 물러가게 하고, 자기는 화영의 부대로 나아가서 적의 동정을 살피려 하는데, 이때 별안간 관군 진영에서 연주포가 탕 터지더니, 1천 명 보군이 좌우로 짝 갈라서면서 연환마군이 쏟아져 나오는 동시에 좌우에서는 활을 어지러이 쏘고, 가운데서는 모두 장창(長槍)을 들고 나온다.

송강은 크게 놀라 급히 영을 내려 전군이 일제히 활을 쏘게 했다.

그러나 아무 소용이 없다. 무슨 까닭이냐 하면, 관군은 매일대(每一隊)마다 30필 군마가 쇠고리로 서로 얽매여 있어 일시에 뛰는 까닭에, 그중 어느 한 말이 안 뛸 수가 없게 되어 있다. 이같이 서로 얽힌 3천 연환마가 한꺼번에 까맣게 산과 들을 휩쓸고 오는 바람에, 송강군의 전방 5대 군마는 이를 당해낼 수 없어서 뿔뿔이 흩어지니까, 뒤에서 행군해 오던 군사들도 앞을 다투면서 모두들 도망하는 게 아닌가.

송강은 너무도 당황해서 말을 채쳐 달아났다. 열 사람 대장이 전후 좌우로 그를 옹위하여 달아나는데, 그 등 뒤에서 일대(一隊)의 연환마가 급히 추격한다.

형세가 매우 위급해졌을 때, 마침 흑선풍과 양림의 복병이 내달아서 송강을 구하여 물가에 이르자, 이준·장횡·장순과 원가 삼형제의 수군 (水軍) 두령이 전선(戰船)을 거느리고서 그를 접응한다.

송강이 급히 배에 올라탄 후 즉시 영을 내려 군사들로 하여금 여러 두령들을 접응하게 할 때, 벌써 적의 연환마가 물가에까지 닥쳐와서 어지러이 활을 쏘는 게 아닌가.

다행히 선창에 방패가 많이 있었기 때문에 이것으로써 화살을 막아내면서 배를 재촉하여 압취탄까지 건너갔다.

송강이 언덕에 올라 인마(人馬)를 점고해보니, 이번 싸움에 인마를 절반이나 잃었다. 그래도 두령 가운데는 한 명도 중상을 당한 사람이 없다.

조금 있으려니까, 석용·시천·손신·고대수 등이 목숨을 도망하여 언덕으로 올라와서,

"보군(步軍)이 벌떼처럼 몰려와서 집을 함부로 부수는데, 만약 수군(水軍)에서 배를 가지고 접응해주지 아니했다면, 우리는 다 사로잡혔지, 한 사람도 돌아오지 못했을 겁니다."

이같이 보고한다. 송강은 그들에게 좋은 말로 위로한 다음, 여러 두령들을 점검해보니, 임충·뇌횡·흑선풍·석수·손신·황신 이렇게 여섯 두령이 화살에 맞았고, 졸개들로서 부상당한 것들은 이루 그 수효를 모를 지경이다.

이때, 대채(大寨)에서 조개가 보고를 받고서, 오용과 함께 수채(水寨)로 내려와 좋은 말로 그들을 위로하고 수군(水軍)에 분부하여 채책을 견고히 하고, 선척을 정돈하여 탄두(灘頭)를 굳게 지키게 한 후, 송강을 보고 함께 대채로 돌아가 편히 쉬자고 권했으나, 송강은 끝내 듣지 않고 그대로 수채에 머물러 있겠다 하므로, 하는 수 없이 조개는 상처 입은 두령들만 데리고서 대채로 돌아갔다.

한편, 관군의 호연작은 싸움에 이기고서 본채로 돌아가 연환마(連環馬)를 풀어놓고, 모든 장수들로부터 전과(戰果)를 보고받으니, 적을 사살한 수효는 부지기수요, 생금(生擒)한 것만 5백여 명이고, 빼앗은 전마(戰馬)가 3백여 필이다. 호연작은 즉시 첩서(捷書)를 작성하여 서울로 보고하게 하고, 삼군을 호상한 다음, 다시 양산박 공격할 준비를 시작했다.

이때, 서울 고태위는 전수부(殿帥府)에 좌정하고 있었는데, 호연작으로부터 양산박 도적떼와 싸워 크게 승리했다는 보고가 올라왔는지라 대단히 기뻐했다. 그리고 이튿날 궐내에 들어가 천자에게 사실을 아뢰었다. 황제도 매우 만족하고서 황봉어주(黃封御酒) 열 병과 금포(錦袍) 한 벌과 상전(賞錢) 10만 관(貫)을 하사하여 칙사로 하여금 호연작에게 전하게 했다.

호연작은 칙사가 오는 것을 알고서 한도와 함께 20리 밖에까지 나아가 영접하여 채중(寨中)으로 모셔 들인 후, 천은(天恩)에 감사하고, 술을 내어 칙사를 관대하는 한편, 선봉장군 한도로 하여금 군사들에게 상전을 나누어주게 하고, 사로잡은 양산박 군사 5백여 명은 그냥 채중에 가두어두었다가 양산박 괴수들을 잡는 날 함께 서울로 압송하기로 했다.

그러자 칙사가 한마디 묻는다.

"팽장군은 어쩌다가 적에게 사로잡혔나요?"

호연작이 대답한다.

"송강을 잡을 욕심이 앞서서 너무 깊이 중지(重地)에 들어갔다가 그만 사로잡혔답니다. 이번 싸움에 저희가 크게 패했으니까, 다시는 못 나올 줄로 짐작하외다마는, 하루속히 산채를 소탕하고 해변(海邊)을 숙청하여 도둑을 모조리 잡아버린 후 그놈들의 소굴을 부숴버려야 하겠는데, 양산박 사면이 물바다인 까닭으로 치고 들어갈 길이 없는 게 한(恨)이외다. 아무리 생각하여도 화포비타(火砲飛打)가 아니고서는 적의 소굴을 무찌를 도리가 없겠는데, 전일 들으니까 서울에 능진(凌振)이라는 포수가 있어 별호를 굉천뢰(轟天雷)라 부르는데, 이 사람이 화포(火砲)를 잘 만들고 한 번 쏘면 족히 15리 밖에까지 날아가 석포(石砲)가 떨어지는 곳에는 천붕지함(天崩地陷)하고 산도석렬(山倒石裂)한다 합디다. 이 사람을 얻어야만 도둑을 소탕할 수 있을 터이니, 칙사는 이번 돌아가시거든 고태위께 말씀하여 이 사람을 급히 내려보내시도록 해주십시오."

칙사가 응낙하고 서울로 돌아가서 이대로 고태위에게 보고하니까, 고태위는 즉시 갑장고 부사포수(甲仗庫副使砲手) 능진을 부르게 했다.

능진은 본래 연릉(燕陵) 사람으로 지금 송조(宋朝) 천하에서 제일가는 포수였다. 그래서 사람들이 그를 '굉천뢰'라 부르는 터인데, 게다가 그의 무예가 또한 비범하다.

능진이 고태위의 명령을 받고 전수부에 들어와서 참배하니까, 고태위는 행군통령관(行軍統領官)의 문빙(文憑)을 만들어주고, 안마(鞍馬)와 군기(軍器)를 수습하여 곧 떠나게 했다.

능진은 여러 가지 연화약료(煙火藥料)와 제색화포(諸色火砲)와 각종 포석포가(砲石砲架) 등을 수레에 가득 싣고, 의갑(衣甲), 회도(盔刀), 행리(行李) 등속을 챙겨가진 후, 3, 40명 군한(軍漢)을 거느리고 서울을 떠나 바로 양산박으로 향했다.

여러 날 만에 능진이 행영(行營)에 도착하여 주장(主將) 호연작에게 인사드리고 선봉장군 한도에게 인사드린 후, 수채(水寨)의 원근노정(遠近路程)과 산채의 험준거처(險峻去處)를 물은 다음, 세 가지 종류의 포석을 벌여놓고서 산채를 공격하기로 작정했다.

세 가지 종류의 포석이란 무엇이냐 하면, 제1은 풍화포(風火砲)요, 제2는 금륜포(金輪砲)요, 제3은 자모포(子母砲)인데, 먼저 군사들로 하여금 해변가에다 포가를 설치하게 하고, 그러고 나서 장차 대포를 놓기로 준비한다.

이때 송강은 압취탄 소채(小寨)에 앉아서 군사 오학구와 함께 적을 깨뜨릴 궁리를 의논하고 있었으나 별로 신통한 대책이 없었다. 그러자 정탐하러 나갔던 군사가 들어와서 보고하기를,

"호연작의 군대에 새로 능진이라는 포수가 서울서 내려왔는데, 지금 해변가에다 포가를 세우고, 화포를 쏘아 우리 영채를 치려고 한답니다."

라고 한다. 이 말을 듣고 오학구가 송강을 보고 말한다.

"무어 별로 염려할 거 없소이다. 우리 산채가 사면이 모두 물바다요, 그리고 완자성(宛子城)이 해변가에서 멀리 떨어져 있으니까, 제아무리 비천화포(飛天火砲)를 터뜨린다 하더라도 성에는 떨어지지 못합니다. 그러니까 여기서 이럴 거 없이, 압취탄 소채를 버리고 잠시 대채로 올라가서 저것들이 어쩌는가 형세를 관망하다가 다시 의논을 정하십시다."

송강은 그 말에 찬성하고서 여러 두령들과 함께 압취탄을 떠나 산으로 올라갔다.

조개와 공손승이 그들을 취의청으로 맞아들이고서, 적세(敵勢)가 이

렇게 강대하니 장차 어찌하면 좋겠느냐고 한창 의논이 부산했는데, 갑자기 산 아래에서 포성(砲聲)이 크게 진동한다.

그들은 즉시 졸개를 아래로 내려보내 정세를 알아보게 했다. 조금 있다가 졸개가 돌아와 보고하기를 관군이 연속해서 화포를 세 방 쏘았는데, 두 개는 물속에 떨어지고 한 개는 바로 압취탄 소채 위에 떨어졌다고 한다.

송강은 이 말을 듣고 마음이 더욱 초조해지고 다른 두령들도 모두 얼굴빛이 변했다.

이때 오학구가 말한다.

"아무래도 그 사람 능진이라는 사람을 먼저 잡은 뒤에, 파적(破敵)할 일을 의논해야겠소이다."

그러자 조개가 말한다.

"이준·장횡·장순과 삼원(三阮), 이렇게 여섯 두령은 내가 시키는 대로 이렇게 이렇게 하고, 주동·뇌횡 두 두령은 또 이렇게 이렇게 하면, 아마 일이 잘될 거요."

조개는 이렇게 말하고서 자세히 계책을 일러주므로, 여섯 두령은 두 대로 나뉘어서, 먼저 이준과 장횡이 4, 50명 물에 익은 수군을 거느리고 한 척 쾌선(快船)을 타고서 갈대 수풀 우거진 곳으로 가만히 가고, 그 뒤를 장순과 원가 삼형제가 작은 배 40여 척을 이끌고 따라 나갔다.

이같이 출동한 이준과 장횡이 물을 건너 저쪽 언덕에 올라가자, 즉시 고함치고 달려가서 포가(砲架)를 뒤집어놓았다. 관군의 군사가 급히 달려가서 능진에게 사실을 고했다.

능진은 즉시 창을 들고 말에 올라탄 후 군사 1천여 명을 거느리고 쏜살같이 해변가로 달려나왔다.

이때 이준과 장횡은 졸개들을 데리고 허겁지겁 달아난다. 능진은 그 뒤를 쫓아 갈대 수풀 우거진 해변가에 이르렀다. 가만히 보니, 해변가에

작은 배 4, 50척이 일자로 벌여 있고, 배 위에 있는 사람이 모두 백여 명 되어 보이는데, 이준과 장횡의 무리가 배 안으로 뛰어든 뒤에도 배는 얼른 떠나지 않다가 관군이 가까이 온 다음에야 모두 배 위에서 물속으로 뛰어든다.

능진은 즉시 군마를 휘동하여 그 배를 모조리 뺏어 탔다. 건너편 언덕 위에서는 주동과 뇌횡이 북을 치면서 고함을 지른다. 능진은 그것을 우습게 보고 즉시 뱃머리를 그리로 돌려 나아갔다.

조금 가다가 배가 바야흐로 강 가운데에 이르렀을 때 언덕 위에서 주동·뇌횡의 무리가 바라를 요란하게 울리니까, 별안간 물속에서 4, 50명 수군(水軍)이 불쑥 솟으면서, 일시에 배의 고물 아래 박아놓은 설자(屑子)를 빼버리는 게 아닌가. 그와 동시에 물이 용솟음쳐 배 속으로 들어오자, 물속에서 솟아나온 양산박 수군들이 좌우에서 달려들어 배를 모조리 뒤집어버리는 순간, 배에 탔던 관군들은 한 놈 남지 않고 모두 물속으로 떨어졌다.

능진은 깜짝 놀라, 밑이 빠진 배를 그대로 돌려 달아나보려고 애썼다. 그러나 조금도 못 가서 그 배도 뒤집어지며 그는 물속으로 떨어졌다. 이때 물속에 숨어 있던 원소이가 능진을 껴안고서 물결을 헤치고 몸을 솟구쳐 언덕으로 끌고 나왔다.

이때 관군의 주장 호연작이 급보를 받고 쫓아 나왔으나, 배는 이미 모두 압취탄으로 건너간 뒤요, 활을 쏘아도 화살이 닿지 아니하는 까닭으로 어찌할 도리가 없고, 또한 사람도 보이지 않는다. 분한 생각은 가슴을 터지게 하지만, 어찌해볼 도리가 없어서 한동안 해변가에 섰다가 호연작은 본채로 돌아갔다.

한편, 이준·장횡 등 여러 두령은 능진을 사로잡아 결박하여 앞세우고 산채로 올라가며 먼저 사람을 보내어 기별한 고로, 송강과 기타 뭇 두령들이 관(關)에 내려와 능진을 보더니, 송강은 친히 그 묶은 것을 끌러주고, 도리어 주동과 뇌횡을 꾸짖는다.

"내가 여러 사람한테 이르기를, 부디 통령(統領)을 예(禮)로써 청하여 산으로 모셔 올리라 했는데, 이렇게 무례하게 하는 법이 어디 있단 말이오?"

묶인 것이 풀리자 능진은 송강을 향하여, 자기를 죽이지 않고 이같이 후대하는 것에 사례했다.

송강은 친히 술잔을 들어 그에게 권하고, 그러고서 능진의 손을 잡고 함께 산채로 올라갔다.

능진이 송강을 따라서 대채(大寨)로 가보니, 얼마 전에 사로잡혔던 팽기 장군이 뜻밖에도 두령이 되어서 자리에 앉아 있는 게 아닌가.

하도 어이가 없어서 말도 안 나오는데, 팽기가 능진 앞으로 나서면서 권한다.

"조천왕, 송공명 두 두령이 체천행도(替天行道)하고, 호걸들을 널리 초청해가며, 오직 국태민안(國泰民安)하기만 바라는 터이니, 우리가 이미 이곳에 이른 바에야 다만 명(命)에 따르는 것이 옳을까 보외다."

그러자 곁에서 송강이 또 간절히 권한다.

이렇게 되고 보니, 능진도 마음이 돌아서지 아니할 수 없다.

"나도 여기 있어도 좋겠지만, 다만 노모와 처자가 모두 서울에 있으니, 만일 내가 여기 있는 일이 드러나는 날에는 가족들이 성하게 살아 있지 못할 것이라 이것이 걱정이외다."

능진이 이렇게 말하자 송강이 말한다.

"그걸랑 염려 마십시오. 내가 날짜를 정해놓고서 댁의 가족을 이리로 모셔오겠소이다."

능진이 이 말을 듣고 양산박 두령들과 의(義) 맺기를 쾌히 승낙하니까, 모든 두령들이 기뻐했다.

그 이튿날,

취의청에 크게 연석을 베풀고 여러 두령들이 술을 마시며 즐기는 자리에서, 송강이 '연환마'를 깨칠 방책이 없는 것을 한탄하자, 금전표자 탕융이 나서서 말한다.

"제가 한 말씀 여쭙겠습니다. 제 조상이 대대로 군기(軍器)를 만드는 것이 업이었고, 선친도 이로 인하여 노충 경략상공의 지우(知遇)를 받아 연안부 지채(知寨)가 되셨던 터인데, 그 당시 '연환마'를 써서 싸움에 여러 번 이기셨습니다. 그런데 이 '연환마'를 깨치는 데는 오직 구겸창법(鉤鎌槍法)밖에 없고, 제가 그 도본을 가지고 있으니까 만들려면 어렵지는 않습니다만, 쓰는 법은 제가 모릅니다. 이 법을 아는 사람은 저의 이종형님 한 사람뿐인데, 조상 때부터 전해 내려와서 배운 재주라, 마상(馬上)에서 쓰는 법과, 보전(步戰)에서 쓰는 법이 각각 법도(法度)가 달라서 참으로 신출귀몰하지요."

그의 말이 끝나자 '호랑이 대가리' 임충이 한마디 묻는다.

"그 사람이 혹시 금창반 교사(金槍班教師) 서녕(徐寧)이 아니오?"

"네, 바로 그 사람입니다."

임충은 좌중을 둘러보고 말한다.

"지금 탕두령(湯頭領)이 말하지 아니했다면, 나도 잊어버릴 뻔했소이다. 서녕의 금창법(金槍法)과 구겸창법은 정말 천하 독보(天下獨步)지요. 내가 서울 있을 때는 자주 상종하면서 서로 무예도 견주어보고, 피차에 서로 공경하고 지냈었는데, 지금 그 사람을 여기까지 불러올 방법이 있어야지?"

탕융이 말한다.

"한 가지 방법이 있습니다. 서녕의 집에 조상 때부터 내려오는 갑옷 한 벌이 있는데, 정말 희귀한 물건이지요. 제가 어렸을 때 선친을 따라 외숙을 뵈러 갔을 때 구경했지요. 그 갑옷은 안령갑(雁翎甲)이라는 것인데, 몸에 입으면 지극히 가벼우면서도 도검전시(刀劍箭矢)가 뚫고 들어오지 못하는 까닭으로 소문이 나기를 그 갑옷은 새당예(賽唐猊)라 했지요. 그래 귀공자들이 모두 한 번 구경시켜달라고 청했건만 좀처럼 보여주지 않고, 갑옷 위하기를 제 목숨처럼 위하면서 항상 피갑자(皮匣子) 속에 넣어 와방(臥房)의 들보에다 매달아둔답니다. 만약에 이 갑옷만 훔쳐온다면 제가 아무리 싫어도 여기까지 오지 않고는 못 배길 겝니다."

이 말을 듣고 오용이,

"그거 어렵지 않소. 수단이 놀라운 형제가 있으니까, 일은 다 된 거나 진배없소."

하고 시천을 돌아다보며,

"한번 수고를 좀 하시구려."

한다. 시천은 주저하지 아니하고 대답한다.

"물건만 있다면야 장담하고 훔쳐내 오지요."

탕융이 말한다.

"시두령이 갑옷만 훔쳐낸다면, 서녕을 산으로 끌어올리는 소임은 제가 하겠습니다."

"어떻게 산으로 끌어올리겠단 말인가요?"

송강이 물으니까, 탕융은 송강의 귀에다 대고 가만가만히 무어라고 말한다.

송강이 웃으면서,

"그래, 그렇지. 딴은 계교가 묘한데! 그럼 곧들 떠나구려."

이같이 말한다. 그러자 오용이 말한다.

"그럼 이번 길에 아주 세 사람을 더 보내서 한 사람은 서울로 올라가서 연화약료(煙火藥料)와 포내(砲內)에 쓰는 약재(藥材)를 사오게 하고, 한 사람은 능통령의 택권을 모셔오도록 하십시다."

이 말을 듣고 팽기가 나서면서 한마디 한다.

"이왕이면 한 사람만 더 내시어 영주에 있는 우리 집 식구까지 데려다 주십시오. 그러면 내가 평생 그 은덕을 잊어버리지 않겠소이다."

송강은 이 말을 듣고 쾌히 승낙했다. 그리고 즉시 명령하기를, 양림은 영주로 가서 팽기의 가족을 데려오게 하고, 설영은 고약을 파는 사람처럼 가장하고 서울로 올라가서 능진의 가족을 데려오게 하고, 이운은 장돌뱅이같이 차리고 역시 서울로 올라가서 연화약료 같은 것을 사오게 하고, 악화는 탕융과 함께 동행하라 했다.

영을 내린 뒤에 먼저 시천을 산에서 내려보내고, 탕융은 구겸창 도본(圖本)을 그려놓은 뒤에 떠나게 하고, 서녕을 데려오는 동안 뇌횡에게 구겸창 만드는 일을 감독케 하니, 이렇게 하는 까닭은 본래 뇌횡의 조상이 타철(打鐵) 출신인 까닭이다.

이리하여 송강의 명령을 받고 시천은 몇 가지 암기(暗器)와 필요한 물건을 몸에 감추고서 양산박을 떠났다.

며칠 후에 서울에 도착해서 객줏집에 들어가 하룻밤 자고 이튿날 성내에 들어가서 금창반 교사 서녕의 집을 찾았다.

시천이 한 사람을 붙들고 서녕의 집을 물으니까, 그 사람이 일러준다.

"반문(班門) 안으로 들어가서 동쪽으로 다섯째 집 흑각자문(黑角字門)이 바로 그 어른 댁입니다."

시천은 그 집을 찾아가서 먼저 앞문을 보고, 다음에 뒤로 돌아가서 뒷문을 찬찬히 살피니까 사면이 모두 높은 담장이고, 담 안에는 두 간쯤 되는 작은 누각이 있는데, 그 옆에는 창주(戧柱) 하나가 서 있다.

자세히 살펴본 다음, 시천은 거리로 나와서 다시 가겟방에 들어가서 물어보았다.

"서교사(徐教師)가 지금 댁에 계실까요?"

"아마 궐내(闕內)에 들어가 수직(隨直)하고 안 나오셨을 겁니다."

"언제쯤 나오실는지 모르시나요?"

"아마 늦어야 나오실 게요. 그리고 5경이면 또 들어가시나 봅디다."

"고맙습니다."

시천은 그 사람에게 인사를 하고, 객줏집으로 돌아와 여러 가지 연장을 품속에 감춘 다음 심부름하는 아이를 불러 당부했다.

"애야, 내가 오늘 밤에는 아마 못 돌아올 것 같다. 그러니 방을 잘 봐다오."

"아무 염려 마십쇼. 예가 금성(禁城)이라서 도적은 없습니다."

시천은 속으로 웃고, 다시 성내로 들어가서 저녁밥을 사먹은 후 서녕의 집 근처에 와서 살펴보니, 골목 좌우에 아무 데도 몸을 감출 곳이 보이지 않는다.

그러는 사이에 어느덧 날이 저물었다.

시천은 다시 반문(班門) 안으로 들어갔다. 이날 밤하늘은 캄캄하고 날씨는 몹시 차다.

시천은 토지묘(土地廟) 뒤에 서 있는 큰 잣나무 위로 올라가, 그중 높은 가지 위에 가만히 올라앉아서 서녕의 집을 내려다보았다.

조금 있다가 서녕이 두 명 군졸한테 초롱을 밝혀 들고 돌아와서 자기는 안으로 들어가고, 군졸은 대문을 잠근 다음 각기 저희 집으로 돌아간다.

그러자 금고(禁鼓) 소리가 울린다. 귀를 기울이고 들으니까 바로 초경(初更)이다. 바람은 차고 하늘에는 별빛도 보이지 않고, 이슬이 내리다가 서리로 변해버린다.

반내(班內)가 괴괴해진 후, 시천은 나무에서 내려와 즉시 서녕의 집 뒷문으로 가서 그 높은 담을 타고 넘는데, 조금도 힘 안 들이고서 수월히 넘어갔다.

그는 발자국 소리를 내지 않고 주방 앞에까지 가서 가만히 안을 엿보았다. 등불 빛이 환한데 시비(侍婢) 두 명이 아직도 설거지를 하고 있다.

시천은 창주 위로 올라가 박풍판(膊風板) 밑에 납작 엎드린 후 누상

(樓上)을 바라보았다.

주인 서녕이 지금 그의 부인과 화롯가에 앉아 불을 쬐고 있는데, 부인은 두 손으로 6, 7세 되어 보이는 어린아이를 가슴 앞에 끌어안고 있는 것이었다.

시천이 눈을 들어 와방(臥房) 안을 두루 살펴보니, 과연 들보 위에 피갑(皮匣)이 달려 있고, 방문 어귀에 궁전(弓箭)과 요도(腰刀)가 걸려 있고, 의가(衣架) 위에는 각색 옷가지가 걸려 있다.

그때, 서녕이 시비를 부르는 소리가 들린다.

"매향아, 올라와서 내 옷을 개켜놓아라."

"네."

시비 하나가 긴대답을 하고 누상으로 올라오더니, 먼저 자수원령(紫綉圓領)을 개키고, 다음에 관록친리오자(官綠襯裏襖子)와 오색화수척관(五色花繡踢串)과 호항채색금파(護項彩色錦帕)와 홍록결자(紅綠結子)와 수파(手帕)를 차례로 개켜 황보(黃袱)에 싸서 홍롱(烘籠) 위에 올려놓는다.

시천은 이 모양을 찬찬히 모두 눈여겨 보아두었다.

2경이 넘어서야 서녕은 옷을 벗고 자리에 들어간다. 그때 부인이 묻는다.

"내일도 수직(隨直)하러 들어가세요?"

"들어가고말고. 내일은 천자께서 용부궁(龍符宮)으로 거동하시는 날이니까, 일찍 일어나 5경에는 들어가 뵈어야 할 거요."

부인은 이 말을 듣고 즉시 매향을 불러 당부한다.

"애야, 관인(官人)께서 내일 5경에 수반(隨班)하러 들어가신다니, 너희들은 4경에 일어나서 조반을 차려드려야겠다."

시천이 이 소리를 듣고 속으로 생각했다.

'가만있자. 저 들보 위에 매달린 피갑이 정녕코 갑옷을 넣어둔 것일 게라. 밤중에 일을 했으면 좋겠는데… 혹시나 실수가 있고 보면 내일

성에서 나가기가 어려울 것이니… 차라리 5경이 지난 뒤에 일을 착수하는 게 좋겠다….'

이렇게 마음을 정하고 나서 귀를 기울이고 들으니, 서녕 내외와 아이가 침상 위에서 잠이 들었고, 시비 두 명도 방문 밖에다 자리를 깔고 자는데, 방 안 탁자 위에는 등불을 그대로 켜놓고 있다.

서녕의 집 식구 다섯 사람이 모두 잠이 들었는데, 그중에도 시비들은 종일 심부름을 했는지라 아주 곤하게 잠들어 코를 골기까지 한다.

시천은 창주 위에서 내려와 품속에서 노관(蘆管)을 꺼내 창살 틈으로 들이밀고 후 불었다.

등불이 탁 꺼졌다. 그리고 가만히 엎드려서 동정을 살피려니까 4경쯤 되어 먼저 서녕이 일어나더니 시비를 불러 물을 데워오라고 분부한다.

매향이 잠결에,

"네."

대답하고 눈을 떠보니, 등불이 꺼져 있다.

"에구! 불이 왜 꺼졌을까?"

이상하다 생각하고 뇌까리니까,

"어서 뒤에 가서 불을 켜가지고 올 것이지, 무얼 하는 거냐?"

하고 서녕이 꾸중한다.

매향은 누문(樓門)을 열고 호제(胡梯)로 내려간다.

시천은 이 모양을 보고 즉시 뒷문 옆의 캄캄한 구석에 가서 몸을 숨기고 앉았다가, 매향이 뒷문을 열고 나와 뒤꼍으로 가는 것을 보고는 즉시 부엌으로 들어가, 한구석에 놓인 탁자 밑에 들어가서 쭈그리고 앉았다.

매향이 불을 켜가지고 뒷문을 다시 걸고 누상으로 올라가자, 또 한 명 시비는 부엌으로 들어와서 화로에 숯불을 피우고 물을 데운다.

조금 있다가 물이 끓으니까, 시비는 세숫물 대야를 들고 누상으로 올라간다.

서녕은 세수를 하고 난 뒤에, 뜨거운 술을 가져오라고 명령한다. 시비는 술을 데워 고기와 취병(炊餠)을 쟁반에 받쳐들고 방으로 들어갔다.

서녕은 음식을 먹은 후 밖에서 당직하는 군졸을 불러 밥을 먹인 후, 금창(金槍)을 군졸한테 들려 누상으로부터 내려오니, 두 명 시비가 등불을 들고 문밖까지 따라나간다.

시천은 이때를 타서 탁자 밑에서 기어나와 가만히 누상으로 올라가 들보 위에 몸을 찰싹 붙이고 엎드렸다.

주인을 전송하고 들어온 두 명 시비가 문을 닫아걸고 누상으로 올라오더니 불을 끄고 옷을 벗고 자리 속에 들어가서는 이내 코를 곤다.

시천은 시비들이 잠이 깊이 들기를 기다려 품속으로부터 갈대를 꺼내 입에 물고서, 들보 위에서 아래에 놓인 탁자 위의 완등(碗燈) 불을 혹 불었다. 불이 탁 꺼지고 방 안이 완전히 캄캄해졌다.

시천은 어둠 속에서 분주히 손을 놀려, 들보에 매어달린 피갑을 떼어 들었다.

그가 들보에서 피갑을 훔쳐 가만히 아래로 내려오는데 발끝이 잘못 닿아서 부스럭 소리가 났다.

이때 서녕의 부인이 잠결에 이 소리를 듣고,

"애야, 들보에서 지금 무슨 소리가 나지 않았니?"

하고 묻는다.

시천은 얼른 쥐 소리를 내었다.

시비 매향이 이 소리를 듣고 말한다.

"쥐들이 지랄을 하는구먼요."

시천은 계속해서 쥐들이 싸우는 소리를 내면서 아래로 내려와 가만히 방문을 열고 밖으로 나와서 천연스럽게 피갑을 등에 짊어지고 층계를 내려갔다.

뒷문을 열고 밖으로 나와 반문(班門) 앞에 이르니까, 4경이면 으레 수반인(隨班人)이 나와서 문을 열어놓는 법인지라, 반문이 활짝 열려 있다.

시천은 피갑을 짊어진 채 천연스럽게 사람들 틈에 끼어 성문 밖으로 나갔다.

날이 아직도 채 밝지 아니했다. 그는 객줏집에 가서 맡겨두었던 보따리를 수습하여 심부름하는 아이를 불러 방세를 치른 후, 객줏집을 나와서 그냥 동쪽으로 걸음을 재촉하여 걸었다.

시천이 이같이 걸어서 40리쯤 갔을 때, 길가에 음식점이 하나 보인다. 시천은 그 집으로 들어가서 밥을 시켜놓고 밥상이 나와서 막 밥을 먹으려니까, 한 사람이 뚜벅뚜벅 식당으로 들어온다.

시천이 눈을 들어 바라보니, 다른 사람 아니라 신행태보 대종이다.

두 사람은 서로 인사하고 시천이 벌써 피갑을 훔쳐 나온 것을 보고는 대종이 가만히 말한다.

"나는 갑옷을 가지고 한 걸음 먼저 갈 테니까 시두령은 탕두령하고 같이 천천히 오시구려."

시천은 곧 승낙하고서 피갑을 열고 안령갑을 꺼내 보에다 싸가지고 대종에게 주었다.

대종은 보를 등에 지고 밖으로 나와 즉시 신행법을 발휘하여 양산박으로 향했다.

대종이 떠난 뒤 시천은 객줏집 주인을 불러서 셈을 치른 다음에, 빈 껍질 피갑을 짊어지고서 다시 길을 떠났다.

그가 약 20리쯤 갔을 때, 맞은편에서 탕융이 걸어오므로 두 사람은 서로 눈짓하고서 술집으로 들어갔다.

탁자 앞에 앉더니, 먼저 탕융이 조그만 소리로 가만히 말한다.

"시두령, 잘 들어두시오. 그저 이 길로만 곧장 가는데, 길거리에서 주점이고, 반점(飯店)이고, 객점(客店)이고 간에, 문 위에 백분(白粉)으로 동그라미를 그려놓은 집이거든 그 집에 들어가서 술도 사먹고 밥도 사먹고, 또 객점이거든 하룻밤 쉬어가도 좋은데, 무엇보다도 이 피갑이 사람들 눈에 잘 띄도록 하슈. 그리고 너무 멀리 가지는 마슈."

시천이 그렇게 하마고 약속하고 떠나자, 탕융은 천천히 술을 사먹고 자기는 서울로 향하여 길을 떠났다.

한편, 이때 서녕의 집에서는 날이 환히 밝았을 때 시비들이 일어나보니 누문(樓門)도 방긋이 열려 있고 새벽녘에 다시 걸어놓은 중문과 대문도 고리가 벗겨지고 빗장이 빠져 있다.

괴상한 일이라 생각하고 시비들이 깜짝 놀라 분주하게 집안을 한 차례 둘러본 다음 누상으로 올라가서 부인한테 고했다.

"이상한데요? 문이 모두 열려 있구먼요. 그런데 잃어버린 것은 아무것도 없는 모양이구요."

부인이 말한다.

"5경 때 들보 위에서 무슨 소리가 나지 않데? 너는 쥐들이 지랄한다고 했지만…, 어디 피갑이 잘 있나 보려무나."

시비들이 그제야 들보 위를 쳐다보더니,

"에구머니!"

하고 소리를 지르는 게 아닌가.

"피갑이 없어졌어요!"

부인은 허둥지둥 자리에서 일어났다.

"얘야! 빨리 사람을 용부궁으로 보내서 관인(官人)께 곧 오시라고 해야겠다."

부인이 말하자, 시비는 즉시 밖으로 나가 사람을 얻어서는 용부궁에 가서 서녕에게 이 일을 알리게 했다.

그러나 심부름 갔던 사람이 세 번이나 용부궁에 갔다가 돌아와서 하는 말이, 금창반이 대가(大駕)를 모시고 바로 내원(內苑)으로 들어갔는데, 궁문을 파수 보는 군사들이 아무도 안에 들어가지 못하게 해서 그대로 돌아올밖에 별도리가 없었다 한다.

서녕의 부인과 시비 두 명은 가슴이 달아 어쩔 줄을 모르고 밥도 안 먹고 차도 안 마시고 한군데 모여앉아서 애를 태우고 있는데, 저녁때나 되어서야 의포복색(衣袍服色)을 벗어 당직 군사에게 짊어지워서 금창을 손에 들고 서녕이 집으로 돌아왔다.

그가 반문(班門)을 들어서려니까 이웃 사람들이 나와서 그에게 이야기한다.

"댁에서 도적을 맞으셨답니다. 아침때부터 댁에서는 관인께서 돌아오시기만 고대고대하고 계신답니다."

서녕이 깜짝 놀라 급히 집으로 들어가니, 시비들이 대문간에 달려와서 말한다.

"관인께서 5경에 나가시자마자 도적놈이 들보 위에 있는 피갑을 훔쳐갔어요. 이 노릇을 어쩌면 좋아요?"

"뭐라고?"

서녕은 소리를 지르고 급히 누상으로 뛰어올라가 들보를 쳐다보니, 과연 새벽녘에 자기가 집을 나설 때까지도 들보에 매달려 있던 피갑이 온 데 간 데가 없다.

서녕은 자리에 털썩 주저앉았다. 별안간 사지에서 맥이 풀리는 것 같다.

"대관절 그 도적놈이 언제 들어왔을까요?"

부인이 이렇게 묻는 말에, 서녕은 한숨을 후 쉬면서,

"다른 것은 잃어버린대도 그다지 아깝지 않지만, 그 피갑 속에 든 안령갑으로 말하면, 사대조(四代祖) 할아버지 때부터 전해 내려오는 보물이란 말이야. 언젠가 화아왕태위(花兒王太尉)가 3만 관(貫)을 줄 테니 자기한테 팔아달라고 조르는 것을 내가 끝까지 승낙하지 않고 팔지 않은 것은, 이다음 군전진후(軍前陣後)에 요긴하게 쓰일 때가 있을 게라… 그래서 안 팔고 두어두고서 남이 보자 해도 없다고 핑계 대고 아무한테도 구경을 시키지 아니했는데, 이제 도적맞았다는 소문이 나기만 하면, 남들이 얼마나 나를 비웃을 거냐 말이야!"

이렇게 탄식한 후 밥도 안 먹고 자리에 들어갔다. 그러나 잠이 올 리가 없다.

'아마도 우리 집에 있는 갑옷을 무척 탐내던 어떤 흉측한 놈이 비싼 값에 팔자 해도 내가 안 파니까, 비상한 재주를 가진 도적놈을 시켜서 훔쳐간 모양이로구나. 그런데 그렇다면 그걸 대관절 어디 가서 도로 찾아온단 말인고!'

이런 궁리, 저런 궁리, 뜬 눈으로 하룻밤을 새우고 날이 밝자, 당직 군사가 서녕에게 들어와서 보고한다.

"연안부 지채의 자제 되시는 탕융이라는 분이 지금 찾아오셨습니다."

듣고 보니 아는 사람이라, 서녕은 그를 청해 들이라 했다.

탕융이 들어와 절하고 인사드린 후 말한다.

"형님, 그사이 안녕하셨습니까?"

서녕은 그에게 자리를 권하고 나서 말했다.

"아저씨께서 작고하신 것은 내가 알았었지만, 몸이 구슬에 매여 있는 데다가 원체 길이 멀어서 그동안 한 번도 조상가지 못했네. 그리고 자네 소식도 전혀 모르고 지냈는데, 지금 자네는 어디 살고 있으며 또 무슨 일로 이렇게 여기까지 왔는가?"

"장황해서… 천천히 말씀드리지요. 아버님께서 돌아가신 뒤로 저는 이리저리 유랑하다가 이번에 산동(山東)을 거쳐 서울로 올라가는 길에 잠깐 형님을 찾아뵙는 겝니다."

서녕은 탕융의 말을 듣고 기뻐하면서 시비를 불러 주식을 내오게 하여 관대하자, 탕융은 자기가 들고 온 보따리를 끄르고 그 속으로부터 양정산조금(兩錠蒜條金) 20냥 되는 것을 꺼내 서녕에게 주면서 말했다.

"이것은 저의 선친께서 임종 시에 형님한테 유념(遺念)으로 갖도록 보내라 하신 것인데, 보낼 사람이 마땅치 않아서 여태까지 제가 그냥 갖고 있었습니다."

서녕은 사례하고 그것을 받은 뒤에 다시 술을 권하며 같이 먹지만, 아무래도 얼굴에 수색이 가득해 보인다. 탕융이 한마디 묻는다.

"신색이 좋지 않으시니 웬일이십니까? 혹시나 무슨 근심되는 일이 있으십니까?"

서녕이 한숨을 후 쉬고 대답한다.

"내가 간밤에 도적을 맞아서 그런다네."

"아니, 도적을 맞으셨어요? 그래, 무얼 잃어버리셨나요?"

"조상 때부터 세전지물(世傳之物)로 내려오던 '안령갑'을 잃어버렸다네."

"안령갑을 잃으셨어요? 그럼, 그게 '새당예'라고 하는 거 아닙니까? 저도 그전에 한 번 본 일이 있는데요, 선친께서도 여러 번 칭찬하시더군요. 참말 희귀한 보물인데, 그걸 잃어버리셨군요… 그런데 대체 어디다 두셨길래 도적을 맞으면서도 아무도 몰랐을까요?"

"피갑에다 넣어서 와방(臥房)의 들보 위에다 매달아놓았는데, 대체 도적놈이 언제 어디로 어떻게 들어와서 훔쳐갔는지를 모르겠네그려."

"피갑이라니, 그게 어떻게 생긴 것입니까?"

"홍양피갑(紅羊皮匣)이라네. 그 속에다 안령갑을 향면(香綿)에 싸서 넣어두었다네."

탕융은 능청맞게 놀라는 표정을 지으면서 묻는다.

"홍양피갑이라고 하시니 생각납니다. 혹시나 그 피갑 위에다 '백선록운두여의(白線綠雲頭如意)'라고 수를 놓고 가운데다가는 사자(獅子)를 수놓은 것이 아닙니까?"

"아니, 자네가 어디서 그런 걸 봤나?"

"제가 간밤에 성 밖 40리쯤 떨어진 곳에서 객줏집에 들어가서 하룻밤을 묵고 떠나는데, 얼굴 빛깔이 검고 눈알이 불량해 보이고, 몸이 파리해 보이는 자가 피갑을 하나 옆에 놓고 술을 사먹고 있기에, 저게 대체 무엇일꼬? 마음에 괴이쩍어서 그 사람보고 '여보, 그 홍양피갑 속에 무에 들었소?' 하고 물어보니까, 그자가 대답하기를, '본래는 갑옷을 넣었던 것인데, 지금은 헌옷이 들었소.' 이렇게 말하더군요. 제가 가만히 보니, 그놈이 발을 다쳤는지 한쪽 다리를 질질 끌더군요. 지금이라도 곧 쫓아가면 그자를 잡을 수 있을 것 같습니다."

이 말을 듣고 서녕은 금시에 생기가 났다. 그는 즉시 마혜 신고, 요도 차고, 박도 들고 탕융과 함께 바로 동곽문(東郭門)을 나서서 그자의 뒤를 쫓아가는데, 얼마 안 가서 길거리에 술집이 하나 보인다.

탕융은 그 집 문 위에 백분으로 동그라미 그려놓은 것을 흘끗 보고, 서녕을 향하여 한마디 건넨다.

"형님 술 한잔 사먹고 가십시다."

서녕이 그를 따라서 술집으로 들어서자 탕융은 주인을 보고 묻는다.

"여보 주인, 말 좀 물어봅시다. 혹시나 눈이 좀 불량하고, 빛깔은 검고 빼빼 마른 사람이 '홍양피갑'을 짊어지고 가는 거 못 보았소?"

주인이 대답한다.

"그런 사람이 있었지요. 바로 어젯밤에 제 집에서 하룻밤 자고 오늘 아침에 떠났는데요. 아마 다리를 다친 모양이지요? 양쪽 다리를 잘 못 쓰면서 절름절름 걸어가더군요."

구겸창의 비법

탕융은 서녕을 돌아다보고 한마디 하는 것이었다.

"형님, 지금 주인이 하는 말을 들으셨지요?"

그러나 서녕은 눈이 둥그레져서 무어라고 대답도 못 하는 게 아닌가. 탕융은 술값을 치러주고 서녕과 함께 술집에서 나왔다.

두 사람은 다시 부지런히 걸어 해가 서산으로 넘어가려 할 무렵 한 곳에 당도하니, 길가에 백분으로 동그라미를 문 위에 그려놓은 객줏집이 보인다. 탕융이 서녕을 보고 말한다.

"형님, 다리가 아파 더 갈 수 없으니 오늘은 그만 이 집에 들어가 묵고 내일 다시 쫓아갑시다."

서녕도 반대하지 아니하고 함께 객줏집으로 들어갔다.

저녁밥을 먹은 후 탕융이 다시 심부름하는 아이를 불러 물으니까, 과연 눈이 불량하고, 빛깔이 검고, 몸이 파리한 사람이 점심때 이 집에 와서 쉬고 느지막하게 떠났는데, 산동(山東) 길을 묻더라고 이야기한다.

"그럼, 제가 멀리 못 갔을 겝니다. 내일 새벽 일찍 쫓아가면 붙잡게 되겠지요."

탕융은 이렇게 말하고, 두 사람은 그 밤을 그 집에서 쉬고, 이튿날 새벽 4경에 일어나 다시 길을 가는데, 문 위에 백분으로 동그라미 그려놓은 술집에만 들어가서 술 한 잔 사먹고 물어보면 대답이 모두 한결같다.

서녕은 갑옷 찾기에 정신이 쏠린 사람인지라 그저 탕융만 따라가는데, 그날도 해가 이미 저물었을 때 마주 보이는 곳에 고묘(古廟) 하나가서 있고 그 앞 나무 밑에 한 사람이 앉아 있는데, 옆에다 피갑을 하나 놓고 있는 모양이 눈에 보인다. 탕융은 서녕을 돌아다보고 말했다.

"형님, 저게 바로 그 피갑이 아닙니까?"

서녕은 대답도 않고 그 사람한테로 뛰어가, 시천의 멱살을 움켜쥐고 소리를 가다듬어 꾸짖었다.

"네 이놈! 아주 대담한 도적놈이로구나! 우리 집 갑옷을 훔쳐서, 네이놈, 어디로 가는 거냐?"

시천은 멱살을 잡힌 채 손을 내저으면서 대꾸한다.

"여보, 시끄럽게 굴지 마슈! 내가 그래 당신네 갑옷을 훔쳤다면 나를당신이 어쩔 작정이오?"

"얘 이놈 봐라! 적반하장이라더니, 뭣이 어쩌고 어째?"

"시끄럽게 떠들 거 없고, 우선 피갑 속에 갑옷이 들었나, 안 들었나보고 나서 말을 하슈."

그 말에, 서녕 곁에 섰던 탕융이 달려들어 피갑을 열고 보니, 피갑 속에는 아무것도 없다. 서녕은 또 멱살을 잡아 흔들면서 물었다.

"이놈아! 갑옷을 어쨌느냐?"

시천이 대답한다.

"나는 태안주(泰安州)에 사는 장일(張一)이라는 사람이오. 우리 고을재주(財主) 한 분이 노충 경략상공께 선물하려고 마땅한 물건을 고르던중에, 당신 집에 '안령갑'이라는 보물이 있는데 돈은 얼마를 주어도 팔지 않는다는 소문을 듣고, 나하고 이삼(李三)이라는 친구더러 돈 일만관(貫)을 줄 테니 훔쳐내오라고 합디다. 그래 이삼이하고 둘이 당신 집에 들어갔던 것인데, 나는 창주(戧柱) 위에서 내려오다가 그만 다리를 다쳤기 때문에 이삼이더러 먼저 갑옷을 가지고 가라 이르고, 난 이렇게 빈 피갑만 지고 가는 길인데 당신이 만약 나를 여기서 관가로 끌고 들어가 도적으로 몰아 죽일 생각이라면, 난 죽으면 죽었지 끝까지 바른대로 대지 않을 거요. 만약 당신이 나를 용서해준다면 내가 당신을 데리고 가서 어떻게든지 갑옷을 도로 찾도록 해드리리다."

이 말을 듣고 서녕은 어찌했으면 좋을지 생각나지 아니하는 듯 입을 다물고 있다.

그 모양을 보고 탕융이 말한다.

"형님, 저놈이 우리 손에 잡혔는데, 제가 어디로 도망가겠습니까? 제 말대로 저놈을 앞장세우고 태안주까지 가서 갑옷을 찾도록 하시지요. 만일 끝끝내 갑옷을 못 찾게 되거든, 그때 그곳에도 관사(官司)가 있을 게니까, 관사에 정장해서 일을 처리하도록 하면 될 거 아닙니까?"

서녕은 이 말을 듣고 옳게 여기고서, 시천의 멱살을 놓고 세 사람이 함께 길을 걸어갔다.

그날 밤은 세 사람이 함께 객줏집에 들어가 자고 이튿날 다시 길을 떠나는데, 서녕은 갑옷을 과연 찾게 될까 어떨까 안심이 되지 아니해서 길을 걸으면서도 얼굴에 수심이 가득하다. 한참 걸어가는데, 맞은편에서 한 사람이 말을 타고 빈 마차를 한 대 끌고 오다가 가까이 이르러서 탕융을 보더니, 얼른 땅에 내려와서 절을 한다.

탕융은 그 사나이를 보고 묻는다.

"자네 어디서 오는 길인가?"

그 사나이가 대답한다.

"정주(鄭州) 가서 매매하고, 지금 태안주로 돌아가는 길입니다."

"그럼 마침 잘됐네. 우리는 태안주로 가는 길인데, 동행 중에 발을 다친 사람이 있어 걸음을 잘 못 걸으니, 그 수레에다 좀 태워줄 수 없겠나?"

"그럭합쇼. 한 분만 타실 게 아니라 세 분이 다 타시죠."

탕융이 기뻐하면서 서녕을 그 사나이와 인사시키니까 서녕이 묻는다.

"이분이 누구신가?"

"제가 작년에 태안주로 소향(燒香)하러 갔다가 이 친구하고 알게 됐는데 의기(義氣)가 있는 사람이죠. 이름은 이영(李榮)이라는 사람입니다."

서녕은 그제야 이영과 인사를 나눈 후 탕융과 시천과 함께 수레 위에 올라탔다.

한참 가다가 서녕이 시천을 보고 묻는다.

"장일(張一)아, 네가 말한 재주(財主)가 성명이 누구냐?"

시천은 한참 동안 대답하기를 꺼려하더니 간신히 말한다.

"곽대관인(郭大官人)이라오."

이 소리를 듣고 탕융이 이영을 건너다보고 묻는다.

"여보게 아우님, 태안주에 곽대관인이라는 사람이 살고 있나?"

이영이 대답한다.

"우리 고을 곽대관인이라면 바로 상호재주(上戶財主)로, 관환(官宦)들과 사귀며 서로 왕래하고, 문객(門客)들을 많이 기르기로 유명한 사람이죠."

서녕은 이 말을 듣고 속으로,

'장일을 시켜 갑옷을 훔쳐간 놈을 알았으니, 이제는 갑옷을 도로 찾기가 어렵지 않겠다!'

이렇게 생각하고 마음이 약간 누그러졌다.

수레를 몰고 가면서 이영은 창술·봉술을 설명하고, 또 갖가지 노래를 부르는 통에 지루한 줄 모르게 하루하루가 간다. 며칠 지나서 양산박에 거의 가까이 왔을 때, 이영은 데리고 오던 하인을 불러 호리병 하나를 주면서, 가서 술을 사오라고 한다. 하인은 가서 술과 고기를 사가지고 왔다.

이영은 하인한테서 술을 받아 우선 한 잔 따라서 서녕에게 권한다. 서녕이 받아서 마시고 나자, 이영은 하인에게 또 한 잔 따르라 했는데, 하인이 술을 따르려 하다가 실수하여 호리병을 떨어뜨려 그만 술병이 깨져버리는 게 아닌가.

이영은 일부러 노한 체하고 어서 다시 가서 술을 사오라고 호령하는데, 이때 벌써 서녕은 입으로 침을 게제제 흘리며 정신을 잃고 수레 위에 그대로 쓰러져버린다. 이영이란 다른 사람 아니라 양산박 두령 악화(樂和)다. 악화는 서녕이 쓰러지는 것을 보자, 즉시 탕융·시천과 함께 그대로 수레를 몰아서 바로 주귀의 주점으로 달렸다.

세 사람은 주귀의 주점에서 다시 서녕을 배에다 옮겨 싣고 금사탄을 건너가 언덕 위에 오르니 송강이 벌써 알고 여러 두령들과 함께 내려와서 그들을 영접하고, 즉시 해약(解藥)을 서녕의 입에 흘려 넣었다.

해약이 들어간 뒤에 조금 있다가 비로소 마약으로부터 깨어난 서녕은, 눈을 뜨고 여러 사람을 둘러보더니, 깜짝 놀라면서 탕융을 보고 한 마디 한다.

"여보게, 어째서 자네가 나를 속여 이런 데로 끌고 왔나?"

탕융은 서녕에게 전후 사정을 사실대로 말했다. 자기가 송공명이 천하호걸들을 모으고 있다는 말을 들은 후, 무강진에서 흑선풍 이규를 만나 양산박에 들어온 일과, 이번에 관군의 대장 호연작이 연환갑마(連環甲馬)를 사용하는데 도저히 깨칠 수 없어서 자기가 구겸창법이 아니고는 연환갑마를 무찌르지 못할 것임을 말하고, 그리하여 서녕을 양산박으로 모셔오기 위해서 일부러 시천으로 하여금 서녕의 집에 있는 갑옷을 훔쳐내게 한 후, 그 이튿날 자기가 찾아가서 서녕을 속여 이리 온 것이라는 사실을 이야기하니까 서녕은,

"그러지 말고 나를 도로 보내주게."

라고 말한다.

이때 곁에서 송강이 술잔을 들고 앞으로 나와 말한다.

"여보시오. 우리가 이곳에서 사람을 죽이고 재물을 빼앗는 나쁜 일을 하는 것이 아니외다. 착한 일과 의로운 일만 하면서 나라에 충성하고 백성을 편안하게 만들려고 양산박에 웅거하고 있는 터이니, 서관찰(徐觀察)도 우리와 함께 하늘을 대신해서 도(道)를 행합시다."

그러자 또 곁에서 임충이 나서서 말한다.

"소제(小弟)도 여기 들어와 있소이다. 형장의 청덕(淸德)은 이미 이곳 여러 형제들이 알고 있는 터이니, 형장은 너무 고사(苦辭)하지 마시오."

서녕은 한참 동안 아무 말도 않고 생각하더니 탕융을 돌아다보고,

"그럼 내 처자는 어떻게 된단 말인가? 내가 여기 들어온 게 발각되는 날이면 내 집 식구들은 모두 관가에 잡혀가서 갖은 고초를 겪어야 할 거 아닌가?"

이렇게 말한다.

"관찰, 그건 조금도 염려 마시오. 댁의 권솔은 이 사람이 책임지고 불일내로 모셔오리다."

송강이 이렇게 말하고, 즉시 대종과 탕융 두 사람을 서울로 올려보내 서녕의 가족을 데려오게 했다.

그 후 열흘이 못 되어 양림은 영주에서 팽기의 가족을, 그리고 설영은 서울에서 능진의 가족을 각각 데려오고, 이운은 연화약료(煙火藥料)를 사가지고 오고, 다시 수일이 지나서 대종과 탕융이 서녕의 가족들을 데리고 산으로 올라온다.

이리해서 마침내 서녕은 조개·송강 등 모든 두령들과 형제의 의를 맺고 양산박 두령의 한 사람이 되고 말았다.

그다음 날,

조개·송강·오용·공손승은 모든 두령들과 함께 취의청에 앉아서 구겸창 쓰는 법을 보여달라고 서녕에게 청했다.

서녕이 승낙하고 뜰아래 내려가서, 한 자루 구겸창을 손에 들고 온갖 비법(祕法)을 발휘하는데, 과연 입신(入神)의 묘기(妙技)라 모든 두령들은 박수갈채했다.

서녕은 한 차례 묘기를 보인 후, 둘러서 있는 군사들을 향하여 구겸창법을 가르친다.

"마상(馬上)에서 이 병장기를 쓸 때에는, 상중칠로(上中七路) 구개변법(九箇變法)이 있으니, 세 번 걸고, 네 번 헤치고, 한 번은 찌르고, 한 번은 끄는 것이요, 만약 보행하다가 이 구겸창을 쓸 때에는, 먼저 입보사발(入步四撥)로 문호를 활짝 열고서 십이 보(步)에 일변(一變), 십륙 보에 대전신(大轉身)하여 창을 뒤로 물리는 듯 세차게 찌르고, 이십사 보에 위를 찌를 듯 아래를 치고, 동편을 걸며 서편을 헤치고, 삼십육 보에 혼신개호(渾身蓋護)하여 탈경투강(奪硬鬪强)하는 것이니, 이것이 바로 구겸창의 정법(正法)이다. '사발삼구통칠로(四撥三鈞通七路) 공분구변합신기(共分九變合神機) 이십사보나전후(二十四步那前後) 일십육번대전위(一十六飜大轉圍)', 이것이 시결(詩訣)이니까, 이 시결을 명심하고서 법대로 익히도록 하여라."

서녕은 이같이 구겸창 쓰는 법을 대강 설명한 후 다시 창을 들고 쓰는 법을 한 수 한 수 차례로 보여준다. 키는 6척 5촌이나 되고 검은 수염이 의젓한 그가 묘기를 발휘하니까 모든 사람이 박수갈채하며 만족해했다.

시범을 마친 후, 서녕은 송강·조개 등 두령들과 상의하여 힘세고 몸이 날쌘 군사들을 추려 창법을 배워 익히게 했다. 그리고 이날부터 보군(步軍)에게는 수풀에 숨고 풀밭에 엎드려 말의 다리를 걸어당기고 볼기를 찌르는 하면삼로(下面三路)의 비법을 연습시켰다. 이렇게 훈련을 시키기 시작하여 보름이 지나니까 5, 6백 명의 군사가 모두 창법에 익숙해지고 하면삼로의 비법에 도통해버렸다.

조개 이하 여러 두령들은 크게 기뻐하고, 그날부터 물을 건너가 관군을 격파할 모든 준비를 시작했다.

한편, 관군의 대장 호연작은 팽기와 능진 두 장수를 잃은 뒤로 매일 군사를 이끌고 물가로 나와서 싸움을 걸어보았으나, 양산박 산채에서는 수군(水軍) 두령들로 하여금 여울목을 굳게 지키고 물밑에다 쇠못을 깔아놓게 한 후, 한 사람도 나와서 싸우려고 하지 아니하는 것이었다.

호연작이 산서(山西)와 산북(山北) 두 곳을 횡행천하하며 위명(威名)을 크게 떨친 명장(名將)이지만, 형편이 이같이 되고 보니 도무지 아무런 계책이 생기지 않는다.

이럴 때에 양산박 산채에서는 모든 준비를 끝내고서, 마침내 송강이 부대를 편성하는데,

유당과 두천이 제1대,

목홍과 목춘이 제2대,

양웅과 도종왕이 제3대,

주동과 등비가 제4대,

해진과 해보가 제5대,

추연과 추윤이 제6대,

호삼랑과 왕영이 제7대,

설영과 마린이 제8대,

연순과 정천수가 제9대,

양림과 이운이 제10대,

이렇게 10대의 보군(步軍)이 먼저 산을 내려가서 관군을 유인하도록 하고,

다시 이준·장횡·장순·삼원·동위·동맹·맹강 등 아홉 명 두령은 전선을 갖고 물에서 보군과 접응하도록 하고,

그리고 화영·진명·이응·시진·손립·구붕 등 여섯 명 두령은 말 타고

군사를 거느리고 나아가 산 아래에서 싸움을 걸도록 하고,

능진·두홍은 호포를 쏘게 하고,

서녕·탕융 두 사람은 구겸창대를 영솔하도록 하고,

송강·오용·공손승·대종·여방·곽성은 군마를 총지휘하며,

그 외의 두령들은 모두 산채를 지키고 있기로 부대 편성이 완료되었다.

그리하여 그날 밤 3경에 먼저 구겸창대가 물을 건너 언덕에 올라가서 가만히 사면에 매복하고, 4경 때 보군 10대가 물을 건너가고 5경 때는 능진과 두홍이 풍화포(風火砲)를 이끌고 높은 곳에 올라가서 포가(砲架)를 세우고, 그 후에 서녕과 탕융이 호대(號帶)를 갖고서 물을 건넜다.

조금 있다가 날이 훤하게 밝을 때 송강은 중군인마(中軍人馬)를 이끌고 나가서, 물을 건너가지 아니하고, 북을 치고 소리를 지르면서 깃발을 휘둘렀다.

이때, 호연작은 중군에 있다가 군사가 보고하는 말을 듣고 즉시 영을 내려, 백승장군 한도더러 나아가 순초(巡哨)하게 하라 하고, 한편으로는 연환갑마를 단속하게 한 다음 자기는 전신을 단단히 무장하고 척설오추마에 올라탄 후, 쌍편(雙鞭)을 들고 군사를 몰아 양산박 가로 달려나왔다.

물을 사이에 두고 바라보니, 건너편 산 아래 송강이 허다한 인마를 거느리고 있다.

호연작이 군사들로 하여금 진(陣)을 세우게 하려고 할 때, 백승장군 한도가 말을 달려와서 고한다.

"정남(正南)으로부터 일대 보군이 쳐들어오는데, 적의 수효를 모르겠습니다."

호연작이 영을 내린다.

"적의 수효는 알 것 없이, 연환갑마로 한 번에 무찌르면 될 거 아니오."

한도는 영을 받고서 마군(馬軍)을 이끌고 부리나케 달려갔다.

정남에서 오는 적을 향하여 달려가다 보니, 동남(東南)에서 또 한 떼의 군사가 쳐들어온다.

한도는 군사를 나누어 막아보려 했는데, 또 서남(西南)으로부터 한 떼 군마가 기를 휘두르며 아우성치며 쳐들어오는 게 아닌가.

한도는 크게 놀라 군사를 거느리고 다시 중군으로 돌아가 호연작에게 보고했다.

"정남·동남·서남 이렇게 삼면에서 들어오는 군병이 모두가 양산박 기호(旗號)니, 이 노릇을 어떡합니까!"

"그놈들이 그동안 죽은 듯이 가만있다가 오늘 갑자기 나온 것을 보면, 아마도 무슨 흉계가 있는 게로군!"

호연작의 이 말이 미처 끝나기 전에 북쪽에서 탕 하는 화포(火砲) 소리가 하늘을 진동시키는 게 아닌가.

호연작은 흥분한 어조로,

"저게 필시 능진이란 놈이 적당을 도와서 쏘는 것일 테지!"

이같이 말하고 분함을 억제하는데, 문득 북쪽에서 삼대기호(三隊旗號)가 쳐들어온다.

호연작은 한도를 돌아보고 말했다.

"이게 도적놈들의 간계(奸計)니까, 우리도 군사를 나누어, 나는 북쪽에서 오는 적을 당할 것이니 장군은 남쪽에서 오는 적을 막아주시오."

하고 막 군사를 두 대로 나누려 하는데, 또 정서방(正西方)으로부터 사대인마(四隊人馬)가 쳐들어온다.

호연작은 마음이 당황해져서 어쩔 줄을 모르는데, 정북방(正北方)에서 연주포가 계속해서 터진다. 이것은 모포(母砲)를 한 방 쏘면 49개 자포(子砲)가 연달아 터지는 포탄인 까닭에 이름이 자모포(子母砲)다. 포탄이 떨어지는 곳에 바람이 크게 일어나고 모래를 날리고 돌을 깨뜨리는 것이다.

관군은 싸워보기도 전에 벌써 제풀에 진중이 어지러워졌다.

호연작은 한도와 함께 급히 마보군(馬步軍)을 이끌고 사면으로 충살(冲殺)하기 시작했으나, 양산박의 십대보군(十隊步軍)은 동쪽에서도 길을 막고 서쪽에서도 길을 막아버린다.

호연작은 크게 노해 군사를 호령하여 북쪽을 치고 나갔다. 그러자 북쪽 길을 막던 송강의 군사가 모조리 갈대밭 속으로 허둥지둥 뛰어가버린다. 호연작은 연환마를 휘몰아 그 뒤를 쫓아갔다.

갑마(甲馬)가 한번 뛰기 시작하면 여간해서 멈출 수가 없다. 30필씩한 덩어리가 되어 갈대밭 넓은 벌판과 황량한 수풀 속으로 그대로 쫓아들어가는데, 수풀 속에서 별안간 피리 소리가 들리더니, 구겸창이 일제히 일어나 말다리를 걸어서 넘어뜨리자, 요구수(撓鉤手)가 재빨리 나와서 사람과 말을 꼭꼭 묶어버린다.

호연작은 자신이 구겸창 계교에 빠진 것을 보고 급히 말머리를 돌려한도와 함께 남쪽으로 빠져나가려 했다.

이때, 등 뒤에서 풍화포(風火砲)가 요란하게 터지더니 이쪽저쪽 산과들에서 양산박 보군이 노도(怒濤)같이 에워싸고 들어온다.

호연작은 크게 놀라 연환마를 거두어보려 했으나, 도무지 어떻게 수습할 길이 없다. 연환마들은 미친 것처럼 갈대숲 속으로 뛰어들어가서모조리 적의 손에 잡히고 만다.

하는 수 없이 말을 채찍질하여 한도와 함께 서북쪽을 바라보고 달아나기 5리가량 했을 때, 한 떼 군마가 호연작의 앞길을 막고 나타나니, 앞에 있는 두 명 두령은 목홍과 목춘이다. 두 사람은 각기 박도(朴刀)를 휘두르며 앞으로 나와 큰소리로 호연작을 꾸짖는다.

"네 이놈, 패장(敗將)이 어디로 달아나겠느냐?"

호연작은 크게 노해, 쌍편을 휘두르며 두 장수에게 달려들었다. 그러나 목춘은 호연작과 불과 4, 5합 싸우다가 몸을 돌이켜 달아나고 만다.

이것을 보고도 호연작은 계교에 빠질까 봐서 겁이 나서 뒤를 쫓아가지 못하고 서북대로(西北大路)를 향하여 달렸다. 그러나 얼마 안 가 산언덕 아래로부터 또 한 떼 군사가 달려나오니, 앞선 두령은 해진과 해보 두 사람인데 두 사람이 다 강차(鋼叉)를 꼬나잡고 달려드는 게 아닌가.

호연작은 쌍편을 휘두르며 두 사람을 상대로 싸웠다. 이같이 싸우는데, 불과 6, 7합에 이르자 해진과 해보는 몸을 돌이켜 달아난다.

이때 호연작은 분한 생각에 덮어놓고 그 뒤를 쫓아갔는데, 그가 반리(半里)도 못 가서 길 좌우편에서는 이십사 파(把)의 구겸창이 일시에 일어나는 게 아닌가.

호연작은 겁을 집어먹고 싸울 마음이 없어서 말머리를 돌려 동북대로(東北大路)를 향하여 달렸다.

그러자 호삼랑과 왕영 내외가 내달아 길을 막는 게 아닌가.

호연작이 감히 싸우려 하지 못하고 그냥 달아나니, 이날 싸움에 마군 5천과 보군 5천을 몽땅 잃어버렸다. 그는 지금 필마단기(匹馬單騎)로 달아나는 처량한 신세가 되고 말았다.

한바탕 싸움에 크게 이긴 후, 송강이 징을 치게 하여 군사를 거두어 산채로 돌아가니, 여러 두령들이 각기 자기의 공(功)을 보고한다. 3천 연환갑마 중에서 다리를 다쳐 소용없게 된 것은 모두 잡아먹기로 하고, 성한 것들은 산채에 두고서 좌마(坐馬)로 쓰기로 하고, 대갑군사(帶甲軍士)는 모두 사로잡았고, 5천 명 보군은 사방으로 포위하여 공격했기 때문에 육지로 도망가는 놈은 구겸창으로 잡아왔고, 물속으로 뛰어드는 놈들은 수군(水軍)이 모조리 잡아왔으니, 지난번 싸움에 양산박에서 잃었던 마필과 군사를 모두 찾아온 셈이다.

그리고 송강은 다시 호연작의 영채를 헐어다가, 수박(水泊)에 소채(小寨)를 세우게 하고, 그리고 물 건너편에다 두 개의 주점을 짓게 하여 손신·고대수와 석용·시천으로 하여금 주점을 맡아보게 했다.

얼마 후에, 유당과 두천 두 사람이 백승장군 한도를 묶어 산채로 올라온다.

송강은 이 모양을 보고 뜰아래 내려가서 묶은 것을 풀어놓고, 당상(堂上)으로 청해 올린 후, 예로써 대접하면서 능진과 팽기로 하여금 그에게 입당(入黨)하기를 권하게 했다.

한도는 그들의 권고를 듣고, 자연 의기상합(意氣相合)하여 양산박 두령 되기를 승낙한다.

송강은 즉시 글을 만들어, 한 사람 두령을 불러 그로 하여금 진주(陳州)로 가서 한도의 가족을 데려다가 산채 안에 살게 했다.

한편, 호연작은 이번 싸움에 3천 갑마와 5천 보군을 잃어버리고 감히 서울로 돌아가지 못하고, 갑옷은 벗어서 안장 위에 매달고 홀로 정처 없이 오추마를 타고 달리는 것이었다.

그는 몸에 돈이라고는 한 푼도 가진 것이 없다. 그는 길을 가다가 장거리에서 금대(金帶)를 끌러 팔아서 용돈을 쓰면서,

'이런 제기, 이렇게 허무하게 패했으니, 내가 장차 어디로 가야 옳단 말인가?'

이렇게 한탄하기를 마지않다가 문득 생각난 것이 하나 있다. 그것은, 청주(靑州)의 모용 지부(慕容知府)와는 전일부터 아는 터이라 그를 찾아가서 그에게 의탁하고 있다가, 차차 모용귀비(慕容貴妃)와 가까운 사람을 통해 다시 군사를 데리고 와서 이번의 원수를 갚아야겠다 하는 생각이었다.

이같이 주의를 정하고 청주를 향하여 길을 가기 이틀,

호연작은 해가 서산을 넘어갈 무렵, 길가에 술집이 하나 있는 것을 보고 말에서 내려 술집으로 들어갔다.

그가 탁자 앞에 앉아서 주보를 불러 술과 고기를 주문했더니, 주보가

말한다.

"소인의 집에서는 술만 팔고 고기는 없는뎁쇼. 요 근처에 양고기를 파는 데가 있는데 그거라도 잡수시겠다면 사다드립지요."

호연작은 허리에서 요대(腰袋)를 끌러 그 속에서 엊그제 금대를 팔아서 마련한 돈을 몇 닢 꺼내 주보에게 주고 말했다.

"그럼, 양의 다리 하나만 사다가 얼른 삶아주게. 그리고 내가 타고 온 말을 문밖의 나무에다 매놓았는데, 그 말을 잘 먹여주게. 오늘은 아무래도 자네한테서 하룻밤 신세지고 내일 청주부로 들어갈라네."

"관인께서 묵고 가시겠다면 소인네야 좋습니다만, 어디 정결한 방이 있어야 합지요."

"그건 상관 말게. 나는 출군(出軍)한 사람이라, 몸 붙일 자리만 있으면 아무 데서고 쓰러져 자느니."

주보가 돈을 받아들고 양고기를 사러 나간다.

호연작은 밖으로 나가서 말에 싣고 온 의갑을 들여오고, 말의 두대(肚帶)를 늦추어준 다음 문 앞에 가 앉아서 기다렸다.

얼마 있다가 주보가 양의 다리를 사가지고 돌아왔다.

호연작은 그 고기를 푹 삶게 하고, 면 세 근을 사다가 떡을 만들라 하고, 양각주(兩角酒)를 걸러오라고 시켰다.

주보는 고기를 삶으며 떡을 만들며, 일변 발 씻을 물을 데워다주어 발을 씻게 하고, 또 말을 뒤꼍 헛간으로 끌고 가서 풀을 뽑아다 먹인다.

호연작은 술과 고기로 배를 불린 다음 주보에게도 술과 고기를 권하면서 말했다.

"나는 조정의 명관으로서 양산박을 치러 갔다가 그만 실리(失利)해서 이제 청주부로 모용 지부를 만나뵈러 가는 길이니, 자네는 내 말을 잘 먹여주게. 그 말이 금상(今上)께서 하사하신 것으로 이름이 '척설오추마'일세. 내일 내가 상을 후히 줌세."

"황송합니다. 그런데 상공께 알려드릴 말씀이 있습니다. 예서 그다지 멀지 않은 곳에 도화산이라는 산이 있는데, 그 산 위에 도적떼가 있습지요. 첫째 두령은 타호장 이충이라 하고, 둘째 두령은 소패왕 주통이라는데요, 졸개가 5, 6백 명이나 되고, 때때로 산 아래 내려와서 촌락을 겁박하건만 관사의 포도군병들이 몇 번이나 잡으러 나왔다가도 졸개 한 명 못 잡았답니다. 그러니 오늘 밤 상공께서도 잠을 너무 깊이 드시지 마십쇼."

"걱정 말게. 나는 만부부당지용이 있으니까 그놈들이 모조리 몰려온대도 겁나지 않네. 그런 염려 말고 내 말이나 잘 먹이게."

주보가 방바닥에다 자리를 한 잎 깔아준다.

호연작은 들어가서 옷을 입은 채 자리에 눕자 이내 코를 곤다.

연일 몸과 마음이 몹시 피로했는 데다가, 아까 술을 너무 과하게 마신 탓이다.

그대로 한숨 늘어지게 자고 3경쯤 되어서 호연작은 잠이 깨었는데, 뒤꼍에서 별안간 들리는 소리가,

"어이구! 이걸 어쩌나?"

이런 소리다. 호연작은 자리를 차고 일어나서는 쌍편을 집어들고 뒤꼍으로 달려갔다.

"아니, 왜 그러나?"

"소인이 방금 일어나서 풀을 좀 먹이려고 이리로 나왔더니, 이거 봅쇼! 울타리가 저렇게 쓰러지고 헛간에 매났던 말이 온 데 간 데가 없군요. 지금 저기 횃불이 보이는군요. 아무래도 저놈들이 훔쳐가는가 봅니다."

호연작이 묻는다.

"저리로 가면 어딘가?"

"저리로 가면 바로 도화산입죠. 아무래도 도화산 졸개들이 내려와서 말을 훔쳐가는 모양입니다."

호연작은 주보더러 길을 인도하라 하여 밭두렁 길을 두어 마장가량이나 달음박질하여 쫓아갔다.

그러나 도적들이 벌써 이쪽에서 저희들 뒤를 쫓는 것을 알아차렸는지 갑자기 햇불을 꺼버리니, 어디로 내뺐는지 요량을 못 하게 되었다.

"나라에서 내리신 말을 만약 못 찾는다면 이 노릇을 어떡하느냐?"

호연작은 근심하기를 마지않는다. 그러자 주보가 말한다.

"지금 당장이야 어쩔 도리가 있습니까? 내일 고을로 들어가서서 관군을 데리고 나와 도적을 치시고 말을 도로 찾으시는 길밖에 없지요."

하는 수 없이 호연작은 주보와 함께 주점으로 돌아와 그 밤을 뜬눈으로 밝히고, 이튿날 새벽에 의갑을 주보에게 지워 청주성 안으로 들어갔다. 해는 이미 저물어서 땅거미가 진다.

그날은 객줏집에 들어가 하룻밤을 쉬고 이튿날 아침 일찍이 호연작은 부당(府堂)에 들어가 뜰아래서 모용 지부에게 참배했다.

지부는 그를 보고 깜짝 놀라며 묻는다.

"장군이 양산박 적괴들을 무찌르러 갔다는 말을 들었는데, 어째서 여기 오셨소?"

호연작은 그간 경과를 세세히 고했다. 이야기를 듣고서 지부가 말한다.

"장군이 허다한 인마를 손실했지만, 이것은 결코 만공(慢功)한 죄는 아니오. 도적떼의 간계에 빠진 때문이니 어찌하겠소? 그러지 않아도 내 소할지면(所轄地面)에 초적(草賊)이 많아서 매우 근심이던 차에 마침 장군이 왔으니, 먼저 도화산을 소청(掃清)하여 어사마(御賜馬)부터 찾아오고, 다음에 이룡산, 백호산 두 곳 강적들까지 마저 초포(剿捕)해버린다면, 내 천자께 상주(上奏)하여 다시 군사를 내어 장군의 원한을 풀도록 할까 하는데, 장군의 생각이 어떠시오?"

이 말을 듣고 호연작은 두 번 절하고 아뢨다.

"은상(恩相)께서 그렇게 하념해주신다면 소장(小將)은 맹세코 목숨을 다하여 그 은혜를 갚겠습니다."

모용 지부는 즉시 그를 객방(客房)에서 편히 쉬게 하고, 또 그의 의갑을 지고 온 주보에게는 상금을 후히 내려 돌려보냈다.

사흘이 지난 뒤, 오추마를 찾기에 한시가 급한 호연작이 다시 모용 지부를 보고 간곡히 청하니까, 지부는 쾌히 승낙하고서 마보군(馬步軍) 2천 명을 점고하여 그에게 주고, 다시 한 필 청총마(靑驄馬)를 내주어 타게 한다. 호연작은 깊이 사례하고 갑옷 입고 말에 올라 군사를 거느리고 바로 도화산으로 향했다.

한편, 도화산에서는 그 말을 얻은 뒤로 타호장 이충과 소패왕 주통이 연일 술 마시며 즐겼는데, 이날 산 아래 길목을 지키고 있던 졸개가 올라와서,

"청주서 관군이 쳐들어옵니다."

라고 고한다.

소패왕 주통은 즉시 일어나서 타호장 이충더러,

"형님은 산채를 지키고 계시오. 내가 내려가서 관군을 물리쳐버리고 오겠습니다."

하고, 즉시 졸개 백 명을 거느리고 말을 달려 산 아래로 내려갔다.

호연작이 관군 2천 명을 거느리고 산 아래 도착해 진을 치고 있다가 주통이 내려오는 것을 보고, 그는 앞으로 말을 내세우고 호령했다.

"네 이놈! 빨리 말에서 내려와 포승을 받아라!"

소패왕 주통은 졸개들을 한일자로 세운 다음, 말을 몰아 나아가, 아무 말 하지 않고 호연작과 싸우기 시작했다.

두 사람이 어우러져 싸우기를 6, 7합 했을 때, 주통은 벌써 기운이 빠져서 당할 수 없으므로 말머리를 돌려 산 위로 달아난다. 호연작은 쫓아가다가 혹시나 무슨 계교가 있는 것이 아닌가 싶어서 그대로 본채로

돌아왔다.

주통은 싸움에 패하여 산채로 돌아가서 이충을 보고 말했다.

"그놈 호연작이 뜻밖에 무예가 비상히 강합니다. 만약에 그놈이 여기까지 쫓아 올라온다면 이를 어쩝니까?"

이충이 그 말을 듣고도 걱정하는 빛이 없이 대답한다.

"내가 생각해둔 게 있네. 이룡산 보주사에 화화상(花和尙) 노지심과 청면수(靑面獸) 양지가 수백 명의 졸개를 거느리고 웅거하고 있는데, 또 요사이 행자 무송이라는 사람이 들어갔다네. 세 사람이 다 만부부당지용이 있다 하네. 그래서 내 생각에는 사람을 보내서 그곳에 구원을 청하고, 다행히 위급한 것을 면하게 되거든 그다음부터 다달이 예물이나 보내는 것이 좋겠단 말일세."

"소제도 보주사에 호걸들이 있는 줄은 압니다만, 그 화상이 당초의 일을 생각하고 구원하러 오지 않으면 어떡하지요?"

"허허, 그렇잖네. 그 화상이 진짜 호인이라데. 사람이 가서 사정을 드리면 반드시 구원하러 올 거야."

"그럼 형님이 편지를 하나 쓰시오."

의논을 정하고 이충은 편지를 써가지고 졸개 두 명을 불러 그들에게 주고 급히 이룡산으로 가게 했다.

이때, 이룡산 보주사 대전(大殿) 위에는 세 사람의 두령이 앉아 있으니, 첫째 두령은 화화상 노지심이요, 둘째가 청면수 양지요, 셋째가 행자 무송이요, 전면산문(前面山門) 아래 네 사람의 작은 두령이 앉아 있으니, 하나는 금안표 시은인데, 이 사람은 맹주 노성 시관영(施管營)의 아들로서 무송이 장도감의 온 집안 식구를 죽이고 달아나자 관사(官司)에서 그에게 무송의 행방을 물으므로 그는 그만 식구를 데리고 밤중에 도망하여 이리저리 숨어다니다가, 무송이 이룡산에 있다는 말을 듣고 이내 자기도 산으로 올라와서 입당한 것이요, 하나는 조도귀 조정이니, 이 사람은 노지심과 양지를 도와 보주사를 빼앗고 등룡(鄧龍)을 죽인 사람으로서 그도 그 후에 입당했고, 하나는 채원자 장청이요, 또 하나는 모야차 손이랑이니, 이들 내외는 맹주도 십자파에서 인육(人肉)으로 만두를 만들어 팔고 지내다가 노지심과 무송이 여러 번 편지를 보내 부르는 까닭으로 마침내 산에 올라와서 입당한 것이다.

조정이 이날 산문을 지키고 있었는데, 졸개가 올라와서 지금 도화산으로부터 사람이 찾아왔다고 보고한다. 그는 편지를 갖고 왔다는 놈을 불러들여 찾아온 이유를 물어보고서, 대전으로 올라가 세 분 대두령(大頭領)에게 사실을 고했다.

조정의 보고를 듣고 나서 노지심이 말한다.

"내가 당초에 오대산을 떠나올 적에 도화촌이란 데서 하룻밤을 묵다가 주통이란 놈을 때려줬더니, 이충이란 자가 찾아와서 전부터 나를 아노라 하며 산으로 청해 올려 술을 권하며 부디 저희들 산채에 머물러 있으면서 산채의 주인이 되어달라는 것을, 내 가만히 보니 그놈들이 욕심이 많고 인색해 보이기에, 그래 그놈들이 없는 틈에 몰래 금은기명(金銀器皿)을 훔쳐 도망을 했었지. 그런데 이제 저희가 사람을 보내 구원을 청하니 어디 불러들여 무어라고 하나 이야기나 들어봐야겠군."

조정이 명령을 받아 나아가더니, 조금 있다 도화산 졸개를 데리고 전각 아래 들어선다.

"네 무슨 일로 왔느냐?"

노지심이 물으니까, 도화산 졸개는 땅바닥에 이마를 조아리며 아뢴다.

"요사이 양산박을 치러 갔다가 패하고 청주에 와 있는 호연작이란 놈이 모용 지부의 명령으로 도화산·이룡산·백호산 산채를 소탕하고 그다음에 군사를 거느리고 양산박을 토벌하여 원수를 갚을 작정이랍니다. 그래 저희 두령께서 구원을 청하시는 터이오니, 힘을 빌려주셔 관군을 물리쳐주시기만 하면 앞으로 다달이 예물을 올리겠다고 하십니다."

호연작과 노지심

도화산 졸개의 이 말을 듣더니, 양지가 노지심과 무송을 바라보며 말한다.

"우리들이 다 따로따로 산채를 짓고서 제각기 산을 지키는 터이니까 서로 상관할 바 아니나, 첫째로 말하면 천하 호걸들의 의리로 보아 그럴 수 없고, 둘째로 그놈들이 도화산을 얻고 보면 반드시 우리 이룡산을 우습게 볼 것이라, 그러니까 내 생각 같아서는 장청·손이랑·시은·조정, 이렇게 네 사람만 남겨두어 산채를 지키게 하고, 우리 세 사람은 나가서 도화산을 구해주는 것이 좋겠소."

노지심과 무송이 이 말에 찬성한다.

그래서 마침내 이룡산 세 두령은 의갑(衣甲)과 군기(軍器)를 수습하고, 졸개 5백 명과 군마(軍馬) 60여 기를 조발하여 바로 도화산으로 향했다.

이때, 도화산에서는 이룡산의 구원병이 오고 있다는 통보를 받고, 첫째 두령 이충이 친히 졸개 3백 명을 데리고 산을 내려갔다. 노지심 일행을 환영하려는 것이다.

그러나 이충은 산을 내려서자마자 관군과 부닥뜨렸다. 급보를 받은 호연작이 군사를 이끌고 내달아서 길을 막은 까닭이다.

이충은 창을 꼬나잡고 호연작을 상대하여 싸웠다. 본래 이충은 호주 정원(濠州定遠) 태생으로서 그의 조상 때부터 창봉 쓰기를 생업으로 삼아온 고로, 사람들이 그의 생김생김이 우락부락한 까닭에 별명 지어 타호장이라 부르는 터이다.

그러나 그도 호연작의 적수는 아니다.

서로 어우러져 싸우기를 10합도 못하여 이충은 말머리를 돌이켜 달아났다.

호연작은 이충의 무예가 대단치 않은 것을 업수이 여기고 급히 그 뒤를 쫓아 산으로 올라갔다.

그러나 중턱까지도 올라가지 못했을 때 산꼭대기에서 별안간 돌멩이가 어지럽게 굴러떨어진다. 이충이 위급하게 된 것을 보고 주통이 졸개들을 지휘하여 돌멩이를 굴려 떨어뜨리는 것이었다.

호연작이 깜짝 놀라 말머리를 돌려 산 아래로 내려오려니까, 무슨 까닭인지 자기 진중에서 아우성 소리가 들리는 게 아닌가.

그는 급히 쫓아 들어가서,

"어째 이렇게들 떠드느냐?"

하고 물으니까, 후군(後軍)에서 고한다.

"저기 저 뒤에서 한 떼 군사가 쳐들어오고 있습니다."

호연작이 후군으로 가서 바라보니, 과연 티끌이 뽀얗게 일어나는 곳에 기막히게 살찐 화상(和尙) 한 사람이 한 필 백마(白馬)를 타고 쏜살같이 달려온다.

이 사람이 누구냐 하면, 경문(經文)을 알지 못하는 화상이요, 주육(酒肉)의 사문(沙門)인 노지심 바로 그 사람이다.

노지심이 말을 달려 들어오면서 큰소리로 외친다.

"양산박에서 패해 여기 와서 죽으려는 놈이 어떤 놈이냐?"

이 소리를 듣고 호연작은,

'저놈의 알대가리를 내 먼저 죽여버려야 속이 시원하겠다!'

이렇게 작정하고, 즉시 쌍편을 휘두르며 앞으로 내달았다.

노지심은 62근짜리 철선장(鐵禪杖)을 휘두르며 그를 맞아 싸웠다.

양편 군사가 일제히 고함지르며 위엄을 떨치는데, 두 사람이 서로 어우러져 싸우기를 4, 50합 하도록 도무지 승패가 나지 않는다. 호연작이 생전 처음 이 같은 중을 보았는지라 은근히 놀라워할 때, 양쪽에서 다같이 징을 쳐서 군호하므로 두 사람은 각기 자기 진으로 돌아갔다.

호연작이 잠깐 쉬고, 다시 진전(陣前)으로 말을 달려 나아가,

"이놈 중놈아, 또 한 번 나와서 나하고 아주 승패를 결단하자!"

소리 지르니까, 노지심은 분한 듯이 다시 말을 달려 나오려 하는데 곁에서 한 사람이,

"형님, 잠깐 참으시오. 내가 나가서 저놈을 잡아오지요."

하고 뛰어나가는데, 쳐다보니 다른 사람이 아니라 바로 '청면수'라는 별명을 듣는 양지다.

양지와 호연작이 또 어우러져 싸우기를 40여 합 하는데도 역시 승패가 나지 않는다.

호연작은 양지의 무예 수단이 비상한 것을 보고 은근히 놀라면서 속으로 생각했다.

'이놈이 웬 놈인데 이렇게 칼을 잘 쓰는고? 아무래도 산중에 돌아다니는 도둑놈 같지는 않다.'

양지도 또한 호연작의 무예가 비상한 것을 알고 잠깐 실수하는 체하고 말머리를 돌이켜 달아났다. 호연작은 그 뒤를 쫓아가지 않고 군사를 거두어 돌아갔다.

노지심은 양지와 의논하고 20리를 물러가 산 아래 하채(下寨)하고 내일 관군을 공격하기로 작정했다.

한편, 호연작은 본진으로 돌아와서 장중(帳中)에 홀로 앉아 탄식하기

를 마지않는다.

'산중의 좀도적들을 내가 우습게 여겨왔었는데, 이렇게 강한 적수를 만날 줄은 몰랐다. 참말 내 팔자가 좋지 못한가 보다! 장차 어찌하면 좋을까?'

이렇게 근심하고 있었는데, 마침 모용 지부가 보낸 사람이 들어왔다.

백호산에 웅거하고 있는 공명(孔明)과 공량(孔亮)이 졸개 수백 명을 거느리고 와서 청주성을 치고 옥을 깨치려 드니, 장군은 급히 회군(回軍)하여 돌아와서 성지(城池)를 수호하라는 모용 지부의 분부였다.

호연작은 좋은 기회라 생각하고 군사를 거두어 밤을 도와 청주로 돌아갔다.

이튿날 노지심이 양지와 무송과 더불어 졸개들을 거느리고 기를 휘두르며 아우성을 치면서 관군의 진영에 들어와 보니, 군사가 단 한 명도 눈에 띄지 않는다.

마음에 의심이 생겨서 주저하고 있을 때 산 위로부터 이충과 주통이 인마를 거느리고 내려와, 세 사람을 산채로 청해 올린 다음, 양을 잡고 말을 잡아 극진히 대접하는 한편, 사람을 가만히 청주로 보내 소식을 알아오게 했다.

한편, 호연작이 군사를 거느리고 급히 청주부로 돌아오는 길인데, 그가 성 앞에 이르렀을 때 한 떼 인마가 내달으면서 길을 막으니, 이는 백호산 아래 사는 공태공(孔太公)의 아들 모두성(毛頭星) 공명과 독화성(獨火星) 공량의 일당이다. 이 형제는 청주부내 재주(財主)와 말썽이 생겨 다투다가 재주의 온 집안 식구를 모조리 죽인 후 5, 6백 명 졸개를 모아 백호산으로 들어가서 도둑질하고 지내던 중인데, 이번에 성내에 살고 있는 그의 숙부 공빈(孔賓)이 모용 지부의 손에 붙잡혀 옥에 갇힌 까닭으로 공명 형제는 저의 숙부를 구하려고 성을 치고 있다가 성 아래서 호연작을 만난 것이다.

양편 군사가 진세를 꾸미고 서로 상대하자, 호연작이 먼저 진전으로 말을 내세우니, 모용 지부는 이때 그의 싸움하는 모양을 보려고 성루 위로 올라갔다.

공명이 창을 비껴 쥐고 내달아 호연작을 찌른다.

호연작은 곧 그를 맞아 20합을 싸우다가, 공명의 무예 수단이 오죽잖은 것을 알자, 모용 지부가 보고 있는 자리에서 한번 자기 재주를 자랑하고 싶어서, 대뜸 한소리를 크게 지르고, 팔을 늘여 마상에서 공명을 사로잡아버렸다.

이 모양을 보고 공량은 크게 낭패하여 졸개들을 데리고 분주히 달아났다.

모용 지부는 성루 위에서 호연작을 지휘하여 그 뒤를 급히 몰아치게 하니, 고함 소리가 천지를 흔든다.

공량은 군사를 절반이나 잃고 간신히 도망하여 날이 저물었을 때, 한 고묘(古廟)를 찾아들어 비로소 몸을 쉬었다.

한편, 호연작이 공명을 잡아 성내로 들어가니 모용 지부는 대단히 만족해하며, 공명의 목에 큰 칼을 씌워 저의 숙부 공빈과 함께 가둔 다음에 일변 삼군을 호상하고, 호연작에게 도화산 소식을 자세히 물었다.

호연작이 한숨을 쉬고 대답한다.

"소장이 처음에 생각하기는 그까짓 도화산 도둑떼쯤이야 독 속에 들어 있는 자라를 잡는 것같이 쉽게 잡을 수 있으리라 생각했었는데, 뜻밖에도 강적(强敵) 한 떼가 응원을 와서 합세합디다그려. 그런데 그중 한 놈은 살이 뚱뚱 찐 중놈이고 한 놈은 볼따구니에 시퍼런 점이 있는데, 두 놈하고 한 번씩 다 싸워보았지만, 원체 두 놈의 무예가 비상해서 그만 잡아 죽이지 못했습니다. 아무래도 그놈들은 산 속에 돌아다니는 도둑놈 같지 않더군요."

이 말을 듣고 지부가 말한다.

"그 살찐 중놈이란 것이 전에 연안부 노충 경략상공 앞에서 군관제 할로 있던 노달이란 놈인데, 그놈이 나중에 머리를 깎고 중이 되어버린 까닭으로, 아는 사람은 그놈을 화화상 노지심이라 부른다네. 그리고 볼 따구니에 푸른 점이 있다는 놈은, 서울 전수부의 제사관으로 있던 청면수 양지고, 그 밖에 또 한 놈이 있는데, 이놈은 행자로 돌아다니던 무송이라, 전에 경양강에서 맨주먹으로 호랑이를 때려잡은 무도두(武都頭)란 말이야. 이 세 놈이 이룡산에 웅거하여 행인을 괴롭히고 촌에 내려와서 재물을 털어가고, 여러 번 관군한테 항거하는 까닭으로 그사이에 포도관(捕盜官)이 5, 6명이나 죽었건만, 우리는 이때까지 졸개 한 놈도 못 잡았다네."

호연작이 그 말을 듣고 고개를 끄덕끄덕하며 말한다.

"그놈들의 무예가 너무도 비범하기에 이상하게 생각했더니, 알고 보니 양제사(楊制使)와 노제할(魯提轄)입디다그려. 과연 명불허전이라 하겠습니다만, 은상께서는 너무 심려 마십시오. 제가 저놈들의 수단을 대강 짐작했으니까, 이제는 한 놈 한 놈씩 차례로 잡아다 은상께 바치오리다."

이 말을 듣고 모용 지부는 대단히 기꺼워서, 곧 연석을 배설하고 그를 대접한 후, 그날은 객방에서 편히 쉬게 했다.

한편, 고묘(古廟) 안에서 잠시 몸을 쉬다가 일어난 공량은 다시 인마(人馬)를 거느리고 길을 가는데, 갑자기 숲속에서 한 떼 인마가 내닫는 게 아닌가.

공량이 깜짝 놀라 바라보니, 앞에 보이는 호걸이 바로 무송이다. 공량은 말에서 뛰어내려 그에게 절을 했다.

"무도두, 일래 평안하십니까?"

그가 인사하니까, 무송도 황망히 답례하고서, 공량을 붙들어 일으키며 묻는 것이었다.

"자네들 형제가 백호산에서 취의(聚義)했다는 소식은 내가 들었네. 그래 나도 한번 꼭 자네들한테 찾아가 보겠다고 생각하면서도, 첫째 산에서 한번 내려오기가 쉽지 않고, 둘째 길이 또한 순탄하지 못해서 이때까지 그냥 지내왔단 말이야. 그런데 여기는 자네가 무슨 일로 왔는가?"

이에 공량은 자기가 숙부 공빈을 구하러 나왔다가 형 공명마저 사로잡히고 만 전후 사정을 이야기했다. 무송은 자기도 노지심과 양지와 함께 도화산을 구하러 온 이야기를 털어놓으면서,

"그래, 지금 곧 두 분 두령이 오실 거니까, 우리 함께 의논해 바로 청주성을 쳐서, 자네 숙부하고 형님을 구해내세그려."

이같이 말하는 것이었다.

그러자 노지심과 양지가 당도했다.

무송은 즉시 공량을 데리고 두 사람 앞에 나아가 인사를 드리게 한 후 말한다.

"내가 송강과 함께 이 사람의 장원에서 폐를 끼친 일이 있습니다. 우리가 본래 의기(義氣)를 중히 여기는 터이니 오늘부터 삼산인마(三山人馬)를 모두 모아서 청주성을 들이치고, 모용 지부를 죽여버리고, 호연작을 사로잡은 다음, 부고(府庫)의 전량(錢糧)을 꺼내다가 산채에서 쓰도록 하는 것이 어떻겠습니까?"

무송의 말을 듣고 노지심이 말한다.

"내 생각에도 그렇게 하는 게 좋겠군. 곧 사람을 도화산으로 보내 이충과 주통더러 졸개를 데리고 와서, 삼산인마가 합심 협력해서 청주를 치기로 하세나그려."

그러나 양지의 생각은 무송의 의견과는 달랐다.

"형님은 그렇게 말씀하지만 난 달리 생각하는데요. 청주는 성지(城池)가 견고하고, 인마(人馬)가 강장(强壯)한 위에 호연작이란 놈이 또한

영용(英勇)하거든요. 내가 우리의 힘을 얕잡아 하는 말이 아니라, 우리들 삼산인마만 가지고는 청주성을 깨치기가 어려울 게요. 아무래도 대대군마(大隊軍馬)가 있어야겠는데, 내가 들으니 양산박 송공명의 대명(大名)이 천하에 떨쳐, '급시우 송강'이라면 모르는 사람이 없는 터요, 겸하여 호연작은 양산박의 원수라, 그러니까 양산박에 구원을 청하여 우리가 함께 치면 청주를 깨치기가 쉬울 겁니다. 공량 형제가 송공명과 퍽 가까운 사이라니까, 친히 가서 청하면 양산박에서도 와줄 줄로 생각하는데, 여러분 의향은 어떠신가요?"

노지심이 말한다.

"딴은 그러는 게 좋겠군. 내 어제도 송공명이 좋다는 말을 들었고, 오늘도 송공명이 좋다는 말을 들었네. 꼭 한번 만나봤으면 싶은데, 제가 그렇게 천하에 이름이 높을 때엔 필연코 사내자식이 훌륭한 놈일 게라. 그럼 공량 형제는 빨리 양산박으로 가서 그를 청해오도록 하세나그려. 우리는 그동안 저놈들과 싸우며 기다릴 터이니."

공량은 노지심의 말을 듣고, 즉시 수하 졸개들을 노지심에게 맡기고, 시중들 사람 하나만 데리고 객상(客商)처럼 차린 다음에 양산박을 향하여 떠났다.

공량을 떠나보내고 나서, 노지심·양지·무송 세 사람은 시은과 조정을 산채에서 불러내리고, 다시 사람을 도화산으로 보내 이충·주통더러 산채에 있는 인마를 모조리 거느리고 청주성 아래로 모이게 했다.

한편, 공량이 청주를 떠나서 여러 날 만에 양산박 근처에 이르러 한 곳 주점에 들어가니, 이 집은 다른 사람의 주점이 아니라 바로 최명판관(催命判官) 이립의 주점이다.

공량이 술을 사먹으며 양산박 가는 길을 물으니까, 이립은 공량과 그의 수행인을 이상스럽게 보고 안으로 청해 들인 후 조용히 묻는다.

"손님이 양산박에는 누구를 보러 가시는 길입니까?"

"아는 사람이 있어 만나보려고 가는 게요."

"산채는 모두 대왕(大王)들이 계신 곳인데, 거길 어떻게 가시겠다고 그러십니까?"

"실은 송대왕(宋大王)을 뵈러 왔지요."

"송두령을 뵈러 오셨어요? 그럼 분례주(分例酒)를 대접해야겠군요."

이립은 이렇게 말하고 즉시 부엌데기보고 술을 가져오라 하여 분례주를 대접한다.

공량은 이상하게 생각되어 한마디 묻는다.

"우리가 오늘 피차에 초면인데 어째서 이렇게 후대하시나요?"

"산채의 두령을 만나러 오셨다니, 필연 친척이거나 친한 친구가 되시나 본데, 어째 소홀히 대하겠소."

"우리 그럼 인사나 합시다. 나는 백호산 공량이라는 사람이오."

"아 그러시오? 송공명 형님께서 늘 말씀하시더니, 오늘 이렇게 만나 뵈니 참 반갑소이다."

이립과 공량은 서로 인사하고 분례주를 다 마신 후, 이립은 창문을 열고 수정(水亭) 위에서 건너편 갈대 수풀 속을 향하여 향전 한 대를 쏘았다.

조금 있다가 배 한 척이 쏜살같이 노 저어 나왔다.

이립은 공량을 청하여 함께 그 배에 오른 다음 금사탄 언덕에 내리자, 앞서서 관상(關上)으로 길을 인도한다. 뒤따라가며 공량이 눈을 들어 살펴보니, 삼관(三關)이 웅장하고 창도검극(槍刀劍戟)이 수풀처럼 늘어서 있다.

'양산박이 흥왕하다더니, 과연 이렇게도 사업이 대단하리라고는 생각도 못 했었다!'

공량은 혀를 내둘렀다.

공량이 대채 앞에 이르렀을 때, 선통을 받은 송강이 알고서 분주히 나와 그를 영접한다. 공량은 땅에 엎드려 절하고 목놓아 울었다.

송강이 그를 붙들어 일으키며 어찌된 사정인지를 묻자, 공량은 자기가 이곳까지 찾아온 사정을 자세히 고했다.

사정 이야기를 듣고 송강은,

"그거 어렵지 않은 일일세, 아무 염려 말게."

라고 위로한 뒤에 그를 데리고 대채 안으로 들어가, 조개·오용·공손승, 기타 두령들에게 그를 인사시켰다.

송강으로부터 공량의 사정 이야기를 듣고 조개가 말한다.

"이룡산, 도화산 두 곳 호걸들도 우리들처럼 정의를 지키고 어진 일을 행하는 터인데, 이제 송공명과 지극히 친한 친구가 위급한 지경에 이르렀는데 우리가 어찌 가만히 앉아 있겠소? 아우님은 그간 여러 차례 산을 내려가 수고를 많이 했으니, 이번엔 편히 앉아서 산채를 지키도록 하고, 청주에는 내가 한번 다녀오리다."

송강이 얼른 그를 막는다.

"형님은 산채의 주인이신데, 경솔히 동하시는 게 옳지 않습니다. 더구나 공량이 특히 저를 찾아온 터이니, 만약에 제가 가지 않는다면 저 사람 형제가 마음에 불안하게 생각할 거 아닙니까? 그러니까 이번에도 제가 몇 사람 두령과 함께 다녀올 수밖에 도리가 없겠습니다."

조개도 그 말을 옳게 여기고 찬성한 후, 그들은 즉시 크게 잔치를 베풀어 공량을 대접하고, 송강이 철면공목 배선을 불러, 산에서 내려갈 인수(人數)를 분별하니,

전군(前軍)은 화영·진명·연순·왕영으로서 선봉이 되어 길을 열고,

제2대는 목홍·양웅·해진·해보,

중군(中軍)은 주장(主將) 송강·오용·여방·곽성,

제4대는 주동·시진·이준·장횡,

후군(後軍)은 손립·양웅·구붕·능진,

이상과 같이 부대를 편성하니, 오군(五軍)의 두령이 모두 20명이고, 마보군병(馬步軍兵)이 도합 3천 명이다. 그리고 그 밖의 두령들은 조개를 모시고 산채를 지키기로 했다.

송강과 그 일행은 조개에게 하직하는 인사를 드리고 공량과 함께 산을 내려갔다. 그리하여 지나가는 고을마다 조금도 백성들한테 폐를 끼치지 아니하고, 여러 날 만에 청주부에 이르렀다.

공량이 먼저 앞질러 노지심 진중에 달려가서 양산박 인마가 지금 도착한 것을 알리자, 노지심 이하 호걸들은 일행을 환영할 만반의 준비를 갖추었다.

마침내 송강의 중군이 도착했다.

무송은 노지심·양지·이충·주통·시은·조정 등 여섯 사람을 데리고 송강 앞에 나와서 소개했다.

서로 인사를 하고 난 뒤 송강이 노지심에게 사양하여 상좌에 앉으라 하니까, 노지심이 말한다.

"오래전부터 형장의 존함을 듣기는 했으나 연분이 없어서 만나뵙지 못했더니, 오늘 이렇게 만나뵈오니 이 사람 마음이 대단히 기쁩니다."

송강이 말한다.

"천만의 말씀이외다. 천하의 호걸들이 모두 스님의 덕을 칭송하더니, 오늘 이렇게 자안(慈顔)을 뵈오니 이 사람이야말로 참으로 기쁩니다."

이때 양지가 일어나서 송강에게 두 번 절하고 말한다.

"전일 양산박을 지날 때 여러 두령들이 이 사람을 붙들고 만류하시는 것을 제가 우직(愚直)한 탓으로 듣지 안 했더니, 오늘 다행히 의사(義士)께서 산채의 장관(壯觀)을 더하셨다 듣고, 저는 이야말로 천하에서 제일 기쁜 일로 생각합니다."

송강이 대답했다.

"양제사(揚制使)의 위명(威名)이 천하에 널리 전하건만 연분이 없어서 이 사람이 진작 만나뵙지 못하고 이제야 뵙는 것이 오직 이 사람의 한(恨)이외다."

서로들 인사를 나누고, 모든 사람이 술을 마시며 즐긴 후 이날은 편히 쉬고, 이튿날 송강이 청주 소식을 물으니까, 양지가 대답한다.

"공두령(孔頭領)이 떠난 뒤에 3, 4차 교전(交戰)했었지만 별로 승패는 없었습니다. 지금 청주가 믿고 있는 것은 호연작 한 사람뿐이라, 그놈만 잡아버리면 그다음엔 성을 깨치기가 여반장(如反掌)이지요."

곁에서 오용이 웃으면서 한마디 한다.

"그건 지혜로써 잡아야지, 힘으로는 잡지 못할 거야."

그러니까 송강이 묻는다.

"군사(軍師)는 무슨 묘책이 있습니까?"

오용이 여러 사람을 둘러보며 자기의 계교를 대강 이야기한다.

그 말을 듣고서 송강은 고개를 끄덕이고 매우 만족한 표정으로 한마디 한다.

"참 그렇게 하면 되겠소이다. 묘책(妙策)이외다."

의논을 끝내고 이날 인마를 분별해놓고, 이튿날 차례로 나아가 청주 성 아래로 가서, 사면을 에워싸고 북 치고 아우성을 치며 싸움을 돋우었다.

이때, 모용 지부는 급히 호연작을 청해 들였다.

"저 도적놈들이 양산박에 가서 송강을 또 불러왔다니, 이 일을 어쩌면 좋겠소?"

호연작은 천연한 태도로,

"은상께서는 아무 염려 마십시오. 저것들이 먼저 지리(地利)를 얻지 못했으니까, 조금도 두려울 게 없습니다. 저놈들이 물속에서나 저희들 맘대로 놀았지, 이제는 저희들 소굴을 떠나 예까지 왔으니 한 놈이 나오면 한 놈을 잡을 것이요, 두 놈이 나오면 두 놈을 잡을 것이니까, 은상께서는 성루에 올라가셔서 제가 나가서 그놈들을 시살하는 광경이나 구경하십시오."

호연작은 말을 마치고 즉시 갑옷 입고 말을 타고서, 1천 명 인마를 거느리고 성 밖으로 내달았다.

이때 송강의 진중에서 장수 하나가 손에 낭아봉을 꼬나잡고 말을 진문 앞으로 내세우며, 소리를 가다듬어 크게 꾸짖는다.

"모용 지부는 탐람(貪濫)하여 백성을 해치는 도적이다! 그래 내가 우리 집을 파멸시킨 원수를 갚으려고 일부러 나왔다!"

이때 성루 위에서 내려다보고 있던 모용 지부는 그가 진명임을 알아보고,

"이놈! 네가 본래 조정 명관(朝廷命官) 아니냐? 나라에서 너를 저버리신 일이 없었는데, 네가 무슨 까닭으로 모반하여 도적떼를 도와주는 거냐? 너를 잡아 쇄시만단(碎屍萬段)할 것이니 그런 줄 알아라!"

꾸짖고, 다시 호연작을 내려다보고 분부를 내린다.

"장군은 먼저 저놈부터 잡도록 하시오!"

호연작이 즉시 쌍편을 휘두르며 나와서 진명을 때린다. 진명은 낭아봉을 꼬나잡고 호연작과 싸우니, 두 사람이 바로 적수라, 4, 50합에 이르도록 좀처럼 승패가 나지 않는다.

모용 지부는 보고 있다가 혹시나 호연작에게 실수가 있을까 의심스러워 징을 치게 하여 군사를 거두었다.

진명은 구태여 그 뒤를 쫓으려 하지 않고 본진으로 돌아오니, 송강은 회군하여 10여 리를 뒤로 물러가서 하채(下寨)하게 했다.

한편, 호연작은 성내로 들어와서 모용 지부를 보고 말한다.

"소장이 막 진명을 사로잡으려 할 때 은상께서는 무슨 까닭으로 군사를 거두셨습니까?"

지부가 대답한다.

"장군이 4, 50합 싸웠기 때문에 혹시 몸이 피로할까 보아 군사를 거두 거요. 진명으로 말하면 원래 통제관으로서 화영과 마찬가지로 나라를 배반한 놈이니까, 그렇게 우습게 볼 게 아니오."

"은상께서는 그런 염려 마십시오. 소장이 맹세코 저 도적놈을 잡아오겠습니다. 아까 싸울 때만 해도 그놈의 곤법(棍法)이 이미 어지러워졌었으니까, 내일은 제가 이놈을 꼭 잡겠으니, 그때 은상께서는 꼭 한번 보아두시기 바랍니다."

"장군이 그렇게 영용(英勇)하니, 내 이제 무엇을 근심하겠소! 내 생각에는, 내일 적과 싸울 때 길을 열고 사람 셋을 나가게 하여, 하나는 서울로 가서 구원을 청하게 하고, 둘은 각각 인근 주현(州縣)으로 보내 군사를 일으켜서 나를 돕게 하라고 할까 생각하는데, 장군의 의향은 어떠시오?"

"지당한 말씀이외다."

호연작이 이같이 대답하므로 모용 지부는 즉시 지필(紙筆)을 들고 구원을 청하는 문서 세 통을 쓰고, 또 군관 세 명을 뽑아 날이 밝기만 하면 즉시 길을 떠나도록 지시했다.

수배(手配)가 된 후 호연작은 자기 처소로 돌아와서 옷을 벗고 곤히 잠들었다.

한숨 달게 잠을 잤는데, 날이 채 밝기도 전에 군교(軍校) 한 명이 들어와 보고하기를, 성의 북문(北門) 밖에 있는 언덕 위에서 적도(賊徒) 세 놈이 말 타고 올라와 몰래 성내를 살펴보는데, 한가운데 있는 자는 홍포(紅袍) 입고 백마(白馬) 타고, 왼편에 있는 자는 도장(道粧) 복색을 했고, 오른편에 있는 자는 틀림없이 양산박 두령 중의 화영이더라고 말한다.

듣고 나서 호연작이 말한다.

"홍포 입은 놈은 송강이요, 도장 복색을 한 놈은 틀림없이 오용일 것이다. 공연히 섣불리 해서 그놈들을 도망가게 하지 말아야 한다."

그는 분부하고, 즉시 일어나서 갑옷 입고 쌍편 들고, 1백 명 인마를 거느리고 말에 올라 성문을 열고 조교(吊橋)를 놓고, 나는 듯이 언덕 위로 올라갔다.

언덕 위의 세 사람은 그때까지 모르는 체하고 성내를 굽어보고 있다가 호연작이 말을 달려 가까이 이르자 그제야 허둥지둥 달아난다.

호연작은 급히 그 뒤를 쫓았다.

세 사람은 한참 달아나다가 몇 개의 고목나무가 서 있는 곳에 이르더니, 갑자기 말을 멈추고 쫓아오는 호연작을 보고 있다.

호연작은 더욱 급하게 말을 몰아 그 앞으로 가자, 누가 알았으랴! 아우성 소리가 크게 일어나며 그와 동시에 그는 말을 탄 채 그대로 깊은 함정 속에 떨어졌다. 그러자 요구수(撓鉤手) 5, 60명이 좌우에서 일시에 달려들어 호연작을 단단히 묶어버렸다.

이 모양을 당한 호연작의 수하 군졸들은 급히 말을 몰아 달려오며 저희 대장을 구하려 하는 것을 화영이 활을 가지고 앞서 오는 다섯 명을 연달아 쏘아 말 아래 떨어뜨리니까, 나머지 무리들은 그만 혼비백산해서 서로들 앞을 다투어 도망해버린다.

송강이 오용·화영과 함께 영채로 돌아오니, 마침 요구수의 무리가 호연작을 묶어 끌고 들어온다. 송강은 뛰어 내려가서 부리나케 묶은 것을 풀어놓고, 호연작을 부축하여 장상(帳上)으로 올라와 자리에 앉힌 다음, 그 앞에 정중히 예를 드리는 것이었다.

호연작은 너무도 뜻밖의 일이라 놀라서 묻는다.

"무슨 까닭으로 나한테 이렇게 하시오?"

송강이 말한다.

"나, 송강이 어찌 감히 나라를 배반하리까마는, 조정에 탐관오리가 가득한 까닭에 잠시 수박(水泊)에 몸을 숨기고 화를 피하고 있을 뿐이외다. 내가 전부터 장군을 은근히 사모하던 터이었는데, 오늘은 부득이해서 장군의 위엄을 손상시켰으니, 부디 이 사람의 죄를 용서해주시오."

"사로잡혀온 사람이 실로 만사유경(萬死猶輕)인데, 의사(義士)는 무슨 연고로 이렇듯 후한 예로써 나를 대하시오? 혹시나 나로 하여금 서울로 올라가서, 천자(天子)께 고하여 나라에서 죄를 사(赦)하고 초안(招安)하시기를 구하는 것이나 아니신가요?"

이렇게 물으면서 호연작은 송강의 얼굴을 바라본다.

"아니외다. 장군이 어찌 서울에 돌아가시겠소? 지금 나라를 망쳐먹고 있는 고태위란 놈이 욕심이 많고 마음이 편협하여 남의 은혜는 조금도 생각하지 않고 남의 허물은 마음에 새겨두는 자식이라, 장군이 허다한 인마와 재물을 잃었으니, 그놈이 어찌 장군을 죄 주지 않고 그냥 두겠소? 이제 한도·팽기·능진 세 분도 우리한테 입당하여 두령이 되었으니, 장군도 우리와 의를 맺어 입당만 하신다면, 송강이 진정으로 저의 자리를 장군한테 사양하오리다."

호연작은 한참 동안 대답을 못 하고 생각하다가 첫째 송강의 태도가 정중하고 공손하며, 둘째 그의 말이 유리(有理)한 까닭에 마침내 마음을 정하고서 한 번 한숨을 길게 쉰 다음,

"호연작이 나라에 불충(不忠)하고자 하는 것이 아니라, 형장의 의기과인(義氣過人)하신 데 감동했습니다. 형장 말씀대로 그리하겠소이다."

하고 입당하기를 허락한다.

송강은 크게 기뻐하면서 호연작을 청하여 여러 사람 두령들과 서로 인사하게 하고, 이충과 주통을 불러 전번에 뺏어간 척설오추마를 내어다가 그에게 돌려주게 했다.

그러고 나서 모든 사람이 다시 둘러앉아 공명을 구해낼 일을 의논하자, 먼저 오용이 의견을 말한다.

"이렇게 합시다그려. 먼저 호연작으로 하여금 청주 성문을 지키는 군사를 속여서 문을 열게 한 다음, 힘 안 들이고 그냥 들어가서 성을 빼

앗고, 겸해서 호연작의 돌아갈 길을 아주 끊어버리는 게 좋겠소이다."

송강은 오용의 말에 찬성하고 즉시 호연작을 보고 말했다.

"내가 결코 청주성을 탐내서 그러는 것이 아니오. 실로 공명의 숙질이 죄 없이 옥에 갇혀 있기 때문에 그들을 구해내기 위함이니, 장군은 부디 수고를 아끼지 말고 성문 하수 보는 놈을 속여 성문을 열게만 해주시오."

"아, 그거쯤이야 쉬운 일이지요. 그렇게 하십시다."

호연작이 승낙하므로 이날 해가 저물기를 기다려 송강은 오용의 계교대로 사람을 선정하니, 진명·화영·손립·연순·여방·곽성·해진·해보·구붕·왕영 등 열 두령이 선정되었다.

그리하여 이들 열 두령이 일제히 관군의 복색을 입고 호연작을 따라가게 하니, 11기(騎)의 두령들은 송강의 장령(將令)을 받은 후 바로 청주 밖의 호(濠)까지 나아가 큰소리로 외쳤다.

"문 지키는 장수야, 빨리 성문을 열어다오. 내가 간신히 살아나서 돌아왔다."

성루 위에서 이 소리를 듣고 호연작의 음성임을 알았는지라 군사는 즉시 모용 지부에게 보고했다.

이때 모용 지부는 하늘같이 믿고 있는 호연작을 잃고 어찌할 바를 몰라 초조하던 중이었는데, 뜻밖에 호연작이 살아서 돌아왔다는 말을 듣고, 너무도 기뻐서 즉시 말 타고 성으로 나와 성루 위로 올라갔다.

성루 위에서 내려다보니, 십여 기 인마가 보이기는 하나 원체 어두워서 얼굴을 알아볼 수 없고, 다만 음성만은 판단할 수 있다.

모용 지부가 물어보았다.

"장군이 어떻게 돌아오셨소?"

호연작이 대답한다.

"소장이 적의 함정에 빠져 잡혀갔다가, 뜻밖에 전에 소장 수하에 있던 군졸들을 적군 중에서 만나, 요행으로 그 군졸들이 몰래 말을 훔쳐 내다주기에 그 군졸들을 데리고 그만 이렇게 도망해왔습니다."

모용 지부는 호연작의 말소리를 듣고 즉시 군사로 하여금 성문을 열고 조교(吊橋)를 놓게 했다.

관군 복색을 한 열 명의 양산박 두령이 우르르 말을 몰아 성문 안으로 들어서더니 진명이 먼저 낭아봉으로 모용 지부를 때려죽이고, 해진·해보 형제는 여기저기 돌아다니면서 불을 지르고 구붕·왕영 두 사람은 성 위로 올라가 파수 보는 병정을 모조리 죽이니, 송강은 성안에 불길이 일어나는 것을 보고 즉시 대대인마(大隊人馬)를 거느리고 한꺼번에 성안으로 쳐들어왔다.

성안에 들어온 송강은 먼저 영(令)을 내려 군사들로 하여금 백성을 해치지 못하게 하고, 다음에 부고(府庫)를 열어젖히고 전량(錢糧)을 거두며, 대로(大牢)에 갇혀 있는 공명과 그의 숙부를 구해내고, 또 군사들로 하여금 화재(火災)를 끄게 하는 한편, 모용 지부의 일가족을 전부 잡아내다가 목을 베고 그 집 재산을 끌어내어 전부 군중에 분배했다.

날이 밝은 뒤에 조사해보니, 화재로 말미암아 타버린 민가(民家)가 적지 않다. 송강은 민가의 손해를 세밀히 알아오게 한 후 각기 곡식과 돈을 나누어주게 하여 충분히 구휼(救恤)케 하고, 부고에서 돈과 비단과 곡식을 수레로 5,6백 차나 실어내고, 또 좋은 말 2백여 필을 끌어내었다.

사무를 끝내고서, 송강은 청주부 청사 안에서 크게 잔치를 베풀고, 삼산두령(三山頭領)을 청하여 함께 즐긴 후 대채(大寨)로 돌아가기로 하니, 이충과 주통은 사람을 도화산으로 보내 인마와 전량을 끌어낸 다음 산채에는 불을 지르고 오게 하고, 노지심은 시은·조정을 이룡산으로 보내 장청과 손이랑으로 하여금 인마와 전량을 수습한 후 보주사에다가 역시 불을 지르고서 이리로 오라고 명령했다.

며칠 후에 삼산의 인마가 모두 모여들었다.

송강이 일행과 군사를 거느리고 양산박으로 돌아가는데, 화영·진명·호연작·주통 네 사람으로 하여금 길을 열게 하고서, 지나가는 고을마다 백성들한테 추호도 폐를 끼치지 아니하니까, 향촌 백성들은 늙은이나 젊은이나 모두들 어린아이를 데리고 나와서 향(香)을 피우며 길에 엎드려 영접하는 것이었다.

며칠을 지나서 양산박 물가에 당도하니까, 두령 수군(水軍)들은 배를 준비하고 있다가 일행을 맞이하며, 대채에서는 조개가 여러 두령들과 함께 금사탄까지 내려와서 송강 일행을 맞이하여 바로 대채로 올라갔다.

취의청 위에 모두 자리를 정하고 앉아서 크게 연석을 베풀고 새로 들어온 두령들한테 치하하니, 이번에 송강을 따라서 산에 올라온 호걸은 호연작·노지심·양지·무송·시은·조정·장청·손이랑·이충·주통·공명·공량, 모두 합해서 열두 명이다.

술을 마시다가 임충이 노지심더러 전일 길에서 피차에 서로 구해주던 일을 말하며 사례하니까, 노지심이 한마디 묻는다.

"그런데 그 뒤로 아주머니 소식이나 들으셨소?"

임충이 서글픈 표정으로 대답한다.

"내가 왕륜이란 놈을 죽인 뒤에 즉시 사람을 보내서 식구들을 데려오려 했더니, 벌써 그사이에 마누라는 고태위의 자식놈한테 욕을 당하게 되자 스스로 목매어 죽어버렸고, 장인어른도 화병이 들어 돌아가셨습니다."

노지심이 이 말을 듣고 탄식하기를 마지아니했다. 그러자 양지는 또 임충을 보고, 전일에 왕륜의 수단으로 인해 산에 올라갔다가 서로 만났던 이야기를 하니 모든 사람이 듣고,

"이야말로 이미 하늘에서 정해놓은 일이지, 결코 우연이 아니외다."

하고 탄복한다. 그러자 또 조개가 황니강에서 채태사 생진강을 겁

탈하던 이야기를 털어놓고 하니까, 좌석에는 한동안 웃음이 그치지 않았다.

　며칠 동안 연석을 베푼 뒤에, 송강은 탕융으로 하여금 철장총관(鐵匠總管)을 삼아 각종 군기와 철엽연환마갑(鐵葉連環馬甲) 등속을 만들게 하고, 후건으로 하여금 정기포복(旌旗袍服)을 총관하게 하여 삼재(三才)·구요(九曜)·사두(四斗)·오방(五方)·이십팔수(二十八宿) 등의 기치와 비룡(飛龍)·비호(飛虎)·비웅(飛熊)·비표(飛豹) 등의 기치와 백모(白旄)·주영(朱纓)·조개(皁蓋) 등속을 만들게 하고, 산변(山邊) 사방에 돈대(墩臺)를 쌓도록 영을 내렸다.

　그리고 다시 서쪽과 남쪽으로 통하는 길목에 술집을 두 개 증설하고 양산박을 찾아오는 호한(好漢)들과 접응하게 하며, 겸해서 사방의 정보를 염탐하여 보고케 하니,

　서쪽 술집은 장청·손이랑 내외가 본래 술집하던 사람이라 두 사람이 맡아서 주관하고,

　남쪽 술집은 손신·고대수 내외로 하여금 주관하게 하고,

　동쪽 술집은 그전대로 주귀·악화 두 사람이 맡아보고,

　북쪽 술집은 전대로 이립과 시천으로 주관하게 하고,

　또 삼관(三關)에 채책을 더 크게 만들고서 두령들을 각처에 분거(分居)하게 하여 간수하게 했다.

　부서가 각각 정해지자, 두령들은 모두 송강의 명령대로 거행했다.

　이렇게 된 후 어느 날, 노지심이 송강의 처소로 찾아와 말하는 것이었다.

　"나하고 친한 친구에 구문룡 사진이란 사람이 있소이다. 이 사람은 이충 형제하고도 잘 아는 터인데, 지금 화주 화음현 소화산에 신기군사 주무하고, 도간호 진달하고, 백화사 양춘하고, 모두 네 사람이 의를 맺고 지내는데, 내 한번 찾아가 보고, 저들 네 사람을 모두 불러다 입당시

켜 볼까 생각하는데, 형장 의향은 어떠시오?"

송강이 대답한다.

"나도 구문룡 사진의 이름은 높이 들은 지 오래요. 스님이 가서 그 사람을 데려온다면 물론 좋기는 하지만, 스님이 혼자 가시는 것이 재미없으니, 무송 형제와 함께 가시는 게 좋겠소이다. 무송은 행자(行者)니까, 일반 출가인과 동행하는 것이 무방하리다."

노지심도 이 말에 찬성하므로 송강은 즉시 무송을 불러 의향을 물으니까, 무송은 그 자리에서 좋다고 승낙한다. 그리하여 그날로 행리(行李)를 수습해놓고, 노지심은 선화자(禪和子) 모양으로 차리고, 무송은 수시(隨侍)하는 행자로 차리고, 송강 이하 뭇 두령들에게 인사한 후 산을 내려와 금사탄을 건너서, 낮에는 길을 가고 밤에는 객주에 묵으며 화주 화음현으로 들어서자, 바로 소화산으로 향했다.

송강은 두 사람을 보낸 뒤에 역시 마음이 놓이지 않아서 신행태보 대종을 시켜, 그들의 뒤를 쫓아가 소식을 알아보게 했다.

한편, 노지심과 무송이 소화산으로 올라가노라니까, 언덕 밑에서 졸개 한 명이 뛰어나오더니, 길을 가로막고 묻는다.

"여보시오, 보아하니 출가(出家)한 분들인데, 어디를 찾아가시는 길이오?"

"산 위에 사대관인(史大官人)이 계시지?"

하고 물으니까 졸개는 사대관인을 찾아온 손님인 줄 알고 허리를 굽신하며 공손히 인사를 드리고 말한다.

"누구신지 존함을 일러주시면 들어가서 두령님께 말씀드리겠습니다."

무송이 점잖게 말한다.

"올라가 사대관인께 노지심과 무송이 찾아왔다고 그래라."

졸개가 듣고 산 위로 올라간 지 오래지 않아서, 주무·진달·양춘 세 사람이 내려와서 두 사람을 영접한다. 그런데 사진의 모양이 안 보인다.

노지심이 물었다.

"사대관인은 어디 갔기에 안 보이시는지 궁금하구려."

주무가 앞으로 나와서 대답한다.

"스님이 바로 연안부의 노제할이 아니신가요?"

"예, 그렇소이다. 그리고 이 사람은 경양강에서 맨주먹으로 호랑이를 때려잡은 도두(都頭) 무송이오."

주무·진달·양춘 세 사람은 다시 예를 하고 묻는다.

"선성은 참 오래전부터 듣자왔습니다. 그런데 풍문에 듣자니까, 두 분께서 이룡산에 계신다더니, 여기는 어째 오셨습니까?"

"우리가 지금은 이룡산에 있지 않고 양산박에 있는데, 사대관인과 만난 지가 너무도 오래되었기에 일부러 이번에 찾아온 거요."

"그러십니까? 그럼 산채로 곧 올라가시지요. 조용히 여쭐 말씀이 있습니다."

"할 말이 있거든 여기서 하시구려. 누가 일부러 이야기 들으려고 산채까지 올라가고 어쩌고, 제기랄…."

노지심이 이렇게 퉁명스럽게 말할 때, 곁에서 무송이 말했다.

"우리 사형(師兄)이 성미가 급하신 분이니, 할 말씀이 있거든 예서 하시지요."

그제야 주무가 이야기를 하는데, 구문룡 사진이 산에 올라온 뒤로 산채는 대단히 흥왕했는데, 얼마 전에 그는 산을 내려갔다가 우연히 한 사람 화장(畫匠)을 만났다 한다. 이 화장은 왕의(王義)라는 사람으로 서악화산(西嶽華山) 금천성제묘(金天聖帝廟) 안에 벽화를 그린 유명한 사람이라 한다. 그런데 그가 옥교지(玉嬌枝)라는 딸을 데리고 금천성제묘까지 나왔었는데, 서울 채태사(蔡太師)의 문인(門人)으로 욕심 많고 음흉한 이 고을 하태수(賀太守)가 어느 날 악묘(嶽廟)에 왔다가 옥교지의 용모가 어여쁜 것을 보고 욕심이 불같이 일어나 사람을 왕의한테 보내 첩으로 달라고 교섭을 했다 한다. 그러나 왕의는 듣지 아니했다. 그랬더니 태수는 마침내 그의 딸을 강탈하여다 기어코 첩을 삼고, 왕의를 죄에 얽어 멀리 흉악한 고을로 귀양을 보냈다. 그런데 그가 귀양 가는 길이 바로 이곳 소화산 아래를 지나가게 되었는데, 이때 사진이 산을 내려갔다가 그를 우연히 만나서 원통한 사정 이야기를 듣고, 방송공인(防送公人) 두 명을 죽인 후 왕의를 구하여 산채에 둔 다음 바로 고을로 들어가 하태수를 찔러 죽이려 했는데, 어떻게 일이 탄로되어 도리어 하태수한테 붙잡혀 옥에 갇혔다는 이야기였다.

이야기를 듣고, 노지심이 큰소리로 외친다.

"그런 놈을 그대로 둘 수 있나? 내 당장 이길로 가서 그놈을 죽여버리고 오겠다!"

이렇게 말하고 즉시 떠나려고 서두르는 것을 주무가 말린다.

"이러지 마시고 우선 산채로 들어가서 일을 의논하십시다."

노지심이 말을 듣지 않으니까, 무송이 한 손으로 선장(禪杖)을 붙들고 한 손으로 노지심의 팔을 잡아당기며,

"사형! 벌써 해가 저물었는데, 왜 이러세요?"

하고 끌어당긴다.

노지심도 흥분을 가라앉히고, 다섯 사람은 함께 산채로 올라갔다.

주무와 진달·양춘은 옥교지의 부친 왕의를 불러내어 노지심과 무송에게 인사시킨 후, 소를 잡고 양을 잡아 두 사람을 대접했다. 그러나 노지심은 술을 먹지 않고 말한다.

"사진(史進)이 이 자리에 없는 이상, 난 한 방울도 술을 안 먹겠다! 오늘 밤 잠도 안 자고 있다가 날이 밝기만 하면 고을로 들어가서 태수란 놈을 죽여버릴 작정이다."

무송이 타이르듯이 노지심에게 말한다.

"형님은 일을 그렇게 경솔히 할 생각을 말고, 우선 양산박으로 들어가서 송공명 형님한테 이야기하고, 대대인마를 거느리고 와서 화주성을 치고 들어가야 비로소 사대관인(史大官人)을 구해낼 것입니다."

노지심이 성을 버럭 낸다.

"사진의 목숨이 지금 조석(朝夕)에 걸려 있는데, 그냥 내버려둔단 말이오? 당장 가서 태수란 놈을 죽여야지!"

"그렇게 서둘러선 안 됩니다. 제가 형님을 못 가시게 하렵니다."

"도대체 자네들은 헐개가 느려서 못 쓴단 말일세. 지금 사진이 죽느냐 사느냐 하는 판인데, 술잔이나 들고서 이야기만 하다가 때를 놓친단 말인가?"

무송과 주무의 무리가 입이 아프도록 권했으나, 노지심은 술 한 잔 안 마시고 그대로 쭈그리고 앉았다가 이튿날 새벽에 무송과 주무의 무리가 아직 곤하게 잠자고 있을 때 자리에서 빠져나와 선장 짚고 계도(戒刀) 차고 혼자서 화주성을 향하여 길을 재촉했다.

날이 훤하게 밝은 뒤에야 무송이 일어나서 노지심이 떠난 것을 알고,

"그거 참, 내 말을 듣지 않고 그예 가버렸으니 대체 이 노릇을 어쩌면 좋은가?"

근심하니까 주무가 딱해서,

"참말 걱정인데요. 사람을 뒤쫓아 보내 소식이나 알아봐야지요."

하고, 즉시 영리한 졸개 두 명을 급히 내려보냈다.

이때, 노지심은 화주성 안으로 들어가, 거리에서 사람을 붙들고,

"태수 아문(太守衙門)이 어디 있소?"

하고 물어보았다.

"저기 저 다리를 건너가서 동쪽으로 가면 바로 거기요."

노지심은 그 사람이 가르쳐준 대로 걸어갔다.

한참 가다가 부교(浮橋) 위에 이르자 행인들이 분주히 길을 비키면서

그에게 일러준다.

"여보, 어서 비켜나시오. 태수 상공(相公) 행차시오."

노지심이 속으로,

'내가 저를 보려고 왔는데, 제 편에서 도리어 나한테로 오고 있으니, 이놈이 정녕 죽을 수가 뻗친 놈이로구나!'

생각하며 태수 행차를 바라보니 두답일대(頭踏一對)가 앞을 서고, 태수가 타고 있는 교자는 난교(媛轎)인데 교창(轎窓) 양편으로 우후들이 열 명씩 제각기 손에는 편창(鞭槍)·철련(鐵鍊)을 들고 옹위하여 온다.

노지심이 보고 속으로,

'내가 저놈을 치려다가 혹시 잘못해서 못 죽인다면 공연히 남의 웃음거리만 되지 않을까?'

생각하느라고 주저하고 있을 때, 이때 하태수는 교자 안에서 노지심이 쫓아나올 듯 말 듯 수상스러운 자세로 서 있는 꼴을 보았는지라, 다리를 지나 부중(府中)으로 들어가 교자에서 내리자, 즉시 우후 두 명을 불러 분부했다.

"네 아까 다리 위에 섰던 살찐 중놈을 불러들여다 재(齋)를 먹이도록 하여라."

우후는 분부를 들은 후 곧 다리로 가서 노지심을 보고 말했다.

"태수 상공께서 청하시니, 들어와 재를 자시오."

노지심이 속으로,

'이놈이 과연 내 손에 죽고 싶어 이러는 게지?'

생각하고, 즉시 우후를 따라서 부중으로 들어갔다.

태수는 노지심이 부중에 들어왔다는 말을 듣고 선장과 계도를 밖에 끌러놓고 후당으로 들어가서 재를 먹도록 하라고 분부했다.

노지심이 그 말을 듣고 선뜻 복종하지 않으려 한다. 그러자 여러 사람이 말한다.

"여보, 출가인이 사리(事理)를 몰라도 분수가 있지. 부당심처(府堂深處)에 어쩌자고 흉기를 갖고 들어간단 말이오?"

노지심이 속으로,

'선장이나 계도가 없기로서니, 내가 그놈의 대가리쯤이야 주먹만으로 때려부술 거 아닌가?'

주의를 정하고 그는 마침내 선장과 계도를 복도에 놓아두고 우후를 따라서 후당(後堂)으로 들어갔다.

하태수가 이때 후당에 앉아 있다가 그가 들어오는 것을 보더니 손을 들어 가리키며,

"저 중놈을 잡아 내려라!"

호령한다. 그러자 벽 뒤에서 3, 40명 형리(刑吏)가 우르르 내달아 노지심을 잡아 쓰러뜨리고 단단히 결박해버리니, 일이 이렇게 되면 나탁태자(那吒太子)라도 천라지망(天羅地網)을 벗어나지 못할 것이요, 화수금강(火首金剛)이라도 용택호굴(龍澤虎窟)을 벗어나기 어렵지 않은가.

노지심이 꼼짝 못 하고 묶여서 뜰아래 끌려 내려가니, 하태수가 마루 위에 높이 앉아서 소리를 가다듬어 꾸짖는다.

"네 이놈 중놈아! 네가 어디서 온 놈이냐?"

풍비박산되는 화주성

노지심이 눈을 부릅뜨고 마루 위를 쳐다보며 큰소리로 대답한다.

"이놈! 나는 다른 사람이 아니라 양산박 호걸 화화상 노지심이다. 나는 여기서 죽어도 그만이다마는, 우리 형님 송공명이 알고 산을 내려오기만 하면, 네 대가리는 그냥 가루가 될 것이니 그런 줄이나 알고 있거라!"

이 소리를 듣고 하태수는 대단히 흥분해 형리(刑吏)들로 하여금 한동안 매를 때리게 한 다음, 큰 칼을 씌워 사수로(死囚牢)에 가두게 하고, 일변 도성(都省)에 보고하여 판결을 내려줍소사 청하고, 노지심의 선장과 계도는 창고 속에 집어넣게 했다.

이 소문이 삽시간에 퍼져서 화주성 안에 모르는 사람이 없게 되었다. 소화산 졸개는 이 소문을 듣고, 나는 듯이 산채에 돌아와서 보고했다. 무송이 깜짝 놀라,

"우리 두 사람이 함께 화주로 왔다가 한 사람을 잃어버리고서야 내가 무슨 면목으로 양산박에 돌아가겠느냐?"

하고 어찌하면 좋을지 몰라 번민하고 있을 때, 졸개가 올라와서 고하기를 지금 양산박에서 신행태보 대종이라는 두령님이 산 아래 와서 만나자고 한다.

무송은 급히 내려가서 대종을 산채로 맞아들여 주무와 인사케 한 다음, 노지심이 여러 사람의 권하는 말을 듣지 않고 화주성으로 들어갔다가 붙잡힌 사실을 자세히 이야기했다.

대종이 깜짝 놀란다.

"그렇다면 내가 여기서 시각을 지체할 수가 없소. 얼른 양산박으로 들어가 형님께 말씀하고, 군사를 끌고 와서 속히 구해야겠소."

"그럼 나는 여기서 기다리고 있을 테니, 대원장은 빨리 다녀오시오."

대종은 고개를 끄덕이고 소식(素食)을 청하여 먹은 다음, 즉시 신행법을 사용하여 양산박으로 돌아갔다.

떠난 지 사흘 만에 대종이 양산박에 돌아가서 조개·송강 두 사람한테 노지심이 사진을 구하려다가 하태수한테 사로잡힌 일을 보고하니까 송강은 크게 놀라면서,

"우리가 아끼는 두 형제가 그렇게 위지(危地)에 있다면, 한시인들 지체할 수 있느냐!"

하고, 즉시 영을 내려 인마(人馬)를 동원하게 하니,

전군(前軍)의 다섯 사람 선봉대장은 임충·양지·화영·진명·호연작이라, 1천 갑마(甲馬)와 2천 보군(步軍)을 인솔하고 먼저 나아가면서 산을 당해서는 길을 열게 하고, 물을 당해서는 다리를 놓게 하고,

중군(中軍)은 주장(主將) 송강, 군사(軍師) 오용, 주동·서녕·해진·해보 등 여섯 두령이라, 마보군병(馬步軍兵) 2천을 영솔하고,

후군(後軍)은 양초(糧草)를 책임지기로 하니, 이응·양웅·석수·이준·장순 등 다섯 명 두령이라, 마보군병이 2천이니, 삼군이 도합 7천이다.

양산박을 떠나서 화주로 향하는데, 먼저 대종을 보내 소화산에 소식을 전하게 했다.

소화산에서는 소식을 듣고 소·말·양·돼지를 잡고, 썩 좋은 술을 담가놓고서 일행을 기다린다.

며칠이 지나서 송강의 3대 군마가 산 아래 도착했다.

무송은 주무·진달·양춘 세 사람을 데리고 산을 내려가 송강·오용을 비롯해서 여러 두령을 맞아 산채로 올라왔다.

자리를 잡고 앉자, 송강이 화주성 안의 소식을 묻는다.

주무가 대답한다.

"두 분 두령님이 하태수에게 붙들려 지금 사수로에 갇혀 있는데, 조정의 판결을 기다려 일간 처형한다나 봅니다."

송강과 오용이 다시,

"어떻게 하면 두 사람을 구해내겠소?"

계교를 물으니까 주무는 말했다.

"화주는 원체 성곽이 튼튼하고 호(濠)가 깊어서 쉽사리 치고 들어가기가 어렵지요. 아무래도 안과 밖에서 서로 호응해야만 성을 깨뜨릴 수 있을 겝니다."

"그렇다면 내일 성 밖에 가서 자세히 본 다음에 다시 의논합시다."

오용이 말한 후, 그날은 의논을 걷어치우고 늦도록 술을 마셨다.

이튿날 날이 훤히 밝자, 송강이 먼저 화주성을 가보자고 말했다.

그러나 오용이 반대한다.

"화주 태수가 지금 두 사람 대충(大蟲)을 잡아놓고 있는 터에 어찌 방비하기를 소홀히 할 리가 있소? 낮에는 가까이 가는 것이 좋지 않으니, 오늘 밤에 달빛이 명랑할 것이라, 신시(申時) 전후해서 산을 내려가 초경(初更)쯤 그곳에 당도하여 동정을 살피도록 합시다."

송강도 이 말에 찬성하고, 점심때가 지난 뒤에, 오용·화영·진명·주동과 함께 다섯 사람이 말 타고 산을 내려가 초경에 화주성 밖에 도착했다.

높은 산 언덕 위에 올라가 말을 세우고 성안을 굽어보니, 이때는 2월 중순경이라 하늘에는 한 조각 구름도 없는데, 빤히 내려다보이는 화주성 주위에 성문(城門)이 몇 개 웅장하게 서 있고, 성은 높고 호(濠)는 깊고 넓다.

한참 동안 살펴본 다음 눈을 들어 멀리 서악화산(西嶽華山)을 바라보니, 과연 장엄하고 신비스러운 명산(名山)이다. 이 같은 산을 배경으로 하고 있는 화주의 성지(城池)가 이렇게 견고하니, 도무지 계교를 베풀 여지가 없다.

오용이 산채로 돌아가서 다시 의논하자 해서 다섯 사람은 밤을 도와서 화산으로 돌아왔다.

송강은 이마에 주름살을 짓고 근심한다.

오용은 영리한 졸개 십여 명을 뽑아 그들로 하여금 산을 내려가 원근 소식을 알아오게 했다.

이틀 후에 그중 한 명의 졸개가 올라와 보고하는데, 조정에서 전사태위(殿司太尉)에게 명하여 어사금령조괘(御賜金鈴吊掛)를 가지고 서악화산에 이르러 강향(降香)하게 한 까닭으로 전사태위 일행이 지금 황하(黃河)를 지나 위하(渭河)로 들어오고 있다는 것이다.

보고를 듣고 나자, 오용이 송강을 돌아보고 말한다.

"형장, 이제 과히 근심하지 마시오. 좋은 계교가 생겼소이다."

그는 이같이 말한 후, 즉시 이준과 장순을 불러 이렇게 이렇게 하라는 계책을 일러주니까, 이준이 말한다.

"우리는 이 근처 지리에 어두우니 어쩌나? 누구 길을 잘 아는 사람이 같이 갔으면 좋겠네."

이 말을 듣고 양춘이 앞으로 나선다.

"내가 같이 가면 어떨까요?"

송강과 오용은 기뻐하고, 즉시 세 사람이 함께 산 아래로 내려가게 했다. 그리고 그 이튿날 오용은 송강·이응·주동·호연작·화영·진명·서녕 등 일곱 사람을 청하여 5백 명 졸개를 거느리고 가만히 산을 내려가 바로 위하의 나루터로 나갔다.

나루터에 가보니 어제 내려보낸 이준·장순·양춘 등이 이미 대선(大船) 십여 척을 준비해놓고 기다린다.

오용은 화영·진명·서녕·호연작 네 사람에게 부탁하여 언덕 위에 매복하게 하고, 자기는 송강·주동·이응 세 사람과 함께 선창 안으로 들어가고, 이준·장순·양춘 세 사람은 노를 저어 여울목으로 가서 숨어 있게 했다.

물 위에서 하룻밤을 지내고 이튿날 날이 훤히 밝자 멀리서 북소리가 들리더니 마침내 관선(官船) 세 척이 내려오는데, 배 위에 누런 기를 꽂고 깃발 위에 '흠봉성지 서악강향태위 숙원경(欽奉聖旨 西嶽降香太尉 宿元景)'이라고 쓰여 있다.

주동·이응은 각기 손에 장창을 들고 송강과 오용의 등 뒤에 가서 섰다.

조금 있다가 태위의 배가 가까이 와서 배를 나루터에다 대려 할 때 오용은 저희 배를 몰고 나가 앞을 가로막았다.

선창 안에서 자삼은대(紫衫銀帶)의 우후(虞侯) 20여 명이 쫓아 나와 꾸짖는다.

"너희들이 어떤 놈들인데 감히 나루터에서 대신(大臣)의 배를 가로막느냐?"

송강은 골타(骨朶)를 손에 쥐고 허리를 굽혀 정중히 예를 베풀고, 오용은 이때 뱃머리에 나가서 말했다.

"양산박 의사(義士) 송강이 삼가 문안드리옵니다."

이 말을 듣더니, 배 위에서 객장사(客帳司)가 나서면서 묻는다.

"이 배에는 조정의 태위께서 타고 계시고, 성지(聖旨)를 받들어 서악(西嶽)으로 강향(降香)하러 가시는 길이다. 너희들은 양산박의 난구(亂寇)인데, 무슨 까닭으로 대신의 길을 막느냐?"

오용이 말한다.

"우리 의사(義士)의 무리가 태위께 사뢸 말씀이 있어서 그럽니다."

"너희가 어떤 놈이라 함은 천하가 아는 터인데, 어찌 감히 태위를 뵈려 한다는 거냐?"

이럴 때, 양편에 서 있는 우후가 일시에 소리를 지른다.

"조용히 저성(低聲)으로 말해라!"

그러자 송강이 허리를 구부리고서 말한다.

"태위를 모시고 잠시 언덕 위로 올라가 의논드릴 말씀이 있습니다."

객장사가 말한다.

"태위께서는 조정의 명관(命官)이신데 어찌 너희 같은 무리와 의논하실 이치가 있느냐?"

"태위께서 끝내 우리와 의논하지 않으신다면 혹시나 아이들이 태위를 놀라시게 하지 아니할까 걱정이외다."

송강의 말이 미처 끝나기 전에, 주동이 창끝에 매어단 소호기(小號旗)를 들고 한 번 휘두르니까, 언덕 위에 매복하고 있던 화영·진명·서녕·호연작 네 사람이 마군(馬軍)을 거느리고 일시에 내달아 일제히 활에 화살을 메겨 나룻가에 일자로 쭉 늘어선다. 관선 위의 사공들은 몽둥이로 얻어맞기나 한 것처럼 일시에 배 속으로 들어가 숨어버린다.

객장사는 사태가 비상하므로 즉시 선창 안으로 들어가 숙태위(宿太尉)에게 고했다. 태위가 마지못해 뱃머리로 나와 자리 잡고 앉자, 송강은 정중히 예를 베풀고 말한다.

"송강이 감히 우러러뵈옵니다."

숙태위가 묻는다.

"의사(義士)는 무슨 연고로 내 길을 막는고?"

송강이 아뢴다.

"감히 귀인(貴人)의 행차를 막을 리가 있겠습니까? 오직 잠시 태위를 모시고 언덕에 올라가 조용히 사뢸 말씀이 있어서 그럴 뿐입니다."

"내가 성지를 받들고 강향하러 서악으로 가는 길인데 의사와 무슨 의논할 말이 있으며, 더욱이 조정 대신이 어찌 경망히 언덕에 나간단 말인고?"

"만일 태위께서 언덕에 내리시지 않는다면, 혹시나 아이들이 또 태위를 놀라시게 할까 근심됩니다."

송강의 말이 미처 끝나기 전에 이번엔 이응이 군호하는 창을 들고 휘두르니까, 이준·장순·양춘 세 사람이 쏜살같이 배를 저어 나온다.

숙태위가 놀라 바라보고 있을 때 이준과 장순은 제각기 날이 시퍼런 칼을 들고 관선 위로 뛰어오르더니, 각각 우후 한 명씩을 붙들어 그냥 물속에다 팽개쳐버리는 게 아닌가.

이때 송강이 소리를 가다듬어 꾸짖는다.

"이게 무슨 행패냐? 귀인께서 놀라신다!"

꾸중을 들은 이준과 장순은 금시 돌아서서 물속으로 풍덩 뛰어들더니 즉시 물에 빠진 우후 두 명을 구해내다가 관선 위에 올려놓고, 저희는 도로 저희 배로 돌아가는 게 아닌가.

숙태위가 이 모양을 보더니 너무도 놀라워서 얼굴빛이 새파랗게 질린다.

송강은 또 꾸짖었다.

"아이들은 냉큼 물러가고 다시는 귀인을 놀라시게 하지 말라! 내 서서히 태위를 모시고 말씀을 사뢰겠다."

이때 숙태위가 한마디 묻는다.

"의사는 할 말이 있거든 무언지 모르나 예서 하구려."

송강이 또 공손히 말한다.

"이곳은 귀인을 모시고 말씀드릴 처소가 못 됩니다. 저희들이 귀인을 모시고 산채로 올라가 자세히 사뢰겠습니다. 소인들이 태위를 상해할 마음은 추호도 없으니 안심해주십시오. 만일 저희가 그런 마음을 품었다면 서악의 신령님이 저희를 주멸(誅滅)하시고 용서하지 않으실 겁니다."

이렇게 되고 보니 어찌할 도리가 없으므로 숙태위는 마지못해서 언덕 위로 올라갔다. 그러자 여러 사람이 말 한 필을 끌고 나와서 태위를 부축하여 태우고 산 위로 몰고 올라간다.

송강은 우선 화영·진명 두 사람으로 하여금 태위를 모시고 먼저 산 위에 올라가게 한 다음, 배 위에 있던 여러 사람과 어향제물(御香祭物)과 금령조괘(金鈴弔掛)를 모조리 수습하여 여러 사람 두령들과 함께 그 뒤를 따라서 산 위로 올라가게 했다. 그리고 강가에는 이준·장순이 남아 있어 졸개 백여 명과 함께 배를 지키게 했다.

송강은 숙태위를 모시고 산채로 올라가 그를 부축하여 취의청에 오른 다음, 모든 두령들이 좌우로 늘어서 시립하게 한 후, 자기는 태위에게 사배(四拜)를 드리고 꿇어앉아서 고했다.

"송강은 원래 운성현의 일개 미관말직(尾官末職)으로, 관사(官司)의 핍박이 태심하와 견딜 수 없어 부득이 양산박으로 들어간 것이온데, 이는 잠시 더러운 세상에서 화를 피하고자 할 뿐이옵고 행여나 조정이 바로 잡히면 국가를 위해서 힘을 다하고자 함이외다. 그런데 이제 노지심과 사진 두 형제가 잘못한 일 없이 하태수에게 잡혀 옥중에 갇힌 까닭으로 두 사람을 구하기 위해서 태위의 어향의종(御香儀從)과 금령조괘를 잠시 빌려 하태수를 속이고자 하오며, 일이 끝난 뒤에는 모조리 돌려드리겠사오니, 태위께서는 허락해주시기 바랍니다."

이 말을 듣고 태위가 대답한다.

"내가 그대들에게 어향등물(御香等物)을 빌려주었다가 내일이라도 일이 탄로 나는 날이면 내가 연루가 될 것이니, 이걸 어찌하란 말이오?"

"태위께서는 서울에 돌아가시거든, 모든 일을 저 송강에게만 밀어버리십시오. 그러면 자연 무사하실 겝니다."

숙태위가 그 말을 듣고, 또 여러 두령들의 태도를 보아하니 모두 공손한지라, 그 말을 아니 들을래야 안 들을 수가 없다.

그래 태위가 승낙하니까, 송강은 잔을 들어 태위에게 술을 올리고 즉시 연석을 베풀어 관대한 다음, 태위가 데리고 온 사람들의 입은 의복을 모두 벗기고 또 졸개 가운데서 얼굴 모습과 키가 숙태위와 비슷한 자를 골라 수염을 깎고 태위의 옷을 입혀 전사 태위 숙원경의 모습을 꾸민 다음, 송강과 오용은 각각 객장사가 되고, 해진·해보·양웅·석수는 각각 우후가 되고, 졸개들은 모두 자삼은대를 두르고서 정절기번(旌節旗旛)과 의장법물(儀仗法物)을 드는 동시에 어향제례와 금령조괘를 메고, 화영·서녕·주동·이응 네 사람은 아병(衙兵)이 되고, 주무·진달·양춘 세 사람은 그의 수하 관원들을 접대하며, 한편으로 진명·호연작은 일지군(一枝軍)을 거느리고, 임충, 양지도 일지군 거느리고 두 길로 분담하여 나아가 화주성을 빼앗기로 하며, 또 무송으로 하여금 미리 서악문(西嶽門) 아래 가서 기다리고 있다가 군호가 있는 대로 행사하게 했다.

부서 연락을 짠 후에 송강 일행은 산채를 떠나 나루터로 내려가 배에 타고, 화주 태수한테는 알리지도 않고, 바로 서악묘(西嶽廟)로 향했다.

이보다 앞서 대종이 먼저 서악묘에 가서 운대관(雲臺觀)에게 소식을 알렸다. 그리하여 관주(觀主)와 묘내(廟內)의 직사인(職事人)들은 모두 강가로 내려와서 태위 일행을 영접하여 언덕 위로 올라오는데, 향화등촉(香花燈燭)과 당번보개(幢旛寶蓋)를 앞에 세우고, 어향(御香)은 향정(香亭)에 담아 악묘(嶽廟)의 인부들이 메고 금령조괘를 인도하여 앞에서 가게 한다.

이렇게 하고 나서 관주가 태위에게 절하고 뵈오니까, 곁에서 오용이 말한다.

"태위께서 여기까지 오시는 길에 병환이 나셔서 아직 쾌차하지 못하시니, 관주는 속히 난교(煖轎)를 대령하도록 하오."

관주가 난교를 뱃전에 대령하자, 좌우의 모든 사람이 태위를 부축하여 교자에 모셔 악묘로 올라갔다.

악묘에 이르러 관청(官廳)에 하처한 후 객장사 오용이 관주를 보고 말한다.

"이번에 태위께서 성지를 받들어, 어향과 금령조괘를 모시고 와서 모처럼 성제(聖帝)께 공양(供養)하려 하시는 터인데, 어찌하여 본주 관원(本州官員)들은 이렇듯 경만(輕慢)하여 나와서 영접하지 않는가?"

관주가 황송해서 대답한다.

"조금 전에 사람을 보내 기별했으니까, 아마 조금 있으면 올 것 같사옵니다."

관주가 말하고 있을 때, 벌써 본주에서 보낸 추관(推官) 한 명이 공인 5, 60명을 거느리고 주과(酒菓)를 가지고 와서 태위께 인사드린다.

그런데 태위로 가장하고 있는 졸개는 모습이 숙태위 비슷하기는 하나 귀인(貴人)의 말솜씨는 모르는 까닭으로, 일부러 병든 체하고 이불을 둘러쓰고 상 위에 앉아 있는 것이었다.

하태수가 보낸 추관이 좌우를 둘러보니, 정절(旌節)·문기(門旗)·아장(牙仗) 등속이 모두 내부(內府)에서 만든 물건들인지라, 털끝만큼도 의심하는 마음이 생기지 아니했다.

객장사로 가장한 오용은 추관의 인사를 받고 총총히 안으로 들어가서 태위께 두 번이나 무어라고 품(稟)하고 나서, 추관을 데리고 들어가 멀찌감치 뜰아래에서 태위를 뵙게 하니 태위는 손을 쳐들고 무어라고 중얼거리는 것 같았는데, 도무지 무슨 말을 하는 것인지 알아들을 수가 없다.

그러자 객장사로 가장한 오용이 앞으로 나서면서 추관보고 꾸짖는 듯이 말한다.

"태위께서는 천자(天子) 앞에 근행(近幸)하는 대신(大臣)으로서 이번에 천리 길을 사양 안 하시고 성지를 받들어 이곳까지 강향하러 내려오신 터인데, 어찌하여 본주 관원들은 태수 이하 나와서 영접하지 아니하는 게요?"

추관이 대답한다.

"전로관사(前路官司)에서 문서는 왔었습니다만, 이곳에서 근보(近報)가 없었기 때문에 모르고 있었사옵고, 또 요사이 소화산에 있는 도적떼가 양산박 초구(草寇) 떼와 함께 화주성을 치는 까닭으로, 매일 그것들을 방비하느라고 성내로부터 떠나지 못하고, 특히 소관(小官)을 보내시며 먼저 나가서 주례(酒禮)를 드리게 하라 하셨습니다. 그러나 미구에 태수도 곧 참현(參見)하러 올 것입니다."

추관은 이렇게 말하고 데리고 온 사람을 불러 객장사에게 술을 드리게 한다.

오용은 다시 태위 앞으로 가서 무어라고 수군거리고 열쇠를 가지고 나오더니, 잠근 궤짝을 열고 향백대(香帛袋) 속에서 어사(御賜) 금령조괘를 꺼내 대나무 끝에다 매어달고 추관에게 보여준다.

이 한 쌍 금령조괘는 서울 내부(內府)에 있는 가장 솜씨 좋은 장인이 만든 것으로서, 칠보진주(七寶眞珠)를 박고 중간중간에 홍사등롱(紅紗燈籠)을 장식했으니, 이것이 바로 성제전상(聖帝殿上) 한가운데 걸어놓는 것인데, 내부에서 내리는 것이 아니라 한다면, 민간에서는 도저히 구경할 수 없는 보물이다.

추관이 이것을 보고 나자 오용은 다시 거두어 궤짝 속에 간수한 다음, 중서성(中書省)의 허다한 공문(公文)을 꺼내 추관에게 전하고, 빨리 태위를 청하여 강향할 일자를 택하도록 하라고 말했다.

추관과 그가 데리고 온 공인들은 금령조괘를 구경한 다음, 허다한 문서를 갖고 객장사 오용한테 하직하는 인사를 드리고, 화주성 안으로 돌아가서 하태수에게 상세히 보고했다.

하태수는 보고를 듣고서 일시를 지체할 수 없어서, 수하 군졸 3백여 명을 거느리고 성을 나와서 악묘로 올라갔다.

가짜 객장사 오용은 하태수가 데리고 온 공인들이 제각기 손에 병장기를 들고 있는 것을 보고 소리를 가다듬어 꾸짖었다.

"조정의 태위께서 나와 계신 곳에, 어찌 잡인(雜人)들이 함부로 들어오느냐?"

태수를 따라서 들어오던 무리들이 송구해서 감히 들어오지 못하고 문밖에 걸음을 멈추고, 하태수 혼자만 안으로 들어와서 태위한테 절하고 뵈옵는다. 이때 객장사 오용이 말했다.

"태수는 저의 죄를 아는가?"

태수가 송구하여 아뢴다.

"하모(賀某)가 오늘 태위께서 왕림하심을 몰랐사오니, 엎드려 죄를 비옵나이다."

오용이 또 말한다.

"태위께서 칙지(勅旨)를 받들고 서악(西嶽)에 강향하러 나오신 터인데, 어찌하여 멀리 나와서 영접하지 아니했는고?"

"본주(本州)에서 근보(近報)가 오지 아니했기 때문에 알지 못하고 그만 예(禮)를 잃었사옵니다."

이 말끝에 오용은 그만,

"잡아 내려라!"

라고 한마디 외치니까, 해진·해보 형제가 품속에서 단도를 빼들더니, 번쩍 다리를 들어 하태수를 걷어차 쓰러뜨린 후 태수의 목을 썽둥 베어버렸다.

이때 송강이 소리 질렀다.

"형제들은 무얼 하고 있는가?"

이 소리를 듣고, 하태수를 따라왔던 3백 명 공인들은 너무도 놀라워서 어찌할 바를 몰라 하고 있는데, 화영을 비롯해서 여러 사람 두령이 달려나오며 그들을 산자(算子)처럼 모조리 땅바닥에 쓰러뜨린다.

이리해서 거의 절반은 그 자리에서 죽고, 나머지 무리들은 묘문(廟門) 밖으로 나오다가 거기서 기다리고 있던 무송의 손에 죽고, 그중에서 또 약간 운이 좋아서 강변까지 도망하여 나온 놈들은 모조리 이준과 장순의 손에 목숨을 끊겼다.

하태수 이하 3백 명 공인의 무리를 죄다 죽인 다음, 송강은 급히 금령조패를 거두고 화주성 안으로 들어갔다.

성내로 들어가 보니, 큰길 양쪽으로 불길이 굉장히 일어난다.

송강은 곧 수하 군사들로 하여금 일제히 쳐들어가게 하면서 우선 사수로에 있는 사진과 노지심부터 구해내고, 그다음 고창(倉庫)을 열고 재백(財帛)을 꺼내다가 수레에 싣고서 일행은 화주성을 떠났다.

그들은 배 타고 강을 건너 소화산의 산채로 돌아와 숙태위한테 나아가 뵈옵고, 어향·금령조패·정절·문기·의장 등속을 돌려드린 후, 태위한테 은혜를 사례하는 한편 금은(金銀) 한 쟁반을 선사하고, 수종인(隨從人)들한테도 지위가 높고 낮은 것을 가리지 않고 모조리 금은을 주고, 산채 안에서 송로연석(送路筵席)을 베풀어 또 한 번 태위에게 사례한 다음, 송강 이하 모든 두령들이 나루터까지 내려와서 모든 물건과 선척을 하나도 손상 없이 숙태위에게 돌려보냈다.

송강은 숙태위와 작별하고 산채로 돌아와서는, 사진·주무·진달·양춘 네 사람과 의논하고 산채의 군량을 수습한 다음, 산채는 불을 질러 태워버린 다음 일행 인마와 양초 등을 모두 싣고 양산박을 향하여 길을 떠났다.

한편, 숙태위는 송강과 오용한테 봉변을 당한 뒤에 산에서 내려와 화주성 안에 들어와 보니, 양산박 도적떼의 손에 군병인마(軍兵人馬)가 태반이나 없어졌고 부고전량(府庫錢糧)은 모조리 빼앗겼는데, 성중에는 희생당한 군교(軍校)가 백여 명이요, 마필(馬匹)은 몽땅 도적맞았고, 서악묘 안에도 또한 인명이 상한 것을 알았다.

이 같은 상황을 보고, 숙태위는 본주 추관(本州推官)을 불러 문서를 작성하여 중서성(中書省)에 올려 천자께 상주하게 하되, 중도에서 양산 박의 두목 송강의 무리가 금령조괘를 겁탈해 화주 태수를 속여 악묘로 꼬여내다가 죽였다고 하라 했다. 그리고 숙태위는 다시 악묘 안으로 들어가 강향(降香)하고, 금령조괘를 운대관주(雲臺觀主)에게 주고서, 급히 서울로 돌아갔다.

이때 송강은 사진과 노지심을 구해 소화산 두령들을 데리고 양산박으로 돌아오다가 왕의와 그의 딸 옥교지는 저의 집으로 돌아가게 하고, 먼저 신행태보 대종으로 산채에 올라가 알리게 했더니, 조개 이하 모든 두령이 산을 내려와서 영접한다.

일동은 즉시 대채로 올라가 취의청 위에서 서로 인사를 하고 난 뒤에, 곧 경희연석(慶喜宴席)을 벌이고 밤이 깊도록 즐겁게 놀았다. 그리고 이튿날 새로 입당한 사진과 주무·진달·양춘 네 사람이 두령이 된 고로, 각기 자기 재물을 내어서 잔치를 베풀고 조개·송강 이하 모든 두령들한테 사례했다.

이때 술을 마시다가 조개가 송강을 보고 말한다.

"아우님이 그동안 산채에 안 계셨던 고로, 내가 혼자서 어찌할 바를 몰라 하던 일이 하나 있었소. 다른 게 아니라, 사흘 전에 주귀가 올라와서 보고하는 말이, 서주 패현 땅 망탕산(芒碭山)에서 강인(强人)이 3천 명 인마를 거느리고 있는데, 그중 우두머리 선생의 성명은 번서(樊瑞)요, 작호(綽號)는 혼세마왕(混世魔王)이라 능히 호풍환우(呼風喚雨)하고 용병 여신(用兵如神)하며, 그 수하에 부장(副將) 두 명이 있는데, 하나는 팔비 나탁(八臂那吒)이라는 별호를 가진 항충(項充)이라, 능히 일면단패(一面團牌)를 쓰되 패 위에 비도(飛刀)를 이십사 파(把) 꽂았으며 손으로 일조 철표창(一條鐵標槍)을 잘 쓰고, 또 하나 비천대성(飛天大聖) 이곤(李袞)이란 자도 '일면단패'를 쓰는데, 단패 위에다는 표창(鏢槍) 이십사 근을 꽂고 손으로 일구보검(一口寶劍)을 쓰는데, 이 세 사람이 의형제를 맺고 망탕산에 웅거하여 여러 군데로 다니면서 노략질을 하더니, 근자에는 천하에 저희들을 당할 사람이 없다 하면서 이곳 양산박까지 쳐 무찔러 병탄(併呑)하겠노라고 한다는구려. 이 일을 장차 어쩌면 좋겠소?”

송강이 이 말을 듣고 대단히 흥분해,

“그따위 도적놈들이 어찌 그다지도 무례하게 굴까? 내 아무래도 다시 산을 내려가야겠군!”

술잔을 놓고 자리에서 일어서려니까, 구문룡 사진이 일어나서 송강 앞으로 나와 말한다.

“소제(小弟) 등 네 사람이 처음으로 산에 올라와 눈곱만큼도 공을 세운 것이 없으니, 원컨대 본부 인마(本部人馬)를 거느리고 내려가 그놈들을 사로잡아 돌아올까 합니다.”

송강은 이 말을 듣고 대단히 기뻐하며 즉시 승낙한다.

이리하여 마침내 사진은 주무·진달·양춘 세 사람과 함께 본부 인마를 점고하여 송강과 조개에게 하직하고 말에 올라 배 타고 금사탄을 건너 바로 망탕산을 향하여 길을 재촉했다.

양산박을 떠난 지 사흘 만에 망탕산 아래 다다르니 이곳은 그 옛날 한고조(漢高祖) 한패공(漢沛公)이 뱀을 죽이고 의병을 일으키던 곳이다. 사진의 군사가 진을 치고 있을 때 망탕산에서 내려왔던 졸개는 나는 듯이 산채로 올라가서 보고했다.

사진이 군사를 일자로 벌여 세운 다음, 갑옷 입고 투구 쓰고 적마(赤馬) 위에 올라앉아 진전에 나와 서니, 손에는 삼첨양인도(三尖兩刃刀)요, 그의 등 뒤에 세 사람이 말머리를 가지런히 늘어섰으니, 가운데가 주무로서 두 자루 쌍도(雙刀)를 들었고, 오른쪽이 진달이니 한 자루 강창(鋼槍)을 들었고, 왼쪽이 양춘이니 그는 한 자루 대간도(大桿刀)를 손에 들었다. 어디로 보나 네 사람이 모두 늠름한 호걸이다.

조천왕의 죽음

이때 망탕산 위에 한 떼 인마가 나는 듯이 내려오며 두 사람의 장수가 앞을 섰으니, 하나는 서주 패현의 항충이라는 사람으로 별호는 '팔비나탁(八臂那吒)'이라, 한 개 단패(團牌)를 쓰는데, 패 위에 스물네 개의 비도(飛刀)를 빼어서 던지면 백 보(步) 안의 사람을 백발백중 맞히는 사람이다. 그는 오른손에 한 자루 표창(標槍)을 잡고, 뒤에다 '팔비나탁'이라 크게 쓴 인군기(認軍旗)를 꽂았다. 그리고 또 한 장수는 비현(邳縣) 사람 이곤으로 별호가 '비천대성(飛天大聖)'이니, 역시 단패를 잘 쓰는데, 패 위에 스물네 자루 표창을 꽂아 그것으로써 능히 백 보 안의 사람을 찌르는 터라, 오른손에 칼을 들고 뒤에다 '비천대성'이라 크게 쓴 군기를 달았다.

두 장수가 산을 걸어서 내려와 사진 등 네 사람 호걸이 진전(陣前)에 섰는 것을 보더니 즉시 단패를 휘두르며 일시에 치고 들어오는데, 그 형세가 매우 험악하다.

사진은 전군(前軍)으로 극력 방어하도록 했으나 먼저 후군(後軍)이 도망가고, 중군(中軍)은 오직 고함만 지르다가 드디어 패하여 3, 40리를 달아나는데, 뒤에서 쫓아오는 항충과 이곤의 손에 하마터면 사진이 표창에 찔릴 뻔했고, 양춘은 미처 피하지 못했기 때문에 타고 있던 말이 비도(飛刀)에 맞아서 거꾸러지는 고로 말을 버리고 간신히 목숨을 보전하여 도망했다. 이같이 피해 3, 40리 달아나서 나머지 군사를 점고하여 보니 절반은 없어졌다.

사진은 주무와 의논하고 즉시 사람을 양산박으로 보내 구원병을 청하기로 했다. 그러자 밖에서 졸개가 들어와서 지금 북쪽 큰길에 티끌이 자욱하게 일어나며 대대인마(大隊人馬)가 달려오고 있다고 보고한다.

사진이 말 타고 나가서 북쪽을 바라보니, 과연 양산박 기호를 달고 달려오는 인마의 선두에 있는 장수는 화영과 서녕이다.

사진은 급히 말에서 내려 두 사람을 맞아들이고, 항충과 이곤한테 패전한 사실을 솔직히 말했다.

듣고 나서 화영이 말한다.

"그렇잖아도 형장이 떠나자, 송공명 형님이 아무래도 안심이 안 된다고 말씀하며 우리 두 사람더러 가서 싸움을 도우라 하셨다오."

사진과 주무 등은 그 말을 듣고 대단히 기뻐했다. 그리고 군사를 합쳐서 한 곳에 하채(下寨)하게 한 후, 이튿날 날이 밝으면서부터 군사를 동원하려 들었다. 그런데 이때 졸개가 급히 영내에 들어와서 지금 북쪽 큰길에 또 한 떼 인마가 달려오고 있다고 보고한다.

화영·서녕·사진 등이 일제히 말을 타고 밖에 나가 북쪽을 바라보니 과연 송강이 친히 오용·공손승·시진·주동·호연작·목홍·손립·황신·여방·곽성 등과 함께 3천 명 인마를 거느리고 온다. 사진이 그들을 맞아들인 후 항충과 이곤의 비도·표창·단패가 비상히 험하여 가까이 갈 수 없었다고 패전한 사유를 고하자, 송강은 크게 놀라는 것이었다.

이때 오용은 말하기를 오늘은 인마가 피곤할 것이니 우선 채책(寨柵)을 세우고 정돈한 다음, 천천히 작전할 계획을 의논하자고 했으나, 송강은 급한 마음에 시각을 지체하지 않고 망탕산을 쳐 무찌르고 싶어서 즉시 군사를 휘몰고 산 아래로 갔다.

송강이 산 아래 이르러서 망탕산을 바라보니, 이때 하늘은 이미 어두

컴컴했는데, 산에는 수없이 많은 청색 등롱(燈籠)이 보인다.

공손승이 이것을 보고서 말한다.

"산상에 청색 등롱을 달아놓았으니, 이는 반드시 저것들 중에 요법(妖法)을 쓰는 놈이 있는 까닭이외다. 그러니 우리는 가까이 가지 말고, 우선 하채했다가, 내일 내가 새로운 진법(陣法)을 베풀어 저놈들 두 놈을 사로잡으리라."

송강은 이 말을 듣고 기뻐하는 낯으로 즉시 영을 내려, 20리를 물러가서 영채를 세운 후 그 밤을 경과했다.

이튿날 아침에 공손승은 송강과 오용 앞에 진도(陣圖)를 한 장 펼쳐놓고 말한다.

"이 진도는 옛날 한(漢)나라 말년에 제갈공명이 돌을 벌여놓고 진을 친 법을 그린 것입니다. 사면팔방에 팔팔육십사대(八八六十四隊)로 군사를 나누어놓고 대장이 한가운데 있으니, 그 형상이 사두팔미(四頭八尾)요, 왼쪽으로 구부리고 오른쪽으로 돌고 하면 곧 천지풍운(天地風雲)의 기운을 딴 것이요, 용호조사(龍虎鳥蛇)의 형상을 감춘 것이외다. 이같이 진을 벌이고 저놈들이 내려오거든 양쪽 진을 모두 열어놓고 있다가, 저놈들이 우리 진 속에 들어오거든, 칠성호대(七星號帶)를 내저을 때 즉시 진형(陣形)을 변하여 장사진(長蛇陣)이 된 후에, 그때 이 사람이 도법(道法)을 베풀어 저놈들로 하여금 앞으로 가도 길이 없고 뒤로 가도 길이 없도록 만들고, 왼쪽에나 오른쪽에나 빠져나갈 문이 없도록 한 다음, 북쪽 산 아래다 함정을 파놓고 요구수(撓鉤手)를 매복시켰다가 그놈들을 그 속에 빠지게 하여 일시에 사로잡아버리겠는데, 이 계책이 어떠합니까?"

이 말을 듣고 송강은 기뻐서, 곧 장령(將令)을 내려 대소장교(大小將校)들한테 명령대로 행하라 이르고 다시 맹장(猛將) 여덟 사람을 뽑아서 진을 치게 하니, 그들은 바로 호연작·주동·화영·서녕·목홍·손립·사진·황신이다.

그리고 다시 시진·여방·곽성으로 중군(中軍)을 영솔하게 하고 송강·오용·공손승은 진달을 데리고 기(旗)를 둘러가며 지휘하는 동시에, 주무로 하여금 군사 다섯 명을 데리고 높은 산 언덕에 올라가 적진(敵陣)을 내려다보며 신호로 알리도록 했다.

준비를 마친 후 사시(巳時)쯤 되었을 때, 양산박의 군사는 산에서 가까운 곳에 진세(陣勢)를 펼치고 기를 휘두르고 북을 치면서 싸움을 돋우었다. 그러자 망탕산 위에서 바람 소리가 요란하게 진동하면서 세 명의 두령이 3천이나 되어 보이는 인마를 거느리고 일제히 산을 내려오더니, 좌우 일자로 군사를 벌여 세운다.

바라다보니, 좌우 양쪽에는 '팔비나탁' 항충과 '비천대성' 이곤이요, 중간 말 위에 앉아 있는 늠름한 호한(好漢)이 번서이니, 이 사람이 '혼세마왕(混世魔王)'이라는 별호를 가진 복주(濮州) 사람이다.

혼세마왕 번서는 새까만 말을 타고 진전(陣前)에 나섰다. 오른쪽엔 항충이 섰고 왼쪽에는 이곤이 섰다. 번서가 송강의 진세를 바라다보았으나, 제가 요법(妖法)은 어느 정도 쓸 줄 알지만 진세(陣勢)는 알지 못하는 터라, 송강의 군사가 사면팔방으로 흩어져 있는 형상을 보고 속으로 기뻐하면서 항충과 이곤에게 분부하는 것이다.

"조금 있다가 바람이 일거들랑 너희 두 사람은 5백 명 곤도수(滾刀手)를 몰고 적진 속으로 쳐들어가거라!"

항충과 이곤은 영을 받은 후, 단패 들고, 표창과 비검(飛劍)을 가다듬으면서, 번서가 요사스러운 법을 일으키기만 기다렸다.

이때 번서가 마상에서 유성동추(流星銅鎚)를 들고서 오른손으로 혼세마왕의 보검을 잡고, 속으로 주문을 외우고 크게 한 소리,

"빨리 가라!"

하고 외치니까, 별안간 사면에서 광풍이 일어나며 모래가 날고, 돌이 구르고 하늘이 캄캄해진다.

항충과 이곤은 이때 고함을 지르며 5백 명 곤도수를 몰고 적진으로 돌격한다.

송강의 군사가 이때 양쪽으로 짝 갈라지니까, 항충과 이곤은 그냥 적진 속으로 들어갔다.

이때 송강의 군사는 좌우 양쪽에서 강궁경노(强弓硬弩)를 일제히 쏘아대니, 항충과 이곤을 따라서 진 속에 들어온 곤도수는 겨우 4, 50명뿐이고, 그 외의 군마는 모두 길이 막혀 들어가지 못하고 도로 물러갈 수밖에 없었다.

이때 진달이, 항충과 이곤이 진중에 든 것을 보고 칠성호대(七星號帶)를 한 번 휘두르니까, 금시에 송강군의 진세는 변하여 장사진(長蛇陣)이 되어버린다.

항충과 이곤은 진중에서 동쪽으로 내닫고 서쪽으로 달리면서 왼편도 뚫고 오른쪽도 뚫어보았으나 아무리 해도 길이 열리지 않는다.

이때, 높은 언덕 위에 올라섰던 주무는 조그만 기를 들고서 두 사람이 동쪽으로 가면 동쪽을 가리키고, 서쪽으로 가면 서쪽을 가리킨다.

공손승은 높은 곳에서 이 모양을 자세히 보다가 송문고정검(松文古定劍)을 빼어 손에 들고서 속으로 주문을 외운 후 한 소리 크게,

"빨리 가라!"

하고 외치자, 괴풍(怪風)이 일어나서 항충과 이곤의 다리 밑으로 불어 들어간다.

항충과 이곤이 진 속에서 사방을 둘러보니, 하늘과 땅이 캄캄하고 앞이 보이지 않는다. 그 순간 의심이 왈칵 생겨서 주위를 살펴보았으나 군사 한 놈도, 말 한 필도 눈에 보이지 않고, 오직 새까만 연기가 자욱할 뿐이다.

항충·이곤은 너무도 황겁하여 즉시 길을 찾아 나오려 했으나 아무리 헤매어도 빠져나갈 길이 보이지 않는다. 그래서 이쪽저쪽으로 헤매

는데 별안간 지뢰가 탕 터진다. 두 사람은 더욱 마음이 황겁해서 급히 앞으로 달려가는데 어찌 알았으랴, 그 순간 두 사람은 그만 함정에 떨어지고 말았다. 이때 함정 속에 있던 요구수들이 일시에 달려들어서 두 사람을 동아줄로 잔뜩 결박지어 대채(大寨)로 끌고 갔다.

이때 송강이 채찍을 들고 한 번 가리키니까, 삼군은 일시에 내달아 적을 몰아친다.

'혼세마왕' 번서는 도저히 당할 수가 없어서 산 위로 도망한다. 이 싸움에 번서는 3천 군마의 절반을 잃어버렸다.

송강은 징을 치게 하여 군사를 거둔 후, 여러 두령들과 함께 장중(帳中)에 앉았는데, 군사들이 항충과 이곤을 묶어 들어온다.

이것을 보고 송강은 급히 뜰아래 내려가서 친히 두 사람의 몸에서 묶은 것을 끌러주고, 술잔을 가져오라 하여 술을 권하면서 말했다.

"두 분 장사께서는 괴이쩍게 생각 마시기 바랍니다. 적과 상대해서 싸울 적에는 부득불 이럴 수밖에 없습니다. 송강이 세 분 장사의 고명(高名)을 들은 지는 오랜지라, 예(禮)로써 청하여 함께 산에 올라가서 대의(大義)를 모으고자 했건만 그러지 못하고 오늘 이렇듯 두 분의 위엄을 손상시켰으니 용서하십시오. 그리고 두 분께서 우리를 버리지 않고 산채로 올라가시겠다면 참말 그렇게 다행한 일이 없겠소이다."

이 말을 듣고 항충·이곤은 땅바닥에 엎드려 말했다.

"급시우 송공명의 대명을 들은 지는 오랜건만 인연이 없어서 뵈옵지를 못했더니, 참말 형장의 의기(意氣)가 이러십니다그려. 우리 두 사람이 이미 사로잡힌 신세이니, 죽여버리신대도 할 말이 없는 터인데 형장께서 만일 우리를 죽이시지 않는다면, 죽기로써 맹세하고 그 은혜에 보답하오리다. 번서라는 사람도 저희 두 사람이 없으면 혼자서 행세하지 못할 사람이니까, 의사(義士) 두령께서 우리들 중에 한 사람만 놓아주신다면 하나가 가서 번서를 권하여 함께 와서 항복을 드리게 하겠는데,

의사 두령님의 존의(尊意)는 어떠하시오니까?"

송강이 듣고 대답한다.

"두 분 장사 중에 구태여 한 사람이 볼모로 남아 있을 것도 없으니, 두 분이 지금 곧 돌아가시오. 이 사람은 내일 안으로 두 분한테서 좋은 소식이 있기만 기다리겠소이다."

항충과 이곤이 너무 고마워서,

"의사 두령은 실로 천하 대장부이십니다. 만약 우리 두 사람이 가서 권하는 데도 번서가 듣지 않는다면, 저희가 그 사람을 사로잡아다 휘하에 바치오리다."

이같이 말한다. 송강은 기쁜 얼굴로 두 사람을 청하여 중군(中軍)으로 인도한 후 술과 음식을 대접하고, 새 옷 두 벌을 내오게 하여 갈아입게 한 다음, 졸개를 보고 두 사람의 창도(槍刀)와 단패(團牌)를 가져오게 하여 도로 들려주고, 곧 말을 타고서 돌아가게 했다.

항충과 이곤은 이렇게 석방되어 돌아오면서 송강의 인격에 감탄했다. 두 사람이 망탕산 아래 당도하자, 졸개가 내달아 맞으면서 깜짝 놀란다.

두 사람이 산으로 올라가니, 번서가 그들을 보고 어떻게 무사히 돌아왔느냐고 묻는다.

항충과 이곤은 말했다.

"우리는 역천지인(逆天之人)이니 만 번 죽어도 마땅하외다."

번서는 무슨 소린지 몰라서 다시 묻는다.

"그게 무슨 말이오?"

이에 항충과 이곤이 송강의 의지가 그렇게도 심중(深重)하더라는 이야기를 자세히 하니까 번서는 이야기를 듣고 나서,

"송공명이 그렇게 어질고도 의기가 높다 하면, 우리가 하늘의 이치를 거스를 수는 없는 일이니 내려가서 항복하세!"

라고 항복할 뜻을 말한다. 그리하여 이날 밤 세 사람은 산채 안에 있

는 것을 대강 수습하고, 이튿날 아침 일찍이 산에서 내려와 송강의 영채를 찾아가서 그 앞에 절했다.

송강은 세 사람을 붙들어 일으켜 장중(帳中)으로 인도한 후 자기가 오래전부터 세 사람을 사모했노라는 이야기를 털어놓고 말하는 고로, 세 사람은 그가 진정으로 자기들한테 의심이 없음을 알고서 진심으로 송강을 존경하며 자기들의 심중(心中)을 전부 쏟아놓고 평생의 할 일을 호소하는 것이었다. 그리고 세 사람은 송강 이하 뭇 두령을 보고 자기들과 함께 망탕산 산채로 올라가기를 청한다.

이리하여 송강 등이 망탕산에 올라가니, 번서·항충·이곤 등은 소를 잡고 말을 잡아 모든 두령들을 관대하고, 삼군(三軍)을 호상한 후, 번서가 공손승에게 절을 하고 스승으로 모시겠다 하므로, 공손승은 그에게 '오뢰천심정법(五雷天心正法)'을 전수해주겠다고 언약한다. 번서는 그 말을 듣고 더욱 기뻐했다.

이렇게 수일 동안 산채에 머물러 있다가 그들은 전량(錢糧)과 인마(人馬)를 거둔 다음 채책(寨柵)에 불을 질러 태워버리고, 송강을 따라 양산박으로 떠났다.

도중에서는 별다른 이야기가 없고, 일행들이 양산박에 가까이 당도하여 나루를 건너려 할 때 뜻밖에도 길가의 갈대 수풀 속에서 어떤 장대한 사나이 하나가 뛰어나오더니, 송강을 보고 넙죽 절을 하는 것이었다.

송강은 당황한 듯 말에서 뛰어내려 그 사나이를 붙들어 일으키고 물었다.

"족하는 성명이 누구고, 어디 사는 사람이오?"

그 사나이가 대답한다.

"소인의 성은 단(段)이요, 이름은 경주(景住)라 하옵는데, 보다시피 소인의 머리 터럭이 붉고 구레나룻 털이 누르므로, 남들이 소인을 '금모견(金毛犬)'이라 별명 지어 부른답니다. 본관(本貫)은 탁주(涿州)이옵고, 오랫동안 북방(北方)에 가서 말을 훔쳐다 파는 것이 생업이었는데, 올 봄에 창간령(鎗竿嶺) 북쪽엘 갔다가 우연히 일필호마(一匹好馬)를 얻었습니다. 이놈이 어떻게 생겼는가 하면, 온몸에 잡털이라고는 한 오라기도 없고 눈같이 흰데, 머리서 꼬리까지 일장(一丈)이요, 말굽에서 등허리까지 높이가 8척이라 몸뚱어리가 이렇게 크기도 하려니와 걸음이 빨라서 하루에 천 리(里)를 가는 고로, 북방에서는 이 말을 '조야옥사자(照夜玉獅子)'라 부른다는데, 원래는 대금왕자(大金王子)가 타고 다니던 거랍니다. 소인이 오래전부터 선생의 고명을 들었삽기로 이 천리마를 선생께 바치고서 진신(進身)하는 뜻을 표하려 했었는데, 뜻밖에 증두시(曾頭市)를 지나다가 증가오호(曾家五虎)에게 뺏기고 말았습니다. 소인이 그자들한테 이 말은 양산박 송공명의 말이니 돌려달라고 말했건만, 어디 그놈들이 들어줍니까? 도리어 욕을 퍼부으면서 소인을 잡아 가두려 하기에 간신히 도망하여 이곳까지 왔습니다."

이렇게 길게 말하는 사람을 자세히 살펴보니, 생긴 것이 조금 기괴하기는 하나 평범하고 속된 인간이 아니다. 송강은 속으로 기뻐하면서,

"그러시다면 나하고 같이 산채로 올라가서 일을 의논합시다."

하고, 단경주를 데리고 금사탄을 건너가 언덕에 내렸다.

언덕에는 이미 조천왕과 여러 두령들이 나와서 기다리고 있다가 일행을 맞이하여 함께 취의청으로 올라갔다. 송강은 번서·항충·이곤을 여러 두령들한테 인사시키고, 또 단경주도 여러 사람에게 소개시켰다.

이때, 청고(廳鼓)가 덩 덩 덩 울리면서 즉시 경회연석(慶喜宴席)이 벌어졌다. 연희가 끝난 후 송강은 산채에 인마가 굉장히 늘었고 사방에서 호걸들이 많이 모였으므로 이운과 도종왕을 불러 새로 방(房)을 많이 짓도록 하고 채책을 더 많이 세우게 했다.

며칠 후에 단경주가 또 증두시에서 빼앗기고 온 '조야옥사자'라는 말의 이야기를 하면서 그렇게 훌륭한 명마(名馬)는 천하에 다시없다고 애

석해하므로, 송강은 즉시 신행태보 대종을 불러 증두시로 가서 그 말이 어떻게 되었는가 알아오라 했다.

이리하여 대종이 떠난 지 4, 5일 만에 돌아와서 다음처럼 보고한다.

"증두시에 가보았더니 인가가 모두 3천여 호나 되고, 그중에 증가부(曾家府)라는 집이 있는데, 주인 증장자(曾長者)는 원래 대금국(大金國) 사람이고 그에게 아들 오형제가 있어 별명을 증가오호라 하는데, 큰아들은 증도(曾塗)요, 둘째는 증밀(曾密)이요, 셋째는 증색(曾索)이요, 넷째는 증괴(曾魁)요, 다섯째가 증승(曾昇)이랍니다. 그리고 이 밖에 사문공(史文恭)이라는 교사(敎師)하고 소정(蘇定)이라는 부교사(副敎師)가 있는데, 채책을 세우고 5, 6천이나 되는 인마를 거느리고 있으며, 또 감거(監車)를 50여 채나 마련해놓고 있으면서, 한다는 소리가 저희가 우리 양산박과는 세불양립(勢不兩立)이라 기필코 우리들을 사로잡겠다고 떠든답니다. '조야옥사자'라는 말은 지금 교사 사문공이 타고 다니는데, 제일 괘씸한 것은 저잣거리의 아이들한테,

> 쇠방울 흔드니까
> 마귀까지 달아난다.
> 쇠수레가 여기 있고
> 쇠사슬도 여기 있다.
> 양산을 허물자
> 수박(水泊)을 무찌르자.
> 조개 머리 썽둥 베어
> 서울로 보내고서
> 급시우를 잡은 뒤에
> 직다성도 잡자꾸나.
> 증가 오호 그 이름을

온 천하에 드날리자.

이따위 노래를 가르쳐주고는 거리에서 이 노래를 부르게 하는 거랍니다. 대체 이런 고약한 놈들이 어디 또 있겠습니까?"

이 말을 듣고 조개는 대단히 흥분했다.

"그놈들이 그래 그따위로 무례하게 군단 말인가? 이번엔 내가 한번 나가서 그놈들을 몽땅 잡아오겠다! 만일 못 잡아온다면 맹세코 내가 다시 돌아오지 않겠다!"

아무도 조개를 만류하지 못하고, 그날로 조개는 5천 명 인마를 점고한 후 20명의 두령을 대동하고 산을 내려가면서 나머지 두령들은 송강과 더불어 산채를 지키라고 부탁한다. 이때 조개를 따라서 떠나는 20명 두령은, 임충·호연작·서녕·목홍·유당·장횡·원소이·원소오·원소칠·양웅·석수·손립·황신·두천·송만·연순·등비·구붕·양림·백승 등이다.

송강은 오용·공손승 이하 여러 두령들과 함께 산을 내려가 금사탄에 이르러 삼군인마(三軍人馬)를 전송하는데, 피차에 술잔을 서로 권하고 있을 때, 갑자기 난데없이 모진 광풍이 불더니, 조개가 이번에 새로 만들어 꽂고 가는 인군기(認軍旗)의 깃대 한가운데가 뚝 부러진다. 모든 사람은 그만 일시에 얼굴빛이 변했다.

이때, 오용이 조개 앞으로 나와서 간했다.

"형님이 행군(行軍)하시는 날 지금 인군기가 부러지니 이는 아무래도 상서롭지 못한 징조입니다. 그러니 오늘 행군하지 마시고, 날을 다시 잡아 떠나시도록 하십시오."

그러나 조개는 듣지 않는다.

"천지풍운(天地風雲)을 괴이쩍게 생각할 거 없소. 지금 만물이 생동하려고 하는 봄철에 그놈들을 잡지 않고 있으면 그놈들의 기세(氣勢)만 더 키워주어 나중에는 잡기 어려울 것이니, 공연히 시일을 천연할 까닭이 없소. 더 긴말하지 마오."

오용이 더 간하지 못하고, 조개는 마침내 군사를 영솔하여 금사탄을 건너갔다. 송강은 산채로 돌아온 후 아무래도 마음이 놓이지 않아, 대종을 불러 곧 조개의 뒤를 쫓아가서 소식을 알아오게 했다.

한편, 조개는 두령 20명과 5천 인마를 거느리고 증두시 가까이 가서 하채하고, 이튿날 여러 두령들과 함께 말 타고 나아가 증두시를 바라보니, 삼면(三面)은 높은 언덕이요, 앞으로는 넓은 들판인데 한가운데 냇물이 흐르고, 거리에 오고 가는 인물들은 모두 씩씩해 보인다.

시중(市中)을 바라보고 있노라니까, 오른쪽 버드나무 숲속으로부터 한 떼 인마가 내달으니, 수효는 7, 8백 명 되어 보이는데 앞선 장한(壯漢)은 증가(曾家)의 넷째아들 증괴다.

증괴가 뛰어나오면서 큰소리로 꾸짖는다.

"이놈들, 너희들이 양산박의 반국초적(反國草賊)들 아니냐? 내가 너희를 잡다가 관가에 바치고 상을 타려 했었는데 네놈들이 자진해서 죽으러 왔으니, 아마 하늘이 시키셨나 보다! 어서 말을 버리고 내려와서 결박을 받지 않고, 다시 어느 때를 기다리겠느냐?"

조개가 이 소리를 듣고 크게 노해 두령들을 둘러보니까, 그중 한 장수가 말을 몰고 뛰어나가 증괴를 치니, 이 사람은 바로 양산박에서 맨 처음 의를 맺어 형제가 된 '호랑이 대가리' 임충이다.

임충이 증괴와 어우러져 싸우기 20여 합에, 증괴는 도저히 당할 수 없어서 말머리를 돌이켜 버드나무 숲속으로 달아난다.

임충은 말을 세우고 그 뒤를 쫓지 아니했다.

조개는 두령들과 함께 영채로 돌아와서 증두시를 공격할 계책을 의논하자 임충이 말한다.

"내일 증두시 어귀에 가서 한번 싸움을 걸어보고, 저것들의 허실(虛實)을 안 뒤에 다시 계책을 의논하는 것이 좋지 않을까요?"

조개가 그 말을 옳게 여기고서 이튿날 새벽에 삼군을 영솔하여 증두시 어귀에 나아가 넓은 벌판에 진세를 벌이고 북을 치며 고함을 질렀다. 이때 증두시 안에서 포성(砲聲)이 진동하더니 대대인마(大隊人馬)가 나오는데 일곱 명 장수가 일자로 쭉 섰다. 바라보니 중간은 교사(教師) 사문공이요, 상수(上首)는 부교사 소정이요, 하수(下首)는 증가의 큰아들 증도요, 왼쪽으로는 증밀·증괴요, 오른쪽으로는 증승·증색이다.

일곱 명이 모두 전신을 튼튼히 무장했는데, 특히 교사 사문공은 팔에 활을 걸고 어깨에 화살통을 메고 사자마(師子馬)에 높이 올라앉아서 손에 한 자루 방천화극(方天畵戟)을 쥐고 있다.

북소리가 덩 덩 덩 세 번 울리더니, 증가의 진중에서 함거(陷車)를 몇 채 밀고 나와 앞에다 벌여놓고 나서, 큰아들 증도가 이쪽을 손으로 가리키며 큰소리로 꾸짖는다.

"이놈들 반국초적들아! 여기 함거를 보지 못하느냐? 우리 증가부중 (曾家府中)에서 너희들을 죽여 잡는다면 졸렬한 짓이니까, 내가 네놈들을 하나씩 하나씩 산 채로 잡아서 함거에 실어 서울로 올려보낼 터이니 그런 줄이나 알아라!"

조개는 크게 노해 창을 꼬나잡고 말을 몰아 바로 증도를 치니, 여러 장수는 혹시나 조개에게 실수가 있을까 두려워서 일시에 내달아 돌격했다.

양편 군사가 한바탕 혼전(混戰)하다가 증가의 무리가 당하지 못하고 마침내 촌중으로 후퇴하므로 임충과 호연작은 조개를 좌우에서 옹위하여 적을 추격하다가, 길이 너무도 좁고 좋지 않으므로 급히 군사를 거두어 회군했다.

이번 싸움에 양편 군사가 적지 않게 상했다.

조개는 영채로 돌아온 후 마음속 깊이 근심이 들어박혀 말도 않고 웃지도 않는다. 그래서 여러 두령들은,

"형님! 너무 근심 마십시오. 송공명 형님도 출군(出軍)해서 싸움이 이롭지 못했을 때가 많았습니다. 오늘 싸움에서는 양편이 똑같이 군마(軍馬)를 잃었고, 또 우리는 적을 쫓고서 회군(回軍)했는데, 무얼 그다지 근심하십니까?"

라고 위로했다. 그래도 조개는 오직 입을 다물고 수심이 얼굴에 가득하다.

이튿날부터 조개 이하 두령들은 연사흘 나가서 싸움을 청하여도 증가에서는 군사 한 명도 나오지 않더니, 나흘째 되는 날 뜻밖에도 중[僧]이 두 명 조개의 영채로 찾아와서 땅에 엎드린다. 군사가 두 놈을 중군장(中軍帳) 앞으로 끌고 가니까, 두 중이 조개 앞에 무릎을 꿇고 아뢰는 것이었다.

"소승은 증두시 동쪽에 있는 법화사(法華寺)의 감사승(監寺僧)이온데, '증가오호'라는 것들이 아무 때고 저희 절에 달려들어 갖은 행패를 다하고 토색질이 심해 약간의 금은재백(金銀財帛)이 있던 것을 몽땅 빼앗기고 아무것도 지금은 남은 것이 없사옵니다. 소승이 본래 저놈들의 출몰거처(出沒去處)를 잘 아는 터이오라, 특히 찾아와 뵈옵고 두령님들을 청하여 저놈들의 영채를 전멸시키고자 하는 터이오니, 저놈들만 없애주신다면 소승들은 참으로 다행하겠사옵니다."

조개가 이 말을 듣고 대단히 기뻐하면서 두 중을 자리로 청하여 술을 주고 상대하자, 곁에서 이 모양을 보고 임충이 간했다.

"형님, 그 중들의 말을 믿지 마십시오. 혹시 증가 놈들의 간사한 꾀를 가지고 와서 우리를 속이는 것인지도 알 수 없습니다."

그러나 조개는 듣지 않는다.

"저 사람들은 출가(出家)한 사람들인데, 어찌 사람을 속이겠소? 더구나 우리 양산박이 오랜 동안 인의(仁義)를 행하여 지나가는 곳에서 추호도 백성을 해친 일이 없는데, 저 두 사람이 우리와 무슨 원수가 있어서 우리를 속이려 하겠소? 더구나 증가 놈들이 우리의 대군(大軍)을 알고 있으니까, 저 중들도 우리한테 와서 투배(投拜)하는 것이오. 조금도 의심할 것 없소. 내가 오늘 밤에 한 번 나갔다 오리다."

"형님께서 기어이 저들의 말을 믿으시겠다면, 제가 형님 대신 나가겠으니 형님은 군사를 거느리시고 밖에 계시다가 접응(接應)하십시오."

"아니오. 내가 친히 나가야지, 누가 좋아라고 앞에 나가겠소? 군마를 절반씩 나누어 가지고, 절반은 아우님이 거느리고 밖에 있다가 접응하도록 하오."

"형님이 누구를 데리고 가시겠어요?"

조개는 마침내 유당·호연작·원소이·구붕·원소오·연순·원소칠·두천·백승·송만 등 열 명을 나오라 하여 2천 5백 군마를 영솔하여 증가 놈의 영채를 공격하러 가기로 했다.

이날 저녁에 군사들에게 밥을 배불리 먹인 후, 말한테서는 방울을 모두 떼고 군사들은 모두 헝겊을 한 조각씩 입에 물고 소리를 내지 않고 두 중을 따라 법화사에 당도해보니 절은 절이기는 하나 도무지 인기척이 없다.

조개는 말 위에서 내려와 두 중을 보고 물었다.

"이렇게 큰 절에 어째서 사람이 한 사람도 없느냐?"

중이 대답한다.

"증가축생(曾家畜生)들이 너무도 못살게 굴어서 하는 수 없이 모두들 환속(還俗)하고, 장로(長老) 몇 분과 시자(侍者)가 탑원(塔院) 안에 들어가 살고 있습니다. 두령님께서 잠시 이곳에 군사를 머무르게 하고 계시면 밤이 좀 더 깊어졌을 때 소승들이 저놈들의 영채로 인도하겠사옵니다."

조개가 또 묻는다.

"그놈들의 영채가 어디 있다는 거냐?"

"그자들이 네 군데다 채책을 세우고 있는데, 북쪽에 있는 북채(北寨)

가 증가 형제들이 주둔하고 있는 곳입지요. 만약 북채만 뽑는다면, 나머지 삼채(三寨)는 빼앗기 쉽습니다."

"어느 때쯤 치고 나가는 게 좋겠는가?"

"지금이 2경 때니까, 3경쯤 되거들랑 치고 나가시지요."

조개가 듣고 그럴듯하다 싶어 기다리노라니까, 조금 후 증두시에서 경고(更鼓) 울리는 소리가 뎅뎅 들린다.

그런 뒤에 얼마를 기다려도 경고 울리는 소리가 들리지 않는다.

그러자 중이 와서 말한다.

"아마 경고 치는 자가 잠이 깜빡 들었나 봅니다. 지금쯤 나가시면 좋겠는데, 소승들이 길을 인도합지요."

조개는 즉시 여러 두령들과 군사를 영솔하고서, 두 중의 뒤를 따라갔다. 법화사를 떠나 5리도 채 못 가서, 캄캄한 밤길에 앞서가던 두 중이 어디로 갔는지 보이지 않는다. 이래서 전군(前軍)이 행동을 못 하고 사면을 자세히 둘러보니, 사면이 모두 잡목이 우거진 숲속이요, 인가라고는 한 채도 없다.

전군 군사가 황망히 중군에 가서 조개에게 보고하니, 그제야 그는 적의 계교에 빠진 것을 깨닫고서 호연작을 불러 급히 군사를 돌이켜 오던 길로 회군하는데, 그들이 백 발자국도 가지 못해서 사면에 북소리가 요란히 일어나고, 함성이 천지를 진동시키며 화광이 충천했다.

조개와 부하 두령들이 급히 군사를 이끌고 길을 찾아 도망하여, 산모퉁이 두 개를 지나서자, 어둠 속에서 한 떼 인마가 내달아 앞을 가로막고 활을 빗발처럼 쏘아댄다. 이때, 조개의 볼따구니에 화살 한 개가 꽂히면서 그는 말 아래 떨어졌다.

이것을 보고 원가 삼형제와 유당과 백승이 목숨을 내놓고 조개를 구하여 말 위에 올려 태우고 촌중(村中)으로부터 도망하여 나오는데, 때마침 임충이 다른 두령들과 함께 군사를 몰고 와서 접응한다.

이리하여 양편 군사가 한바탕 혼전하다가 날이 밝은 다음 서로 군사를 거두어 돌아갔다. 임충이 돌아와서 군사를 점고하고 있을 때, 연순·구붕·송만·두천 등이 간신히 목숨을 보전하여 돌아왔고, 2천 5백 명 인마가 절반이나 죽고, 호연작을 따라 살아서 돌아온 수효는 1천 3백 명이다.

여러 두령들이 장중에 들어가 조개를 보니, 뺨에 화살이 박혀 있는 채 그대로 있다. 급히 화살을 뽑아내니까, 피가 쏟아지면서 조개는 그만 기절해버린다. 화살을 들고 보니, 살대에 '사문공(史文恭)' 석 자가 새겨 있어 어느 놈이 쏜 것인지는 알겠다.

임충은 급히 금창약(金鎗藥)을 가져오라 하여 그것을 상처에 붙여놓았으나, 원래 이 화살이 약전(藥箭)이라, 조개는 약에 중독되어 벌써 말을 못 한다.

임충은 여러 사람으로 하여금 그를 부축케 하여 수레 위에 싣고, 원가 삼형제와 두천과 송만으로 그를 호위하여 급히 양산박으로 돌아가게 하고, 임충 등 열다섯 두령들은 영채 안에서 앞으로 대적(對敵)할 계책을 의논하나 도무지 계책이 생기지 않는다.

"이번에 산채를 내려올 때 조천왕 형님의 깃대가 부러지지 않았나? 그때 도로 산으로 올라갈 건데, 잘못했어….."

"지금이라도 회군하는 것이 좋겠는데, 송공명 형님의 장령(將令)이 오기 전에야 회군도 못 하겠지?"

이 같은 말을 주거니 받거니 하며, 모두의 기가 꺾이고 오로지 돌아갈 마음뿐이다.

이날 밤 두령들은 수심이 가득하여 밤이 깊도록 둘러앉아 있는데, 2경 때쯤 되어 파수 보던 군사가 달려들어와 숨 가쁜 소리로,

"지금 저 앞에 오로군마(五路軍馬)가 쳐들어오는데, 횃불이 수없이 많습니다!"

라고 보고한다.

임충이 깜짝 놀라 다른 사람들과 함께 말 타고 쫓아나가 보니, 수없이 많은 횃불이 떼를 지어 오기 때문에 땅바닥이 대낮같이 밝고 아우성 소리가 천지를 흔든다.

임충은 감히 나가서 싸우지 못하고 다른 두령들과 함께 급히 영채를 뽑아 달아났다. 증가 형제의 군사는 더욱 기세를 올리면서 뒤를 쫓아온다.

임충 등은 한편으로 싸우며 한편으로 달아나기를 5, 60리 가서야 비로소 위태한 지경을 벗어났다. 이때 군사를 점고하여 보니, 또 6, 7백 명을 잃어버리고 남은 군사가 5백 명도 못 된다.

급히 양산박으로 돌아와서 조천왕의 병세를 살피니, 밥풀 하나 물 한 모금 입에 넣지 못하고, 온몸이 퉁퉁 부어 움직이지 못한다.

송강은 조개의 침상 머리를 떠나지 않고, 눈물이 마를 사이 없고, 친히 상처에 약을 바르고 탕약(湯藥)과 산약(散藥)을 입속에 흘려 넣으며, 모든 두령들도 송강과 함께 장전(帳前)에서 애를 태우고 있었다. 그러다가 이날 밤 3경에 조개의 병세는 더욱 무거워져, 그는 겨우 머리를 조금 들고 송강을 바라보며,

"현제(賢弟)는 부디 보중(保重)하오. 나는 가거니와, 나 죽은 후 누구든지 사문공을 잡아 내 원수를 갚는 사람이 이 산채의 주인이 되도록 해주오."

한마디 당부하더니, 이내 눈을 감고 숨이 끊어져버렸다.

송강은 마치 부모를 잃은 듯 목을 놓아 울다가 그만 땅에 쓰러져버린다.

여러 두령들이 그를 붙들어 일으켜 일을 주장하게 하고, 오용과 공손승은 송강을 위로하며 권한다.

"형님은 너무 번뇌하지 마시오. 사람이 살다가 죽는 것이 인생의 정한 이치인데, 무슨 까닭으로 마음을 상하신단 말이오. 앞으로 큰일을 치러야 하지 않습니까?"

송강이 그제야 눈물을 거두고 향탕(香湯)으로 조개의 시수(屍首)를 깨끗이 씻은 후, 의복건책(衣服巾幘)으로 장렴(裝殮)하여 취의청 위에다 모시고 뭇 두령들이 일제히 거애제사(擧哀祭祀)하는 한편, 내관외곽(內棺外槨)을 만들고 길시(吉時)를 택하여 정청(正廳) 위에 정구(停柩)하고, 영위(靈幃)를 세우고 중간에 신주(神主)를 모시니, 그 위에 쓰기를 '양산박주천왕조공신주(梁山泊主天王晁公神主)'라 했다.

그리고 산채의 뭇 두령이 송강 이하 모두 상복 입었고, 뭇 졸개들이 모두 효두건(孝頭巾)을 썼고, 임충은 영전에 서전(誓箭)을 꽂고서 공양(供養) 드리고 산채 안에 장번(長幡)을 세운 후, 부근 사원(寺院)으로부터 화상(和尙)들을 청하여 조천왕의 공덕을 추천(追薦)하게 했다. 그런 후에 송강은 매일 여러 사람과 함께 거애(擧哀)하고, 그 외에 산채 사무(事務)는 도무지 관리할 생각을 안 한다.

며칠 후 임충은 오용·공손승과 그 외 여러 두령과 더불어 송강을 산채의 주인으로 세우기로 의논을 정하고, 이튿날 이른 아침에 임충이 주장하여 나서서 향화등촉(香火燈燭)을 갖추어놓고 송강을 청하여 취의청에 좌정한 다음, 임충이 오용과 함께 나서서 말했다.

"여러분들, 제 말씀을 들어주십시오. 나라에는 하루도 임금이 없지 못할 것이요, 집에는 하루도 주인이 없지 못할 것인데, 조두령이 이미 귀천(歸天)하신 이제, 산채 안의 사업이 주인 없이 어떻게 되겠습니까? 천하가 모두 송공명 형님의 대명(大名)을 흠모하는 터이니, 내일이 마침 길일이라, 형님이 산채의 주인이 되어주신다면 모든 사람이 형님의 호령을 공청(拱聽)할 겁니다."

송강이 그 말을 듣고 대답한다.

"조천왕이 임종 시에 유언하기를, 누구든지 사문공을 잡아 원수를 갚는 사람으로 산채의 주인을 삼으라 하셨으니, 이건 여러분들이 다들 들으신 터요, 또 서전(誓箭)이 눈앞에 있으니 어찌 우리가 잊었겠습니까? 그리고 아직 우리가 원수를 갚지 못했는데, 어떻게 이 사람보고 그 자리에 앉으라 하는 겝니까?"

오용이 말한다.

"조천왕이 그렇게 말씀은 하셨지만, 지금 그놈을 잡지 못했다 해서 산채에 주인이 없어서야 일이 되겠습니까? 아무래도 형장이 이 자리에 앉으셔야 하지, 그렇게 하지 않고서는 산채 안의 허다한 인마(人馬)를 관장할 도리가 없습니다. 형장은 잠시 권도로 이 자리에 앉아 계시다가 나중에 다시 의논해서 결정하도록 하십시다."

그 말을 듣고 송강의 태도는 누그러졌다.

"군사(軍師)의 말씀이 무리는 아니외다. 그러면 내가 권도로 잠시 이 자리에 앉았다가, 후일 원수를 갚고 설한(雪恨)한 뒤에 사문공을 잡은 사람에게 이 자리를 물려주겠소이다."

마침내 송강이 허락하자, 이때까지 잠자코 있던 흑선풍 이규가 나서서 한마디 한다.

"형님! 형님은 양산박의 주인은 말도 말고, 대송황제(大宋皇帝)가 되신대도 아무도 싫다 안 한다오!"

송강은 눈을 크게 뜨고 꾸짖었다.

"뭐라고? 이놈아! 그게 어디 당한 소리냐? 다시 그따위 미친놈의 수작을 했다가는 혓바닥을 잘라버릴 테니, 그런 줄 알아라!"

"내가 언제 형님더러 다른 거 하라고 그랬소? 대송황제나 하라고 그랬는데, 내 혓바닥은 왜 벤다고?"

흑선풍이 또 지껄이는 것을 듣고, 오용이 가운데 나서서 말했다.

"형님! 이 사람은 시무(時務)를 모르고 견식(見識)이 부족한 사람인데, 과히 노엽게 생각 마시고, 어서 대사(大事)를 주장해서 집행하시기 바랍니다."

이리하여 송강은 오용의 말을 쫓아 분향(焚香)하고 나서, 권도로 주위(主位)에 올라 제일파 의자(第一把椅子)에 앉으니, 상수(上首)는 군사 오용이요, 하수(下首)는 공손승이며, 좌일대(左一帶)는 임충이 우두머리요, 우일대(右一帶)는 호연작이 어른이다. 모든 두령이 송강에게 참배하고 다시 좌우로 나뉘어 좌정하자, 송강이 입을 열었다.

"오늘 내가 이 자리에 오르게 된 것은 다만 여러분 형제들 협조에 기인한 것이니, 앞으로 모든 동지가 서로 단합하고 피차에 고굉(股肱)이 되어 하늘을 대신하여 도(道)를 행하도록 합시다. 지금 산채의 인마가 수다하여 전일에 비할 바가 아니니, 형제들은 육채(六寨)로 나누어 분주(分駐)하고, 취의청은 이름을 충의당(忠義堂)으로 개칭하기로 합시다."

계속해서 전후좌우에 한채(旱寨)를 네 개 세우고, 뒷산에 소채(小寨)를 두 개 세우고, 앞산에 관애(關隘)를 세 개 만들고, 산 아래에다 수채(水寨)를 한 개, 그리고 여울목에다 두 개의 소채(小寨)를 만들어 각각 두령들을 나누어 그곳을 관장하게 하니,

충의당상에는 송강이 주인이라, 제2위는 오용이요, 제3위는 공손승이요, 제4위는 화영이요, 제5위는 진명이요, 제6위는 여방이요, 제7위는 곽성이다.

그리고 좌군 채내(左軍寨內)의 제1위는 임충이요, 제2위는 유당이요, 제3위는 사진이요, 제4위는 양웅이요, 제5위는 석수요, 제6위는 두천이요, 제7위는 송만이다.

그리고 우군 채내(右軍寨內)의 제1위는 호연작이요, 제2위는 주동이요, 제3위는 대종이요, 제4위는 목홍이요, 제5위는 이규요, 제6위는 구붕이요, 제7위는 목춘이다.

그다음, 전군 채내(前軍寨內)의 제1위는 이응이요, 제2위는 서녕이요, 제3위는 노지심이요, 제4위는 무송이요, 제5위는 양지요, 제6위는 마린이요, 제7위는 시은이요,

후군 채내(後軍寨內)의 제1위는 시진이요, 제2위는 손립이요, 제3위

는 황신이요, 제4위는 한도요, 제5위는 팽기요, 제6위는 등비요, 제7위는 설영이요,

수군 채내(水軍寨內)의 제1위는 이준이요, 제2위는 원소요, 제3위는 원소오요, 제4위는 원소칠이요, 제5위는 장횡이요, 제6위는 장순이요, 제7위는 동위요, 제8위는 동맹이니, 여섯 군데 채내의 두령이 모두 43명이다.

그리고 산전 제일관(山前第一關)은 뇌횡과 번서가 지키고, 제이관(第二關)은 해진과 해보가 지키고, 제삼관(第三關)은 항충과 이곤이 지키게 하고,

금사탄 소채 내(內)는 연순·정천수·공명·공량 네 사람이 지키고,

압취탄 소채 내는 이충·주통·추연·추윤 네 사람이 지키며,

산후(山後) 두 개의 소채 중에서 왼쪽에 있는 한채(旱寨)는 왕영·호삼랑·조정 세 사람이 지키고, 오른쪽 한채는 주무·양춘·진달 세 사람이 책임을 졌다.

그리고 충의당 안의 왼쪽으로 벌여 있는 방에는 문권(文卷)을 책임 맡은 소양과, 상벌(賞罰)을 책임 맡은 배선과, 인신(印信)을 책임 맡은 김대견과, 전량(錢糧)을 책임 맡은 장경이 거처하고, 오른쪽으로 벌여 있는 여러 개의 방에는 화포(火砲)를 책임 맡은 능진과, 조선(造船)을 맡은 맹강과, 의갑(衣甲)을 맡은 후건과, 성원(城垣)을 맡은 도종왕이 거처하며,

충의당 뒤에 있는 뒤채에는 방옥(房屋)을 감조(監造)하는 이운과, 대장간을 맡은 탕융과, 술과 초를 맡은 주부와, 연회석을 꾸미는 절차를 맡은 송청과, 모든 집물을 관장하는 두흥과 백승이 거처하며,

산 아래 네 군데 흩어져 있는 주점은, 주귀·악화·시천·이립·손신·고대수·장청·손이랑 이렇게 여덟 사람이 책임지고,

또, 북방으로 가서 마필을 사들이는 일은, 양림·석용·단경주의 소임

으로, 각각 부서를 분담하게 했다.

송강이 책임 부서를 각각 맡기니까, 모든 두령이 일제히 명령대로 직책을 수행하고, 법을 어기지 않기로 맹세했다.

이튿날 송강은 다시 뭇 두령들을 충의당에 모으고, 조천왕의 원수를 갚기 위하여 증두시를 습격할 일을 의논하다가, 일반 서민들도 상중(喪中)에는 경솔히 움직이지 아니하는 터이니까, 우리도 백일(百日)이나 지나거든 군사를 일으켜보자고 결정을 지었다. 그리고 매일 산채 안에서 조천왕의 영혼을 천도하기 위한 불공만 드렸다.

그런데 하루는 우연히 근처 가까운 절에서 화상(和尙)을 청하여 왔더니, 이 중의 법명(法名)은 대원(大圓)인데, 본래 북경 대명부 용화사(龍華寺)의 중으로서 그는 사방으로 유랑하다가 이번에 제녕(濟寧)까지 갔다가 양산박을 지나가는 길에 들른 것이라 한다.

그래, 송강은 산채 안에 도장(道場)을 만들고 재를 올린 다음 대원 법사와 함께 앉아서 한가로운 수작을 하는 중에, 송강이 북경의 풍토와 인물을 물었더니 대원 법사가,

"두령께서 혹시 하북(河北)의 옥기린(玉麒麟)이라는 사람을 모르십니까?"

하고 묻는다. 송강은 그제야 생각난 듯이,

"이 사람이 아직 늙지도 않았는데 어째서 이렇게 잊어버리고 있었는지 모르겠습니다. 북경성 안에 노대원외(盧大員外)라는 사람이 있고, 그 사람의 이름이 준의(俊義)요, 작호(綽號)가 '옥기린'이니, 바로 하북삼절(河北三絶)이 아닙니까? 원래 대명부 사람으로 무예가 출중하여, 곤봉을 손에 잡으면 천하에 대적할 사람이 없다고 일컬어왔었지요. 만약 우리 양산박에 이 사람 하나만 더 오고 보면, 천하 병마(兵馬)가 다 쳐들어온다 해도 조금도 두려울 게 없을 겝니다."

옥기린 노준의

이때 곁에서 송강의 말을 듣고, 오용이 싱그레 웃으면서 한마디 한다.

"기어코 그 사람을 우리한테 입당시키려면 산으로 들어오게 하는 것쯤이야 그리 어렵지 않습니다."

"어렵지 않다니, 어째 어렵지 않겠소? 그 사람으로 말하면 북경 대명부에서 첫손가락에 꼽히는 부자인데, 어떻게 재산을 버리고 낙초(落草)가 되게 한단 말이오?"

"내가 그 사람을 생각한 지는 오래되었는데 그동안 그만 잊어버렸답니다. 이제 내가 계교를 하나 쓰면, 제아무리 싫어도 산으로 올라왔지, 안 올라오곤 못 배기게 되죠."

"세상에서 아우님을 지다성(智多星)이라 하더니 과연 명불허전이오구려. 어디, 무슨 계책을 쓰려는지 좀 말해보시오."

"내가 북경엘 가서 세 치 혓바닥만 놀리면, 노준의쯤 호주머니에서 물건을 꺼내오듯이 데리고 오겠는데, 다만 용모가 괴상하게 생긴 시중꾼이 없어 걱정입니다."

이 말을 듣고 흑선풍 이규가 얼른 나서면서 한마디 외친다.

"군사(軍師) 형님! 나를 데리고 가시오."

송강이 이 소리를 듣고 대뜸 꾸짖는다.

"너는 입을 닥치고 있거라! 바람 불 때 불을 지르고, 사람이나 죽이고, 집을 털고, 고을을 치고 하는 일이라면 너를 쓰겠지만, 이번 일은 세작(細作)이나 할 수 있는 일인데, 너 따위 성질로 어떻게 해보겠다는 거냐?"

"상판이 추하게 생긴 심부름꾼이 있어야 한다기에 내가 따라가겠다고 했지! 형님은 괜히 못 간다고 나만 야단치네."

"괜히 야단치는 게 아니라, 지금 대명부에는 공인(公人)이 많으니까, 네가 만일 갔다가 너를 알아보는 자한테 들키기만 하면 너는 그만 없어지는 목숨 아니냐?"

"그런 건 걱정하실 것 없소. 군사가 다른 사람 가운데서 나만큼 못생긴 사람을 얻지 못할 거니까 내가 하는 말이지."

흑선풍의 말을 듣고 있다가 오용이 말한다.

"자네가 기어이 따라가겠다면 내가 이르는 세 가지 일을 꼭 지켜야만 하네. 만약 못 지키겠으면, 애당초 따라나설 생각도 말게."

"세 가지 아니라 30가지라도 죄다 지키리다."

"그러면 첫째, 자네가 술만 먹으면 언제든지 일을 저지르니까, 이번 길에는 술을 한 방울도 입에 대지 말아야 하고, 둘째는 도동(道童) 모양을 하고 나를 따라가는데 무슨 말이건 내 말에는 어기지 말고 복종해야 하고, 셋째는 가장 어려운 일인데, 내일부터 벙어리 행세를 하여 말은 한마디도 입 밖에 내지 않아야만 내가 데리고 간단 말일세."

듣고 나더니 이규는 투덜거린다.

"술도 끊겠고, 도동 노릇도 하겠는데, 그런데 벙어리 행세를 하라는 건 너무 심하오! 사람이 어떻게 말을 안 하고 한시인들 답답해서 견딜 수 있소?"

"자네는 입을 벌리기만 하면 별의별 말썽을 일으키는 터이니까 아무래도 이번 길에는 벙어리가 돼야만 일이 되겠네."

"제기랄! 그렇게까지 말하니 내 그럼 동전 한 닢 입에다 물고 따라가지!"

여러 두령들이 모두 웃음을 터뜨렸다.

이리하여 충의당상에 즉시 연석을 베풀고 저녁 후에 각기 처소로 돌아가 쉰 후 이튿날 새벽에 오용은 송강 이하 두령들에게 인사하고 산을 내려가는데, 흑선풍 이규는 도동 맵시를 하고 보따리를 등에 짊어지고 따라나섰다.

송강 이하 두령들은 금사탄까지 내려와서 오용에게 재삼 당부했다. 그러나 오용은 이규가 실수하는 일이 있더라도 자기가 있으니까 걱정하지 말라고 그들을 안심시켰다. 송강 등 두령들은 그를 전송하고 산채로 올라갔다.

이같이 오용과 이규는 금사탄을 건너 북경을 향하여 걸어가는데, 양산박에서 북경까지 4, 5일 노정(路程)이라, 날이 저물면 객주에 들어가서 쉬고, 이튿날 이른 새벽에 밥 지어 먹고 길을 떠나는데, 길에서 이규 때문에 오용이 괴로움을 당한 일은 한두 가지가 아니었다.

북경성 밖에 당도하던 날도 객주에 들어가서 밤을 경과하는데, 이규가 부엌에 내려가서 밥을 짓다가 대수롭지 않은 일에 화를 내 객줏집 심부름하는 아이를 주먹으로 때려서 코가 터져버렸다. 심부름 드는 더부살이는 오용에게 달려와서,

"댁의 벙어리 시중꾼이 제가 불을 늦게 지폈다고 마구 때려서 코를 터지게 했으니, 이럴 수가 있어요?"

하고 호소하므로 오용은 대신 사과하고 돈을 여남은 관(貫)이나 주고서 간신히 달랬다.

그날 밤을 지내고 그 이튿날 아침에 조반을 먹은 후, 오용은 이규를 방 안으로 불러들여 단단히 타일렀다.

"여기까지 오는 동안에도 내가 자네 때문에 얼마나 속을 썩인 줄 아

나? 오늘은 성내로 들어갈 텐데, 만일 자네가 매사에 조심하지 않았다가는 큰 봉변을 당할 것이니, 각별히 조심하게."

"잘 알았소. 내 조심하리다."

"조심도 해야 하고, 우리 암호를 하나 정해두세. 언제든지 내가 머리를 한 번 흔들거든, 자네는 꼼짝하지 말기로 하세."

"그럽시다."

약속하고 두 사람은 방에 들어가서 분장을 하는데, 오용은 머리에 오추사(烏緧紗)로 만든 두건을 쓰고, 몸에 흰 명주로 지은 도복을 입고, 발에 청포리(靑包履)를 신고, 손에 금빛 나는 동령(銅鈴)을 들었으며, 이규는 머리를 두 갈래로 따내려서 뒤로 묶고, 누런 빛깔의 복포(福袍)를 입고 토화(土靴)를 신은 후, 손에는 기다란 막대기에 '운명 판단합니다. 한 번 보는 데 한 냥(兩)입니다'라고 쓴 깃발을 달고서 객줏집을 나왔다. 그리고 두 사람은 북경성 남문을 바라보고 걸음을 재촉했다.

이때로 말하면 천하 각처에 도둑이 일어나 각주 부현(各州府縣)이 모두 군마(軍馬)를 동원하여 성을 지키는 때인데, 특히 북경은 하북(河北)에서 제일가는 큰 곳이요, 더구나 양중서(梁中書)가 대군(大軍)을 거느리고 지키고 있는 곳인지라, 어느 곳보다도 가장 치안이 정비된 곳이었다.

오용과 이규 두 사람이 거드럭거리며 성문 아래 당도해보니, 문 지키는 군사가 4, 50명 있는데, 저쪽에 관인(官人)이 좌정하고 있다.

오용이 그 앞으로 가서 공손히 예를 하니까, 군사 하나가 묻는다.

"수재(秀才)는 어디서 오시오?"

오용이 대답한다.

"소생의 성은 장(張)이요, 이름은 용(用)이고, 이 도동은 성은 이(李)인데, 사방으로 다니면서 점(占)을 팔아가며 살고 있는 사람이올시다. 이제 성내로 들어가 사람들의 한평생 운수를 점쳐주려고 찾아왔습니다."

그는 이같이 말하고 품속으로부터 가문인(假文引) 한 장을 꺼내서 보

이니까, 이때 여러 군사가 이규를 가까이 보고,

"이 도동은 어째 눈이 꼭 도둑놈의 눈 같은데!"

하고 한마디 한다.

이규는 그만 화를 내고 발작(發作)하려 하는 것을 오용이 급히 머리를 한 번 흔들었다. 이규가 그만 고개를 수그린다.

오용은 앞으로 한 발자국 나서서 군사들을 보고 말한다.

"소생이 지금 한입으로 다 말씀드리기 어렵소이다. 이 도동으로 말씀하면 벙어리에다가 귀머거리를 겸했고, 오직 취할 점은 기운이 장사일 뿐입니다. 본래 내 집에서 길러낸 위인이라, 하는 수 없이 이번에도 데리고 나오기는 했소이다만, 도무지 인사 체통을 모르는 위인이기 때문에 속이 무척 상합니다. 부디 용서해주십시오."

하고 오용이 성내로 들어가니까 문 지키는 군사들도 말리지 않는다.

이규가 그 뒤를 따라가는데, 한쪽 다리는 높게 그리고 다른 한쪽은 얕게 지척거리며 걸어가니, 하릴없이 병신 같아 보인다.

오용은 거리의 중심을 향하여 걸어 들어가며, 손에 들고 있는 동령(銅鈴)을 흔들면서 연방 입으로는 네 마디 구호를 외운다.

감라(甘羅)는 일찍 가고 자아(子牙)는 너무 늦고
팽조(彭祖)는 오래 살고 안회(顔回)는 일찍 죽고
범단(范丹)은 가난했고 석숭(石崇)은 부유했으니
세상사람 팔자들이 모두가 때가 있네.

구호를 외우고는, 또 구리 방울을 딸랑딸랑 흔드는 것이었다.

이러노라니까 북경성 중심지의 아이들이 5, 60명이나 그의 뒤를 따라다니면서 낄낄대고 좋아하며 웃는다.

오용은 한참 돌아다니다가 노원외(盧員外)의 해고(解庫)문 앞에 이르러서 더욱 구리 방울을 요란하게 흔들며 구호를 외우니까, 아이들이 또 좋아하며 시끄럽게 떠드는 것이었다.

이때 노원외는 마침 해고청(解庫廳) 안에 앉아서 여러 사람 주관(主管)들의 수해(收解)하는 모양을 지켜보고 있다가 갑자기 문 밖에서 시끄러운 소리가 나므로 괴이쩍게 생각하고 당직을 불러 무슨 일인가 알아오라 했다.

당직이 밖에 나가 보고 들어와서 고한다.

"어디서 왔는지 처음 보는 산명선생(算命先生)이 길거리에서 은자(銀子) 한 냥에 그 사람 신수를 신통하게 보아준다고 외치는데, 그 선생의 뒤를 따라다니는 도동이라는 자가 어찌도 괴상스럽고 추하게 생겼는지, 그리고 걸음 걷는 꼴이 우스꽝스러워서, 그래 동네 아이들이 둘러싸고 웃고 떠드는군요."

노준의가 이 말을 듣고 말한다.

"그래? 그 사람이 큰소리를 할 적에는 제가 아마 아는 게 있을 게다. 너 나가서 좀 불러들여라."

당직은 곧 밖으로 뛰어나가,

"여보, 선생. 원외께서 부르시오."

하고 외쳤다.

오용이 묻는다.

"원외가 누군데, 나를 오라는 거요?"

"노원외 말씀이오."

그제야 오용은 도동을 데리고 그를 따라서 청전(廳前)으로 들어가서 이규를 아항교의(鵝項交椅) 위에 앉아서 기다리게 하고, 노원외 앞으로 가서 그를 바라보니, 미목(眉目)이 청수(淸秀)하고, 키는 9척이나 되어 보이는데 위풍이 늠름하고, 외양이 바로 천신(天神) 같아서 '옥기린' 노준의의 이름이 부끄럽지 않다.

오용이 그 앞에 예를 하니까, 노준의가 곧 답례하면서 묻는다.

"선생의 고향은 어디시며, 존함은 누구시오?"

오용이 대답했다.

"소생은 성은 장(張)이요, 이름은 용(用)이요, 별호(別號)는 천구(天口)이고, 본관(本貫)은 산동입니다. 소생이 '황극선천신수(皇極先天神數)'를 배워 인생의 생사귀천(生死貴賤)을 아는 고로 경향으로 다니면서 행술(行術)을 하는 터이온데, 괘금(掛金)은 백은 한 냥이외다."

노준의는 곧 그를 후당소합(後堂小閤) 안으로 청해 들인 후 자리를 권하여 앉게 한 다음, 다탕(茶湯)을 필하자 곧 당직을 불러, 백은 한 냥을 내오게 한 후 그 돈을 탁자 위에 놓고 말한다.

"약소하지만 명금(命金)을 받아주시고 이 사람의 신수를 보아주시오."

"귀경월일(貴庚月日)만 일러주십시오."

"군자(君子)는 재앙은 묻되 복(福)은 구하지 않는다 하니, 이 사람의 부(富)는 말씀할 것 없고, 다만 이 사람의 목전(目前)에 무슨 일이 있을까 그것만 추산(推箅)해주시오. 이 사람이 올해 서른두 살이니, 바로 갑자년 을축월 병인일 정묘시외다."

오용은 한 주먹 철산자(鐵算子)를 꺼내 탁자 위에 벌여놓고 한참 동안 세어보고 꼽아보고 하더니, 손을 들어 탁자를 한 번 '탁' 치면서 큰소리로 외친다.

"이거 참 괴상하구나!"

노준의도 또한 깜짝 놀라면서 묻는다.

"아니, 이 사람의 길흉이 어떠하길래 그러시오?"

오용이 대답한다.

"원외께서 괴이쩍게 생각하실 터이니, 소생이 어찌 바른대로 말씀하오리까."

"괴이쩍게 생각할 이치가 있소? 바른대로 이 사람의 일을 일러주시오."

"그럼 말씀하오리다. 앞으로 백일 안에 원외의 신수에는 혈광지재(血光之災)가 있어, 가산(家産)도 보전 못 하고, 도검지하(刀劍之下)에 목숨을 잃을 운수입니다."

노준의는 이 말을 듣고 웃으면서 말한다.

"선생, 선생은 그게 무슨 말씀이오? 내가 북경에서 나서 부호로 장성했고, 조상 중에 법(法)을 범한 사람이 하나도 없고, 일가친척 중엔 두 번 시집간 여인이 없으며, 또 이 사람이 매사에 극히 근신하여 비리(非理)는 행하지 않고 비재(非財)는 취하지 않는 터인데, 어찌해서 혈광지재가 있겠소?"

오용은 그만 낯빛이 변해지면서, 받은 돈을 도로 탁자 위에 놓고 자리를 차고 일어나며,

"천하 사람들이 모두 아첨하는 말만 듣기 좋아하는군! 그만두시오. 분명히 평탄한 길을 가르쳐주건만 도리어 충성된 말은 악한 말로 돌리다니! 소생은 그만 물러가오."

이렇게 말하고 곧 밖으로 나가려 하니까, 노준의가 황망히 만류한다.

"선생, 노여워 마시오. 아까 한 말은 희담(戱談)이외다. 선생의 가르침을 받겠으니, 어서 자리에 앉으시오."

"원래 직언(直言)이라는 것은 믿기가 어려운 법입네다."

"나는 믿을 터이니, 추후도 숨기지 마시고 바른대로 일러주시오."

오용은 다시 자리에 앉아서 말한다.

"원외의 평생 운수는 호운(好運)이나 다만 금년은 시(時)가 태세(太歲)를 범하여서 악운(惡運)을 당한 까닭에, 앞으로 백일 안에 몸과 머리가 따로 떨어져 있을 운수외다. 이는 생래(生來)에 정한 수(數)라, 도저히 어찌할 도리가 없습니다."

노준의가 묻는다.

"그런데 그런 운수를 피할 도리는 없겠소?"

"글쎄요…."

오용은 다시 쇠로 만든 수가치를 집어들고 한참 동안 달가닥거리더니 혼잣말처럼 중얼거린다.

"아무래도 동남방 손지상(巽地上)에 일천 리(里) 밖으로 나가야만 이 대난(大難)을 면하겠는데… 거기서도 놀라운 일을 보기는 하겠지만 그래도 몸은 상하지 않겠소이다."

"어쨌거나 화만 면할 수 있다면, 내 후히 사례하리다."

"이 사람이 전부터 지어둔 괘가(罫歌)가 있으니, 불러드릴 테니 받아쓰시고 벽에다 붙여두십시오. 후일 반드시 징험할 날이 있을 게니, 그때 가서 비로소 소생이 영검한 것을 아실 겝니다."

노준의는 곧 붓과 벼루를 가져오라 하여, 오용이 부르는 대로 흰 바람벽에다 그대로 내려 쓰니,

갈대 숲 속에 조각배(蘆花灘上有扁舟)

호걸들 여기서 노누나.(俊傑黃昏獨自遊)

의사가 이 이치를 안다면(義到盡頭原是命)

화를 피하여 근심 없으리.(反躬逃難必無憂)

네 마디의 글이다. 노준의가 쓰기를 다하고 벽을 바라보고 있을 때, 오용은 수가치를 거두어 넣고 자리에서 일어나, 주인에게 예를 베풀고 나가려 했다. 그러자 노준의가 손을 들고 멈추면서,

"선생, 잠깐만 앉으시오. 점심이나 자시고 가시오."

하고 다시 앉기를 권한다. 그러나 오용은 사양하고 밖으로 나와, 흑선풍 이규를 데리고 바로 성문 밖으로 나섰다.

두 사람은 바로 객줏집으로 돌아가서 방값과 밥값을 치르고, 보따리를 수습해 떠나면서 오용이 이규보고 말한다.

　　"이제 큰일을 끝냈으니 어서 산채로 돌아가서, 노준의가 오는 것을 영접할 준비를 해야 하지 않겠나?"

　　흑선풍 이규는 어떻게 된 영문인지 모르고 그저 아무 말 않고 따라 갔다.

　　한편, 노준의는 오용을 보낸 뒤에 홀로 후당에 앉아서 마음이 우울했다. 오용이 하던 말이 모두 허망한 수작이라고 웃음에 붙여버리고 싶었으나, 그래도 마음 한쪽 구석에 꺼림칙한 생각이 들어 있는 것을 어찌할 수 없다.

　　그는 날마다 마음을 진정하지 못하고 지내다가 마침내 당직(當直)을 시켜서 모든 주관(主管)들을 불러들이게 했다.

　　조금 있다가 주관들이 모두 들어오는데, 그중에 도주관(都主管)으로 집안일을 총찰하는 사람의 성은 이(李)요, 이름은 고(固)이니, 이 사람은 본시 서울 사람으로 북경에 아는 사람을 찾아왔다가 만나지 못하고 노자가 떨어져서 며칠을 굶은 끝에, 노원외의 집 문전에 쓰러져서 거의 죽을 지경에 이른 것을 노원외가 불쌍히 생각하고 집안에 거두어두었더니, 뜻밖에도 이 사람이 부지런하고 글씨도 잘 쓰고 돈을 셈하는 일도 빠르게 하므로, 노원외는 집안일을 보살피게 하여 불과 5년 만에 도주관을 삼았는데, 그러니까 그의 수하에 딸린 소주관(小主管)의 수효가 4, 50명이라, 모두들 그를 보고 이도관(李都管)이라 하는 터이다.

　　이날 대소관사인(大小管事人)이 모두 이고(李固)를 따라서 당전(堂前)에 모이자, 노원외는 그들을 한번 둘러보고 나서 이고를 돌아다보고 묻는다.

　　"그 애는 어딜 갔느냐?"

　　노원외의 말이 그치기 전에, 뜰아래에서 한 사나이가 나오는데, 키는

6척이 넘어 보이고, 나이는 24, 5세쯤 되어 보이는데, 코 아래 수염이 예쁘장하고 허리는 가늘고 어깨는 널찍한데, 머리에는 목과심찬정 두건(木瓜心攢頂頭巾)을 썼고, 몸에는 은사사단령백삼(銀絲紗團領白衫)을 입었고, 허리에는 지주반홍선압요(蜘蛛斑紅線壓腰)를 띠고, 발에는 토황피유방협화(土黃皮油膀夾靴)를 신고, 뒤통수에는 한 쌍 애수금환(挨獸金環)을 붙이고 머리에는 향라수박(香羅手帕)을 쓰고, 허리엔 한 자루 명인(名人)의 부채를 찌르고, 귓머리에는 한 송이 사계화(四季花)를 꽂았다.

대체 이 사람이 누구냐?

이 사람은 원래 북경 토박이 사람으로, 어려서 부모를 잃고, 노원외 집에서 잔뼈가 굵은 사람이다. 원체 생기기를 온몸이 눈같이 희어서 노원외가 솜씨 높은 장인(匠人)을 불러다가 전신에 화수(花繡)를 넣게 한 까닭으로, 흡사 옥주정상(玉柱亭上)에 연취(軟翠)를 끼친 모양이라, 이렇게 다른 사람한테서는 볼 수 없는 호화수(好花繡)를 몸에 지녔을 뿐 아니라, 취탄가무(吹彈歌舞)는 말할 것도 없고 절백도자(折白道字)며 정진속마(頂眞續麻)도 모르는 것이 없고, 제로향담(諸路鄉談)을 다 알고, 제행백예(諸行百藝)의 시어(市語)도 모르는 게 없고, 또 무예가 출중하여 일장천노(一張川弩)에 삼지단전(三枝短箭)을 가지고 성 밖으로 사냥을 나가면 실로 백발백중하여 날이 저물어서 돌아올 때에는 잡은 짐승이 백여 마리나 된다.

이렇게 재주도 있거니와 특별히 영리하여 꼭대기를 말하면 이내 꼬리를 아는지라, 모두들 혀를 내두르는 터인데, 이 사나이의 성은 연(燕)이요, 이름은 청(靑)이다. 그리고 북경성 안의 사람들이 이 사나이를 모두 낭자 연청(浪子燕靑)이라 부르는데, 이 사람이 노원외 노준의한테는 둘도 없는 심복인(心腹人)이다.

주인 노준의의 부름을 받고 연청이 나와서 왼편에 서니 오른편에는 이고가 서 있다. 노준의는 그들을 내려다보면서 말한다.

"내가 이번에 행년(行年)을 보니까, 백일 안에 혈광지재가 있는 고로 동남방 일천 리 밖으로 나가야 비로소 화를 면할 수 있다 한다. 그래 내가 가만히 생각해보니, 태안주(泰安州)가 여기서 동남방 일천 리 밖이라, 그곳에는 동악태산(東嶽泰山) 제인성제금전(齊仁聖帝金殿)이 있어, 천하 인민의 생사재액(生死災厄)을 주장하는 터이니, 내가 첫째는 그곳에 가서 주향(炷香)을 올려 소재감죄(消災減罪)하고, 둘째는 그 재앙을 피하고, 셋째는 장사도 할 겸 외방 경치를 구경할까 한다. 그러니 이고는 태평거(太平車) 열 채만 마련하여 산동화물(山東貨物)을 싣고 나와 함께 다녀올 채비를 차리고, 연청은 집에 남아서 집안일을 돌보아야 할 것이니, 이고한테서 고방(庫房) 열쇠를 받아가지고 있거라. 내가 사흘 안으로 떠날 작정이다."

듣고 나서 이고가 말한다.

"황송합니다만 나으리께서 아마도 생각을 잘못하시나 봅니다. 상말에도 점쟁이, 사주쟁이는 믿을 것이 못 된다고 하는데, 그따위 점쟁이가 지껄인 수작을 가지고 그러실 것이 아니라, 댁에 가만히 들어앉아 계시면 아무 일도 없을 거 아닙니까?"

"내가 이미 작정한 일이니, 너는 여러 말 하지 마라. 내가 만일 집에 있다가 화를 당한다면, 그땐 후회막급 아니냐?"

노원외가 듣지 않으니까, 이번에는 연청이 나서서 한마디 한다.

"나으리, 소인의 어리석은 소견도 들어주십시오. 산동 태안주를 가려면 아무래도 양산박 아래를 지나가게 됩니다. 그런데 근래 양산박엔 송강 이하 무수한 강적(强賊)들이 모여 가까운 촌락으로 돌아다니며 노략질을 하건만, 관병포도(官兵捕盜)가 도무지 얼씬하지 못한다 합니다. 전일 왔다 간 점쟁이가 되는 대로 지껄인 것을 모두 곧이들으시고 태안주로 가시려고 양산박을 지나가시겠다니, 이건 화를 피하시는 게 아니라, 화를 맞으시는 게 아닙니까?"

"양산박 소문은 나도 들어서 알고 있다마는, 나는 그놈들을 조금도 두렵게 알지 않는다. 그놈들을 만나기만 하면 내가 하나하나 죄다 붙잡아다 관가에 바치겠다. 전일에 내가 배운 무예를 천하에 드러내는 것도 또한 사내대장부의 일이 아니겠니?"

말이 미처 끝나기 전에 병풍 뒤에서 한 여인이 급히 나오니, 이는 노준의의 부인 가씨(賈氏)라, 부인은 나이가 올해 스물다섯이니, 이 집에 들어온 지 다섯 해밖에 안 된다. 가씨는 노원외를 보고 말한다.

"지금 하시는 말씀을 병풍 뒤에서 죄다 들었어요. 점쟁이의 허탕한 수작을 곧이들으시고 먼 길을 떠나겠다니, 그게 될 뻔이나 한 말씀입니까? 가만히 집안에 들어앉아 계시면, 저절로 무사할 것 아니겠어요?"

그래도 노준의는 듣지 않는다.

"부인이 무얼 안다고 그러오? 내가 이미 주의를 정했으니까, 다시 여러 말 말고 가만있어요."

연청이 또 말한다.

"소인이 봉술을 배웠기 때문에 길에서 도둑놈을 만나면 그까짓 것 4, 50명쯤은 넉넉히 해내겠습니다. 그러니 이도관(李都管)을 댁에 남아 있게 하시고 소인을 데리고 가주십시오."

"아니다. 내가 이번에 가며 오며 장사를 할 터이니까, 이고가 나를 따라가야겠다. 그러니까 네가 집에 남아 있거라."

그러자 이고가 또 말한다.

"소인은 요새 각기(脚氣)가 생겨서 걸음을 잘 걷지 못합니다."

노준의가 듣고 그만 노성(怒聲)을 발한다.

"양병천일(養兵千日)하는 것은 일조유사(一朝有事)할 때 쓰려고 하는 것인데, 어째서 그렇게들 잔말이 많으냐? 너희들이 모두 내 주먹맛을 못 보아서 그러는 거냐?"

이고는 얼굴빛이 질려 부인을 바라본다. 부인은 그만 병풍 뒤로 도로 달아나버린다. 연청은 감히 두 번 입을 벌리지 못하고, 다른 사람들도 모두 꽁무니를 빼고 슬슬 물러간다.

이렇게 되고 보니, 이고는 가고 싶지 않은 길이지만 어쩔 수 없이 떠날 준비를 하느라고 노준의의 분부대로 태평거 열 채를 마련하고, 각부(脚夫) 열 명을 사들이고 고리짝과 화물을 모두 묶어 수레 위에 실었다. 수레를 끄는 말만 하여도 4, 50필이다.

사흘째 되는 날, 노준의는 신복(神福)을 올리고, 음식을 나누어 집안의 대소 남녀에게 골고루 먹인 후, 그날 저녁에 이고를 불러 당직 열 명과 함께 수레를 끌고 먼저 성 밖에 나가서 기다리라 했다. 이고는 분부를 듣고 먼저 집을 떠나는데, 가씨 부인은 이고와 마차꾼이 떠나는 것을 보고 가만히 눈물을 흘리며 안으로 들어간다.

이튿날 5경에 노준의는 자리에서 일어나 목욕하고 새 옷으로 갈아입은 다음, 조반을 재촉하여 먹고, 후당으로 들어가 사당(祠堂)에 하직을 고하고, 대문 밖을 나서면서 부인 가씨를 보고 당부한다.

"집을 잘 보고 있소. 오래 걸리면 석 달이요, 빠르면 4, 50일 안으로 돌아올 테요."

부인이 말한다.

"아무쪼록 길에서 조심하시고, 또 자주 소식을 전하세요."

연청이 앞으로 나와서 절하며 눈물을 머금고 인사를 드린다.

노준의는 그를 보고 당부한다.

"너는 집에서 모든 일을 잘 보살피고, 공연히 이 집 저 집 놀러 다니지 마라."

"말씀하시지 않으셔도 소인이 잠시인들 태만할 법 있겠습니까."

노준의는 마침내 대문을 나와서 곤봉을 손에 쥐고 성 밖으로 나갔다. 이고가 기다리고 있다가 달려와서 영접한다.

노준의는 그를 보고 분부한다.

"너는 심부름꾼 두 명을 데리고 먼저 떠나서 정결한 객줏집을 골라 가 밥을 지어놓고 있다가 거장인부(車仗人夫)가 이르거든 곧 먹이도록 하여라. 그래야 길에서 지체하는 폐단이 없느니라."

이같이 하여 이고를 먼저 보내놓고, 노준의는 두어 사람 당직과 함께 수레를 압령(押領)하여 길을 가면서 좌우를 바라보니, 산천이 수려하고 평원광야가 광활하여 절로 가슴속이 활짝 열리는 것 같다.

'내가 만일 이번에 나오지 않고 집 속에만 들어앉아 있었던들, 이런 경치를 못 볼 것 아닌가!'

만족감을 느끼면서 40여 리를 더 가니까, 이고가 나와서 객주로 안내하여 들인다.

점심을 먹은 후에 이고는 또 먼저 떠나고, 노준의는 잠시 지체하여 거장인마와 함께 길을 떠나 다시 4, 50리 가니까 이고가 객주를 정해놓고 다시 나와서 맞아들인다.

노준의는 방 안에 들어가서 곤봉을 세워놓고 전립을 벗어놓고 요도를 끌러놓고, 저녁밥을 먹은 후에 조금 있다가 잠자리에 들어갔다. 그리고 이튿날 새벽같이 일어나서 밥 지어 먹고 다시 길에 오르니, 이렇게 하기를 여러 날 하여 하루는 한 군데 객줏집에 들어가 숙박하고 날이 밝자 떠나려 할 때, 이 집에서 심부름하는 녀석이 가까이 오더니 노준의를 보고 말한다.

"관인(官人)께 여쭐 말씀이 있습니다. 여기서 20리가량 가시면 바로 양산박 아래를 지나시게 되는데, 산상의 송공명 대왕이 내왕하는 객인(客人)을 해치는 일은 없다 하지만, 그래도 혹시 어떻게 될지 알 수 없는 노릇이니까, 관인께서는 그저 가만가만 소리 없이 지나가도록 조심하십시오."

노준의는 이 말을 듣고,

"그렇다더군. 나도 다 알고 있다."

한마디 말하고, 즉시 당직을 불러 옷 궤짝을 가져오라 하여 자물쇠를 열고, 속에서 네 폭 백견기(白絹旗)를 꺼내더니 다시 객줏집 심부름꾼을 보고 깃대를 네 개만 가져오라 하여 거기다 기를 매달고, 깃폭마다 한 줌씩 글을 쓰는데,

'북경 노준의가 강개하여 금옥을 갖고 심지에 왔다. 내가 거저 안 돌아갈 테니 그땐 이 산에서 기화(奇貨)가 나오리라.'

이같이 쓴다. 이고와 객줏집 심부름꾼과 기타 인부들이 이것을 보고 모두 놀라 한참 동안 어안이 벙벙하여 말을 못 하다가, 그중에 객줏집 심부름꾼이 먼저 입을 열고 노준의에게 묻는다.

"관인께서 혹시 양산박 송공명 대왕과 친분이 있으신 게 아닙니까?"

노준의가 대답한다.

"나는 북경서 제일가는 재주(財主)란 말일세. 도둑놈들하고 친분이 있을 리가 있나? 내가 이번에 송강이란 놈을 잡으러 왔단 말이야."

객줏집 심부름꾼은 질겁을 한다.

"너무 큰소리로 말씀하지 마십시오. 소인네들한테 화가 미칠까 봐서 겁이 납니다. 여기를 어디로 아시고 그러십니까? 여긴 1, 2만 명 군사를 가지고는 얼씬도 못 해보는 양산박인 줄 모르세요?"

그래도 노준의는,

"야! 그따위 방귀 같은 소리 그만둬라!"

하고 도무지 문제도 삼지 않으니까, 이고와 기타 거장인부가 일시에 땅에 엎드려 무릎을 꿇고 아뢴다.

"나으리 마님! 제발 소인들을 불쌍히 생각하시어 목숨을 지니고 무사히 고향으로 돌아가도록 해주십시오. 그렇게만 해주신다면 참말 나천대초 수륙도장(羅天大醮 水陸道場)을 만드신 공덕보다 더 나으시겠습니다."

그러나 노준의는 호령한다.

"무슨 잔소리냐? 네까진 것들이 무얼 안다고 잔소리를 하는 거냐? 내가 평생 배운 무예를 죄다 써보지 못했는데, 오늘날 다행히 기회를 만난 것 같다. 내 손에 박도(朴刀) 한 자루가 있고 수레 위에 화물이 가득 있으니까 도둑놈들을 나오게 하여 모조리 잡아다가 상부(上部)에 바치고 상을 탈 작정이다. 너희들 가운데 한 놈이라도 안 가겠다는 놈이 있으면, 내가 그놈부터 먼저 죽여버리겠다."

그는 꾸짖고 앞에 있는 수레 네 채에다 각각 기를 하나씩 꽂고 남은 수레 여섯 채는 그 뒤를 따라가게 한다. 이고 이하 당직과 각부(脚夫)들은 모두 울면서 겨자 먹기로 따라간다.

노준의는 한 손에 박도를 쥐고, 한 손에 곤봉을 들고, 수레 앞에 서서 양산박 큰길로 향하여 나아갔다.

울퉁불퉁하고 꼬불꼬불한 산길을 걸어가면서 이고와 당직과 각부들은 한 걸음에 한 번씩 놀라고, 두 걸음에 두 번씩 울었다.

새벽녘에 객줏집에서 나와 사시(巳時)쯤 되어서 한 곳에 이르니 맞은편에 큰 수풀이 보이는데, 아름드리나무가 무려 천여 주씩이나 빽빽이 들어섰다.

그런데 그때 별안간 숲속에서 호초(胡哨) 소리가 높이 들리므로 이고와 당직과 인부들은 피신할 곳을 찾느라고 두리번거리니까, 노준의는 그들을 보고 수레를 한옆으로 벌여 세우게 한 후 꾸짖는다.

"너희들은 조금도 겁내지 말고, 내가 잡는 대로 한 놈 한 놈 묶어서 수레에다 실어라!"

말이 미처 끝나기 전에 숲속에서 4, 5백 명 졸개가 뛰어나오며, 또 등 뒤에서 바라 소리가 요란하게 일어나며 새로 4, 5백 명 졸개가 내달아 돌아갈 길을 막는다. 그러자 화포(火砲) 소리가 한 방 울리더니, 한 사람 장수가 두 손에 큰도끼 한 쌍을 들고 달려나와 소리를 가다듬어 꾸짖는다.

"노원외야! 네가 벙어리 행세하던 도동을 알아보겠느냐?"

노준의는 그제야 깨닫고 마주 보고 꾸짖었다.

"내가 항상 너희 놈들을 잡으려 했는데 네가 이제 네 발로 걸어 나오니 잘됐다! 어서 송강이더러 내려와 항복을 하라고 일러라. 만일 제가 항복하지 않고 고집한다면 내가 한 놈도 남기지 않고 네놈들을 모조리 죽여버릴 테다!"

흑선풍 이규는 이 소리를 듣고 입을 딱 벌리고 웃는다.

"노준의야! 너는 벌써 우리 군사(軍師)의 점괘에 속아서 예까지 왔으니, 여러 말 말고 어서 교의(交椅)에 올라앉기나 해라!"

노준의가 크게 노해 박도를 휘두르며 내달으니까 흑선풍도 쌍도끼를 춤추며 나와 마주 싸운다. 그러나 두 사람이 어우러져 싸우기 3합도 못해서, 흑선풍은 그냥 몸을 돌이켜 숲속으로 달아나버린다. 노준의는 그 뒤를 쫓았다.

아름드리나무가 빽빽하게 들어선 숲속에서 흑선풍은 이쪽에 숨었다가 저쪽에서 나타났다가 하기를 한동안 하여 노준의의 화를 돋울 대로 돋은 다음에 어디론지 송림 속에 몸을 감추고 만다. 노준의는 하는 수 없이 돌아서서 밖으로 나오려 하는데 돌연 송림 한구석에서 또 한 떼의 사람들이 쏟아져 나오며, 앞에서 오는 사람이 큰소리로 부른다.

"노원외야! 달아나지 말고 날 좀 보고 가거라."

바라보니, 키 크고 살찐 화상(和尙)인데, 몸에는 조직철(皁直裰)을 입었고 손에는 철선장(鐵禪仗)을 거꾸로 짚었다.

노준의는 꾸짖었다.

"너는 어디서 온 중놈이냐?"

화상이 껄껄 웃고 나서 대답한다.

"나는 화화상 노지심인데, 군사(軍師)의 장령을 받고서 노원외를 우리 산채로 피난시키려고 마중 나온 길이오!"

노준의는 초조해서 화를 내며,

"이놈이 뭐라고 지껄대느냐?"

한마디 큰소리를 지르고 즉시 박도를 꼬나잡고 그에게 달려들었다. 노지심도 철선장을 휘두르며 그를 맞아 싸우기 불과 3합에 몸을 돌이켜 또한 달아난다.

노준의가 빨리 그를 쫓아가는데 쫓겨가는 졸개들 틈에서 행자 무송이 계도(戒刀)를 두 손에 한 자루씩 쥐고 달려 나오면서 외친다.

"노원외는 나를 따라오슈. 그래야 혈광지재(血光之災)를 면하오."

노준의는 노지심을 쫓아가지 않고 바로 무송에게 달려들었다. 그러나 무송 역시 그와 마주 싸우기 불과 3합에 몸을 돌이켜 달아나버린다. 노준의는 그 자리에 서서 뒷모양을 바라다보며 껄껄 웃었다.

"내 너를 안 쫓아간다. 참 그놈들 하잘것없는 놈들이로구나!"

그가 이렇게 냉소하고 있을 때, 산언덕 아래에서 한 사나이가 그를 향하여 꾸짖듯이 말한다.

"노원외는 큰소리하지 마라! 속담에도 '사람은 구렁텅이에 빠지는 것을 두려워하고, 쇠는 풀무 속에 떨어지는 것을 두려워한다.' 하지 않더냐? 우리 군사께서 벌써 계책을 세워놓고 너를 기다리고 있는 터이라, 네 팔자는 결정되었는데 네가 지금 어디로 갈 수 있단 말이냐?"

노준의가 큰소리로 물었다.

"너는 또 웬 놈이냐?"

그 사나이가 웃으며 대답한다.

"나는 적발귀라고 부르는 유당이란 사람이다."

"오냐, 잘됐다. 좀도둑 놈아! 도망가지 마라!"

노준의는 고함을 치고 박도를 휘두르며 유당에게 달려들어 서로 싸우기 3합쯤 되었을 때, 한쪽에서 또 한 사나이가 튀어나오며 크게 외친다.

"원외야! 목홍이 여기 있는 것을 네가 모르느냐?"

이리하여 목홍은 유당과 합세하여 노준의와 싸우는데, 또 불과 3합이 못 되어서 노준의의 등 뒤에서 뜻밖에도 사람의 발소리가 들린다.

노준의는 급히,

"이놈아!"

벽력같은 소리를 질러, 유당과 목홍을 두어 걸음 뒤로 물러나게 한 다음, 그사이 몸을 돌이켜 등 뒤에 있는 사나이를 대항하여 싸우니, 이 사나이는 이응이다.

유당·목홍·이응 세 두령이 정자형(丁字形)으로 에워싸고 들이치건만 노준의는 조금도 어려운 기색 없이 수단을 다하여 잘 싸운다. 그러자 별안간 산 위에서 바라 소리가 크게 울리니까, 그것이 군호이었던지, 세 사람이 제각기 수법(手法)에 파탄을 보이고는 일시에 몸을 돌이켜 달아 난다.

이때 노준의는 온몸에 땀이 쭉 흘러내려서 감히 그들을 쫓아가지 못 하고, 다시 먼저 있던 곳으로 나와, 화물 실은 수레와 이고 이하 인부들 을 찾아보니, 열 채의 수레와 그 많은 사람들과 마필이 어디로 갔는지 하나도 보이지 않는다.

노준의는 초조한 마음으로 급히 높은 언덕 위에 올라가 사면을 두루 살피니, 멀찍이 보이는 산언덕 아래로 한 떼의 졸개들이 이고 이하 모 든 인부들을 산적 꼬치같이 엮어서, 수레와 마필을 몰고, 북 치고 바라 치면서 송림 속으로 들어가는 게 아닌가.

이 광경을 바라보자 노준의의 가슴속에서는 불덩어리가 튀는 것 같 고, 콧구멍으로는 열기가 나는 것 같아서, 박도를 꼬나잡고는 그냥 언 덕 아래로 달려 내려갔다. 이같이 쫓아가서 거의거의 그놈들한테 가까 이 이르렀을 때, 별안간 두 사람 호걸이 길가에서 내달으며 큰소리로 부른다.

"어디로 가느냐? 우리를 보고 가거라!"

말하는 두 사람 중의 하나는 주동이요, 하나는 뇌횡이다. 노준의는 두 사람을 보고 소리를 가다듬어 꾸짖었다.

"이 좀도둑 놈들! 빨리 내 거장과 인마를 돌려보내지 못하겠느냐?"

미염공이라는 별호를 듣는 주동은 그 긴 수염을 한 손으로 쓰다듬으면서 껄껄 웃고 말한다.

"노원외는 어찌하여 이다지도 깨닫지 못하는가? 우리 군사(軍師)가 베푼 계책에 이미 걸려든 이상, 자네 겨드랑에 날개가 돋쳤더라도 도망가지 못할 것인데, 일이 이같이 된 바에야 우리 함께 산채로 올라가서 교의에 앉는 것이 좋을 성싶네!"

이 말을 듣고 노준의는 노해서는 박도를 휘두르며 바로 두 사람을 향해 달려들었다. 주동과 뇌횡이 각기 병장기를 들고 대항해 싸우더니, 이들 역시 3합도 못 싸우고서 몸을 피해 달아나버린다.

노준의는 생각했다.

'저놈들 중에서 단 한 놈이라도 사로잡아야만 내 거장 인마를 도로 찾을 것 아닌가?'

이렇게 생각하고 그는 힘을 다하여 산언덕을 돌아서 그 뒤를 쫓아갔다. 그러나 산모퉁이를 돌아서자, 두 사람은 어디로 사라졌는지 그림자도 안 보이고, 산꼭대기에서 퉁소를 부는 소리가 유량하게 들리는 게 아닌가.

노준의가 고개를 쳐들고 그 위를 바라보니, 한 폭 행황기(杏黃旗)가 바람에 휘날리고 있는데, 그 깃폭엔 '체천행도(替天行道)' 네 글자를 수놓았으며, 다시 자세히 보니 홍라소금산(紅羅銷金傘) 아래 송강이 앉아 있는데, 왼편에는 오용이요, 오른편에는 공손승이며, 일행부종(一行部從)이 6, 70명인데, 그들은 일제히 노준의를 향하여 소리를 친다.

"원외는 그간 무고하시오?"

노준의는 이 모양을 보고 더욱 노하여, 산 위를 손가락으로 가리키며 큰소리로 꾸짖었다. 그러자 오용이 부드러운 음성으로 말한다.

"원외는 과히 노여워 마시오. 송공명이 그전부터 원외의 위명(威名)을 사모하여 특히 나로 하여금 댁을 찾아가서 원외를 산상으로 청하여다가 다 함께 체천행도하려는 것이니, 과히 책망하지 마시오."

이 말을 듣고 노준의는 큰소리로 꾸짖었다.

"좀도둑 놈들이 어찌 감히 나를 꼬인다는 거냐? 고약한 놈들!"

이때 송강의 등 뒤에 있던 화영이 활에 화살을 메겨 노준의를 향하여 큰소리로 외친다.

"노원외는 공연히 잘난 체 말고, 내 신전(神箭)이나 구경해라!"

말을 마치자마자 시위 소리 들리며 그와 동시에 노준의가 머리에 쓰고 있는 전립 홍영(氈笠紅纓)에 화살이 꽂힌다.

노준의는 깜짝 놀라, 즉시 몸을 돌이켜 달아났다.

이때, 산 위에서는 북소리가 요란하게 울리면서 '벼락불' 진명과 '호랑이 대가리' 임충이 한 떼 군마를 거느리고, 기를 휘두르고 고함을 지르면서 산 동편으로부터 쫓아 내려오고, 산 서쪽으로부터는 '쌍편장' 호연작과 '금창수' 서녕이 또 한 떼 군마를 거느리고서 쳐들어온다. 노준의는 대단히 당황했다. 달아날래도 빠져나갈 길이 없고 날은 저물어서 어둑어둑해지는데, 다리는 아프고 배는 고프다.

황망한 심정에 그는 그저 되는 대로 산골짜기 오솔길로 도망가노라니까, 때는 이미 황혼이라 안개가 자욱하고, 하늘엔 달빛도 별빛도 희미하여 풀숲에서 길을 찾을 수가 없다.

간신히 한 곳에 이르러 보니, 하늘도 끝나고 땅도 끝난 듯 사면을 둘러보니 만목노화(滿目蘆花)요, 호호대수(浩浩大水)다.

노준의는 발을 멈추고 한 차례 둘러본 다음 하늘을 우러러 깊이 탄식했다.

'내가 연청의 말을 듣지 않고 나섰다가 기어코 오늘 이런 화를 당하는구나!'

탄식하며 번뇌하고 있을 때, 갈대 우거진 숲속으로부터 조그만 배 한 척을 어부 한 사람이 저어 나오다가 그를 보고 배를 멈추더니 소리친다.

　"객관(客官)께선 참 대담하십니다! 여기는 양산박 사람들이 무시로 출몰하는 곳인데 반야삼경(半夜三更)에 어떻게 오셨습니까?"

　노준의가 대답한다.

　"내가 길을 잘못 들어 그만 여기까지 온 모양인데 제발 나를 구해주시오."

　어부가 말한다.

　"여기서 큰길을 찾아 돌아나가려면 인가가 있는 곳까지는 30리가 훨씬 넘고, 길이 착잡해서 초행에는 퍽 어렵구요, 곧장 물길로만 간다면 불과 5리밖에 안 됩니다. 손님께서 나한테 돈 열 관(貫)만 주신다면 이 배로 모셔다드리지요."

　"그렇소? 그럼 나를 객줏집 있는 곳까지만 데려다주오. 그럼 내가 은자(銀子)를 많이 드리겠소."

　어부는 이 말을 듣고 즉시 배를 언덕에 대고, 노준의를 부축하여 배에 오르게 한 다음, 노를 저어 갈대숲을 헤치며 나아간다.

　물길로 약 4, 5리나 갔을까, 홀연히 저편 갈대숲 속으로부터 조그만 배가 쏜살같이 나오는데, 배 위에서 한 사람은 노를 젓고, 한 사람은 뱃머리에 벌거벗은 알몸으로 서서 손에 상앗대를 들고, 웅숭깊은 목소리로 노래를 부르고 있다.

> 영웅이 글을 안 읽고,
> 양산박에 들어와 있네.
> 활을 쏘아 맹호를 잡고,
> 좋은 미끼로 고기를 낚누나.

노준의가 노랫소리를 듣고 마음에 적지 아니 놀랐으나, 감히 무어라 한마디 말도 못 했다. 그러자 이번에는 오른편 갈대숲 속으로부터 또 두 사람이 조그만 배 한 척을 노 저어 나오는데, 역시 한 사람은 노를 젓고, 뱃머리에 선 사람은 상앗대를 들고 서서 노래를 부른다.

> 어쩌다가 내가 생겨났노.
> 그러나 함부로 살인 안 하지.
> 천만 금 준대도 아예 싫고,
> 옥기린 하나만 취하겠네.

노준의의 입에서는,
"어이구!"
저절로 이런 소리가 새어 나왔다. 그러자 또 한가운데 갈대숲 속으로부터 조그만 배 한 척이 쏜살같이 노 저어 나오는데, 역시 뱃머리에 상앗대를 거꾸로 비껴들고 선 사나이가 또 나직한 목소리로 노래를 부른다.

> 노화(蘆花)숲 조각배에
> 준걸(俊傑)이 모였구나.
> 의사(義士)가 이 뜻 안다면
> 반드시 근심 없으리라.

노랫소리가 끝나더니, 배 세 척이 한 곳으로 모여드는데 가운데가 원소이요, 왼편이 원소오요, 오른편이 원소칠이다. 노준의는 속으로 걱정했다.
'내가 물에서는 꼼짝을 못 하는데, 이 노릇을 어쩌나?'
마음에 너무도 불안하여 어부를 돌아다보고,

"여보! 빨리 배를 언덕으로 좀 대어주오!"

하고 간청을 했다.

그러나 어부는 입을 딱 벌리고 한바탕 크게 웃더니, 노준의를 향해서 말한다.

"머리 위는 청천(靑天)이요, 발아래는 녹수(綠水)다! 심양강에 나서 양산박에 올라온 후 3경에 이름을 고치지 않고, 4경에 성을 고치지 않았으니, 나로 말하면 다른 사람 아니라 혼강룡 이준이오. 원외가 끝까지 우리에게 항복하지 않겠다면 목숨이 없어지리다!"

노준의는 대경실색하면서도,

"이놈! 목숨을 보전 못 할 놈은 내가 아니라, 바로 네놈이다!"

소리를 벼락같이 지르고 박도로 이준의 가슴 한복판을 찌르려니까, 이준은 방패를 들어 칼을 막으면서, 발을 한 번 굴러 몸을 솟구치더니 물속으로 풍덩 들어가버린다. 이렇게 되고 보니, 사공 없는 배만 물 위에 빙빙 돌 뿐이다.

노준의가 어찌할 바를 몰라서 쩔쩔매는데, 또 뜻밖에도 배 밑으로부터 한 사람이 불끈 솟으며,

"나는 낭리백도라는 장순이다!"

이같이 한마디 외치면서 한 손으로 고물을 잡고, 두 발로 물을 차며 배를 모로 뒤집어버리니, 노준의는 어찌해볼 도리 없이 물속으로 텀벙 떨어지고 말았다.

그렇게 되자, 물속에 있던 장순은 얼른 그의 허리를 껴안고서 건너편 언덕으로 헤엄쳐 건너갔다. 그런데 벌써 언덕 위에는 5, 60명 사람들이 횃불을 들고 기다리고 있다가 노준의를 받아 올려놓고, 그를 둘러싸고 요도를 끄르고 물에 젖은 옷을 전부 벗겨버린 다음에 동아줄로 그를 결박지으려 든다.

마침 이때 한 사람이 달려오며,

"무례하게 굴지 마라!"

호령하니까, 모든 사람이 물러난다. 대체 이 사람은 누구냐 하면, 장령(將令)을 받고 나온 신행태보 대종이다.

대종은 즉시 자기가 데리고 온 졸개로부터 보퉁이를 받아, 그 속에서 금의수오(錦衣繡襖) 한 벌을 꺼내 노준의에게 입혔다. 그러자 졸개 여덟 명이 교자(橋子) 한 틀을 메고 왔다. 대종은 노준의를 부축하여 교자에 태우고 길을 가는데, 멀리서 2, 30개의 홍사등롱(紅紗燈籠)이 한 떼 인마를 풍악과 함께 옹위하여 온다.

가까이 왔을 때 바라보니, 이들은 다른 사람 아니라, 송강·오용·공손 승과 기타 두령들이다. 그런데 그들은 일제히 말에서 내린다. 노준의도 황망히 교자에서 내렸다. 송강이 먼저 땅에 무릎을 꿇자, 모든 두령들이 또한 그를 따라서 무릎을 꿇는다. 노준의는 마음에 불안하여, 저도 황망히 무릎을 꿇고 예를 올린 다음에,

"이 사람이 사로잡혔으니 어서 속히 죽여주기 바라오."

이렇게 말하자 송강은 껄껄 웃으면서,

"원외는 어서 교자에 오르시기 바랍니다."

한마디 하고 모두들 다시 말에 올라타니, 노준의도 하는 수 없이 다시 교자에 올랐다. 그러자 앞에서는 풍악을 울리면서 삼관(三關)을 차례로 지나, 바로 충의당 앞에 이르러서 그들은 일제히 말에서 내렸다.

그리고 노준의를 청하여 충의당 청상에 오르게 한 후 등불을 대낮같이 밝힌 다음, 송강은 노준의 앞으로 나와서 정중하게 말하는 것이었다.

"원외의 대명(大名)을 우레같이 들었으나 일찍이 뵈옵지 못하고 오늘 이같이 뵈오니, 소제(小弟)가 평생소원을 이룬 것 같습니다."

이어서 오용이 또 노준의 앞으로 나와서 말한다.

"전일에는 제가 형님의 명을 받들어 일부러 귀댁에 가서 점쟁이 행세를 하고, 그래서 원외를 꾀여 이렇게 산에 올라오시게 했으니, 이는

다름 아니라 오직 우리가 한 가지로 대의(大義)를 모아서 체천행도(替天行道)하려는 까닭입니다."

오용의 말이 끝나자, 송강은 노준의의 손을 붙들고 그를 이끌어 제이파(第二把) 의자에 앉히려 했다.

그러나 노준의는 크게 웃으며 말한다.

"노준의가 전일 집에 있을 때 죽어야 할 일을 저지른 일 없고, 오늘 이 마당에 또 살아야 할 희망도 없으니, 죽이려거든 얼른 죽일 일이지, 공연히 사람을 희롱하지 마시오."

송강이 또 말한다.

"희롱하다니요? 천만의 말씀이외다! 원외의 위덕(威德)을 사모하기를 마치 배고픈 사람이 먹을 것을 구하듯이, 목마른 사람이 물을 구하듯이 하는 까닭으로 마침내 계책을 꾸며 모셔온 터이니, 부디 산채의 주인이 되어주시기 바랍니다. 그러면 모든 사람이 명령에 복종하겠습니다."

노준의는 그래도 고개를 좌우로 흔든다.

"이 사람이 죽기는 쉬울망정 그 말에 따르기는 어렵소이다."

오용이 곁에 있다가 나서면서,

"그만 그 의논은 내일 다시 하기로 하고 음식이나 드십시다."

하고 즉시 주연상을 베풀게 하니, 노준의는 마지못하여 묵묵히 두어 잔 술을 받아 마셨다. 조금 있다가 노준의는 졸개가 인도하는 대로 후당에 들어가 쉬었다.

이튿날 송강은 다시 소 잡고 말 잡아 연석을 크게 배설하고, 두 번 세 번 싫다는 노준의를 기어이 청해내다가 가운데 자리에 좌정시킨 다음에, 술을 권하여 두어 순배 돌아가자, 그는 잔을 들고 일어나서 말했다.

"어제 일은 대단히 죄송합니다. 용서해주십시오. 그리고 산채가 협착하여 용신하시기는 괴로우실 것이나 충의(忠義) 두 자를 생각하시어 취의(聚義)해주시겠다면, 송강은 진심으로 저의 자리를 사양하겠습니다.”

노준의는 이 말을 듣고 정중히 거절한다.

“내가 일찍이 지은 죄 없고 또 집에 약간 재산이 있으니, 살아서는 대송(大宋) 사람이요, 죽어서도 대송 귀신이 될 거외다. ‘충의’ 두 자를 꺼내지 않았다면 내가 유쾌히 술을 한 잔 먹을 것을, 충의를 말씀하시니 도리어 내 목덜미에서 더운 피가 술상 위에 쏟아질 것 같소!”

노준의의 뜻이 굳은 것을 보고 오용이 말한다.

“이미 뜻이 그러하시다면 우리가 억지로 핍박하지는 못할 것이니까, 며칠만 이곳에 머물러 계시어, 모든 사람이 평소에 원외를 사모하던 마음이나 위로해주시고 댁으로 돌아가시는 게 어떻겠습니까?”

“이 사람의 마음을 이미 아셨다면, 속히 이 사람을 내려보내실 것이지 왜 붙드시오? 실상인즉 우리 집안 식구들이 소식을 몰라서 궁금해할 터이니까, 얼른 돌아가야겠소이다.”

“그건 어렵지 않은 일이올시다. 먼저 이도관을 시켜 거장과 인마를 이끌고서 댁에 돌아가게 하고, 원외는 며칠 여기 계시다가 나중에 돌아가시면 될 일이 아니겠습니까?”

이렇게 말하고서, 오용은 곧 이도관을 불러 물었다.

“자네가 영거해온 거장화물(車仗貨物)이 모두 그대로 있나?”

“네, 다 그대로 있습니다.”

이고가 이렇게 대답하자, 송강은 대은(大銀) 두 개를 가져오라 하여 그것을 이고에게 주고, 소은(小銀) 두 개는 당직(當直)에게 주고, 또 열 명이나 되는 인부에게는 각각 백은 한 냥씩을 나누어 주었다.

그들이 모두 사례하면서 은자(銀子)를 받자 노준의는 이고를 보고 분부하는 것이었다.

“내가 당한 딱한 사정은 네가 보아서 모두 아는 터이니 집에 돌아가서 낭자(娘子)더러 아무 근심 말라고 일러라. 내가 병들어 죽지 않는다면 쉬이 돌아갈 것이니까 그렇게 말해라."

"네. 이곳 두령님들이 나으리 마님을 이렇게 아껴주시는 터에, 오래 계신들 탈이 있겠습니까? 소인은 먼저 돌아가겠습니다."

이고가 이렇게 노준의에게 하직을 고하고 내려갈 때, 오용은 노원외를 돌아다보면서,

"원외는 그냥 앉아 계십시오. 제가 이도관을 산 아래까지 배웅하고 오겠습니다."

라고 한 후, 즉시 금사탄으로 먼저 내려갔다.

조금 있다가 이고가 두 명 당직과 거장(車仗)과 인부들을 영솔하여 산에서 내려왔다. 오용은 5백 명 졸개들을 양쪽 버드나무 수풀 속에 들어 있게 한 다음, 이고를 가까이 불러 조용히 말했다.

"자네 주인어른이 우리와 의논하고서 둘째 교의에 앉기로 했으니, 자네는 그런 줄 알게. 이번 일은 본래 자네 주인이 산에 올라오기 전에 이미 작정한 일이란 말일세. 노원외가 댁의 바람벽에다 사구 반시(反詩)를 적어놓은 것이 있는데, 그 한 구마다 머리글자에 뜻이 있단 말일세. 내가 일러줄 테니 들어보게.

'노화탄상유편주(蘆花灘上有扁舟)'의 머리글자는 '노'가 아닌가?
'준걸황혼독자유(俊傑黄昏獨自遊)'의 머리글자는 '준'이 아닌가?
'의도진두원시명(義到盡頭原是命)'의 머리글자는 '의'가 아닌가?
'반궁도난필무우(反躬逃難必無憂)'의 머리글자는 '반'이 아닌가?

이 넉 자를 모으면 '노준의반(蘆俊義反)'이 되지 않나? 노원외가 미리 그렇게 자기 집에다 써놓고 산에 올라온 것을 자네들이 어떻게 알 수 있겠나! 이번에 우리가 원래는 자네들을 모조리 죽이려고 생각했었지만, 너무 악착스러운 일 같아서 이번에 그냥 돌아가게 하는 것이니, 그리 알고 어서 돌아가게. 그리고 돌아가서 주인은 단연코 돌아오지 않으실 게라고 이야기하란 말이야!"

이고는 오직 제 목숨을 보전하여 돌아가게 된 것이 다행스러워서 몇 번이나 절을 하고 당직과 인부들을 거느리고 금사탄 나루를 건너간 후 길을 재촉하여 북경으로 돌아갔다.

이 사람들을 이렇게 떠나보낸 후, 오용은 다시 충의당으로 올라와서 그런 눈치를 보이지 않고, 술자리에 끼어 앉아 연방 노준의에게 술잔을 권했다. 이렇게 연회를 계속하다가 이날은 2경이나 되어서 자리를 파 하고, 이튿날 또 연석을 배설하고 노준의를 청하니까, 그는 좌중을 둘러 보며 말한다.

"여러 두령께서 나를 죽이지 않고 이렇듯 사랑해주시는 것은 감사하 나, 그러나 이 사람이 지금 하루를 보내기를 1년을 보내는 것같이 하고 있으니, 오늘은 그만 나를 보내주시오."

송강이 말한다.

"알겠습니다. 그러나 모처럼 만나뵈온 터이니 내일 송강이 따로 자 리를 베풀고서 심중에 있는 이야기를 하고자 하니 부디 사양 마시고 하 루만 더 묵어주십시오."

이리하여 노준의는 하루를 더 묵었다. 그러자 그 이튿날은 오용이 따 로 청하고, 또 그다음 날은 공손승이 청하고… 이 모양으로 상청(上廳) 에 앉은 두령 30명이 날마다 한 사람씩 차례로 연석을 베풀고 청하는 까닭으로 하루하루 끌어온 것이 그럭저럭 한 달이 지나갔다. 노준의가 참다못해서 하루는 다시 하직을 고하니까, 송강이 말한다.

"그렇게도 굳이 가시겠다니, 그러면 내일 충의당에서 박주나마 대접 하고 떠나시도록 하겠습니다."

이리하여 그 이튿날 송강이 다시 잔치를 베푸는데 뭇 두령들이,

"노원외께서 우리 형님의 대접은 잘 받으시고 우리들 대접은 도무지 안 받으시니, 하후하박(何厚何薄)도 분수가 있지, 이건 너무 섭섭하지 않 습니까?"

불평을 말하는데, 그중에서도 흑선풍 이규는 소리를 버럭 지르면서,

"내가 노원외를 청해오느라고 목숨을 내놓고 북경까지 갔었건만, 이 번에 한 번도 모시고 잔치를 못 했으니, 대체 이런 법이 세상에 어디 있 단 말이오?"

이같이 투덜거린다.

오용이 흑선풍의 말을 듣고 웃으면서,

"대체, 저렇게 손님을 청하는 법도 있나? 보다가도 처음 보는군!"

하고 노준의를 향하여,

"여러 사람이 저렇게들 야단스럽게 구니, 며칠만 더 묵어가시지요."

하고 은근히 권한다.

이렇게 되어 하는 수 없이 노준의는 4, 5일 더 지체한 후 하루는 마음 을 작정하고서 떠나려 하는데, 신기군사 주무가 일반 두령들과 함께 충 의당으로 건너오더니 말한다.

"우리가 양산박에서 비록 지위는 낮은 자리에 있지만, 형님을 위해 서 또 천하를 위해서 일하기는 마찬가진데, 그래 우리 술에는 독약이 들었나요? 우리들에게는 한 번도 원외를 대접하게 안 하시니… 그래 이 럴 수가 있습니까? 난 그래도 괜찮습니다만 다른 형제들이 가만있지 않 을 것 같아서 걱정입니다."

주무가 이렇게 말하자 오용이 나서서 말한다.

"무슨 말을 그렇게 하나? 정 그렇다면 원외께 말씀드려서 며칠만 더 묵어가시게 하지."

노준의는 이렇게 되어 하는 수 없이 또 며칠을 더 머무르니, 그럭저 럭 여기서 머무른 것이 전후 4, 50일이다.

북경을 떠난 것이 5월 초순이었는데, 양산박에서 두 달이나 지낸 까 닭으로 때는 이미 7월이라, 벌써 바람 소리에서 쇳소리가 들리고, 새벽 녘에 내리는 이슬은 차갑기 짝이 없는 중추절(中秋節)이다.

노준의는 이제 한시가 급해서 송강을 보고 간절히 청했다. 송강은 쾌히 웃으면서,

"그렇게 하시지요. 내일 금사탄까지 전송해드리겠습니다."

하고 허락한다. 노준의는 대단히 기뻐했다.

이튿날 그는 자기가 집을 떠날 때 입고 왔던 그전 의복과 도봉(刀棒)을 송강으로부터 도로 받아 가진 후, 여러 두령들과 작별하고 산을 내려가니까, 모든 두령들이 따라서 내려간다.

금사탄에 내려와서 송강은 일반금은(一盤金銀)을 노준의에게 선사했으나, 노준의는 북경까지 돌아갈 노자만 있으면 족하다 하고 받지 않은 후, 여러 사람에게 하직을 고하고 나루를 건너갔다.

이같이 양산박을 떠난 지 십여 일 지나서, 노준의는 북경성 밖에 도착했다.

날이 이미 저물었는지라, 성안에 들어가지 못하고 그날 밤은 성 밖 객줏집에 들어가 묵고, 이튿날 일찌감치 성내로 들어가려고 걸음을 재촉하여 1리가량 가노라니까, 맞은편에서 머리엔 찢어진 두건을 쓰고 몸에는 걸레 조각 같은 남루한 의복을 입은 자가 달음질해 가까이 오더니, 그를 보고 그만 땅에 엎드려 통곡을 한다.

노준의가 자세히 보니, 이 사람은 뜻밖에도 연청인지라 너무도 놀라워서 급히 물었다.

"너 이게 대관절 어떻게 된 일이냐?"

연청이 말한다.

"여기서는 말씀을 여쭐 수 없습니다."

노준의는 사방을 한 번 휘둘러보고서 그를 데리고 길가 조용한 토담 밑으로 갔다.

"어서 연고를 이야기해봐라!"

그러자 연청이 조용히 이야기한다.

"나으리께서 떠나신 지 보름 만에 이고가 돌아와서 낭자를 뵈옵고 여쭙는 말이, 나으리께서는 양산박 송강에게 귀순(歸順)하셔서 둘째 교의에 앉으셨다 하고, 즉시 관사(官司)에 가서 수고(首告)한 뒤에 그냥 낭자와 부부가 되었답니다. 그래 저것들이 소인을 눈엣가시같이 알고 집에서 내쫓고, 일가 댁에다가도 모조리 통문을 돌려 연청을 거두어주는 사람이 있다면 재산을 절반 없애고서라도 시비를 해보겠다고 하니, 그러니 어디 소인이 몸 둘 곳이 있습니까?

그래 성 밖으로 나와 문전걸식을 해가며 오늘까지 지내오면서, 저 혼자만은 나으리께서 설마 적굴(賊窟)에 몸을 던지시지 않았을 것이라고, 아무 때고 돌아오실 날이 있겠지 하고 기다리고 있던 중입니다. 그런데 만약 나으리께서 지금 양산박에서 오시는 길이시거든, 빨리 그리로 다시 돌아가셔서 좋은 방책을 강구하십시오. 만약 이대로 성내에 들어가셨다가는 이고 놈의 수단에 빠져서 무슨 봉변을 당하실지 모릅니다."

노준의는 이야기를 듣고 연청을 꾸짖었다.

"이놈아! 그따위 방귀 같은 소리 하지 마라! 내 낭자가 그럴 사람이 아니다!"

낭자 연청

"아니올습니다. 그건 모르시고 하시는 말씀이옵니다. 나으리께서 본래 여색(女色)을 가까이 안 하시는 까닭에 전부터 낭자는 이고란 놈과 남모르게 사통(私通)해왔는데, 이번에 기회를 만났다고 아주 펼쳐놓고 함께 산답니다. 나으리께서 그냥 이대로 댁에 들어가셨다가는, 반드시 이고 놈의 독수(毒手)에 걸리고 마실 테니, 어서 도로 양산박으로 올라가십시오."

노준의는 크게 노해 소리를 질렀다.

"이놈아! 듣기 싫다. 내 집이 오대(五代)를 북경서 살아왔다! 누가 감히 나를 업신여기며, 더구나 이고 놈은 제가 모가지가 몇 개나 있기에 그런 짓을 한단 말이냐? 네가 이놈, 아마 죄를 짓고 집에서 쫓겨났기 때문에, 그래 나를 보고 그따위 수작을 하나 보다. 내가 집에 돌아가는 길로 사실을 물어봐 사실이 아니라면 너를 요절낼 터이니 그런 줄 알아라!"

연청은 땅바닥에 쓰러져 통곡을 하면서 노준의의 옷자락을 붙잡고 몸부림쳤다.

그러나 노준의는 한쪽 발로 연청을 걸어차버리고, 큰 걸음으로 성큼성큼 성내로 들어갔다.

그가 자기 집으로 돌아가 대문 안에 쑥 들어서니까, 대소주관(大小主管)들이 모두 깜짝 놀라는데, 그중에서 이고가 황망히 달려나오더니 그를 당상(堂上)으로 맞아 올리고 문안을 드린다.

노준의는 다짜고짜로 물었다.

"연청은 어디 갔느냐?"

이고가 대답한다.

"그놈 애기는 두었다 하시지요. 한입으로는 말씀하기 어렵습니다. 그동안 겪은 신고풍상(辛苦風霜)을 천천히 말씀드리겠습니다."

이때 부인 가씨가 병풍 뒤에서 울며 나온다. 노준의는 부인을 보고 말했다.

"부인은 울지 말고 얘기를 하오! 대관절 연청이가 어떻게 했소?"

가씨가 눈물을 씻고 말한다.

"그건 그렇게 급히 물으셔서 뭘 하십니까? 그간 신고풍상은 일구난설이니까요. 차차 말씀드리지요."

노준의는 더욱 의심스러워서 연청의 일을 자세히 말하라 했으나, 이고는 오히려,

"나으리는 먼저 옷이나 갈아입으시고, 사당에 참배하신 후, 진지를 드시지요. 그 후에 연청이 이야기를 들으셔도 좋지 않습니까?"

라고 하니, 노준의는 이 말을 듣고 그렇게 해도 좋을 듯싶으므로, 옷을 갈아입은 후 밥상을 받고서 막 수저를 들고 있는데, 별안간 앞문과 뒷문에서 아우성 소리가 들리더니 2, 3백 명의 공인(公人)이 우르르 들어와 대뜸 노준의가 앉아 있는 방으로 달려든다.

너무도 뜻밖의 일이라, 노준의는 어안이 벙벙하여 말 한마디 물어보지도 못하고, 그대로 결박을 당해 바로 유수사(留守司)로 끌려갔다.

이때 양중서가 공청(公廳)에 나와 앉아 있는데, 범 같고 이리 같은 공인 7, 80명이 좌우에 늘어섰다. 노준의가 끌려 들어오니까 양중서는 가

씨와 이고를 한편 구석에 가서 무릎을 꿇고 앉으라 분부한 후 소리를 가다듬어 노준의를 보고 꾸짖는다.

"네 이놈! 네가 본시 북경 본처(本處)의 백성 양민으로서 무엇이 부족하여 양산박 적굴에 몸을 던져 그놈들의 둘째 두령이 되었단 말이냐? 이번에 네가 돌아오기를 필연코 내응외합(內應外合)하여 우리 북경을 도모하려고 온 것이 아니냐? 네 이놈! 무슨 발명할 말이 있거든 해봐라!"

노준의가 아뢴다.

"소인이 우준(愚蠢)하여 일시 양산박 두령 중 오용이란 자의 간교한 수단에 속아, 불길한 운수를 피하기 위하여 동남방 일천 리 밖으로 향하던 중에 그만 적굴에 잡혀 들어가 두 달을 갇혀 있다가 이번에 요행히 몸을 빼어 돌아왔습니다. 적굴에 몸을 던졌다는 말씀은 애매한 말씀이오니, 은상(恩相)께서는 깊이 통촉해주시기 바랍니다."

양중서가 그의 말을 듣고 다시 꾸짖는다.

"네 이놈, 무슨 잔소리냐! 네가 양산박 도적들과 정을 통하지 아니했는데도 그렇게 두 달 동안이나 그놈들이 너를 머물러 있게 하더냐? 네 처와 이고의 고장(告狀)이 사실일 터인데 네가 구차스럽게 지금 변명을 하는 거냐?"

곁에서 이고가 말한다.

"나으리, 지금 와서 무슨 변명을 하시려 드시오? 벽에다 써놓고 가신 반시(反詩)가 다시없는 증거인데, 어서 자복을 하시오."

그러자 부인 가씨도 또 한마디 한다.

"우리가 나으리를 모함할 이치가 있겠어요? 다만, 집안에 역적이 생기면 구족(九族)이 멸망을 당한다니까, 연루될까 봐 무서워서 고장을 냈을 뿐이랍니다."

노준의가 뜰아래 꿇어앉아서 당상을 우러러보며,

"참으로 억울합니다! 은상은 거울같이 통촉하십시오!"

하고 호소하니까 이고가 또 말한다.

"한번 저지른 일은 덮을 수 없고, 거짓 꾸민 일은 속히 탄로되는 법입니다. 그러니 어서 사실대로 아뢰고 괴로움이나 면해보시지요."

가씨도 또 한마디 한다.

"나으리는 공연히 헛수고하지 마십시오. 사실이 있는 바에야 어떻게 관사를 속이겠어요? 하마터면 제 목숨도 없어질 뻔했으니, 이 어찌 부부지정이란 말씀예요!"

이때 양중서 유수사의 상하 관원들은 모두 이고한테서 뇌물을 받아먹은 자들인지라, 장공목(張孔目)이 나서서 양중서에게 고한다.

"저놈이 아무래도 되게 맞고 나서야 직초(直招)를 할 것 같습니다."

양중서가 그 말을 듣고,

"그래라. 저놈을 엎어놓고서 때려라!"

하고 분부했다. 그와 동시에 좌우의 공인이 달려들어 노준의의 팔다리를 묶은 채 그냥 땅바닥에 엎어놓고 볼기를 까고서 아무 소리 없이 마구 때리기 시작한다.

어떻게 심하게 얻어맞았던지, 노준의의 살가죽은 터지고 피가 흐른다. 그는 아픔을 더 견뎌내지 못하고 마침내 눈물을 흘리면서 굴초(屈招)해버렸다.

장공목은 초장(招狀)을 받은 다음에 1백 근 사수가(死囚枷)를 씌워 노준의를 대로(大牢) 안에 가두게 했다. 이때 부전부후(府前府後)에서 이 광경을 구경한 사람들은 모두 다 눈물을 머금고서 손으로 두 눈을 가리었다.

노준의가 노문(牢門) 앞으로 끌려 들어가서 뜰 한가운데 이르자 옥자항(獄子坑) 위에 양원 압로절급 겸 행형회자(行刑劊子)가 앉아 있다가 손을 들어 노준의를 가리키며,

"네가 나를 알겠느냐?"

한다. 노준의는 고개를 푹 숙이고 말았다.

그런데 이 사람이 누구냐 하면 본시 북경 토박이 사람으로 외양이 당당하게 잘생겼고 또 무예 수단이 비상한 까닭에 사람들이 철비박(鐵臂膊)이라 별명 지어 부르는 채복(蔡福)이라는 사람이요, 또 그 곁에 서 있는 소압옥(小押獄)은 그의 친동생 채경(蔡慶)이니, 이 사람은 언제나 항상 꽃 한 가지를 꺾어 머리에 꽂고 다니는 까닭으로 하북(河北) 사람들이 그를 별명 지어 일지화(一枝花)라고 부르는 터이다.

채경이 수화곤(水火棍)을 손에 들고 형의 곁에 서 있는데 노준의가 끌려 들어온 뒤에 채복은 그의 아우를 돌아다보고 부탁한다.

"너는 이 사수(死囚)를 옥에다 갖다 가두어라. 나는 그사이 집에 잠깐 다녀와야 하겠다."

채경이 형의 부탁대로 노준의를 끌고 옥으로 내려가자, 채복은 일어나서 옥문 밖으로 나와 유수사 담장 아래로 지나노라니까, 맞은편에서 한 사람이 밥그릇을 손에 들고 오는데 얼굴에는 눈물 자국이 가로세로 현저하다. 자세히 보니, 그가 잘 아는 연청이다.

"자네, 어디를 가는 길인가?"

채복이 그를 보고 한마디 아는 체하자, 연청은 그제야 채복을 알아보고 즉시 땅바닥에 꿇어앉아서 눈물을 쏟으며 말한다.

"절급께서도 아시다시피 소인의 주인어른이 이번에 죄도 없이 옥에 갇히셨는데, 옥바라지 할 돈도 없어서 소인이 성 밖에 나가서 겨우 밥 반 사발 구걸해왔습니다. 이거라도 우리 주인께 드려서 한때 요기나 하시게 할까 하는데요. 절급 어른, 제발 이걸 드리도록 주선해주십시오."

말을 다 하고 연청은 눈물을 줄줄 흘리며 땅바닥에 쓰러진다. 채복은 그를 가엾게 생각하면서,

"나도 대강 짐작한다. 네 가서 밥을 드려라."

이렇게 허락하므로 연청은 일어나 그에게 사례하고, 다시 옥을 향하

여 빨리 걸어간다.

채복은 연청을 보내놓고 다시 걸어서 주교(州橋)를 지나노라니까, 뒤에서 다박사(茶博士) 한 사람이 따라오며,

"절급 나으리, 어떤 손님 한 분이 나으리 좀 뵙겠다고 소인의 다방 누상에서 기다리고 계십니다."

하고 은근히 그를 끈다. 채복은 그를 따라서 다방 누상으로 올라가 보니, 기다리고 있는 사람은 다른 사람이 아니라 도관 이고다.

두 사람은 서로 아는 터이라, 인사를 하고 나서 채복이 물었다.

"이도관(李都管), 내게 무슨 하실 말씀이 있소?"

이고가 말한다.

"이번 일은 어쩔 수 없는 일입니다. 오직 절급 나으리 생각 여하에 달려 있는 노릇이니 제발 오늘 밤 안으로 노원외를 요정을 내어, 아주 후환을 없애주십시오. 제가 정을 표하기 위해서 50냥 산조금(蒜條金)을 가지고 왔으니, 이걸 받아주십시오. 청상 관인(廳上官人)들께는 제가 따로 선사하겠습니다."

채복은 듣고서 웃었다.

"여보, 노형은 정청(正廳) 아래 계석(戒石)에 '천한 백성은 학대하기 쉽고, 높은 사람은 속일 수 없다'라고 새긴 글자를 못 보았소? 노형이 노준의의 집 재물을 송두리째 먹고 또 노준의의 부인까지 차지하고서, 그래 겨우 은자 50냥으로 노준의의 목숨까지 없애달라고 하니, 나중에 제형관(提刑官)이 내려와서 사실을 물으면 그때 내가 무어라고 대답을 한단 말이오? 나는 못하겠소!"

"알겠습니다. 절급께서 50냥이 적다고 생각하시는 것 같습니다. 그러면 제가 다시 50냥을 더 가져다드리겠습니다."

"그러면 백 냥이로군! 그래, 북경서 제일 유명한 노원외가 백 냥짜리밖에 안 된단 말이오? 내가 돈을 탐내는 게 아니라, 5백 냥은 받아야 어

떻게 해보겠소."

"네, 네. 돈은 달라시는 대로 드리겠으니 그저 오늘 밤으로 요정을 내주십시오."

이고가 이같이 말하고 돈을 내놓으니까, 채복은 그 돈을 받고 자리에서 일어나면서 말하는 것이었다.

"내일 아침에 와서 시신을 찾아가시오."

이 말을 듣고 이고는 대단히 기뻐하면서 채복에게 사례하고 돌아갔다.

이고와 헤어진 후, 채복이 자기 집에 돌아와서 막 대문을 열고 들어서려는데, 웬 사나이가 뒤미처 따라 들어오면서,

"채절급(蔡節級)! 잠깐 뵈오러 왔습니다."

하고 공손히 인사를 한다.

채복이 이 사람을 보니 외양이 의젓하고 의복이 선명하며, 몸에는 아시청단령(鴉翅靑團領)을 입고, 허리에는 양지옥뇨장(羊脂玉鬧粧)을 두르고, 머리에는 준의관(駿鸃冠)을 쓰고, 발에는 진주리(珍珠履)를 신었다. 채복은 그를 보고 황망히 물었다.

"관인의 존함은 누구이신데, 저한테 무슨 이르실 말씀이 있어 오셨습니까?"

그러자 그 사나이가 말한다.

"여기서는 좀 거북하니 어디 조용한 데로 가서 이야기를 합시다."

채복은 그를 인도하여 상의각(商議閣) 안으로 청해 들였다. 두 사람이 각기 자리에 앉자, 그 사나이가 먼저 입을 열었다.

"채절급! 조금도 놀라지 마십시오. 나로 말씀드리면, 창주 횡해군 사람으로 대주황제(大周皇帝)의 적파자손인데, 성은 시(柴)요, 이름은 진(進)이요, 작호는 소선풍(小旋風)입니다. 본래 의리를 중히 알고 재물을 아끼지 아니하며 천하 호걸들과 사귀어 놀기를 좋아한 까닭에 불행히 죄를 얻어 양산박에 들어가버렸습니다. 이제 송공명의 장령(將令)을 받

들고서 노원외의 소식을 알려고 왔었더니, 뜻밖에도 탐관오리들이 음부간부(淫婦奸夫)와 서로 정을 통하여 노원외를 모함해서 사수로에다 넣었습니다. 사세가 이렇게 되고 보니, 노원외의 실낱같은 목숨은 오직 족하(足下) 손에 달렸단 말씀이오.

그래 내가 목숨을 내놓고 족하를 찾아뵈러 온 것이오니, 족하가 노원외의 목숨을 이 세상에 머물러 있게 해주신다면 우리가 부처님의 눈으로 족하를 대하려니와, 만약에 털끝만큼이라도 어긋남이 있다면 우리 군사가 성 아래 이르고, 장수가 호변(濠邊)에 이르렀을 때는 현우노유(賢愚老幼)를 가리지 않고 모조리 무찔러버릴 것입니다. 그런데 이 사람이 전부터 듣기를 족하가 의리와 충성을 중히 여기는 사람이라 하기에 이번에 1천 냥 황금을 가지고 온 터이니 너무 박하다 마시고 받아주십시오. 그런데 만일 이 사람 시진도 잡으려 하신다면 내가 이 자리에서 묶임을 받되, 맹세코 눈썹 하나 까딱하지 않으리다."

이 말을 듣고 채복은 온몸에 찬 땀을 쭉 흘렸다. 그리고 한참 동안 대답을 못 했다.

시진은 자리에서 일어나며 말한다.

"장부가 일을 당하여 무엇을 주저하시오? 쾌히 결단을 내리시오!"

채복이 비로소 입을 열고 말한다.

"장사(壯士)는 돌아가 계십시오. 소인이 좋도록 일을 조처하오리다."

이 말을 듣고 시진은 그에게 사례하면서,

"이렇게 쾌히 승낙해주시니, 참으로 고맙기 한량없습니다. 곧 은혜를 갚겠습니다."

라고 한 후, 그는 즉시 밖으로 나와서 종인(從人)이 가지고 온 황금 1천 냥을 채복에게 전한 다음 바로 하직하고 돌아갔다. 이때 시진이 데리고 온 종인은 신행태보 대종이었다.

채복이 1천 냥 돈을 받아놓고 앞으로 어찌할 바를 알지 못하여 이리저리 생각하다가, 아무래도 혼자서는 결정지을 수 없는 어려운 일인지라, 마침내 옥으로 들어가서, 저의 아우 채경을 보고 전후 전말을 상세히 이야기하고 의견을 물으니까, 채경이 말한다.

"형님은 평소에 결단성이 대단하셨는데 이번엔 왜 그렇게 어렵게 생각하시고 결단을 못 내리십니까? 속담에도 사람을 죽이려거든 피까지 보고, 사람을 구하려거든 끝까지 구하라 하지 않습니까? 이미 천 냥 돈을 받은 게 있으니, 곧 상하(上下)에 돈을 뿌리십시오. 양중서나 장공목이나 모두들 재물을 탐하는 것들이니까, 뇌물을 받고는 그것들이 노원외의 목숨을 해치지 않고 모호하게 공문을 꾸며 귀양 보내기 쉽습니다. 그때 가서 노원외를 구하고 못 구하는 것은 양산박 호걸들이 알아서 할 일이지, 우리야 알 바 없지요."

아우의 말을 듣고 채복이 말한다.

"그래, 네 말이 옳다. 그러면 노원외를 좋은 방으로 옮기어 편히 있게 하고 조석으로 주식(酒食)이나 잘 드려라."

채복 형제는 이같이 의논한 끝에 주의를 정하고서, 그날부터 윗사람과 아랫사람들한테 돈을 뿌리기 시작했다.

그런데 그 이튿날, 이고는 채복으로부터 아무 소식이 없으므로 채복의 집으로 찾아가서 어떻게 된 일이냐고 재촉했다. 이때 채복은 집에 없고, 채경이 집에 있다가 나와서 대답하는 것이었다.

"글쎄요, 우리가 막 하수(下手)하려는 판인데, 중서 상공(中書相公)께서 급히 사람을 보내셔서, 아직 죽이지 말라고 분부하시더군요. 그러니 우리가 맘대로 할 수 있어야지요? 이도관께서는 위로 가서 주선을 잘 해보십시오. 상공께서 한마디만 말씀하시면, 노원외 하나쯤 처치하는 게 무어 어렵겠습니까?"

이고는 그의 말을 듣고 돌아와서 즉시 중간에 사람을 놓아 양중서에게 청탁을 올렸다. 그랬더니 양중서는,

"그런 일이야 압로절급이 알아서 할 일이지 내가 어떻게 죽여버리라고 분부한단 말인가? 며칠만 두고 보게. 제가 저절로 죽겠지!"

하고 그 이상 대꾸도 안 한다.

이렇게 날짜를 끌다가 이미 채복으로부터 뇌물을 먹은 장공목은 문안(文案)을 작성해 양중서 앞으로 나가서,

"노준의의 일을 속히 처결하심이 좋을까 합니다."

하고 아뢰었다. 양중서는 그를 보고,

"네 생각에는 이번 일을 어떻게 했으면 좋을 것 같으냐?"

하고 묻는다.

"소인 생각에는, 노원외의 죄는 비록 원고(原告)는 있지만 실적(實績)이 하나도 없고, 또 양산박에 오래 머물러 있다가 돌아왔다는 것도 그곳 여러 놈들이 붙들고 놓아 보내지 않았기 때문인 듯하오니 진범인(眞犯人)과 동일하게 다룰 수는 없을까 하옵니다. 그러니 척장(脊杖) 40대에 자배(刺配) 3천 리 하는 것이 마땅할까 생각하옵는데, 상공께서는 어찌 생각하옵시는지…?"

양중서가 그 말을 듣고는,

"네 말이 바로 내 뜻과 같다."

하고 즉시 노원외를 끌어내게 한 후 사수가를 벗기고 초장 문안(拓狀文案)을 읽어준 다음 척장 40대를 때린 후 새로 20근짜리 철엽반두가(鐵葉盤頭枷)를 씌워 멀리 사문도(沙門島)로 귀양을 보내는데, 동초와 설패 두 사람으로 하여금 그를 압송하게 했다.

그런데 동초와 설패 두 사람은 본래 개봉부에서 임충을 압송하여 창주 노성으로 갈 때 도중에서 임충을 죽이려 하다가 뜻밖에도 노지심 때문에 그를 죽이지 못하고 그대로 돌아갔다가 태위 고구(高俅)의 노여움을 사고, 죄수를 압송하다가 잃어버리고 왔다는 죄로 북경 대명부로 귀양 왔던 것인데, 양중서가 그들 두 놈이 쓸모가 있는 놈인 것을 알아보

고서 그냥 유수사에 두고 부리던 중이어서, 이번에 노준의를 창주 노성까지 압송하는 책임을 맡긴 것이다.

동초와 설패가 양중서의 공문(公文)을 품속에 지니고, 노준의를 데리고 주아(州衙)를 나와서 잠시 사신방(使臣房)에 가둔 후, 각기 제 집으로 돌아가 행장을 수습하여 떠날 채비를 차리는 판인데, 뜻밖에도 동초와 설패 두 사람의 집 문밖에 각각 사람이 와서,

"공인을 잠깐 뵙겠다는 분이 계시니, 요 앞 술집까지 잠깐 나와주십시오."

전갈하는 사람이 있었다. 그래서 동초와 설패는 심부름 온 사람을 따라 술집으로 갔다. 술집에 들어가 보니, 그들을 청한 사람은 다른 사람 아니라 바로 노원외 집에서 도관 노릇을 하는 이고다.

이고는 두 사람을 맞아들인 후 주식(酒食)을 권하면서, 가느다란 목소리로 은근하게 말하는 것이었다.

"내가 바른대로 말하는 건데, 사실 노원외하고 나하고는 원수란 말씀이오. 이번에 노원외가 사문도로 귀양을 간다지만 원체 길은 먼데다가 제 수중에 한 푼이 없으니 두 분이 노자만 허비하게 될 것이요, 또 아무래도 날짜가 서너 달 걸릴 테니 그런 고생이 어디 있겠소? 내가 두 분한테 우선 대은 20냥을 드릴 테니까 멀리 갈 것 없이 어디 가까운 데 가서 쥐도 새도 모르게 그자를 요정낸 다음, 이마의 금인(金印)을 떼어가지고 온다면, 그때 내가 두 분한테 다시 50냥씩 사례하겠소. 그 뒤에 유수사에서 말썽이 생긴다면, 그땐 내가 무사하게 처리할 테니, 뒷걱정은 마시고 내 청을 들어주시오."

동초와 설패는 서로 얼굴을 바라본다. 일이 난처하기는 하나, 눈앞에 보이는 대은(大銀) 두 덩어리에 욕심도 있는 까닭이다.

먼저 동초가 말한다.

"그거 어려운데요."

그러자 설패가 말한다.

"형님, 우리 이도관 부탁대로 하십시다. 이도관은 훌륭한 어른이시니까, 이럴 때 한번 인연을 맺어두는 것이 좋겠죠."

그러니까 이고가 또 말한다.

"옳은 말씀이오. 내가 은혜를 잊어버리고 의리를 배반하는 사람이 아니니까, 두 분이 내 청을 들어주기만 한다면, 내 오래오래 두고두고 보답하리다."

이리하여 동초와 설패는 마침내 은자(銀子)를 각각 품속에 한 덩이씩 집어넣고 집으로 돌아가 행장을 가지고 사신방으로 달려와서 노준의를 끌고 길을 떠나려 하는 것이었다. 이때 노준의는 척장 40대를 얻어맞은 뒤라, 몸이 몹시 괴로웠다. 그래서 그는 두 놈 공인한테 사정을 했다.

"소인이 오늘 대단히 괴롭습니다. 내일 떠나시면 어떨까요?"

설패가 욕지거리를 퍼붓는다.

"개 같은 수작 마라! 주둥아리를 닥쳐! 여기서 네가 귀양 가는 사문도가 자그마치 3천 리나 된단 말야. 왕복 6천 리 길에 없어지는 노자를 생각해봐라. 하루가 급하다!"

"소인이 정말 걸음 걷기가 어렵습니다. 제발 사정을 봐주시오."

동초가 꾸짖는다.

"이놈아, 닥쳐라! 네가 재주(財主)라고 뽐내면서 날마다 털끝만큼도 일하지 않고 놀고먹었으니까, 하늘이 이번에 너한테 이런 벌을 내린 거란다. 알겠니? 우리를 원망 말고 어서 가자!"

노준의는 더 말을 못 하고 간신히 걸어서 동문(東門)을 나오니까, 동초와 설패 두 놈은 제가 들고 가던 옷 보따리와 우산을 모두 노준의가 머리에 쓰고 있는 칼에다 걸어놓는 게 아닌가.

때는 늦은 가을, 낙엽은 우수수 떨어지고, 하늘에는 때때로 기러기가 슬피 울고 날아가니, 북경서 몇째 안 가는 부호의 몸으로 하루아침에 죄인이 되어 3천 리 밖에 있는 사문도로 귀양 가는 노준의의 마음이야 어떠했으랴.

날이 저물어서 겨우 4, 5리밖에 못 와서 그들은 촌락에 있는 객줏집에 들어갔다.

객줏집 심부름하는 아이가 뒷방으로 그들을 인도하니까 설패가 노준의에게 말한다.

"어디, 공인이 죄수를 모시는 법이 있더냐? 네가 밥이 먹고 싶거든 빨리 나가서 네 손으로 밥을 지어 들어오너라!"

노준의는 칼을 쓴 채 부엌으로 내려가서 객줏집 더부살이에게 나무하고 불씨를 조금 달라 해서 밥솥에다 불을 때기 시작했다. 그러나 본래 한다 하는 양반 부자가 언제 한 번이나 자기 손으로 불을 때본 일이 있겠는가? 나무가 젖어서 불이 잘 붙지 아니하니까 그는 입김을 모아 힘껏 한 번 불었더니, 아궁이의 재가 온통 눈 속으로 들어갔다.

너무도 딱해서 객줏집 더부살이가 일을 거들어주어 간신히 밥을 지어 방으로 들어가니까, 동초·설패 두 놈은 밥을 왜 이렇게 더디 해왔느냐고 호통을 치고는 저희들끼리 배가 터지게 처먹고 나서야 남은 밥과 식은 국을 노준의에게 물려주는 게 아닌가.

노준의가 아니꼬운 것을 참으면서 몇 술 떠먹고 나니까, 이번엔 두 놈이 발 씻을 물을 끓여오라고 명령하는 것이었다.

그래, 노준의는 다시 부엌으로 내려가서 한참 동안 물을 데워서는 물통과 대야를 들고 들어갔다.

두 놈은 각기 발을 씻고 나더니, 이번엔 설패가 나가서 더운물을 한 대야 떠다놓고, 노준의한테 발을 씻으라 한다.

노준의는 이것이 그놈들의 흉계인 줄 까맣게 모르고 짚신을 벗고 버선을 벗었다. 그랬더니 설패가 달려들어 그의 두 다리를 덥석 집어서 쩔쩔 끓는 물 속에다 집어넣었다.

"어이구 뜨거!"

노준의는 그만 소리를 질렀다.

"이놈아, 소리를 왜 질러? 공인이 죄수의 발까지 씻겨주는데, 너무도 과만해서 지랄이냐?"

동초·설패 두 놈은 또 이같이 호령하고는, 조금 있다 두 놈은 뜨뜻한 항상(炕上)에 편히 드러눕고, 노준의는 굵은 쇠사슬로 얽어서 방문 뒤에다 매놓는 것이었다.

목에는 칼을 쓰고, 몸은 잔뜩 결박을 당한 노준의가 잠을 잘 수 있으랴? 밤이 깊어서야 너무도 곤하여 겨우 눈을 붙였을 때, 동초와 설패 두 놈은 노준의를 흔들어 깨운 후 객줏집 더부살이를 불러 밥을 지어달라 부탁하여 그 밥을 먹고서는, 아직도 날이 밝지 아니했는데 길을 떠난다고 재촉이다.

노준의가 자기 발을 내려다보니, 뜨거운 물에 데어서 살가죽이 부풀어올라, 길을 걸어가기는커녕 땅바닥을 딛고 일어설 수도 없다.

그러나 하는 수 없이 끌려 나오니, 날씨는 궂어서 가을비가 부슬부슬 내리고, 길바닥은 미끄럽기 한이 없다. 노준의는 한 발자국 떼어놓고 미끄러지고, 두 발자국 떼어놓고 또 미끄러졌다. 그러자 설패란 놈은 걸음이 느리다고 수화곤으로 노준의를 때리고 동초란 놈은 아주 그를 말리는 체하는 것이었다.

이렇게 걸어가기를 십여 리 가니까, 큰 솔밭이 나타난다.

노준의는 두 놈을 보고 사정을 했다.

"정말 이제는 조금도 걸음을 더 못 걷겠으니 제발 여기서 잠시 쉬어가게 해주시오!"

두 놈은 아무 말 없이 그를 끌고 숲속으로 들어갔다. 이때서야 겨우 하늘은 먼동이 트기 시작한다. 그러나 길에는 행인이라곤 한 사람도 없다.

설패가 말한다.

"너무 일찍 일어났더니 졸립구나. 한숨 자고 갔으면 좋겠다만, 잠든 사이에 네놈이 도망갈까 겁이 난다!"

노준의가 말했다.

"소인이 이 꼴인데, 날갯죽지가 있기로서니 어딜 도망갈 수 있겠소?"

"이놈아, 내가 네 꾀에 넘어갈 줄 아느냐? 응, 옳지! 너를 묶어놓고 자면 되겠다!"

설패란 놈은 즉시 허리춤에서 밧줄을 꺼내 노준의의 몸을 칭칭 묶어서 소나무에다 붙들어 맨 후, 동초에게 말하는 것이었다.

"형님! 저 밖에 나가 있다가 인기척이 나거든 기침을 크게 하시오."

"그럭함세. 내가 망은 잘 볼 테니, 마음을 턱 놓고서 일을 하게!"

동초가 어슬렁어슬렁 송림 밖으로 나가버리자, 설패는 수화곤을 꼬나잡고 노준의 앞으로 다가오더니,

"너, 우리 두 사람을 원망하지 마라! 너의 집 도관 이고가 우리한테 신신당부하기 때문에 이럭하는 거다. 네가 사문도에 가도 어차피 죽는 신세니까, 일찌감치 죽어서 눈을 감는 게 오히려 좋을 게다! 음사지부 (陰司地府)에 가서도 우리를 원망해야 소용없다. 내년 오늘이 네 일주기일 게다!"

이 소리를 듣고 노준의의 두 눈에서는 눈물이 저절로 샘솟듯 쏟아졌다. 그러나 그에겐 이 자리를 모면할 아무런 도리가 없다. 다만 고개를 폭 수그리고 죽음을 당할 수밖에 다른 도리가 없다.

설패는 이때 두 손으로 힘껏 수화곤을 높이 쳐들었다가 바로 노준의의 정수리를 겨냥대고 내리치려 했다.

이때, 동초란 놈이 송림 밖에서 망을 보고 있다가 들으려니까, 숲속에서 쿵 하고 무엇이 땅바닥에 쓰러지는 소리가 들린다.

'옳다! 요정을 냈구나!'

이렇게 생각한 동초는 황망히 송림 속으로 뛰어왔다.

그러나 그 자리에 들어와 보니, 노준의는 그대로 나무에 붙들려 매여 있고 땅바닥에 쓰러져 있는 사람은 뜻밖에도 설패인데, 바로 그 옆에 수화곤이 떨어져 있는 게 아닌가.

'이거 괴상한 일이로구나… 옳거니, 이 사람이 너무 힘을 주어 내리 치다가, 그만 헛치고 나가자빠진 게로군!'

동초는 이같이 생각하고 설패 앞으로 가서 팔을 붙들어 일으키려고 했으나, 그러나 설패는 꼼짝을 않는다. 동초가 이상해서 자세히 보니, 설패의 입에서는 피가 흐르고, 가슴 한복판에 화살 한 개가 꽂혀 있는 게 아닌가.

깜짝 놀라면서 동초가 소리를 지르려는 순간 동북쪽에 있는 소나무 위에서 어떤 사나이가,

"이놈!"

하고 한마디 소리를 치며 활을 쏘았는데, 시위 소리와 함께 날아온 화살이 바로 동초의 모가지 숨통에 꽂히자, 동초는 두 다리를 하늘로 뻗고 땅바닥에 뒹굴었다.

그러자 나무 위에 있던 사나이가 뛰어내려오더니, 해완첨도(解腕尖 刀)를 빼어들고 노준의를 결박지어 나무에 붙들어 맸던 밧줄을 끊고, 목 에서 칼을 벗겨버린 후 그를 안아다가 나무 아래 풀 위에 앉히고서 엉 엉 운다.

노원외가 정신을 차리고 눈을 떠보니, 눈앞에 보이는 사람이 바로 연 청이다.

그는 너무도 반갑고 고마워서 소리를 질렀다.

"얘야! 이게 꿈이냐? 생시냐?"

연청이 말한다.

"나으리! 소인이 유수사 앞에서부터 두 놈의 뒤를 밟아왔습니다. 이

두 놈이 술집에서 이고와 만나 밀담하는 것을 보고는 더욱 의심을 품고 줄곧 쫓아오다가, 간밤에는 객줏집 문밖에서 자고, 이놈들이 5경에 객주를 나설 때, 소인은 생각하기를 필시 이놈들이 여기 송림 속에 와서 일을 저지를 것이라 짐작하고 소인이 먼저 여기 와서 나무 위에 올라가 몸을 감추고 기다리다가 이렇게 화살 두 개로 쏘아 죽였지요. 나으리, 이놈 가슴에, 이놈 멱통에 화살이 꽂힌 것을 좀 보세요."

노준의가 그것을 보고 한숨을 쉬면서 말한다.

"그래, 당장 죽을 몸이 살아나기는 했다마는 공인을 두 명이나 죽였으니, 내 죄가 더 중해졌구나! 대체 어디로 가야 옳단 말이냐?"

연청이 말한다.

"애당초 양산박 송공명 때문에 나으리가 이렇게 됐으니까, 이제는 양산박으로나 가셨지, 다른 데는 가실 곳이 없습니다."

"글쎄, 거기밖에는 갈 데가 없다마는, 내가 장창(杖瘡)이 낫지 않은 데다가 발 껍질이 이렇게 벗겨져서 촌보(寸步)를 걷지 못하겠으니 이 노릇을 어쩌면 좋단 말이냐!"

"사세가 급한데요, 한 시각도 지체할 때가 아니니까, 소인이 업어 모시고 가겠습니다."

연청은 이렇게 말하고 즉시 일어나서 두 놈 공인의 시체를 나무 뒤에다 숨겨두고, 활을 어깨에 메고, 요도를 허리춤에 찬 후, 수화곤을 손에 들고, 노준의를 등에 업고, 바로 숲을 나와 동쪽을 향하여 길을 재촉했다. 그러나 겨우 십 리가량 가서는 다시는 더 길을 못 갈 만큼 기운이 지쳐버렸다. 그래서 연청은 하는 수 없이 자그마한 마을의 객줏집에 들어가 방 하나를 치워달라고 한 후, 우선 두 사람이 안정하고 술과 밥을 사서 요기했다.

한편 두 사람이 공인의 시체를 송림 속에 버리고 떠난 뒤에 이곳을 지나가던 나그네 한 사람이 숲속에 들어와서 쉬다가 우연히 두 명 공인의 시체를 발견하고, 나그네는 그 근처 사장(社長)과 이정(里正)에게 쫓아가서 알리고, 이정은 즉시 대명부(大名府)로 들어가 사실을 고했다.

그래서 대명부 관원들이 나와 시체를 점고해보니 죽은 자는 유수사의 공인 동초와 설패라, 양중서는 즉시 즙포관찰(緝捕觀察)에게 영을 내려 짧은 시일 내에 흉한(凶漢)을 체포하라고 했다.

유수사의 관원들은 시체에 꽂힌 화살에 연청의 이름이 새겨 있는지라, 즉시 범인 연청의 용모 화상과 노준의의 화상을 그려 도처에다 고시(告示)를 내붙이고 엄중히 탐색하기 시작했다.

한편, 노준의는 곤장 맞은 상처가 덧나 도무지 움직일 수가 없어서 객줏집에 그대로 묵고 있었는데, 그 집 더부살이가 길거리에 붙어 있는 관가의 고시를 보고, 또 저희 집에 와서 묵고 있는 두 사람의 용모가 그 화상과 비슷하고 행색이 수상하다 생각되므로, 그는 마을의 사장(社長)한테 가서 보고했다. 그리하여 사장은 또 공인(公人)에게 사실을 고했다.

이렇게 된 내정은 꿈에도 모르고, 연청은 활을 메고서 이날 밖으로 나왔다. 돈이 떨어져 반찬거리를 살 수도 없게 된 참이라, 날짐승이나 잡아다가 고기를 뜯어 먹을 생각이었다.

그래서 연청은 이리저리 돌아다니며 새를 잡아 몇 마리 꿰들고, 막 객줏집으로 돌아오는 길인데, 마을 가까이 당도하자 웬일인지 동네에서 떠들썩하는 소리가 들린다.

연청은 공연히 가슴이 덜컥 내려앉는 것 같아서 숲속으로 얼른 몸을 숨기고 가만히 동정을 살펴보니까, 공인 수백 명이 제각기 손에 칼과 창을 들고 수레 하나를 옹위해 가는데, 결박당한 몸으로 수레 위에 앉아서 잡혀가는 사람이 바로 노준의다.

연청은 당장 뛰어나가 주인을 구하고 싶었으나 손에 가진 것이라곤 활밖에 없고, 공인들의 수효는 너무도 많다.

'이 일을 어쩌면 좋을까? 할 수 없다! 양산박으로 찾아가서 자세히 이야기하고, 그곳 군마를 얻어와서 구할 수밖에 별수 없다! 그럴밖에는 달리 우리 주인의 목숨을 구할 도리가 없지 않은가?'

그는 이렇게 주의를 정하고서 즉시 그 자리에서 양산박으로 길을 떠나, 그날 하루 종일, 그리고 그날 밤도 쉬지 않고 내처 걸었는데, 다리 아픈 줄은 모르겠으나 배가 고프다. 그렇지만 수중엔 돈 한 푼 없다.

너무도 허기가 져서 울창한 숲속에 들어가 잠깐 졸고 있노라니까, 가까운 나뭇가지 위에서 까치가 까악 까악 울어댄다. 연청이 눈을 떠보니 날이 훤히 밝았다.

'저놈의 까치나 잡아서 요기나 할 수밖에….'

그는 속으로 이렇게 생각하고 단 한 개밖에 남지 않은 화살을 시위에 메겨 까치를 겨냥대고 쏘았다.

화살은 틀림없이 까치의 꽁지를 바로 맞혔는데, 그 까치는 화살과 함께 언덕 너머로 뚝 떨어지는 것이었다.

연청은 곧 까치가 떨어진 자리를 찾아 뛰어갔다.

그러나 아무리 찾아보아도 까치는 간 곳이 없고, 다만 모르는 사람 두 사람이 앞으로 지나가는데 가만히 보니, 앞선 사람은 머리에 저취 두건(猪嘴頭巾)을 쓰고, 뒤통수에다 금과옥환(金裹玉環)을 쌍으로 달고, 몸에는 향조 나삼(香皂羅衫)을 입고, 허리엔 소금 탑박(銷金搭膊)을 두르고, 발에는 반슬연말 마혜(半膝軟襪麻鞋)를 신고, 손에는 한 자루 제미 곤봉(齋尾棍棒)을 들었으며, 그 뒤를 따르는 사람은 머리에 백범양차 진립(白范陽遮塵笠)을 쓰고, 몸엔 다갈찬선 수삼(茶褐攢線袖衫) 입고, 허리에 비홍 전대(緋紅纏帶) 띠고, 발에 피혜(皮鞋) 신고, 등에 옷 보따리 짊어지고, 손에 한 자루 단봉 들고, 허리춤에는 또 한 자루 요도를 찼다.

두 사람이 앞으로 걸어가는 모양을 보고 연청은 속으로,

'내가 지금 노자가 한 푼도 없으니, 저 두 놈을 때려눕히고 보따리를 뺏는 수밖에 좋은 수가 없겠다!'

마음을 이같이 먹고 연청은 급히 그 뒤를 쫓아가서, 주먹으로 진립 쓴 사나이의 등줄기를 후려갈겨 땅바닥에 쓰러뜨리고서는 계속하여 앞 서가는 사나이를 치려 드는데, 그 사나이가 한 번 뒤를 돌아다보더니 번개같이 몽둥이를 들고 내리치는 바람에 연청은 왼편 넓적다리를 얻 어맞고서 땅바닥에 털썩 주저앉고 말았다.

그러자 먼저 주먹을 맞고 쓰러졌던 사나이가 벌떡 일어나더니, 한쪽 발로 연청의 가슴을 꽉 밟고서 요도를 뽑아 연청의 목통을 찌르려 드는 고로, 연청은 그만 소리를 질렀다.

"여보시오, 내가 죽는 건 아깝지 않지만, 내가 죽으면 대체 우리 주인 소식은 누가 전한다오?"

이 말을 듣더니 그 사나이는 칼 든 손을 멈추고 연청을 잡아 일으키 면서 한마디 묻는다.

"이놈아! 무슨 소식을 어디다 전한단 말이냐?"

"그건 알아 뭐하오?"

연청이 대꾸하자, 그 사나이는 연청의 팔을 홱 잡아당기다가, 그의 팔 가죽에 아로새겨져 있는 화수(花繡)를 보고 조금 놀라는 듯이 묻는다.

"아니, 네가 혹시 노원외 집에 있는 낭자 연청이 아니냐?"

연청이 그 말을 듣고 생각하더니, 어차피 바른대로 대거나 대지 않거 나 죽기는 매일반이라, 이왕이면 바른대로 대고 죽은 다음 혼백이나마 주인과 한곳에서 만나리라 생각하고, 바른대로 말했다.

"그래, 내가 연청이오. 우리 집 주인이 관가에 잡혀가게 됐기 땜에 지 금 양산박으로 소식을 전하러 가는 길이오."

두 사람은 그 말을 듣더니 껄껄 웃으면서,

"그거 참! 우리가 자네를 얼른 죽이지 않기를 잘했네. 자네는 우리가 누군지 모르겠지만, 나는 양산박 두령 양웅이고, 이 사람은 석수일세."

이렇게 말하고, 자기들은 송강의 장령을 받아 노준의 소식을 알려고 북경으로 가는 길이고, 군사 오용과 대원장(戴院長)도 곧 산에서 내려오기로 했다는 이야기를 일러주었다.

연청은 그 말을 듣고, 저도 노원외와 제가 당한 전후 경과를 자세히 고했다.

두 사람이 그의 이야기를 듣고 나서, 양웅이 석수를 보고 말한다.

"이력하세. 나는 이길로 연청 형제를 데리고 산으로 올라가 보고할 테니, 자네는 바로 북경으로 가서 자세한 소식을 알아오게."

"그럭합시다."

석수는 승낙하고, 보따리에서 떡과 마른고기를 꺼내 연청에게 먹였다. 그러고 나서 그는 혼자 북경으로 향했고, 양웅과 연청은 양산박으로 올라갔다.

그런데 석수가 북경성 밖에 이르렀을 때는 이미 날이 저물어서 성내에 들어갈 수 없게 되었는지라, 객주에 들어가서 하룻밤을 지내고 이튿날 아침 일찍이 성내로 들어가면서 살펴보니, 사람마다 한숨짓고, 모두가 슬픈 빛이다.

석수가 마음에 의심스러워서, 지나가는 노인 한 사람을 붙들고 무슨 일이 있느냐고 물으니까, 그 노인이 일러준다.

"나그네는 모르실 거요. 북경서도 유명한 재주(財主) 노원외가 양산박 도적의 소굴에 끌려갔다가 도망하여 돌아와 그만 원죄(寃罪)를 쓰고 사문도로 귀양 가는 도중에 어떤 놈의 짓인지 모르지만, 압송하던 방송 공인을 죽여버린 일이 생겨 다시 붙들려 왔지요. 그래 오늘 오시 삼각(午時三刻)에 저잣거리에 끌어내다가 참(斬)하기로 되었다오. 손님도 오래지 않아서 그 광경을 구경하시게 될 거요."

석수가 이 말을 듣고 바로 시가지로 나오니, 십자로(十字路)에 주루(酒樓)가 하나 있다. 그는 곧 그 술집 위층으로 올라가서 자리 잡고 아래를 내려다보고 앉았노라니까 주보가 나와서 묻는다.

"손님을 기다리고 계십니까? 혹은 혼자 오셨습니까?"

석수는 눈을 동그랗게 뜨고, 큰소리로 말한다.

"빨리 사발 술하고 고기나 가져올 게지 무슨 잔소리야?"

주보는 깜짝 놀라 아무 소리 못 하고, 두 근(斤) 술과 고기 한 쟁반을 가져온다.

석수가 입으론 먹으며 눈으론 밖을 내다보며 하고 앉았노라니까, 조금 있다 길거리에 사람들이 떠들썩거리며 모여들기 시작하고, 가게마다 빈지문을 닫아버린다.

이때 주보가 다시 올라와서 한마디 한다.

"이제 곧 이 아래서 공사(公事)가 시작되는뎁쇼. 여기 계시지 말고, 어서 술값 치르시고 다른 데로 가보십쇼."

석수는 또 소리를 꽥 지른다.

"뭣이 어째? 공사가 있기로 내가 피해야 할 까닭이 뭐냐? 한 대 얻어 맞기 싫거든 입을 닥쳐라!"

주보는 감히 입을 열지 못하고 아래로 내려갔다.

조금 있다가 거리에서 바라 소리와 북소리가 요란하게 일어난다. 석수가 내다보니까, 네거리에다 법장(法場)을 만들어놓고, 십여 명 도봉회자(刀棒劊子)가 노준의를 앞뒤에서 끌고 밀고 하며 오더니, 바로 그 술집 아래에 꿇어앉히는 게 아닌가.

그러더니 채복이 법도(法刀)를 손에 들고, 채경은 노준의가 쓰고 있는 칼을 잡아주면서 가만히 말하는 것이었다.

"우리 형제가 노원외를 구해내려고 했지만, 일이 그만 이렇게 고쳐볼 도리가 없게 되었구려. 부디 우리를 원망하지나 마슈!"

북경성 진격

이때 군중 틈에서 관원이 외치는 소리가 들린다.

"오시 삼각(午時三刻)이다."

이 소리가 떨어지자, 채경이 앞으로 나와 노준의의 목에서 칼을 벗기고 머리를 붙드니까, 채복이 법도(法刀)를 쑥 빼어 손에 든다. 그러자 당안공목이 큰소리로 범유패(犯由牌)를 읽어 들려주니까, 그 소리가 끝나자 도봉회자들이 일제히 소리를 지르는데, 바로 이때 술집 위층에 있던 석수는 요도를 빼어들고 창문을 열어젖히고 아래로 뛰어내리며 벼락같이 소리를 질렀다.

"양산박 호걸들이 모두 예 와 있다!"

이 소리를 듣고 채복·채경은 노원외를 내버린 채 그냥 달아나버린다.

석수는 칼을 휘두르며 달려들어 미처 달아나지 못한 무리들을 마치 식칼로 오이 베듯이 마구 베어 삽시간에 십여 명이나 죽이고서, 한 손으로 노준의를 이끌고 남쪽으로 길을 찾아 도망을 쳤다. 그러나 석수는 원체 북경 길을 알지 못하는 데다가, 노준의는 놀라고 어리둥절하여서 변변히 길을 찾아가지 못한다.

한편, 이 같은 급보를 받은 양중서는 깜짝 놀라, 즉시 장전 두목(帳前頭目)을 점고하여 그들로 하여금 인마를 거느리고 나가서 사대문(四大

門)을 굳게 닫고 파수하게 한 후, 공인들은 모조리 나가서 해가 저물기 전에 두 놈을 잡아오라고 엄명을 내렸다.

석수와 노준의는 한동안 이리저리 길을 찾아 도망하다가 마침내 유수사에서 쏟아져 나온 공인 수백 명이 둘러싸고 요구삭(撓鉤索)을 던져 다리를 얽는 바람에, 두 사람은 힘도 못 써보고 그대로 붙잡혀 양중서 앞으로 끌려갔다.

석수는 노준의와 함께 청전에 끌려와 동그란 눈을 부릅뜨고 청상(廳上)의 양중서를 노려보며 큰소리로 꾸짖는다.

"네 이놈! 나라를 망치고, 백성을 해치는 도적놈아! 나는 장령을 받아 먼저 혼자 왔다만, 이제 송공명 형님이 대군을 거느리고 내일모레 쳐들어올 테니까, 그때는 북경성이 평지 되고, 네놈의 몸뚱어리는 세 토막이 나고 말 것이니, 네 이놈! 그런 줄 알아라!"

이 소리를 듣고 청상에 있던 모든 관원들은 기가 막혀 입을 딱 벌렸다. 양중서도 놀랍고 어이가 없어 한참 동안 생각하다가, 두 놈을 큰 칼 씌워 사수로에 내려 가두라고 분부했다.

분부를 받은 채복은, 전번에 소선풍 시진이 다녀간 뒤로 양산박 두령들과 은근히 사귀어두고 싶은 마음이 생겼는지라, 노준의와 석수를 한 방에 같이 가두어놓고, 좋은 술과 고기를 들여다 먹인다.

두 사람은 옥중에 있으면서도 별로 고생스러운 것을 모를 판이다.

이런 줄도 모르고 이날 양중서는 본주(本州)에 신임된 왕태수(王太守)를 불러 이번 일로 성내에서 살상된 피해자를 알아보라 했더니, 칼에 맞아 죽은 사람이 7명이요, 얼굴이나 다리에 상처를 입은 사람은 부지기수였다. 양중서는 관전(官錢)을 내어주어 부상당한 사람을 치료하게 하고, 죽은 사람을 장사지내게 하라 했다.

그 이튿날이다.

북경성 안팎의 백성들 수십 명이 길거리 다리목에 붙어 있는 것을 떼어왔다 하면서 양산박의 몰두첩자(沒頭帖子) 수십 장을 유수사에 바쳤다.

양중서가 그것을 받아서 보니, 글 뜻은 다음과 같다.

양산박 의사(義士) 송강은 대명부 관리에게 앙시(仰示)하고, 천하에 고하노라. 이제 이 나라에서는 못된 놈이 정사를 다스리고, 썩어빠진 벼슬아치가 양민을 죽이고 백성을 못살게 하는데, 오직 북경의 노준의는 호걸이라, 내가 그를 청하여 나와 함께 하늘을 대신해서 도(道)를 행하려 했건만, 탐관오리는 뇌물을 탐하여 선량(善良)을 해치려 했도다. 내 먼저 석수를 보내 보고하게 했더니, 뜻밖에 그도 사로잡혔도다. 만약 노준의와 석수 두 사람의 성명(性命)을 온전히 하고, 음부간부를 잡아 바친다면, 내가 더 요구하지 아니하려니와, 만일 나의 우익(羽翼)을 상하고 고굉(股肱)을 깨뜨린다면 내가 발채흥사(拔寨興師)하여 동심설한(同心雪恨)할 것이니, 대병도처(大兵到處)에 옥석(玉石)구분하고 초제간사(剿除奸詐)하고 진멸우완(殄滅愚頑)할지라. 이리하여 천지함부(天地咸扶)하고 귀신공우(鬼神共祐)하여 담소이래(談笑而來)하고 고무이거(鼓舞而去)하리라. 의부절부(義夫節婦)와 효자순손(孝子順孫)은 안분양민(安分良民)하고, 청신관리(淸愼官吏)는 놀라지 말고 각기 직책에 충실할지어다.

양중서는 이것을 읽고 크게 놀랐다. 그의 얼굴빛은 흙빛이 되었다. 그는 즉시 또 왕태수를 불러오게 한 후, 대관절 이 일을 어떻게 처리했으면 좋겠느냐고 상의했다.

왕태수는 본래 호인(好人)으로 생긴 선비인지라, 양중서로부터 자세한 이야기를 듣고 자기 소견을 말한다.

"양산박 도적떼는 그동안 수차례나 조정에서 잡으려 했건만 뜻을 이루지 못하지 않았습니까? 만일 지금 잡아 가둔 두 놈을 구하려고 그놈들이 군사를 몰고 온다면, 그리고 조정에서 구원병이 늦게 온다면, 그때엔 후회막급입니다. 소관(小官)의 우견(愚見)을 말씀드리자면, 이놈들 두 놈을 죽이지 말고 조정에 신주(申奏)하는 한편, 채태사 은상(恩相)께 보고하는 동시에 본처(本處) 군마를 성 밖에 주둔시켜 방비함으로써 명분을 지키고, 군민을 상하지 않게 하는 것이 좋을 것 같습니다. 만일 그러지 않고 그대로 있다가 적군이 닥친다면,

첫째 군사가 방비하지 아니한 까닭으로 성민을 구할 도리가 없을 것이요,

둘째 조정에서는 괴이하게 여길 것이요,

셋째 백성들은 놀라 성중(城中)이 요란할 것입니다."

양중서는 이 말을 듣고,

"지부(知府)의 말이 옳소!"

하고, 즉시 압로절급 채복을 불러들여 일렀다.

"네 그 두 놈을 잘 가두고 있어야 한다. 너무 엄하게 하다가는 그놈들의 목숨에 탈이 생길는지도 모르고, 또 너무 관대히 다루다가는 도망칠는지도 모르는 터이니 너희들 형제가 조심조심해서 그놈들을 다루어야 한다. 알아듣겠느냐?"

채복은 잘 알았습니다 하고 대답하고, 속으로는 기뻐하면서 양중서 앞을 물러나와 옥으로 돌아와서는 노준의와 석수를 위로했다.

양중서는 다시 병마도감으로 있는 대도 문달(大刀聞達)과 천왕 이성(天王李成) 등 두 사람을 청전으로 불러 양산박의 글발을 내보인 후, 왕태수가 하던 말도 하고 그들의 의견을 물었다.

두 사람 도감이 듣고 나더니, 이성이 먼저 말한다.

"은상께옵서 그만 일로 마음을 고단하게 하실 거 없사옵니다. 이모(李某)가 비록 재주는 없사오나, 그간 녹(祿)을 먹사옵고 무공보덕(無功報德)했사오니, 원컨대 견마(犬馬)의 수고를 하게 해주시오면, 군졸을 영솔하여 나아가 하채(下寨)하고 기다리고 있다가 도둑놈들이 아니 오면

다시 계책을 정하기로 하옵고, 만약 그놈들이 소굴을 떠나서 오기만 한다면 소장(小將)이 큰소리가 아니라, 맹세코 그놈들을 한 놈도 살아서 돌아가지 못하게 하겠소이다."

이 말을 듣고 양중서는 대단히 기뻐하면서 즉시 금화수단(金花繡鍛)을 두 장수에게 상 주고 위로했다. 대도 문달과 이성은 은혜에 사례하고 각기 영채로 돌아갔다.

이튿날, 이성이 승장(陞帳)하여 대소 군관을 모으고 일을 의논하자, 곁에서 한 사람이 나오는데, 위풍이 늠름하고 용모가 또한 당당하다. 이 사람이 누구냐 하면 급선봉 삭초다.

이성은 그를 보고 곧 영을 내린다.

"송강이란 좀도둑 놈이 우리 북경을 치러 올 모양이니, 너는 본부 군병을 점기(點起)하여 성 밖 35리에 나아가 하채하고 있거라. 내가 네 뒤를 따라 대군(大軍)을 영솔하고 나갈 것이다."

삭초는 장령을 받고 물러나와 북경성 35리 밖에 있는 비호곡(飛虎谷)에 이르러 산을 의지하여 하채했다. 그리고 그 이튿날, 이성은 정장(正將)과 편장(偏將)을 거느리고 성 밖 25리 떨어진 괴수파(槐樹坡)에 하채하고서 주위에 창도(槍刀)를 밀포(密布)하고, 사방에다 녹각(鹿角)을 파묻고, 삼면(三面)에 함정을 깊이 파묻은 다음, 모두들 손을 비비며 서로 똑같은 마음으로 양산박 군마가 이르기만 하면 크게 공을 세우리라고 간절히 기다리고 있었다.

그러나 양산박 호걸들이 이번에 북경성 관민에게 보낸 경고문은 원래 오용이 먼저 연청과 양웅으로부터 보고를 받았고 또 대종으로부터 노원외와 석수가 잡혔다는 소식을 듣고서, 우선 급한 대로 가짜 고시(告示)를 써가지고 그것을 각처에다 붙임으로써 먼저 양중서의 간담을 서늘하게 만들고 동시에 노준의와 석수 두 사람의 목숨을 잠시나마 보존시켜보려고 꾸민 연극이었던 것이다. 그리고 오용의 계책은 들어맞았다.

이때 양산박에서는 송강이 대종으로부터 북경성 안에서 이성·삭초 두 장수를 내보내어 싸울 준비를 하고 있다는 소식을 듣고, 즉시 충의 당에 두령들을 집합시킨 후 먼저 오용을 보고 입을 열었다.

"애초에 군사(軍師)의 묘계로 노원외를 산에 올라오게 했던 일은 성 공했었지만, 오늘날 도리어 노원외로 하여금 이런 화를 당하게 하고, 또 석수까지 함정에 빠지게 했으니, 어떻게 구해낼 방도가 없겠소이까?"

오용이 말한다.

"염려 마십시오. 제가 별로 재주는 없습니다만, 이번 기회에 북경성의 전량을 뺏어다가 산채에서 쓰도록 하겠습니다. 마침 내일이 길일(吉日)이니, 형제들 몇 사람만 산채에 남아 있고 모두들 나가서 북경성을 치기로 하십시다."

송강은 이 말에 쫓아서 즉시 배선에게 대소 군병을 내일 출정시키도록 준비하라고 부탁한다. 그러자 흑선풍 이규가 한마디 한다.

"그거 참 좋군요. 내가 갖고 있는 쌍도끼가 도무지 오랫동안 놀고만 있었는데, 지금 그 말을 듣더니 도끼란 놈이 저기서 찡하고 좋아라 웃는걸요. 나한테 5백 명만 거느리게 해줍시오. 그럼 내가 그깟 놈의 북경성을 짓밟은 후 노원외하고 석수하고 데리고 나올랍니다. 나를 벙어리로 만들어서 북경엘 보내지 않았소? 그때 썩었던 입김을 좀 풀어버려야겠소"

송강이 말한다.

"네가 용감한 소리는 한다마는, 거기는 다른 고을과는 다른 곳이다. 양중서로 말하면 채태사의 사위인 데다가 수하의 이성과 문달 두 장수는 만부부당지용이 있어, 도저히 너 혼자서는 어렵다."

"나를 벙어리 행세까지 시켜놓고서 이제 와서는 또 사람을 약을 올리시오? 난 형님이 그럴 줄 몰랐소. 사람을 그렇게 쓰는 법이 어디 있담!"

오용이 곁에서 말한다.

"그래, 자네가 그럼 선봉을 서게나그려. 5백 명만 인솔하고, 내일 내려가게."

흑선풍은 그제야 속이 풀린 듯이 입을 다물었다. 그리고 이날 밤 송강과 오용은 서로 상의해서 출정시킬 인원수를 각각 정한 후 배선으로 하여금 쓰게 하여 어김없이 이대로 시행하고, 시각을 어김없이 하라고 각 채(寨)에 돌렸다. 때는 바야흐로 가을이 지나고 겨울에 접어드는 때이라, 오랫동안 배불리 놀고먹던 장정들은 싸워보고 싶을 때요, 말도 또한 살쪄 사람과 마찬가지로 기운이 씩씩하다.

이때 배선이 각 채에 돌려준 고시는 다음과 같은 인원 배정이었다.

제1대 당선초로(當先哨路)는 흑선풍 이규니, 졸개 5백 명을 거느리고, 제2대는 양두사 해진·쌍미갈 해보·모두성 공명·독화성 공량이니, 졸개 1천 명을 거느리고,

제3대는 여두령(女頭領)으로서 일장청 호삼랑, 부장에 모야차 손이랑·모대충 고대수니 졸개 1천 명을 거느리고,

제4대는 박천조 이응, 부장에 구문룡 사진·소울지 손신이니, 졸개 1천 명을 거느리고,

중군 주장(主將)은 도두령 송강, 군사 오용이요,

족장 두령(簇帳頭領) 네 사람은 소온후 여방·새인귀 곽성·병울지 손립·진삼산 황신이요,

전군(前軍)은 두령이 벽력화 진명, 부장에 백승장 한도·천목장 팽기요,

후군(後軍)은 두령이 표자두 임충, 부장에 철적선 마린·화안산예 등비다.

그리고 좌군은 두령이 쌍편 호연작, 부장에 마운금시 구붕·금모호 연순이요, 그리고 우군은 두령이 소이광 화영, 부장에 도간호 진달·백

화사 양춘이요, 그리고 이밖에 또 포수(砲手)에는 굉천뢰 능진이요, 양초(糧草)를 보급하고 군정(軍情)을 정탐하는 두령에는 신행태보 대종이다.

이와 같이 각기 분발(分撥)이 정해진 후, 이튿날 아침에 차례대로 모두가 출동하니, 양산박에 남아 있는 사람으론 부군사 공손승과 유당·주동·목홍 네 사람의 두령이다. 그들은 마보군병(馬步軍兵)을 통솔하고 산채의 삼관(三關)을 파수하며, 수채(水寨)는 이준의 무리가 지키고 있다.

한편, 북경성 관군의 선봉장 삭초가 비호곡 채중(寨中)에 앉아 있노라니까, 유성보마(流星報馬)가 달려들어와 보고하기를, 지금 양산박 군마가 30리 밖에까지 가까이 왔다고 보고한다.

삭초가 듣고, 즉시 괴수파 채내(寨內)로 정보를 올리자, 이성이 듣고 즉시 그 정보를 성내 양중서한테 보고하게 한 후 자기는 말을 달려 전채(前寨)로 왔다.

삭초가 맞아들여 자세한 보고를 하고 이튿날 5경 때 밥 지어 먹고, 날이 훤해서 1만 5천 명의 군사를 거느리고 나아가 유가탄(庾家疃)에 이르러 진세를 벌인 다음, 이성과 삭초는 각기 무장을 든든히 하고 문기(門旗) 아래 말을 세우고서 앞을 바라다보니, 과연 멀리서 티끌이 자욱한데 5, 6백 명 적군이 쳐들어온다. 가까이 이르렀을 때 바라보니 앞선 장수가 손에 쌍도끼를 들고 말을 몰아 나오면서 큰소리로 외친다.

"이놈들! 네가 양산박 호걸 깜둥이 대장을 아느냐?"

이성이 이 소리를 듣고 말 위에서 웃으며 삭초를 돌아다보고 말한다.

"저것들이 으레 '양산박 호걸'이라고 자칭하거든! 저까짓 좀도둑 놈쯤 겁낼 것 없으니 선봉이 처치하게."

삭초는 웃으며 대꾸한다.

"소장(小將)이 아니라도 공을 세울 사람이 있지요."

말이 떨어지자, 삭초 등 뒤에서 한 장수가 손에 장창을 꼬나잡고 1백 명 군사를 이끌고 쏜살같이 돌진하니, 이 사람이 왕정(王定)이라는 장수다.

흑선풍 이규가 비록 담이 크고 용맹하지만 거느리고 온 보군(步軍)이 왕정의 마군(馬軍)한테 걸려 그만 풍비박산하는 바람에, 저도 부득이 싸우지 못하고 말머리를 돌이켜 달아난다.

이 모양을 보고 삭초는 수하 군병을 휘몰아 그 뒤를 급히 추격한다.

그러나 유가탄을 지나서니까, 산 뒤로부터 바라 소리가 요란하게 울리면서 두 떼의 군마가 내달으니, 왼편은 해진·공명이요, 오른편은 해보·공량이다.

삭초가 적군이 접응하는 것을 보고, 그만 추격하는 것을 중지하고 돌아가니까, 이성이 괴이쩍게 생각하고 묻는다.

"왜 쫓아가지 않고 도로 왔나?"

"복병이 튀어나오기에 그대로 왔습니다."

"아무리 복병이 있기로, 그까짓 좀도둑 놈들이 무에 무서워서 그래?"

이성은 이렇게 말하고, 즉시 전부군병(前部軍兵)을 모조리 휘동하여 다시 추격했다. 그리하여 다시 유가탄을 지나노라니까, 맞은편에서 기를 흔들며 아우성치는 소리와 북을 두드리며 바라를 치는 소리가 요란하더니 한 떼 군마가 달려오는데, 앞서 오는 장수는 뜻밖에도 여장(女將)으로서 용모가 잘생겼고, 홍기(紅旗) 위엔 금자(金字)로 '미인 일장청(美人一丈靑)'이라 쓰여 있다.

그리고 왼편엔 고대수, 오른편엔 손이랑인데, 이들이 거느린 군사라는 것은 십중팔구가 병신같이 못생긴 인간들이다.

이성이 이 꼴을 보고 껄껄 웃으며 삭초를 돌아다보고 말한다.

"저따위 군사를 뭣에 쓰겠나? 자네 나가서 앞을 막게! 내가 이놈들을 모조리 잡아버리겠다!"

삭초는 이성의 명령대로 금잠부(金蘸斧)를 휘두르며 말을 박차 적군 앞으로 내달았다. 그러자 일장청은 즉시 말머리를 돌이켜 산속 오목한 길로 달아난다.

그와 동시에 이성은 군사를 사방으로 나누어 일장청을 추격하는데, 별안간 아우성 소리가 산을 울리며 한 떼 군사가 내달으니, 이는 바로 박천조 이응의 제4대라, 왼쪽에서는 사진이 쳐오고 오른쪽에서는 손신이 쳐 나오는데, 그 형세가 험하고 위태로우므로 이성과 삭초는 급히 군사를 돌이켜 유가탄을 향하여 달아나자, 이때 도망가던 여장수 세 사람이 돌아서서 두 사람을 냅다 추격해오고, 또 도망가던 흑선풍 이규가 다시 달려와서 앞을 가로막으므로 그들은 동충서돌해가며 간신히 길을 열고 괴수파에 있는 영채로 돌아갔다. 이 통에 잃어버린 군사의 수효는 부지기수다. 두 장수가 영채에 들어가 즉시 양중서에게 사람을 보내 패전한 사실을 고하자, 양중서는 크게 놀라 문달로 하여금 나아가 이성과 삭초를 돕게 했다.

문달이 괴수파에 도착하자, 이성은 급히 나아가 문달을 장중으로 맞아들인 후 퇴병할 일을 의논했다. 그러나 문달은 픽 웃으며 말한다.

"그까짓 옴딱지 같은 것들을 가지고 무슨 근심이오? 걱정 마오! 내일 내가 나가서 모두 무찔러버릴 테니!"

이래서 그들은 이날 밤에 의논을 정한 후 새벽 4경에 밥 먹고, 5경에 무장을 갖춘 후, 훤히 밝아서 진군하는데, 북소리 세 번 울리자 모두들 영채를 빼어 유가탄으로 가서 진세를 벌이고 기다렸다. 그러자 송강의 군사가 바람처럼 나타난다. 문달은 이를 바라보고 이성과 삭초 두 장수로 하여금 강궁경노(強弓硬弩)를 가지고 지키게 했다.

이때, 송강의 진중으로부터 한 장수가 말을 달려 나오는데 홍기(紅旗)에 은자(銀字)로 '벽력화 진명(霹靂火秦明)'이라 커다랗게 쓰였다.

진명은 손에 낭아봉을 꼬나잡고, 문기(門旗) 아래 말을 세우고 소리를 가다듬어 꾸짖는다.

"북경의 탐관오리들아, 내 말 듣거라! 우리가 너희들 성지(城池)를 벌써 무찔러버리고 싶었지만, 죄 없는 백성들이 불쌍해서 참아왔다! 이제 너희가 잡아 가둔 노준의와 석수를 선선히 내어놓고, 음부간부를 묶어서 우리한테 바친다면 군사를 거두어 물러가겠다만, 종시 네놈들이 깨닫지 못하고 항거한다면 네놈들을 모두 깨강정으로 만들 터이니 그런 줄 알아라!"

문달이 크게 노하면서,

"누가 나가서 저놈을 못 잡느냐?"

하고 외친다. 그러자 급선봉 삭초가 말을 달려 뛰어나가 진전에서 큰소리로 진명을 꾸짖는다.

"이놈아, 네가 조정의 명관으로서 도리어 적굴에 몸을 던져 나라를 배반하니, 내 이제 너를 사로잡아 쇄시만단(碎屍萬段)하겠다."

진명이 크게 노해 달려나가 삭초와 싸우기 시작하니, 두 마리 말은 서로 입 맞추는 것 같고, 마상의 두 사람은 지랄하는 사람 같다. 이같이 싸우기를 20여 합 싸우건만 승부는 나지 않는다.

이때 송강군 선봉 부대에서 한도가 이 모양을 보고, 가만히 화살을 들어 삭초를 겨누고 한 대 쏘니, 시위 소리와 함께 화살은 삭초의 왼쪽 어깻죽지에 꽂혔다.

삭초는 하마터면 말에서 떨어질 뻔했으나, 그대로 한 손에 쥐고 있던 도끼를 질질 끌면서도, 말을 채쳐서 달아났다.

송강이 이때를 놓치지 않고 채찍을 들어 한 번 군호하자, 대소삼군(大小三軍)이 일제히 아우성치며 그 뒤를 급히 들이치니, 시체는 들에 가득히 깔리고, 피는 흘러서 내를 이루었다. 이렇게 이날 싸움에 문달은 대패(大敗)하여 비호곡에 들어가 패잔병을 점고하니, 군사의 삼 분의 일은 없어졌다.

송강은 싸움에 이기고서 유가탄을 지나 괴수파 소채를 빼앗아 그곳에 주둔하려 했다. 그러나 오용이 말린다.

"저것들이 이번 싸움에 지고서 겁을 집어먹었을 게니까, 곧 뒤를 몰아쳐야지, 그냥 내버려두었다가는 도리어 기운을 양성시키게 되어, 졸연히 깨치기 어려울 겝니다. 곧 몰아쳐야겠습니다."

송강은 그 말을 옳게 여기고, 곧 영을 내려 군사를 이끌고 길을 넷으로 나누어 북경성을 향해 진격했다.

한편, 문달이 비호곡에 들어와 채중(寨中)에 앉아서 아직도 가쁜 숨을 쉬고 있는 중인데, 문득 소교(小校) 한 사람이 들어와 지금 동쪽 산에서 산화(山火)가 일어난다고 보고한다.

문달이 급히 밖으로 나와 군사를 거느리고 서쪽으로 달려가자, 갑자기 아우성 소리가 요란하면서 소이광 화영과 부장 양춘·진달 세 장수가 군사를 몰아 동쪽 불붙는 곳으로부터 쳐들어온다.

문달은 급히 군사를 돌려 다시 비호곡으로 돌아가려 하는데, 이때 서쪽 산에서도 불이 일어나며, 쌍편 호연작과 부장 구붕·연순 세 장수가 풍우같이 몰아나오고, 뒤에서도 아우성 소리가 요란히 들리면서 대낮같이 밝은 불빛 아래 벽력화 진명이 부장 한도·팽기와 함께 치고 나오는 것이 아닌가.

문달의 군마는 그만 정신을 빼앗겨 허둥지둥 영채(營寨)를 빼어 도망치는데, 앞에서도 또한 아우성 소리가 요란하므로 사이 길을 찾아 조금 달리노라니까 뜻밖에 화포 터지는 소리가 천지를 뒤흔든다. 이것은 굉천뢰 능진이 부수(副手)를 시켜서 미리 비호곡 골짜기에 가서 있다가 화포를 놓게 한 것이다.

문달이 놀란 가슴을 안고 북경성을 바라보고 달아나는데 또 앞에서 표자두 임충이 부장 마린·등비와 함께 길을 막는다. 그리고 북소리·아우성 소리 요란하고, 불길은 하늘을 사르는 듯하므로 문달의 군사는 각기 목숨을 건지려 뿔뿔이 사방으로 흩어져 달아난다.

문달은 큰 칼을 춤추며 최후 발악을 하면서 길을 뚫고 나아가다가 마침 이성을 만나 패잔병을 한데 합친 다음, 일변 싸우며 일변 달아나며 날이 훤히 밝을 무렵 겨우 성 아래 이르렀다.

양중서는 이 소식을 듣고 얼이 빠져버린 채, 황망히 군사를 이끌고 성을 나가서 패잔인마(敗殘人馬)를 맞아들인 후, 성문을 굳게 잠그고, 꼼짝 않고 나가지 않았다.

송강은 그 이튿날 군사를 거느리고 성 아래 이르러 바로 동문(東門) 밖에 하채하고 성을 칠 준비를 했다.

이때, 양중서는 유수사에 모든 장수를 모아놓고 의논을 시작했다.

"어찌하면 이 형세를 구할 수 있을꼬?"

이성이 말한다.

"적병이 성 아래 있으니, 시각을 지체했다가는 반드시 실함(失陷)될 것이오니, 상공은 고급가서(告急家書)를 심복인에게 주어 밤을 도와 서울로 올라가 채태사께 고하게 하셔야겠습니다. 그리하여 조정에서 정병을 보내 구응케 하심이 최상책이옵고, 둘째는 글을 닦아서 이웃 고을에 관보(關報)하여 구원병을 청하시는 일이요, 셋째는 북경성 안 백성들을 뽑아 성을 지키게 하고, 뇌목포석(檑木砲石)과 강노경궁(强弩硬弓)과 회병금질(灰瓶金汁)을 밤새워 준비시켜 주야로 방비하게 하시면 무사할 것 같습니다."

양중서는 그 말을 옳게 여기고, 즉시 장인 되는 채태사에게 올리는 가서(家書)를 닦은 후 수장(首將) 왕정으로 하여금 몸에 무장을 단단히 하고 마군(馬單) 두 명을 데리고 가서를 품속에 지니고서 떠나게 하니, 왕정은 성문을 열고 내달아 적병의 포위망을 뚫고 서울로 향했다. 그리고 양중서는 다시 글을 닦아 이웃 고을에 관보하는 동시에 백성들 가운데서 장정들을 뽑아내어 그들로 하여금 성을 지키게 했다.

한편, 송강은 모든 장수들을 나누어 동서북(東西北) 삼면에 하채케 한 후 남문(南門)만 포위하지 않고 날마다 성을 공격하는 동시에, 일변 산채에 있는 양초를 운반하게 하는 등, 여러 날 걸리더라도 기어코 북경성을 깨뜨리고서 노원외와 석수를 구원해낼 작정이었다.

북경성에서 탈출한 왕정은 쉬지 않고 주야로 말을 달려 서울에 올라와서 바로 태사부(太師府) 앞에 이르러 말에서 내렸다. 그가 문리(門吏)에게 온 뜻을 말하니까 문리는 안에 들어갔다 나오더니, 그를 불러들인다.

그는 후당으로 들어가 태사에게 참배한 후, 가지고 온 밀서(密書)를 올렸다. 채태사는 그것을 받아 읽고 나더니, 대경실색하며 자세한 이야기를 묻는다. 왕정은 노준의를 잡아 귀양 보내던 일로부터, 송강의 군사가 지금 북경성을 에워싸고 있는 사실과, 그간 유가탄·괴수파·비호곡 세 군데서 싸움에 참패당하던 이야기를 숨김없이 아뢰었다.

이야기를 듣고 나더니 채태사가 말한다.

"네가 먼 길을 오느라 대단히 피곤했을 게다. 관역(舘驛)에 나가서 쉬어라. 내 중관(衆官)과 상의하겠다."

왕정이 아뢴다.

"태사 은상께서는 깊이 통촉해주십시오. 지금 북경성은 풍전등화 같사옵니다. 만약 북경을 실함하는 날이면 하북 군현이 어찌 되겠사옵니까? 은상께서는 하루 속히 발병(發兵)시키시어 환난을 제거하시옵기 바라옵니다."

그러나 채태사는 정중히 명령한다.

"긴말 말고, 물러가거라."

왕정은 더 말하지 못하고 물러나와 관역으로 갔다.

왕정을 내보낸 뒤에 채태사는 군정 중대사를 의논하기 위하여 추밀원관(樞密院官)을 모두 불렀다.

시각을 지체하지 않고 동청 추밀사(東廳樞密使) 동관(董貫)이 보군(步軍)·마군(馬軍)·금군(禁軍)·삼사(三司)의 태위들을 인도하여 절당(節堂)

으로 들어왔다.

채태사 채경은 그들을 보고 대명부의 사태가 위급한 이야기를 한 다음, 장차 무슨 계책으로 도적을 물리치고 성곽을 보전할 수 있겠느냐고 물었다.

이 말을 듣고 모든 관원들이 서로 얼굴만 돌아보고 두려운 기색이 가득하여 아무도 대답을 못 하는데, 문득 보군 태위(步軍太尉) 등 뒤에서 한 사람이 앞으로 나오니, 이 사람은 곧 아문(衙門)의 방어보의사(防禦保義士)로 있는 선찬(宣贊)이라는 사람이다. 이 사람이 얼굴 모양은 냄비 밑바닥 같고, 콧구멍은 하늘로 향해 뚫려 있으며, 곱슬머리에다 빨강 수염에 키는 8척이지만, 한 자루 강도(剛刀)를 쓰되 그 수단이 출중하므로 일찍이 왕부(王府)에서 군마(郡馬)로 있었는지라, 사람들이 모두 그를 '추군마(醜郡馬)'라 별명 지어 부르는 터이다. 그리고 이 사람이 연주전(連珠箭)을 잘 쏘아 일찍이 번장(番將)을 항복받은 일이 있으므로 군왕이 그의 무예를 사랑하여 군마로 삼았던 것인데, 군주(郡主)는 그의 용모가 너무도 밉고 추하게 생긴 것을 한탄하다가 병들어 죽어버렸다. 이로 인해서 그는 마침내 중히 쓰이지 못하고 겨우 아문의 방어보의사로 있는 터인데, 이날 이 자리에서 아무도 의견을 말하지 못하는 것을 보고 그는 참을 수 없어 앞으로 나와 채태사에게 알리는 것이었다.

"소장이 고향에 있을 때 사귄 사람이 하나 있사온데, 그는 곧 한말삼국(漢末三國) 때 무안왕(武安王) 한수정후(漢守亭侯) 관운장(關雲長)의 적파자손으로 성은 관(關)이요, 이름은 승(勝)이라 하옵니다. 형용이 바로 저의 조상과 방불한 데다가 또 청룡언월도(靑龍偃月刀)를 잘 쓰는 까닭에, 다른 사람들이 그를 '대도 관승(大刀關勝)'이라 부르는 터입니다. 이 사람이 지금 포동(蒲東)에서 한낱 순검(巡檢)으로 비록 낮은 벼슬에 굴하여 있기는 하오나, 원래 어려서부터 병서를 읽었으며, 깊이 무예에 통달하고, 겸하여 만부부당지용이 있사오니, 이 사람을 예로써 청하여 상장(上將)을 삼으면 족히 수박(水泊)을 소탕하고 도적들을 진멸하여 보국 안민하올 것이라 믿사오니, 태사 은상께서는 균지(鈞旨)를 내리시기 바라옵니다."

채태사는 이 말을 듣고 대단히 기뻐하며 곧 선찬을 사자(使者)로 삼아, 문서와 안마를 가지고 밤을 도와 포동으로 내려가 관승을 불러오게 했다.

이렇듯 채태사의 사자(使者)가 된 선찬은 세 사람의 종인(從人)을 데리고 하루 낮 하루 밤을 쉬지 않고 달려서 포동에 이르러 순검사(巡檢司) 문전에서 말을 내렸다. 이때 관승은 아내(衙內)에서 학사문(郝思文)이라는 친구와 더불어 고금흥망(古今興亡)을 논하고 있었는데, 뜻밖에 서울서 사명(使命)이 이르렀다는 말을 듣고 황망히 나와서 선찬을 맞아들인 후 자리에 앉으면서 묻는다.

"참 오래간만이올시다. 오늘은 무슨 일로 이렇게 멀리 찾아오셨소?"

선찬이 대답한다.

"요사이 양산박 초적(草賊)들이 북경 대명부를 쳐서 형세가 위태로워졌기로 이 사람이 태사 면전에서 형장을 힘써 천거했지요. 항병참장(降兵斬將)할 재주와 안방정국(安邦定國)할 계책은 오직 형장한테 있다고 아뢰었더니, 태사께옵서 균지를 내리시어 채폐안마(採幣鞍馬)로 형장을 청하시게 되었습니다. 부디 형장은 사양 마시고 곧 이 사람과 함께 서울로 올라가십시다."

이 말을 듣고 관승은 대단히 기뻐하면서, 곁에 앉아 있는 학사문을 가리키며 말한다.

"이 사람은 나하고 결의형제한 사람인데 성은 학(郝)이요, 이름은 사문(思文)이오. 그런데 이 사람의 모친께서 꿈에 '정목안(井木犴)'이 품속에 들어오는 꿈을 보고서 잉태하여 이 사람을 낳았으므로 남들이 이 사람을 '정목안'이라 별명 지어 부르긴 하지만, 이 사람은 십팔반무예에 정통한 범 같은 장수로서 아직 때를 만나지 못하여 아깝게도 지금 이곳에서 썩고 있다오. 내 이번에 이 사람과 함께 서울로 올라가 힘을 합하여 나라에 보답할까 생각하는데, 형의 의향은 어떠신지?"

선찬은 쾌히 승낙했다.

관승은 식구들한테 뒷일을 당부하고 학사문과 함께 관서한(關西漢) 십 수 명을 거느리고 도마(刀馬)·회갑(盔甲)·행리(行李)를 수습하여 선찬을 따라 서울로 올라갔다.

그들이 태사부 앞에 이르러 말을 내리니, 채태사는 관승이 도착했다는 말을 듣고 즉시 그들을 절당으로 불러들였다. 관승은 학사문과 함께 선찬을 따라 들어가, 뜰아래에서 태사를 뵈었다.

채태사가 관승을 보니, 참으로 의젓하게 잘생긴 훌륭한 인물이라, 키는 당당 8척 5, 6촌이나 되어 보이는 큰 키에 수염은 세 가닥 늘어졌고, 두 눈썹은 살쩍까지 뻗쳤으며, 봉(鳳)의 눈은 하늘을 가리키고, 얼굴은 무르익은 대춧빛이요, 입술은 바로 연지를 칠한 듯 붉다.

태사는 기뻐서 한마디 묻는다.

"장군의 청춘이 얼마나 되는고?"

관승이 아뢴다.

"소장의 천한 나이 올해 서른둘이로소이다."

"근자에 양산박 초구(草寇)가 북경성을 에워싸고 있어 십분 위태로운데, 장군에게 그 위태로움을 풀 만한 묘책이 없을꼬?"

"초구의 무리가 양산박에 점거하고 있으면서 세상을 소란케 한다는 말은 오래전부터 들었습니다만, 이제 저희가 소혈(巢穴)을 떠나온 것은 곧 저희가 화를 자초함이외다. 지금 만약 나가서 바로 북경을 구하려 한다면 부질없이 인력만 수고로이 하오리니, 은상께서 소장에게 정병 수만 명만 빌려주시면, 먼저 양산박을 들이쳐 도적떼로 하여금 수미(首尾)가 서로 구응(救應)하지 못하게 할까 하옵니다."

채태사가 그 말을 듣고 대단히 기쁜 표정으로 선찬을 보고 말한다.

"이것은 곧 위(魏)나라를 에워쌈으로 조(趙)나라를 구하던 계책이다. 내 뜻에 합하는 계책이다."

채태사는 즉시 추밀원관을 불러, 산동·하북의 정예군병 1만 5천 명을 선발하여 학사문으로 선봉을 삼고, 선찬으로 후군을 거느리게 하고, 관승은 영병 지휘사(領兵指揮使)에 봉하고, 보군 태위 단상(段常)으로 양초를 접응하게 하고, 삼군에 호상(犒賞)한 다음, 택일하여 출정하게 하니, 관승은 마침내 채태사에게 하직을 고하고 대도활부(大刀活斧)로 양산박을 향하여 나갔다.

한편 송강은 매일같이 여러 두령들과 함께 북경성을 공격하건만 성문은 굳게 닫힌 채 문달이나 이성이나 한 놈도 나와서 싸우려 하지 않는다. 이같이 날짜만 끌기를 여러 날 하므로 송강은 마음이 답답해졌다. 양산박을 떠난 지도 벌써 한 달이나 되는데 노준의와 석수는 그동안 어찌되었을까 생각하면 가슴이 초조해지기만 한다. 그는 장중(帳中)에 촛불을 밝히고 연전에 고향엘 갔다가 현녀묘(玄女廟) 안에서 꿈에 구천현녀 낭랑(娘娘)으로부터 받은 천서(天書)를 보고 있노라니까, 소교(小校)가 들어와서 지금 군사께서 찾아오셨다고 하므로 그는 오용을 맞아들였다.

오용이 자리에 앉자 송강을 보고 말한다.

"우리가 성을 에워싸고 있기를 오래했건만 성중에서 나오지도 않을 뿐 아니라, 또 구원병도 오지 아니하는 것은 매우 수상합니다. 일전에 삼기마(三騎馬)가 성에서 달려나갔지요? 아마도 양중서의 밀서를 지니고 채태사한테 구원병을 청하러 간 모양인데, 오늘까지 저들의 구원병도 안 오는 것을 보건대, 이는 필시 '위위구조지계(圍魏救助之計)'를 써서 이곳을 구하려는가 봅니다. 만일 저것들이 우리 양산박을 치러 갔다면, 우리가 여기 이대로 머물러 있을 수 없는 일 아니옵니까?"

오용이 이야기하는 중인데, 문득 신행태보 대종이 달려들어와서 숨을 돌릴 사이도 없이 급히 보고한다.

"서울 채태사가 관보살(關菩薩)의 현손(玄孫) 되는 포동군(蒲東郡)의 대도 관승을 시켜 대군을 거느리고 왔는데, 산채에서는 두령들이 저마다 주장이 일정치 않아서 탈입니다. 아무래도 형님이 곧 회군하셔서, 먼저 양산박의 급한 것부터 구하셔야겠습니다."

송강이 듣고 계교를 물으니까, 오용이 대답한다.

"사태가 그렇다면 급히 회군해야지요. 오늘 해가 저물거든 먼저 보군(步軍)을 떠나게 하고, 양지군마(兩支軍馬)는 비호곡 좌우에다 매복시켜두었다가, 우리가 퇴군하는 것을 성중에서 보고 뒤를 쫓아 나오거든 그때 내달아 치게 하십시다. 만약 이렇게 하지 아니했다가는 우리 군사가 크게 상하기 쉽습니다."

"군사의 말씀이 옳소이다."

송강은 이렇게 말하고 즉시 영을 내리기를, 화영은 5백 군병을 인솔하고 비호곡 좌편에 매복하고, 임충은 5백 군병을 인솔하고서 비호곡 우편에 매복하고, 호연작은 25기 군마를 거느리고 성 바깥 10리가량 떨어진 곳에 있다가 적군이 추격해 나오거든 방포(放砲)하여 좌우에 매복했던 군사로 하여금 적을 무찌르도록 하라 했다. 그리고 또 전대(前隊)에 영을 내려, 퇴각할 때엔 구름같이 소리 없이 가면서 도중에서 적을 만나더라도 싸우지 말고 천천히 조용히 가라 했다.

이같이 하여 날이 어두운 뒤에 퇴병하기 시작하여 이튿날 사패시분에는 전군이 모두 물러갔다.

이때 북경성 위에서 내려다보니 양산박 무리들이 기를 말고, 칼과 도끼를 어깨에 메고, 왔다 갔다 하며 영채를 거두어 퇴각하는 눈치라, 이 광경을 자세히 본 군사가 양중서에게 들어가 고하자, 양중서는 곧 문달과 이성을 불러 의논했다.

"저놈들이 갑자기 군사를 퇴각시키니, 어찌된 일일까?"

문달이 대답한다.

"아마도 서울서 구원병이 와 바로 양산박을 치러 갔나 봅니다. 그래, 저놈들이 제 놈들의 소혈(巢穴)을 잃어버릴까 겁이 나서 도망하는 모양이니, 곧 뒤를 추살(追殺)하면 반드시 송강을 사로잡을 수 있을 겝니다."

그의 말이 미처 끝나기 전에 성 밖으로부터 보마(報馬)가 들어와, 서울서 보내온 글을 올린다. 펴서 보니, 대병(大兵)이 바로 양산박을 가서 취하니, 도적의 무리가 물러가거든 지체하지 말고 곧 그 뒤를 쫓아가 치라는 것이었다. 양중서는 크게 기뻐하면서 즉시 문달과 이성으로 하여금 군사를 거느리고 동서양로(東西兩路)로 송강을 추격하게 했다.

문달과 이성이 즉시 성문을 열고 군사를 거느리고 풍우같이 송강군의 뒤를 추격하여 비호곡에 이르렀을 때, 돌연히 등 뒤에서 포성이 울렸다. 두 장수는 놀라 말을 멈추고 뒤를 돌아다보니, 후면에 무수한 깃발이 바람에 휘날리고, 전고(戰鼓) 소리가 요란히 울리는 게 아닌가.

두 장수는 이곳에 복병이 있음을 그제야 깨닫고 급히 군사를 돌리려 했는데 그때, 왼편에서 화영이 내닫고 오른편에서 임충이 내달아 좌우에서 들이친다. 문달과 이성은 싸워볼 생각도 못 하고 그냥 도망하는데, 맞은편에서 또 호연작이 군사를 거느리고 내달아 길을 막는다. 문달과 이성은 죽을힘을 다해 싸워가며 간신히 길을 뚫고 성으로 들어와서 두 번 다시 나가지 아니했다.

한편 송강의 군마가 한 사람도 손상당하지 않고 무사히 퇴각하여 양산박 가까이 이르자, 추군마 선찬이 관군을 거느리고 나와서 길을 막는다. 송강은 우선 그곳에 하채한 후 가만히 사람을 샛길로 양산박에 올려보내 수륙군병(水陸軍兵)이 긴밀히 연락해 서로 구응(救應)하도록 지시했다. 이때 양산박 수채(水寨)의 두령 장횡은 그의 아우 장순을 보고 의논하는 중이었다.

"내가 너하고 함께 산채에 올라온 뒤로 오늘날까지 별로 공을 세운 게 없는데 이제 관승이 대군을 거느리고 와서 우리 수채를 치니, 네가 나하고 둘이서 저놈의 영채를 겁박하는 동시에 관승을 사로잡으면 그 공이 크지 않겠니? 여러 형제들이 모두 우리 형제를 부러워할 게다."

그 말을 듣고 장순이 대답한다.

"우리 형제가 겨우 수군(水軍)을 조금 가지고 있을 뿐인데 잘못하다 가는 되레 웃음거리밖에 안 됩니다."

"얘, 너같이 그렇게 조심만 하다가는 천년만년 간대도 공은 한 번도 못 세워보겠다! 네가 만일 가기 싫다면 오늘 밤에 나 혼자서 가겠다!"

"형님, 제발 좀 가만 계시지요!"

장순이 이렇게 말렸건만 장횡은 듣지 않고, 이날 밤 작은 배 50여 척에 배마다 졸개 다섯 명씩 태워 손에 고죽창(苦竹鎗)을 들고, 허리에는 요엽도(蓼葉刀) 채우고, 희미한 달빛 아래 가만히 배를 노 저어 바로 건너편 언덕에 대니, 때는 2경 무렵이다.

이때, 관승이 중군장(中軍帳) 안에 등촉을 밝히고 조용히 앉아서 병서(兵書)를 보고 있으려니까, 복로 소교(伏路小校)가 가만히 들어와서 고한다.

"갈대밭 숲 사이에 작은 배 4, 50척이 와 닿더니, 사람마다 장창을 손에 들고서 갈대밭 속으로 들어가 숨는군요. 무슨 곡절인지 알 수 없습니다."

관승은 그 말을 듣고 한 번 냉소하더니, 즉시 나직한 목소리로 군중에 명령을 내린다.

이렇게 관군 진중에 준비가 있는 줄도 모르고, 장횡의 수군 2, 3백 명은 갈대밭 속에 매복하고 있다가 관군 영채에 가까이 이르러, 녹각(鹿角)을 뽑아내버리고 바로 중군(中軍)으로 들어와 장중을 바라보니, 등촉이 휘황한데 관승이 혼자 앉아서 손으로 수염을 어루만지며 책을 보고 있다.

장횡은 좋아라고 창을 꼬나잡고 장방(帳房) 안으로 뛰어들어가려 했다. 그러나 바로 그 순간, 바라 소리가 요란히 울리며 하늘이 무너지고 땅이 꺼지는 고함 소리가 나면서 좌우의 복병이 일제히 일어나, 미처 도망갈 사이도 없이 장횡과 그 수하 졸개들을 모조리 붙들어 결박지어 장전(帳前)으로 끌고 들어간다.

관승은 잡혀온 장횡과 졸개들을 둘러보고 웃으면서,

"하잘것없는 초적(草賊)들이 어찌 감히 나를 엿보는 거냐?"

한마디 꾸짖고 나서, 그는 장횡을 함거(陷車) 속에 가두고 다른 놈들도 모조리 감금한 다음, 송강을 잡는 대로 이놈들을 모두 서울로 압송하기로 했다.

이때 양산박 수채(水寨) 안에서 삼원 두령은 모여 앉아 관승을 막을 계획을 의논하는 중이었는데, 문득 장순이 찾아와서 숨 가쁜 소리로 말한다.

"글쎄, 우리 형님이 내 말을 듣지 않고 관승의 영채를 겁박하러 갔다가, 그만 되레 사로잡히고 말았으니, 이 노릇을 어떡하지요?"

이 말을 듣고, 원소칠이 벌떡 일어나서 말한다.

"우리가 모두 형제간이고, 동생공사(同生共死)하며, 길흉 간에 서로 구하기로 맹세한 사이가 아닌가? 더구나 자네는 친동기 간에 형님을 혼자서 가게 해놓고, 지금 와서 사로잡힌 것을 알면서도 가서 구해내려 하지 않는단 말인가? 우리 삼형제가 가서 구해내 오겠네!"

"난들 생각이 없겠소마는 송공명 형님의 장령을 얻지 못해서, 그래 감히 경동(輕動)하지 못하고 있는 거죠."

"이 사람아, 장령을 기다리고 있다니, 그러는 동안에 자네 형님은 어육(魚肉)이 될 거 아닌가?"

원소이·원소오도 원소칠의 말이 옳다 하므로 장순은 감히 그들의 말을 어기지 못했다. 그리하여 그들은 그날 밤 4경에 대소 수채(水寨)의 두령을 점고한 후, 백여 척의 큰 배를 나누어 타고서 일제히 관승의 영채를 향하여 노를 저었다.

언덕에서 이 모양을 본 관승의 군사는 급히 중군에 들어가서 관승에게 고했다. 관승은 듣고서 또 한 번 냉소하더니,

"참으로 견식(見識)이 없는 놈들이로다."

하고, 곧 수장(首將)을 불러 가만가만히 계책을 일러준다. 수장은 영을 받고 물러섰다.

조금 있다가 양산박 군사는 삼원 형제가 앞을 서고, 장순이 뒤에서 고함을 지르며 관승의 영채로 달려들어왔다. 그러나 영채 안에는 등촉이 휘황하고, 창도(搶刀)와 정기(旌旗)가 벌여 있을 뿐 사람이라곤 그림자도 없다.

원가 삼형제가 깜짝 놀라 몸을 돌이켜 달아나려 할 때 장전(帳前)에서 바라 소리가 크게 한 번 울리더니 좌우 양편에서 마군, 보군이 팔로(八路)로 길을 나누어 중중첩첩 에워싸고 쳐들어온다.

형세가 틀린 것을 보고, 뒤에서 오던 장순이 먼저 물로 뛰어내려 달아나고, 원가 삼형제도 길을 뚫고 도망하여 겨우 물가에 다다랐을 때, 관승의 추격하는 군사들이 쫓아와서 갈고리와 올가미를 무수히 던지는 바람에 마침내 원소칠은 올가미에 얽혀 붙잡히고, 원소이·원소오·장순만 이준과 동위·동맹의 구원을 받아서 돌아왔다.

그들은 수채에 돌아와서 이 일을 즉시 대채(大寨)에 보고하니, 유당은 다시 장순을 시켜 헤엄을 쳐 송강의 영채에 가서 소식을 전하게 했다. 송강이 장순의 보고를 받고 오용에게 계책을 물으니까,

"내일 나가서 한번 싸워본 후 계교를 정하기로 하십시다."

오용이 말하고 있을 때, 돌연 북소리가 요란하게 울리며 군사가 들어와 보고하되, 추군마 선찬이 삼군을 거느리고 바로 대채를 향해 쳐들어

온다고 한다.

송강은 장수들을 데리고 즉시 진문 앞으로 나갔다.

선찬이 문기 앞에 말을 세우고 기다리고 있다.

송강은 좌우를 돌아보고,

"누가 나가서 저놈을 잡을꼬?"

라고 말하자, 그와 동시에 화영이 창을 꼬나잡고 내닫는다. 선찬이 또한 칼을 휘두르며 마주 나와 서로 어우러져 싸우기 십 합에 화영은 짐짓 파탄을 보이고 말을 돌려 달아났다.

선찬이 그 뒤를 쫓는다.

화영은 창을 말안장에 걸고, 활에 화살을 메겨 몸을 돌이키면서 선찬을 겨냥대고 쏘았다.

선찬이 시위 소리를 듣고 눈을 크게 뜨고서 보니, 화살이 자기의 가슴을 꿰뚫을 것처럼 날아오는 고로 그는 번개같이 칼을 들어 화살을 쳤다. 살촉이 칼날에 맞아 쩽 소리를 내고 땅에 떨어진다.

화영은 두 번째 살을 쏘았다. 선찬은 또 몸을 앞으로 굽혀 화살을 피하고서, 화영의 궁술(弓術)이 훌륭한 것을 알고 즉시 말머리를 돌려 본진을 향하여 돌아갔다.

화영은 그가 쫓아오지 않고 돌아가는 것을 보고, 다시 말머리를 돌려 선찬을 쫓아가며 또 한 번 활을 들어 그의 등때기를 겨냥대고 쏘았다. 화살이 그의 배후 호심경(護心鏡)을 맞혀 쩽 하는 소리가 난다. 선찬은 황급히 말을 채찍질하여 진중에 들어가서 곧 사람을 보내어 관승에게 보고했다.

관승이 듣고 즉시 소교(小校)로 하여금 자기 말을 대령시키게 한 후, 금갑녹포(金甲綠袍)를 입고 손에 청룡도(靑龍刀) 들고 적토마를 타고서 문기(門旗) 나부끼는 진전(陳前)에 나가 섰다.

송강이 그의 모양을 바라보니 과연 속(俗)되지 않고 훌륭히 생긴 인

물인지라 오용과 더불어 칭찬하다가 머리를 돌이켜 뭇 두령을 보고 큰 소리로,

"대도 관승이라더니 과연 장군 영웅이 명불허전이로다!"

이같이 말한다. 그러자 이 말에 임충이 성을 발끈 내면서,

"우리 형제가 양산박에 입당한 이래 대소 칠십 진(陣)을 싸워왔건만 한 번도 예기(銳氣)를 꺾여보지 못했는데 어찌해서 형님이 오늘 우리의 예기를 꺾는 거요?"

한마디 하고, 즉시 창을 꼬나쥐고 뛰어나가 바로 관승을 찌르려고 한다.

관승이 임충을 향해 큰소리로 꾸짖는다.

"양산박의 좀도둑 놈아! 내가 너를 보러 온 게 아니다. 송강을 불러오너라. 내 그자에게 어찌해서 조정을 배반하는가 물어보러 왔다."

송강이 이 소리를 듣고 큰소리로 임충을 꾸짖어 싸움을 못 걸게 한 후, 말을 달려 관승 앞으로 나아가 예를 한 다음, 조용히 말한다.

"운성(鄆城)의 소리(小吏)였던 송강이 왔습니다. 무슨 말씀이든지 장군의 문죄(問罪)를 듣겠소이다."

관승이 꾸짖는다.

"네가 벼슬아치로서 어찌 감히 조정을 배반했느냐?"

"조정이 어두워서 간신들이 세도(世道)하고, 충량(忠良)한 사람은 용납되지 못하며, 온 천하에 탐관오리가 횡행하면서 백성을 해치는 고로 송강은 참을 수 없어 하늘을 대신해서 도(道)를 행하려는 것이외다."

"너희들 좀도둑 놈들이 무슨 하늘을 대신하며 무슨 도를 행한다는 거냐? 천병(天兵)은 여기 우리들이다! 그따위 교언영색을 그만두고, 내려와 결박을 받지 않는다면 넌 분골쇄신될 것이니, 그리 알아라!"

이 소리를 들은 진명은 한소리 크게 지르고 낭아곤을 휘두르며 달려나오고, 또 임충도 큰소리를 지르고 창을 꼬나쥐고 달려나와, 두 장수가

관승을 들이친다. 관승은 두 장수가 좌우에서 일시에 공격하건만, 조금도 두려운 기색 없이 그들을 맞아 싸운다. 이같이 삼기마(三騎馬)가 땅바닥에 자욱하게 티끌을 일으키며, 창과 칼끝에서 불똥을 날리며 싸우는데, 이때 이 모양을 한참 바라보고 있던 송강은 혹시나 관승이 다칠까 걱정되어 곧 징을 쳐서 군사를 거두게 했다.

임충과 진명이 진문 안으로 돌아와서 불평스럽게 말한다.

"막 그자를 사로잡을 참이었는데, 형님은 왜 군사를 거두어 회군하게 하시는 거요?"

송강이 큰소리로 대답한다.

"현제(賢弟)들! 우리가 충의를 지키는 사람들이 아닌가! 하나만 알고 둘은 모른대서야 말이 안 되거든! 가령 관승을 사로잡았다 하세. 그러나 그 사람이 마음으로 굴복하지 않는다면 무엇하나? 내가 관승을 보니 과연 의용지장(義勇之將)이요, 또 충신의 후손이라, 만약 이 사람을 얻어 함께 산 위에 올라가게 된다면 내 자리를 이 사람한테 양위(讓位)하겠네!"

임충과 진명은 더 말하지 못하고 시무룩한 얼굴로 물러갔다. 이리해서 이날 양쪽에서는 각각 군사를 거두고 싸움을 중지했다.

이날 밤,

관승은 채중(寨中)에 혼자 앉아서 오늘 일을 곰곰이 생각했다.

'내가 두 장수를 상대해서 힘을 다하여 싸우기는 했지만 아무래도 내가 조금 수가 딸리는 쪽이었는데, 송강이 싸움을 정지시킨 까닭은 무슨 의사였을꼬?'

이렇게 생각하다가, 그는 문득 시중드는 군사를 불러 함거 속에 가둬 둔 장횡과 원소칠을 끌어내오게 한 후 그들을 보고 물었다.

"네 바른대로 말해라. 송강은 운성현서 미관말직에 있던 벼슬아치에 불과한데, 너희들이 어째서 그자한테 모두 복종해왔느냐?"

원소칠이 대답한다.

"우리 형님을 산동·하북에서 모두들 급시우 호보의(及時雨 呼保義) 송공명(宋公明)이라 부른답니다. 얼마나 충(忠)과 의(義)에 사는 사람인데, 그걸 당신은 모르실 거요!"

관승은 이 말을 듣고 머리를 숙인 채 더 묻지 않고 생각하다가, 도로 그들을 함거 속에 갖다 가두라고 분부했다.

이렇게 한 후 조용히 앉았다가 마음이 불편해서 그는 침상 위에 가서 누웠으나, 역시 마음이 안정되지 않고 공연히 불안하다.

그는 침상에서 일어나서 중군(中軍) 마당으로 내려왔다. 하늘엔 싸늘한 달빛이 가득하고, 땅 위에는 서리가 하얗게 눈같이 내렸다. 그는 하늘을 우러러보며 자기도 모르게 긴 한숨을 쉬었다. 그때, 소교 한 명이 들어와서 보고한다.

"지금 어떤 수염 많이 난 장군 한 분이 필마단편(匹馬單鞭)으로 찾아와서 장군을 뵙고 싶다고 말합니다."

관승이 소교더러 물었다.

"누구시냐고 네가 물어보지 아니했니?"

"물어봤습지요. 그랬건만 성명은 대지 않고 다만 원수(元帥)를 뵈옵겠다고만 하는구먼요. 갑옷도 안 입고, 군기도 안 들고 왔습니다."

"그럼 불러들여라."

소교가 물러가더니, 조금 있다가 한 사람이 들어와 관승에게 절하고 인사를 드린다. 관승이 등불 아래 자세히 바라보니, 언젠가 한 번 본 듯싶은 사람이건만 누구인지 생각이 안 난다.

"노형이 뉘 댁이시오?"

그 사람이 말한다.

"좌우를 잠시 물리쳐주실 수 없겠습니까?"

관승이 껄껄 웃으면서 대답한다.

"백만대병(百萬大兵) 속에 거처하는 대장은 항상 부하들과 한덩어리가 되지 않고서는 군사를 손가락처럼 움직이지 못하오. 그런 고로 나한테는 장상장하(帳上帳下)에 있는 사람이 모두 심복인이니, 염려 말고 말씀하오."

그 사람이 그제야 안심하는 듯한 표정을 지으면서 말한다.

"소장(小將)의 성명은 호연작이올시다. 전일 조정으로부터 파견되어 연환마군(連環馬軍)을 거느리고 양산박을 치러 왔다가 불행히 적의 간계에 빠져 군기(軍機)를 실함(失陷)했기 때문에 서울로 돌아가지 못하고 있던 중입니다. 그러다가 어제 장군이 여기 오셨단 말을 듣고 참으로 기뻐했습니다. 그리고 오늘 진상(陣上)에서 임충과 진명이 막 장군을 사로잡으려 하던 때, 송강이 징을 쳐서 군사를 거둔 것은, 송강이 장군의 몸이 혹시 상할까 두려워했기 때문입니다. 송강은 전부터 조정에 귀순할 마음은 있지만, 다른 것들이 듣지 않는 까닭에 뜻을 이루지 못하고 있었는데, 오늘 소장과 함께 몰래 계교를 세웠습니다. 장군이 만일 소장을 의심하지 않으시고, 내일 밤에 이 사람과 함께 경궁단전(輕弓短箭)으로 쾌마(快馬) 타고, 소로(小路)로 달려가서 바로 적채(賊寨)를 엄습하여 임충의 무리들을 사로잡아 서울로 보내신다면, 이건 장군만의 공훈에 그치지 않고, 송강과 소장도 속죄를 하게 되는 것이라 생각하는 터인데, 장군의 의향이 어떠신지요?"

관승은 듣고서 대단히 기꺼워서 호연작을 장중(帳中)으로 청해 들여 술을 권하며 위로했다. 호연작은 술을 받아 마시면서도, 송강이 불행해서 적의 소굴에 빠진 것이었다고 이야기하고는 자못 감개무량한 듯이 탄식하는 것이었다.

그 이튿날 송강이 다시 군사를 거느리고 나와서 싸움을 청한다. 이때, 호연작이 갑옷 한 벌을 빌려 입은 다음 관승과 함께 말 타고 진전(陣前)으로 나가니까, 송강이 보고 큰소리로 꾸짖는다.

"산채에서 너한테 조금도 섭섭하게 한 일이 없는데, 네 어찌하여 밤중에 도망했느냐?"

호연작이 지지 않고 송강을 꾸짖는다.

"아무것도 모르는 아전 퇴물이, 네까짓 게 무슨 큰일을 하겠다고 그러는 게냐?"

송강은 뒤를 돌아다보고 진삼산 황신더러 나가서 싸우라 했다. 이리하여 황신이 달려들자 호연작은 그와 어우러져 싸우기 불과 10합에 채찍을 높이 들어 그의 머리를 쳐서 말 아래 떨어뜨리니, 송강의 군중으로부터 군사들이 부리나케 달려와서 떠메어 돌아간다.

관승은 대단히 기뻐서 삼군을 몰아 일시에 적진을 돌격하려 하니까 호연작이 간한다.

"오용이란 놈이 워낙 꾀가 비상한 놈이니까, 무슨 흉계를 꾸며놓았을 겝니다. 도리어 적의 간계에 빠지기 쉽습니다."

관승은 그 말을 믿고 즉시 군사를 거두어 본채로 돌아와 중군장(中軍帳) 안에서 술을 권하며 호연작에게 물었다.

"진삼산 황신은 어떤 사람이오?"

호연작의 대답이다.

"이 사람도 원래 조정 명관으로 청주도감이었는데, 진명·화영과 함께 일시에 양산박에 들어갔지요. 그러나 평소에 송강과 뜻이 맞지 않는 사람이라, 그래서 아까 송강이 그자를 내보내서 나하고 싸우게 한 것은 그자를 때려죽이게 하려고 한 것이랍니다."

관승은 대단히 기뻐하면서 즉시 장령을 내리기를, 선찬과 학사문이 길을 나누어 접응하는데, 자기는 친히 5백 명 마군을 거느리고서 호연작이 인도하는 대로 2경 때 출동하여 3경 전후해서 바로 송강의 본채를 칠 터이니까, 이때 포향(砲響)을 신호로 이응외합(裏應外合)하라 했다.

이날 밤 달빛이 대낮같이 밝다. 관승의 군사는 황혼 때 이미 무장을 끝내고 말 모가지에서 방울을 떼어버렸는지라, 군졸들은 입에 헝겊 한 쪽씩을 물고 일제히 말 타고서 호연작의 뒤를 따라 영채를 떠났다. 그리하여 산모퉁이를 지나서 5마장쯤 갔을 때, 길가에 졸개들 4, 50명이 엎드려 있다가 옹기종기 일어서면서 나직한 목소리로 가만히 묻는 것이 아닌가.

"오시는 어른이 호장군(呼將軍) 아니십니까?"

호연작도 낮은 목소리로,

"떠들지 말고 가만히 뒤를 따라오너라."

한마디 이르고, 다시 앞으로 나아가 또 산모퉁이 하나를 지나니까, 멀리 붉은 등불이 비치는 창문이 보인다. 호연작은 손에 쥐고 있는 창끝으로 그 불빛을 가리키며 관승을 돌아다본다.

관승은 말을 멈추고서 물었다.

"저곳이 어디요?"

"저곳이 바로 송강의 대채지요."

관승은 그 말을 듣고 급히 군사를 재촉하여 앞으로 달려가서 홍등(紅燈) 달린 대채 앞에 가까이 당도하자, 곧 일성포향(一聲砲響)을 울리고 그대로 쳐들어갔다.

그러나 대채 안 홍등 아래 안팎에 사람이라곤 단 한 명도 없다. 관승이 놀라면서 호연작을 찾으니, 그 또한 어디로 갔는지 없어져버렸다. 관승은 그제야 비로소 적의 계교에 빠진 줄 깨닫고 황망히 말을 돌려 달아나려 했는데, 이때 별안간 사방 산 위에서 바라 소리가 요란하게 울린다. 너무도 황망해서 길을 찾을 수 없으니까 군사들은 사방으로 흩어져 달아나고, 관승을 따라오는 군마는 불과 몇몇 안 되는데, 그가 산모퉁이를 지나오려니까 숲속에서 일성포향이 울리며 요구수들이 일시에 내달아 그를 사로잡아, 갑옷을 벗기고, 칼과 말을 빼앗은 후, 앞뒤에서 옹위하여 대채로 끌고 간다.

한편, 임충과 화영은 이날 밤 군사를 거느리고 나가서 선찬을 막았다. 밝은 달빛 아래서 세 장수가 서로 싸우기를 30여 합, 선찬은 도저히 두 사람을 당해내기 힘들므로 말을 돌려 달아났다.

그러나 얼마 가지 못해서 숲속으로부터 한 장수가 말을 몰고 내달으니 이는 곧 일장청 호삼랑이다. 선찬이 싸울 용기가 없어 달아나는데, 이때 호삼랑이 홍면투삭(紅綿套索)을 획 던져서 선찬의 몸이 얽혀지자, 그는 그대로 말 아래로 떨어지고, 양산박 군사들은 즉시 달려들어 굵은 밧줄로 그를 결박해 대채로 끌고 간다.

또 한편, 진명과 손립은 군사를 거느리고 나오다가, 길에서 학사문을 만났다.

학사문은 두 사람을 보고 큰소리로 꾸짖는다.

"좀도적들아! 이놈들, 나를 피하면 살거니와, 나를 막으면 죽을 줄 알아라!"

진명은 대꾸도 않고 낭아곤을 휘두르며 달려들어 싸운다. 학사문과 진명이 어우러져 싸우기 불과 5, 6합 했을 때, 손립이 또 옆으로 달려들어 협공한다.

학사문의 창법이 점점 어지러워지자 진명의 낭아곤이 번개같이 그의 넓적다리를 내리쳐 그는 말 아래 떨어졌다. 양산박 군졸들이 아우성치며 달려들어 그를 결박해서 대채로 간다.

이와 같이 관승·선찬·학사문 세 장수가 사로잡혔을 때, 또 한편 양산박 두령 이응은 군사를 거느리고 관승의 본채로 쳐들어가서 먼저 장횡과 원소칠을 구해내고, 잡혀 갔던 수군도 모조리 구해낸 다음, 일변 마필과 양초를 거두고, 일변 사방에서 패잔인마(敗殘人馬)를 거두었다. 이때 동쪽 하늘이 훤히 밝아온다.

송강은 모든 장수를 모아 산으로 올라갔다. 그들이 충의당에 올라 차례대로 모두들 자리에 앉자, 그때 도부수의 무리가 관승·선찬·학사문

세 장수를 끌고 들어온다.

이 모양을 보고 송강은 즉시 뜰아래로 내려와 군사들을 꾸짖어 물리치고, 친히 그들의 몸에서 결박한 것을 끌러준 다음, 관승의 손을 이끌고 올라와 자기가 앉았던 한가운데 교의에 앉히고, 그 앞에 엎드려 절하면서 사죄하는 게 아닌가.

"망명(亡命)한 광도(狂徒)들이 잘못하여 호위(虎威)를 범했으니, 장군은 우리들의 죄를 용서해주시오."

호연작이 또 자리에서 내려와 관승 앞에 무릎을 꿇고 사죄한다.

"소장이 장령을 받고 부득이 계교를 행한 것이니, 장군은 과히 허물하지 마시기 바랍니다."

관승은 당상에 앉아 있는 두령들이 이렇게 모두 의기심중(意氣深重)한 것을 보고 한동안 말이 없다가, 선찬과 학사문을 돌아다보고 묻는다.

"우리가 이미 사로잡힌 몸이 되었으니 장차 어찌했으면 좋겠소?"

두 사람이 함께 대답한다.

"소장들은 오직 장령대로 따르겠소이다."

그러자 관승은 송강을 보고 말한다.

"우리는 이제는 어디로 갈 면목이 없어졌으니, 속히 죽여주시오!"

송강은 다시 무릎을 꿇고 말한다.

"장군은 어찌 그런 말씀을 하시오? 장군이 우리들 미천한 것을 버리지 않으신다면, 우리가 장군을 이곳에 모시고서 함께 체천행도(替天行道)할 것이요, 또 장군이 여기 머물러 계실 마음이 없으시다면, 곧 군기(軍器)와 안마(鞍馬)를 돌려드려 서울로 돌아가시게 하오리다."

관승은 이 말에 감격했다.

"세상에서 충의 송공명(忠義宋公明)이라 하더니, 과연 그렇군! 사내대장부가 세상에 나서 임금이 나를 알아주면 임금께 보은(報恩)하고, 친구가 나를 알아주면 친구에게 보답하는 법이오. 내 이제 마음을 정했으니,

부하에 소졸(小卒)로 두어주시오!"

관승이 입당할 것을 허락하니, 선찬과 학사문도 따라서 입당해버린다.

송강은 크게 기뻐하고 즉시 충의당 위에 연석을 배설한 후, 한편으론 설영으로 하여금 포동(蒲東)에 가서 관승의 권속을 데려오게 하고, 또 한편으론 사람들로 하여금 관승의 패군(敗軍)을 거두어 모으게 하니, 새로 증가된 인마(人馬)가 7천이나 된다.

연회석상에서 모두들 술이 거나하게 취했을 때 송강은 북경성에 갇혀 있는 노원외와 석수 생각이 불현듯 나서 저절로 눈물이 흘렀다.

오용이 그 모양을 보고 송강의 심중을 짐작했는지라, 한마디 위로한다.

"형님! 너무 상심 마십시오. 오늘은 이미 날도 저물었고, 내일 일찍 군사를 일으켜, 이번에는 기어코 대명부를 쳐서 깨뜨리고 두 형제를 구해내 오도록 하십시다. 오용이 재주 없으나, 장담하겠습니다."

그러자 관승이 자리에서 일어나 말한다.

"관모(關某)가 여러분의 사랑하시는 은혜를 갚을 길이 없으니, 이번에 이 사람으로 하여금 선봉을 삼아주십시오."

송강은 두 사람의 말을 듣고 다시 기쁜 얼굴로 술을 나누었다. 그리하여 이튿날 관승을 선봉대장으로 하고, 선찬과 학사문으로 부장을 삼아 군마를 거느리고 먼저 출동하게 하고, 나머지 두령들은 모두 그 뒤를 따라가게 한 후, 이준과 장순은 또 수군을 거느리고서 그들과 접응하게 했다.

이때, 북경 대명부에서는 양중서가 급선봉 삭초와 더불어 성중에서 술을 마시고 있었다. 삭초는 지난번 양산박 선봉대 한도의 화살을 맞고 여태까지 치료한 덕분에 지금은 완쾌되어서 술을 마시고 있는 터인데, 이날 밤 하늘에는 별빛도 보이지 않고, 오직 매운바람이 창문 밖에서

울부짖을 뿐이었다. 그런데 이같이 추운 밤에 탐마(探馬)가 들어와서 급보를 전한다. 다름이 아니라, 관승과 선찬과 학사문이 양산박에 잡혀 들어가더니 그곳에 입당해버리고, 이제 그들이 도적떼의 선봉이 되어 이곳을 향하여 쳐들어오고 있다는 것이다.

뜻밖의 소식을 듣고 양중서는 너무도 놀라워서 손에 들고 있던 잔을 저도 모르게 마룻바닥에 떨어뜨리었건만, 삭초는 태연히 한마디 한다.

"전자에 제가 그놈들한테 암전(暗箭)을 맞고 그만 패했습니다만, 이번에는 기어코 원수를 갚겠으니, 은상은 아무 염려 마십시오."

양중서는 금시에 마음이 흡족하여 즉시 더운술을 큰 잔에 하나 가득부어 삭초에게 권한 후 본부 인마를 거느리고 성 밖에 나가 영적(迎敵)하게 하고, 이성·문달 두 장수로 하여금 또 인마를 조발하여 뒤따라 나가서 접응하게 했다. 날씨는 무섭게 추워서 바람은 지동치듯 불고, 말굽에 물은 얼고, 철갑은 얼음같이 차갑다.

삭초는 이날 밤 군사를 거느리고 비호곡에 나가서 하채(下寨)했다.

이튿날 송강은 여방·곽성 두 장수를 데리고 높은 언덕 위에서 관승이 싸우는 모양을 살피기로 했다.

전고(戰鼓)가 둥 둥 둥 세 번 울리더니, 진문이 열리면서 관승이 적토마를 타고 청룡도를 들고 문기(門旗) 아래 나와 선다.

삭초가 관승을 바라보았으나, 그가 누구인지를 모르는 모양 같으니까, 삭초를 모시고 섰던 군졸이 가르쳐준다.

"저 사람이 이번에 조정을 배반한 대도 관승이랍니다."

삭초가 듣고서 아무 말 하지 않고 그냥 달려나가 관승을 취한다.

관승도 달려나가 두 사람이 서로 어우러져 싸우기를 10합쯤 했을 때, 이성이 바라보니 삭초의 전법(戰法)이 관승만 못하지는 않으나 그래도 염려스러운지라, 쌍도(雙刀)를 휘두르며 나아가 관승을 협공한다.

이 모양을 보고 양산박 진중에서 선찬과 학사문이 일시에 내달아 관승을 돕는다. 이리하여 다섯 장수가 한덩어리가 되어 백열전이 전개되었을 때, 언덕 위에서 이 모양을 보고 있던 송강이 채찍을 들어 한 번 가리키니, 함성이 천지를 진동하며 일시에 송강군이 돌격하는 바람에, 삭초와 이성은 크게 패하여 성중으로 도망해 들어가고, 송강은 군사를 휘동하여 그 뒤를 쫓다가 성 아래 이르러 하채했다.

이튿날 짙은 구름이 하늘을 무겁게 덮어서 천지는 암흑한데 삭초가 또 군사를 거느리고 성 밖에 나와서 싸움을 청한다.

오용이 바라보니, 삭초가 홀로 일지군마(一枝軍馬)를 인솔하고 나왔을 뿐이므로 그는 곧 군교(軍校)를 가까이 불러 일부러 한 번 싸움에 지는 체하라고 영을 내렸다. 그래서 송강군은 일부러 싸우는 체하다가 퇴각했다. 삭초는 한 번 이기고서 만족하며 성내로 돌아갔다.

이날 저녁때부터 바람이 더욱 강하게 불며 하늘이 더욱 얕아지므로 오용이 장막 밖에 나와 보니, 흰 눈이 펄펄 내리기 시작한다. 오용은 즉시 군사들로 하여금 성 밖의 여러 군데에다 함정을 파고서 그 위에 가느다란 나무를 드문드문 걸쳐놓은 다음 거적을 슬쩍 덮어두게 했다.

이튿날 일어나 보니, 밤사이 내린 눈이 말의 네 굽이 빠지면 말배를 지날 만큼 눈이 쌓였다.

한편, 삭초가 이때 성 위에 올라서서 바라다보니, 송강군의 군사들이 두려워하는 빛으로 한군데 서 있지 못하고 동쪽 서쪽을 우왕좌왕한다. 이 같은 기색을 살피고 삭초는 곧 3백 명 군마를 휘동하여 가만히 성문을 열고서 뛰어나가 바로 송강군의 진을 쳐들어갔다. 그러자 송강군은 사방으로 흩어져 달아난다.

삭초가 좌충우돌하는 판인데, 이때 양산박 수군 두령인 이준과 장순이 몸엔 엷은 갑옷을 입고 손에 긴 창을 꼬나잡고 달려들더니, 삭초가 달려들어 싸우려 하자 두 사람은 기가 질려 모두 창을 내던지고 달아난다. 함정 파놓은 곳으로 유인하자는 작정이었다.

그러나 삭초는 본래 성미가 다급한 사람이라, 좌우를 헤아릴 사이도 없이 그대로 급히 두 사람을 추격하는데, 이준이 시내를 끼고 달아나다가 저 앞에 달아나는 군사들을 향하여 큰소리로,

"송공명 형님! 어서 빨리 달아나슈!"

하고 외친다. 삭초는 더욱 신이 나서 제 몸을 돌아볼 생각도 않고 말을 채찍질하여 쫓아가는데, 별안간 산이 무너지는 듯한 소리가 나며, 그와 동시에 그는 말을 탄 채 몸이 함정 속에 떨어지고 말았다. 이때 복병이 일시에 내달아 갈고리와 밧줄로 그를 찍어 당기고서 얽어버리니, 삭초가 제아무리 대가리가 세 개 있고 팔쭉지가 여섯 개 있기로서니 어찌 당해낼 수 있으랴. 그가 함정에 떨어지자, 그의 수하 군졸들은 그만 앞을 다투어가며 성안으로 돌아가버렸다.

양중서는 삭초가 잡혀간 것을 알고, 즉시 영을 내려 사대문을 굳게 닫고, 다시는 나가서 싸우지 못하게 했다. 그리고 노준의와 석수를 끌어내다 죽여버리려고 하다가 조정으로부터 구원병이 언제 올는지 모르는 터에 두 사람을 죽여버림으로써 송강의 분을 돋우었다가는 화가 도리어 빨리 올 것 같은 염려가 생기는지라, 당분간 죽이지 않고 간수만 잘하도록 분부했다.

한편, 송강이 중군 장중(中軍帳中)에 앉아 있노라니까, 군사들이 삭초를 묶어 들어온다. 송강은 기뻐하면서도 자기 군사들을 꾸짖어 물리치고 친히 뜰아래 내려가서 묶은 것을 풀어준 다음 삭초의 손을 이끌고 자리에 올라와 술을 권하며 은근히 말했다.

"여기 있는 우리 동지들이 거의 모두 조정 명관(命官)이었소이다. 장군이 우리를 버리지 않고, 우리와 함께 하늘을 대신해서 옳은 일을 해보는 것이 좋지 않겠소?"

그러자 또 양지가 쫓아 나오더니 삭초의 손을 덥석 쥐면서,

"이거 참 오래간만이오!"

하고, 반가워서 눈물을 떨어뜨린다.

삭초도 일이 이렇게 되어놓고 보니, 항복하지 않을 수 없는지라, 마침내 입당하겠노라고 승낙해버린다. 송강은 대단히 기뻐서 다시 장중에다 연석을 베풀고, 진중의 상하가 모두 취하도록 술을 마시고 즐겼다.

사경을 헤매는 송강

　이튿날 송강은 여러 사람들과 의논하여 또 북경성을 쳤다. 그러나 성 안에서는 아무 반응도 없다. 이같이 성을 공격하기 수일 계속하여도 아무런 성과가 없으므로 송강의 마음은 초조해졌다.

　이날 밤도 그는 장중에 홀로 앉아 번민하고 있는데 갑자기 싸늘한 바람이 휙 불어 들어오더니 방 안에 있는 촛불이 꺼질 듯이 깜박하다가 다시 밝아진다.

　웬일인지 몰라서 송강이 눈을 똑바로 뜨고 가만히 살펴보니 등촉(燈燭) 밑으로부터 한 사람이 어엿하게 나타나는데, 바로 이 사람이 다른 사람 아니라 얼마 전에 작고한 탁탑천왕 조개다. 그리고 조개는 송강 앞으로 더 가까이 나올 듯하더니 나오지는 않고, 한마디 묻는 것이 아닌가.

　"아우님은 여기서 무얼 하고 계시우?"

　송강은 깜짝 놀라 얼른 자리에서 일어나면서 말했다.

　"형님, 어떻게 오셨습니까? 형님 원수를 속히 갚아드리지 못해서 주야로 죄송하게 생각은 하면서도, 연일 군무(軍務)에 바빠서 치제(致祭)도 못 올리고… 참으로 죄송합니다. 오늘 이같이 현령(顯靈)하시니, 필시 꾸지람하실 일이 있나 봅니다. 말씀하십시오."

그러자 조개가 말한다.

"꾸지람이 무슨 꾸지람인가? 아우님이 모르고 하는 소리지! 내가 지금 일부러 찾아온 것은 아우님 등때기에 종기가 생기고 보면, 강남(江南) 땅의 지령성(地靈星)이 아니고는 고치지 못할 게고, 또 아우님도 아다시피 삼십육계(三十六計)에 주위상계(走爲上計)니 곧 달아나시오. 만약 때를 놓치면 안 될 것이니, 그때 가서 나더러 구해주지 아니했다고 원망은 마시오!"

이 소리를 듣고 송강은 좀 더 분명하게 물어보려고 한 걸음 조개 앞으로 다가서면서 말했다.

"형님! 이왕에 혼령이 여기 오셨거든 좀 더 진실을 말씀해주십시오."

"아우님은 긴말 말고 어서 걸어서는 돌아가시오. 꺼림칙한 이곳에 남겨두지 말고 속히 가요! 나도 가야겠소."

조개는 이같이 말하더니, 금시에 흔적도 없이 사라진다. 송강이 마음에 선뜻해서 놀라 깨고 보니 그동안 잠깐 졸다가 꿈을 꾼 것이었다.

송강은 하도 이상한 꿈인지라, 즉시 오용을 청하여다 꿈꾼 이야기를 자세히 하고 그의 해석을 물으니 오용이 대답한다.

"이미 조천왕이 현성(顯聖)하시었으니 우리가 믿지 아니할 수 없지요. 그리고 지금 날씨는 춥고 땅은 얼어붙어서 인마가 견디기 어려우니, 산채로 돌아갔다가 눈이 녹고 얼음이 풀리거들랑, 그때 다시 내려오는 것이 옳을까 보오이다."

송강이 말한다.

"군사(軍師)의 말씀이 당연하기는 하나, 다만 노원외와 석수가 옥 속에서 하루를 1년처럼 지루하게 생각하며 구해주기만 고대하고 있을 터이니 저 노릇을 어떡하면 좋소? 우리가 구해내기 전에 양중서가 두 사람을 죽여버리는지도 알 수 없고… 참말로 진퇴양난 아니오?"

이날 밤 두 사람은 오랫동안 생각해보았으나 결론을 얻지 못하고 말았다.

이튿날 송강은 정신이 피곤하고 몸에 신열이 생기더니, 머리가 뻐개지는 것같이 아파서 자리에 누운 채 일어나지 못했다.

오용과 기타 두령들이 장중(帳中)으로 들어와서 송강을 보고 증세를 물으니, 그는 등어리가 쑤시고 뜨거워 못 견디겠다 한다. 여러 사람이 옷을 벗기고 보니 작은 종지만 한 종기가 등어리 한가운데 생겼는데, 붉은 줄이 사방으로 뻗쳐 있다. 그것을 보고 오용이 말한다.

"이거 등창입니다그려. 방서(方書)에 녹두 가루가 해독하는 데 제일이라 했으니 우선 녹두를 구해다가 써보기는 하겠지만, 지금 대군(大軍)이 주둔하고 있는 이곳에서 어떻게 의원을 구한단 말인고?"

오용 이하 모든 사람이 수심이 가득해서 침묵하고 있을 때, 장순이 나서서 말한다.

"제가 전일 심양강에 있을 때, 저의 모친께서 등창이 생겨 백약이 무효했는데 건강부(建康府)의 안도전(安道全)이란 의원을 청하여다 보이고 즉시 병이 나았습니다. 지금 형님 병환이 그때 저의 모친 증세하고 같습니다. 그 사람을 청해오기 전엔 형님 병환을 고치기 어렵겠는데요."

장순의 말을 듣고, 오용이 생각나는 듯이 말한다.

"그래, 형님 꿈에 조천왕이 오셔서 등때기에 종기가 생기거든 강남 땅의 지령성이라야 치료할 게라고 말씀하더라더니, 아마 이 사람이 그 사람인가 보다!"

그러자 송강이 누워서 한마디 한다.

"형제들! 그런 사람이 있거든 어서 가서 데려다가 나를 좀 살려주구려!"

오용이 그 말을 듣고 즉시 황금 1백 냥을 꺼내어 의원한테 예물로 주라 하고, 따로 30냥은 길에서 노자로 쓰라고 장순에게 주면서,

"지금 곧 떠나게. 가서 꼭 데리고 와야 하네. 우리는 곧 산채로 회군

할 테니까 아우님은 의원을 데리고 산으로 오란 말일세."

라고 신신당부했다. 장순이 응낙하고 떠나자, 오용은 모든 장수들에게 영을 내려 군사를 거두게 한 후, 송강은 온거(溫車)에 눕혀 먼저 양산박으로 돌아가게 했다.

그리고 혹시나 북경성 안의 군사들이 쫓아 나오는지도 모르니까, 복병이나 있는 것처럼 사면에다 수상스러운 형적을 꾸며놓고 퇴각했다.

그랬기 때문에 양산박 군사가 퇴각했다는 보고를 받고서도 대명부의 양중서는 오용이란 흉측한 꾀가 비상한 놈이니까 아예 쫓아가지 말라 하여 군사들은 성문만 굳게 지켰다.

한편, 장순은 송강을 치료해줄 의원을 모셔오려고 건강부를 향하여 연일연야(連日連夜) 길을 재촉하는데, 때는 차츰 겨울이 물러가고 봄이 돌아오는 계절이라, 날마다 비가 내리지 않으면 진눈깨비가 쏟아진다. 이같이 무수한 고난을 무릅써가며 걸어서 하루는 양자강가에 당도했다.

그는 강가에서 좌우를 한번 둘러보았으나, 배는 한 척도 눈에 띄지 않는다.

그는 속으로 탄식하면서 강변으로 따라 내려가며 혹시나 하고 배를 찾아 한참 가노라니까, 갈대 수풀 속으로부터 한 줄기 연기가 일어나고 있는 것이 보인다. 저것이 필시 배 속에서 일어나는 연기겠지, 장순은 이렇게 생각하고 그쪽을 향하여 큰소리로,

"여보, 사공! 어서 이리 와서 나 좀 건네어주슈!"

라고 외치자, 갈대숲 속에서 한 사람이 배를 노 저어 나오는데 머리엔 약립(箬笠) 쓰고 몸에는 녹사의(綠蓑衣)를 입었다.

"어디로 가시는 손님이오?"

사공이 강변에다 배를 바싹 붙이고 이같이 물으므로 장순은 대답했다.

"건강부로 가는 길인데, 갈 길이 급해서 그러니, 선가(船價)는 후히 드

릴 테니, 날 좀 빨리 건네주시오."

"건네다 드리기는 어렵지 않지만, 지금이 저녁때고 또 강 건너간댔자 쉴 곳도 없은즉, 뱃간에서 한잠 자고, 4경 때쯤 해서 바람이나 자고 눈이나 그치거든 건너가십시다. 선가는 두둑이 내셔야 합니다."

"그렇게 합시다."

하고 장순이 사공을 따라 배 위에 올라가서 보니, 삐쩍 마른 젊은 녀석 한 놈이 화로 앞에 쭈그리고 앉아서 불을 쬐고 있다. 이때 뱃사공은 장순을 부축하여 선창 아래칸으로 들어가게 하면서 눈과 비에 젖은 그의 겉옷을 벗어달라 해서 젊은 녀석보고 그것을 화롯불에 쬐어 말리라고 부탁한다. 장순은 윗저고리와 바지도 벗어놓고 속옷 한 벌만 입은 채 선창에 드러누웠다가 사공더러 한마디 물어보았다.

"여보, 이 근처 어디 술 파는 집 없겠소?"

"술 파는 데는 없고, 밥을 자시겠다면 한 사발 드리죠."

하고 사공이 대답하므로 장순은 일어나서 밥 한 사발을 얻어먹고, 그 자리에서 다시 드러누웠다가 이내 잠이 들어버렸다. 첫째 그는 연일 걸어오느라 고단했고, 둘째는 이제 다 왔기 때문에 마음의 긴장이 풀어진 때문이었다.

밤이 초경쯤 되어서 장순이 깊이 잠든 것을 보고, 삐쩍 마른 젊은 녀석이 사공을 향하여 장순을 입 짓으로 가리키며 가만히 말한다.

"형님, 그것 좀 만져보오!"

사공이 그 말을 알아듣고 얼른 장순의 머리맡으로 가서 보따리를 한 번 만져보더니 말한다.

"얘, 이거 보따리는 아주 단단하구나! 저만큼 끌어내다가 요정을 내야겠다."

젊은 녀석이 그 말을 듣고 즉시 문을 열고 나가더니 배를 풀어 떼어놓고, 노를 삐걱삐걱 부지런히 저어 강 복판으로 간다. 선창 안에서는 사공이 깊이 잠든 장순을 밧줄로 묶어놓고서 한옆에 감추어두었던 칼을 들고 나왔다.

장순은 곤히 잠자다가 그때서야 눈을 떴다. 그런데 잠이 깨고 보니, 어느 틈에 손과 발이 결박되어 있고, 사공 놈이 자기 배를 깔고 앉아 있는 게 아닌가.

장순은 사공을 쳐다보면서 한마디 청해보았다.

"여보! 내가 가진 돈은 죄다 드릴 테니 제발 목숨 하나만 살려주시오!"

그러나 사공은 호령했다.

"이놈아! 돈도 뺏어야겠고, 네 목숨도 뺏어야겠다!"

"여보시오, 나를 죽이려거든 제발 몸뚱어리나 그대로 가지고서 죽게 해주시오. 그러면 내가 죽어서 원혼이 되어 당신을 괴롭게 굴지는 않으리다…."

"그럼 그래라. 원혼이나 되지 마라!"

사공은 아주 선심이나 쓰는 듯이 식칼을 내려놓고 장순을 번쩍 들어 강물 속에 풍덩 던져버린 후, 보따리를 끄르고 보니 금돈 은돈이 모두 1백 수십 냥인데 눈이 부실 지경이다. 그는 그 돈을 한참 들여다보다가 바깥을 향하여 젊은 녀석을 소리쳐 불렀다.

"여보게, 의논할 말이 있으니 잠깐 들어오게!"

젊은 녀석이 이 소리를 듣고 어슬렁어슬렁 선창으로 들어오는 것을 사공 놈은 기다리고 있다가 한칼로 선뜻 그놈의 목을 베어버린 후 강물 속에 집어던지고, 선창 안의 피 흔적을 말끔히 씻은 다음, 위로 올라가서 배를 저어 달아났다.

한편, 장순은 본래 물속에 사흘 나흘 엎드려 있어도 사는 사람인지라, 그는 강물 속에 떨어지자 즉시 입으로 두 손에서 밧줄을 끌러버린 후, 남쪽을 향하여 기어서 강가로 나왔다.

그가 언덕에 올라와서 좌우를 둘러보니 한쪽 수풀 속에 은은히 불빛이 보인다. 장순은 온몸에서 물을 뚝뚝 떨어뜨리면서 숲속으로 들어가 그 집에 당도해보니 이 집은 술집인데, 주인이 밤중에 일어나서 술을 거르느라고 불을 켜놓은 것이 군데군데 뚫어지고 엉성한 벽 틈으로 불빛이 새어 나온 것이다.

장순이 문을 두드리자 한 노인이 문을 열고 나오며 그를 훑어보더니 한마디 묻는다.

"강에서 도적을 맞고 도망해서 오는 거 아니우?"

장순이 대답한다.

"사실대로 말씀드립니다. 저는 산동서 건강부로 볼일이 있어 오는 길인데, 그만 강가에서 배를 하나 얻어 탄다는 것이 누가 그게 도적놈의 배인 줄 알았겠습니까? 의복과 금돈 은돈이 들어 있는 보따리를 몽땅 빼앗기고 강물 속에 빠뜨려졌다가 간신히 살아서 이렇게 여기까지 왔습니다."

노인은 이 말을 듣고 그를 곧 안으로 데리고 들어가서 옷을 벗겨 불에 말리게 하며, 일변 뜨거운 술을 따라주면서 다시 묻는다.

"그런데 노형 성명은 뉘 댁이시오? 그리고 산동서 여기까진 무슨 일로 오셨소?"

"저는 성이 장가(張哥)입니다. 건강부의 안태의(安太醫)로 말씀하면 저하고 형제같이 지내는 사이가 되어서, 이번에 일부러 안태의를 찾아보러 온 길입니다."

"산동서 왔다면, 양산박을 지나서 왔겠구려?"

"네, 지나서 왔지요."

"내가 소문에 들으니 양산박의 송두령은 내왕하는 나그네를 괴롭히지 않고, 사람을 함부로 죽이지 않고 정당한 일만 한다던데, 정말 그렇소?"

"그렇지요. 송두령은 오직 충의(忠義)만을 주장하고, 양민을 해치지 않고, 탐관오리들만 응징하지요."

노인이 그 말을 듣더니 자못 감동해서 말한다.

"나도 그렇게 들었다우! 송두령과 기타 두령들이 인의(仁義)를 숭상하고, 가난에 쪼들리는 어려운 사람들을 구제한다고 하니, 이 지방에 출몰하는 좀도둑들도 그렇게만 해준다면 우리 백성들이 오죽 기쁘겠소? 탐관오리들 때문에 번뇌하지 않고, 작히나 좋겠소!"

장순은 이 말을 듣고 자기의 본색을 드러내도 무방할 것 같아서 털어놓고 이야기했다.

"영감, 놀라지 마십시오. 제가 바로 양산박 두령의 한 사람인 장순이라는 사람입니다. 송공명 형님이 졸지에 등창병으로 고생하시게 되어 황금 1백 냥을 예물로 가지고 태의 안도전을 청하러 오는 길인데 배 속에서 도적을 만나 재물을 몽땅 빼앗기고, 간신히 물속을 헤엄쳐 나왔습니다."

"아, 노형이 바로 양산박 호걸이시오구려! 그럼 우리 집 아이하고 잠깐 만나주시오."

노인이 이렇게 말하고 안으로 들어가더니, 조금 있다 삐쩍 마른 젊은 사나이 한 사람을 데리고 나와 인사를 시킨다.

"제가 오래전부터 형님 존함은 들었습니다만, 연분이 없어서 못 만나뵈었습니다. 제 성은 왕(王)이고, 배행(排行)은 여섯째인데요, 제가 본래 뜀박질을 잘하는 까닭에 남들이 활섬파 왕정륙(活閃婆 王定六)이라 부른답니다. 평생 물속에서 헤엄치기와 창봉을 좋아해서 일찍이 스승을 만나 무예를 배우기는 했습니다만 전수받지는 못했습니다. 그래 지금 강변에서 술장사나 해가며 소일합니다만, 아까 형님께서 강에서 만나셨다는 도적놈 두 놈은 그중 하나가 절강귀 장왕(截江鬼 張旺)이고요, 또 젊은 놈 하나는 유리추 손오(油裏鰍 孫五)랍니다. 이것들이 언제나 행인의 껍데기를 벗겨 먹는 놈들인데…. 그렇지만 형님, 염려 맙쇼! 제 집에서 4, 5일만 묵고 계시면, 그 안에 저놈들이 반드시 술을 먹으러 올 것이니까 그때 제가 형님의 원수를 갚아드리겠습니다."

장순이 대답했다.

"고마운 말일세. 그러나 지금 송공명 형님 때문에 하루도 지체할 수가 없네. 날만 밝으면 성내로 들어가서 안태의를 청해서 곧 돌아가야겠네."

왕정륙은 더 긴말을 하지 않고 일어나서 새 옷 한 벌을 내다가 장순에게 입으라 하고, 밖으로 나가더니 닭을 잡아 삶아가지고 들어와서 술을 대접한다.

이튿날 날이 밝으니, 하늘은 맑게 갰고 눈도 오지 않는다. 왕정륙은 돈을 열댓 냥이나 내다준다. 장순은 그 돈을 고맙게 받아 곧 건강부로 향했다.

장순이 건강부 성안으로 들어와서 나무다리 옆에 있는 안도전의 집을 찾아가니까, 마침 주인이 문을 열어놓고 약방에 앉아서 약을 팔고 있는 중이다. 장순은 그 앞에 가서 넙죽 절을 했다.

안도전이 처음엔 어리둥절하다가 곧 알아보고, 무척 반가워하면서,

"아니, 이거 얼마 만인가? 무슨 바람이 불었기에 여기까지 찾아왔나?"

하고 그의 손을 붙들어 올린다.

"어디 조용한 방으로 가시죠. 여기서는 좀…."

장순이 이같이 말하자 안도전은 곧 그를 데리고 뒷방으로 들어왔다. 장순은 그 방에 들어와서 처음에 강주(江州)에서 송강을 만나 이준·이립·장횡·목홍·목춘·동위·동맹·설영 등과 함께 그를 따라 양산박에 입당했던 일로부터 송강이 등창이 나 위태로워서 안태의를 모셔가려고 여기까지 찾아오게 된 동기와 양자강을 건너다가 살아난 일과, 또 왕정

륙을 만난 이야기까지 세세히 이야기했다.

듣고 나더니 안도전이 말한다.

"송공명으로 말하면 천하에 드문 의사(義士)라, 내가 가서 고쳐드려야겠지마는, 어디 지금 내가 집을 비우고 떠날 수가 있어야지? 내가 얼마 전에 상처(喪妻)를 했네그려. 그리고 어디 가까운 일가라도 있어야지? 집을 맡길 사람이 없거든!"

장순은 그만 가슴이 답답해지는 것을 느꼈다. 안태의를 못 데리고 가면 송공명의 목숨이 위태하다고 그는 믿는 까닭이다.

한참 있다가 장순은 고개를 들고 안태의를 바라보며 정성어린 목소리로 말한다.

"형님! 형님이 정녕 못 가시겠다고 한다면, 저도 산에는 못 가고 여기 있겠습니다!"

안도전도 사정이 대단히 어려운 낯빛으로,

"글쎄, 참으로 사정이 딱하이!"

하고 머리만 긁는다.

그러더니 한참 있다가 다시 말한다.

"여보게, 산에 가는 일은 나중에 다시 의논하기로 하고 놀러 나가세!"

"그럼, 산에 가주시겠단 말씀이죠?"

"글쎄, 그건 나중에 다시 이야기하고, 오늘 밤엔 색싯집에 가서 술이나 한잔 하자니까!"

"산에 가주신다고 승낙만 해주셔요. 술은 얼마든지 제가 먹겠어요."

"그래 그럭하세! 그럼 같이 가주겠지?"

"네, 가고말고요."

이리해서 이날 밤 장순은 안도전을 따라서 밖으로 나섰다.

안도전이 그를 데리고 가는 곳은 그가 상처한 뒤에 관계를 맺은 이교노(李巧奴)라는 기생집이니, 사내는 계집의 색에 혹하고, 계집은 사내의 돈에 탐이 나 두 사람 사이는 아교풀로 붙인 것 같은 터이다.

해는 져서 어둑어둑한데, 두 사람이 이교노의 집에 들어서니, 대문 안에 수양버들이 서 있고 뜰도 정결한데, 계집이 나와서 두 사람을 맞아들인다. 장순이 계집을 얼핏 보니 몸은 약간 야윈 편이나 살빛이 희고 맑고 빨간 입술이 도톰한데, 사람을 보는 눈이 다정해서 족히 사내깨나 녹이게 생겨먹었다.

안도전이 자리에 앉더니, 장순에게 계집을 소개한다.

"이분한테 인사를 하란 말이야. 이 사람은 산동 사는 내 동생이야."

"아 그러세요? 그럼, 시아주버님이시군요."

이교노는 방긋 웃고, 장순에게 목례를 하더니, 한마디 건넨다.

"시아주버님도 술집에 가시면 색시를 그냥 두지 않으시겠는데? 올해 몇이신가요?"

"시골뜨기 나이야 세일 것도 없고, 알아 무얼 하오."

"어머나! 그러세요? 그럼 술이나 어서 드셔야겠군요."

이교노는 호들갑을 떨며 밖으로 나가더니, 술과 안주를 상 위에 갖다 놓고 권한다.

안도전과 장순은 계집이 부어주는 대로 술을 대여섯 잔씩이나 마셨다. 조금 있다 거나하게 취하자, 안도전은 계집을 자기 무릎 위에 올려 앉힌 후 귀에다 입을 맞추고서 소곤거린다.

"이봐! 난 오늘밤 예서 자고 내일 저 아우님하고 산동 땅엘 갔다올까 해!"

"뭐요?"

이교노는 실쭉해서 안도전 무릎에서 내려앉으며 입을 뾰족하게 다물고 그를 바라본다.

"산동까지 갔다가 올 일이 생겼단 말이야. 빠르면 스무 날쯤, 늦으면

한 달쯤 지나서 올 테니까, 그런 줄 알란 말이야."

"안 돼요, 싫어요! 못 가세요! 영감이 내 말을 안 들어주시고 기어코 가시겠거든, 다시는 제 집에 오지도 마세요!"

안도전은 계집이 앙탈하는 것이 귀여운 듯이, 한 손으로 계집의 볼따구니를 쓰다듬으면서 달랜다.

"그렇지만 약낭(藥囊)이며 행리(行李)를 수습해놓았으니, 불가불 갔다 와야겠네. 오래지 않아서 올 테니까 그런 소리 말고 기다리고 있어."

계집은 안도전의 가슴에다 얼굴을 파묻고 아양을 떨면서 어린애처럼 응석을 부린다.

"싫어, 난 싫어! 영감이 내 말을 안 들으시고 가시기만 해봐! 난 영감을 그냥 안 둘래! 영감을 그냥 죽여버릴래!"

온갖 표정을 지으며 사내를 녹이려고 아양 떠는 꼴이 너무도 눈꼴사나워서, 장순은 그만 그 계집을 입에 넣고 질겅질겅 씹어서 죽이지 못하는 것만이 한(恨)이었다.

얼마 있다가 밤은 깊어지고, 안도전은 술에 대취하여 그 자리에 쓰러진다. 그러자 계집은 사내의 팔을 잡아당겨 끌다시피 해가며 제 방으로 데리고 들어갔다. 비단 헝겊으로 포장을 드리운 침상 위엔 보드라운 이부자리가 보인다.

안도전이 침상 위에 덜컥 걸터앉아버리자, 계집은 사내의 어깨를 흔들면서 말한다.

"이 웃옷이나 벗어요!"

안도전이 눈을 감은 채 웃옷을 벗어주고 자리에 드러누워버리니까, 계집은 또 그를 흔들면서 말한다.

"이것도 마저 벗으시고, 이쪽으로 돌아누워요!"

"에잇 취해! 이거 왜 이럴까? 네가 술을 나한테 많이 먹였단 말이야!"

"불 끌까? 에잇 참 속상해!"

"뭐가?"

"밖에 사람이 앉아 있으니까, 마음이 편하질 않단 말씀예요!"

계집은 그만 짜증이 난 듯, 자리에서 일어나 옷을 걸쳐 입고는 밖으로 나와서 장순을 보고 말하는 것이었다.

"시아주버니! 미안하지만 돌아가주세요. 저의 집엔 주무실 방이 없어요."

장순은 화가 치미는 것을 억지로 참으면서 한마디 했다.

"아니오! 형님이 술 깨시면 난 형님 모시고 같이 가야 해요!"

계집은 장순이 꿈쩍도 않을 것같이 버티고 앉은 모양을 보고, 하는 수 없이 대문간 곁에 있는 작은방 문을 열더니,

"정 그러시다면 이 방으로 내려오셔요. 여기서 주무실 수밖에!"

하고 뒤도 안 돌아다보고 제 방으로 가버린다.

장순은 그 방으로 내려와서 침상 위에 누웠다. 그러나 가슴속에서 불이 활활 타오르고 있으니, 잠이 올 이치가 없다.

한참 있다가 초경 때쯤 되어서 대문을 똑똑똑 두드리는 소리가 들리더니, 안에서 누가 나와서 문을 열어주는 소리가 들린다. 장순은 벌떡 일어나서 벽 틈에 뚫어진 구멍으로 대문간을 엿보니까, 어떤 놈팡이 하나가 대문 안으로 성큼 들어오는 게 아닌가.

"난 누구라구! 그동안 어딜 가서 있었기에 그렇게 오래 소식을 끊었소? 그런데 오늘 밤은 태의가 와서 술에 대취해 드러누웠으니, 어쩌면 좋소?"

안에서 나온 포주 할미가 놈팡이보고 하는 말소리다.

그다음에 놈팡이 목소리가 들린다.

"난 그런 줄 모르고 그 애 팔찌값으로 황금 열 냥을 갖고 왔지! 아주머니, 그 애 좀 불러내서 잠깐 만나게 해주슈!"

"지금 잠자리에 들어갔는데….'

"잠시 만나고, 난 바로 갈게!"

"그럼 내 방으로 들어가 계시우. 내 불러다줄 테니."

말소리가 뚝 그치고 놈팡이가 안으로 들어가는데, 할미가 들고 섰는 불빛에 언뜻 보이는 놈팡이는 바로 절강귀 장왕이었다. 이놈이 양자강에서 강도질해서 뺏은 재물을 모두 이 집으로 쓸어오는 모양이다.

장순은 속에서 불덩이가 치미는 것을 간신히 참으면서, 가만히 바깥 동정을 귀로 살폈다.

조금 지나서 할미가 술상을 차려들고, 그 뒤를 따라 이교노가 들어가는 모양이다. 장순은 당장 뛰어나가 이것들을 요정을 내고 싶었지만, 만약에 실수했다가는 도적놈을 놓쳐버리고 말 것 같아서 억지로 참으며 동정을 살핀다.

그럭저럭 3경쯤 되었는데, 부엌에서 일하던 계집애들의 코고는 소리가 들려온다. 아마 포주 할미도 고주망태가 되어서는 졸고 있을 것 같다. 장순은 이렇게 짐작하고서 방문을 살며시 열고 나가서 부엌으로 들어갔다.

과연 부엌데기 두 계집아이는 평상 위에 엎드려 잠이 들어 있고, 포주 할미는 그 곁에 있는 교의에 걸터앉아서 졸고 있다.

연장을 찾으니, 평상 한 귀퉁이에 폭이 널따란 식칼 한 자루가 눈에 띈다.

장순은 그 칼을 집어들기가 무섭게 포주 할미의 모가지를 도려버리고, 이내 부엌데기들을 죽여버리려 했으나, 어찌나 쇠가 물렀던지 겨우 한 사람 죽였는데 칼날이 말려버려서 못쓰게 됐다.

이걸 어쩌나 하고 망설이고 있는데, 두 계집아이는 잠이 깨어 놀라면서 소리를 지르려 하므로, 장순은 평상 옆에 세워져 있는 도끼를 얼른 집어들고서, 두 계집아이를 하나씩 하나씩 목을 찍어 쓰러뜨렸다.

이러고 보니 이제는 남은 것이 방 안에 있는 연놈뿐이라 생각하고,

장순이 안방으로 뛰어들어가려 할 때, 바깥공기가 이상해서 황망히 문을 열고 나오려던 이교노와 문 앞에서 마주쳤다. 장순은 아무 말 없이 도끼로 계집의 가슴을 찍었다. 계집은 깩 소리도 못 지르고 거꾸러진다.

이때 방 안에 있던 장왕은 계집이 거꾸러지는 소리를 듣고 즉시 뒷문으로 빠져나가 담을 뛰어넘어 달아났다.

꼭 잡아 죽여야만 할 원수 놈을 놓쳐버린 장순은 원통하게 생각했지만, 다음 순간 그는 전일 무송의 이야기가 얼핏 생각났다. 그래서 그는 옷깃을 찢어 피를 듬뿍 묻혀 흰 벽 위에다,

'살인자는 안도전이다(殺人者安道全也).'

이같이 쓰기를 열 군데나 써놓았다.

이러는 사이 시각은 벌써 5경이나 되었는데, 이때 바깥방에서는 안도전이 잠이 깨어 눈을 떠보니, 자기 옆에 계집이 없다.

"이 사람 어딜 갔나?"

계집의 대답이 없으므로 안태의는 더 큰소리로 이교노를 찾는다.

"아, 이 사람아, 어딜 갔어?"

이때 방문이 펄쩍 열리면서 장순이 얼굴을 디밀고 말한다.

"형님! 이리 나오셔요. 교노가 저기 있습니다."

안도전이 일어나서 허리끈을 매고 밖으로 나와 보니, 시체 네 개가 목불인견의 참혹한 형상으로 쓰러져 있는 게 아닌가. 그는 사지를 사시나무 떨듯이 떨면서 눈을 둥그렇게 뜬 채 말문이 막혔다.

이때 장순은 바람벽을 가리키며 말한다.

"형님! 저 위에 써놓은 것을 보십시오!"

안도전이 쳐다보니 사방 벽 위에 쓰인 것이 '살인자는 안도전이다'라는 글자다.

"자네가 나를 죽일 작정인가?"

안도전이 이같이 원망하니까, 장순은 태연히 말한다.

"길게 이야기할 때가 아니올시다. 길은 두 가지 길밖에 없으니, 그중 하나를 택하십시오. 만일 형님이 소리를 지르신다면 나는 나대로 혼자 달아나버릴랍니다. 그렇게 되면 살인자는 형님이 되니까, 앞길이 뻔하고요! 무사하시려거든 빨리 집으로 돌아가 약 보따리를 가지고 나하고 함께 양산박으로 가서 우리 형님의 병을 고쳐주십시오. 두 가지 중에서 하나를 택하시란 말씀예요!"

"너무 심하구나!"

"그럼 나 혼자 가리까?"

"가더라도 날이나 밝아야 순라군(巡邏軍)을 피하지 않겠나?"

두 사람은 합의되어 날이 밝기를 기다려서 집으로 돌아가 약 보따리를 짊어지고 대문을 잠가버린 후 성 밖으로 나와 바로 왕정륙의 주막집으로 들어갔다.

왕정륙은 장순을 보고 반가이 맞아들이면서 이야기한다.

"형님, 벌써 다녀오셔요? 그런데 어제 장왕이 우리 집엘 다녀갔습니다. 형님이 안 계시니까 어떻게 할 도리가 없었답니다."

왕정륙의 말을 듣고 장순이 대답한다.

"나도 그 원수 놈을 보기는 했지만, 미처 손쓸 겨를이 없어 그만뒀다네! 그까짓 거 원수를 갚느라고 청처짐하고 있을 때가 아니란 말이야. 지금 큰일이 앞에 있으니까!"

장순의 말이 미처 끝나기 전에 왕정륙이 그의 소매를 잡아당긴다.

"형님! 저기 저놈이 장왕이올시다."

장순은 왕정륙이 가리키는 쪽을 내다보면서 가만히 말했다.

"모르는 체 내버려두고, 어디로 가는가 똑똑히 보고 있게!"

왕정륙이 그 말대로 장왕을 주목하여 보고 있노라니까, 이놈이 강가로 내려가더니 강가에 매어놓았던 배를 풀어 강을 건너가려는 모양이다.

왕정륙은 소리를 질렀다.

"장형! 잠깐 기다리시우!"

장왕이 이쪽을 돌아다보고 묻는다.

"왜 그래?"

"청이 있어요. 수고롭지만 우리 집 일가 어른 두 분만 건네다주시오."

"그럼 빨리 오라구!"

왕정륙은 장순을 보고 어서 나가서 빨리 원수를 갚으라고 눈짓을 한다.

장순은 안도전을 보고,

"안형! 옷을 벗어 나를 주시고 안형은 내 옷을 입고 나갑시다."

하고 청한다.

"그건 또 무슨 뜻인가?"

"묻지 마세요! 나중에 알고 어서 옷을 벗으세요."

웬 영문인지도 모르고 안도전은 옷을 바꾸어 입었다. 장순은 안도전의 옷을 입고 머리에 두건을 쓴 후, 난립(煖笠)을 깊숙이 눌러 써서 얼굴이 잘 보이지 않게 하고 왕정륙에겐 약 보따리를 지워가지고 나섰다.

"형님, 가십시다."

세 사람이 강가에 당도하니, 장왕은 먼저 배 위에 올라가 있으면서 그들을 기다리고 있다.

장순은 안도전·왕정륙과 함께 배 위에 올라가면서 먼저 배의 고물 쪽으로 가서 널빤지를 쳐들고 보니 예상했던 대로 그 속에 판도(板刀)가 들어 있으므로 얼른 그것을 품속에 감추고 선창으로 들어갔다.

장왕은 그런 줄도 모르고 노를 삐걱삐걱 저어가면서 부리나케 배를 몰고 강심(江心)으로 나간다.

장순은 웃옷을 벗어 한구석에 놓고 나서 큰소리로,

"여보! 뱃사공 양반, 이리 좀 빨리 와보슈! 여기 웬 피가 이렇게 묻었소?"

하고 외쳤다.

"손님은 공연히 사람을 웃기지 마슈! 피는 무슨 피 흔적이 있다고 그러시오?"

장왕이 대꾸하면서 선창 안으로 들어오는 것을, 기다리고 있던 장순은 그의 덜미를 움켜쥐고,

"네 이놈의 자식! 엊그제 눈 오던 날 이 배에 탔던 손님을 네가 기억하겠니?"

하고 호령한다. 장왕은 장순을 그제야 똑똑히 보고 감히 입을 못 벌린다.

"네 이놈의 자식! 네가 내 돈 1백 냥을 뺏고, 내 목숨까지 없애려 했겠다! 그래, 또 한 녀석 삐쩍 마른 놈은 어디로 갔니?"

장왕은 덜미를 잡힌 채 기운을 못 쓰면서 순순히 말한다.

"네. 그놈이 있어서는 내 몫이 적게 돌아오겠기에, 그놈을 찔러 죽여서 강물 속에 던져버렸죠."

"이런 뻔뻔스러운 도둑놈 봐라! 이놈아, 나로 말하면 심양강변에서 나서 소고산(小孤山) 아래서 장성해 생선 장사를 오래 했기 때문에 조금은 남들에게 알려졌던 사람이다. 그러다가 강주(江州)에서 한바탕 소동을 일으키고서 송공명 형님을 따라 양산박에 들어간 후 종횡천하했기 때문에 모두들 나를 무서워하는 어른이시란 말이다! 그런데 네놈은 나를 속여 배에 태워서 나를 묶어놓고 돈을 뺏고서는 물속에다 나를 던졌겠다? 내가 헤엄을 칠 줄 알았기에 살아나서 오늘 원수를 갚는 거다! 넌 조금도 억울하게 생각 마라!"

장순은 이렇게 꾸짖은 후, 장왕을 거꾸러뜨리고 깔고 앉아서 그놈의 수족을 돼지 발처럼 동여맨 다음, 번쩍 들고 나가 강물 속에다 풍덩 내던지며 한마디 한다.

"잘 가거라! 나도 네 몸에 칼은 대지 않고 그냥 보내준다!"

왕정륙과 안도전은 신기하고 통쾌해서 뭐라 말도 못 하고 침만 삼켰다.

원수를 갚은 장순은 즉시 배 안을 뒤져서 엊그제 빼앗겼던 돈을 찾아내 전대 속에 집어넣은 후, 왕정륙을 보고 말한다.

"이번에 아우님 은혜는 죽어도 못 잊겠네! 만약 생각이 있거든 집에 들어가서 아버님과 함께 술집을 걷어치우고 나하고 함께 양산박으로 올라가 대의(大義)에 사는 것이 좋겠는데, 아우님 생각은 어떤가?"

"형님 말씀이 참 좋은 말씀입니다. 돌아가 아버님을 모시고 오도록 해보지요."

왕정륙은 대단히 좋아하면서 배 위로 올라가 노를 젓기 시작했다. 장순은 안도전과 다시 옷을 바꾸어 입었다.

배가 북쪽 언덕에 닿자 장순과 안도전은 언덕 위로 올라가고 왕정륙은 배를 돌려 다시 자기 집으로 돌아갔다.

한편, 장순과 안도전은 북쪽 언덕에 올라온 후 불과 30리가량 걸었는데도 원래 안도전은 방 안에 앉아서 지내던 사람이라, 발이 부르터서 한 발자국도 떼어놓기가 힘들다. 그는 장순에게 사정사정하여 주막을 찾아가 술을 청해 마시며 다리를 쉬고 있었다.

두 사람이 술을 마시고 있을 때, 웬 사람이 술청으로 쑥 들어오더니 장순의 어깨를 툭 치면서 말을 건넨다.

"동생! 왜 이렇게 더디 오나?"

장순이 눈을 들어 보니, 바로 신행태보 대종이 나그네 행색을 하고 앞에 와 섰다.

"아니, 형님이 어떻게 언제 오셨어요?"

"나그네 행색을 차리고서 자네 뒤를 따라왔다네."

장순은 곧 안도전을 대종에게 소개한 후 황망히 물었다.

"그간 송공명 형님 병환은 어떠세요?"

"말이 아니지! 정신이 혼몽하고, 미음도 못 잡숫고, 사람도 알아보지 못하시니까, 이제는 돌아가실 때만 기다리고 있는 형편이지!"

장순의 눈에서는 금방 눈물이 뚝 떨어진다.

안도전이 묻는다.

"살가죽과 혈색(血色)은 어떠시던가요?"

"피부는 까칠까칠하고, 밤새도록 끙끙 앓는 소리를 하시니, 아무래도 며칠 못 갈 것 같습니다."

"피부와 신체가 아픈 것을 알만 하다면, 그렇다면 아직 희망이 있습니다. 다만 우리가 기일 안에 양산박엘 당도할지 그게 걱정이군요."

"그건 걱정 마시고, 그 약 보따리나 내게 주시구려."

하고 대종은 갑마(甲馬) 두 개를 꺼내어 한 개는 안도전의 넓적다리에 붙잡아 매고 한 개는 자기 다리에다 매고서 장순을 돌아다보며,

"난 태의를 모시고 먼저 갈 테니 자네는 뒤에서 따라오게."

하고 즉시 신행법을 일으켜 안도전과 함께 양산박을 향하여 나는 듯이 사라졌다.

두 사람이 먼저 이렇게 떠난 뒤에 장순은 약간 마음이 놓이는지라 그 주막에서 그대로 사흘을 묵으며 기다렸더니 과연 왕정륙이 커다란 보따리를 울러매고서 자기 부친과 함께 들어온다. 장순은 그를 보고 대단히 기뻐했다.

"잘됐네! 그렇잖아도 자네가 꼭 올 것만 같아서 내가 여기서 기다리고 있었단 말이야!"

"아니, 여태껏 저를 기다리셨어요? 그런데 안태의님은 어디 가셨나요?"

"신행태보 대종 형님이 우리를 마중 오셨다가 먼저 데리고 가셨지."

왕정륙은 주막 주인한테 술을 청해 자기 부친과 장순에게 한 잔씩 권

한 다음에, 세 사람은 함께 주막에서 나와 기분 좋게 양산박을 향하여 길을 떠났다.

한편, 안도전은 대종의 신행법으로 쉽사리 양산박에 도착하여 송강이 누워 있는 침실로 안내되었다.

눈을 감고 침상에 누워 있는 송강을 보니, 입속에서 쌔근쌔근 실낱같은 숨소리만 들릴 뿐, 거의 죽어가는 형상이다.

안도전은 우선 맥을 짚어본다.

"어떻습니까?"

두령들 가운데서 누군가가 묻는 소리였다.

안도전은 정신을 쏘아 맥을 한참이나 짚어보고 나서 비로소 입을 열렸다.

"여러분들, 과히 걱정 마시오. 맥은 대체로 이상이 없습니다."

두령들은 더 가까이 안도전에게로 다가앉으면서 그다음 말을 기다린다.

안도전은 다시 말을 계속했다.

"몸은 대단히 쇠약했습니다만, 안모(安某)가 장담하고 열흘 안으로 완치해드리겠습니다."

이 말을 듣고 모든 두령들은 일제히 안도전에게 예를 드리면서 안심하는 한숨을 내쉬었다.

안도전은 약 보따리를 고르고서 그 속으로부터 쑥과 약을 꺼내놓고, 먼저 쑥으로 종기 언저리를 떠서 독기를 뺀 다음에 약을 바르고, 또 먹는 가루약을 물에 풀어 입속에 흘려 넣는 것이었다.

첫날 이같이 치료를 하고 난 뒤에 계속해서 안도전이 치료하니까 불과 닷새 만에 송강의 피부는 불그스레하게 면색이 돌고 윤택해지더니 열흘도 못 가서 종처(腫處)가 아물지만 못했을 뿐이지, 음식을 전과 같이 먹을 만큼 송강의 병은 나았다. 오래간만에 산채에서는 근심 빛이 사라졌다.

장순은 이때야 왕정륙 부자를 데리고 돌아와서 송강에게 인사를 올린다.

"어째 이렇게 늦게 돌아오는 거요?"

하고 뭇 도령들이 조롱삼아 나무라니까 장순은,

"말도 마슈! 늦은 것은 열다섯째고, 하마터면 못 올 뻔했쉬다!"

이렇게 시작해서, 자기가 양자강에서 강도를 만나 죽을 뻔한 일과, 안도전과 의복을 바꾸어 입고서 배에 들어가 원수를 갚은 이야기를 했다.

이야기를 듣고 두령들이 모두 칭찬한다.

"참말 장형(張兄)이 양자강에서 물귀신한테 잡혀갔다면, 송공명 형님의 병환도 못 고칠 뻔했구려!"

하고 지껄이고 있을 때, 병이 많이 나아진 송강은 오용을 불러 하루속히 북경성을 쳐서 노원외와 석수 두 사람을 구해내자고 의논을 한다. 이 소리를 듣고서 안도전이 말린다.

"안 됩니다! 장군의 종처가 아직 완전히 합창되지도 않았는데, 움직이기만 하면 다시 도지게 될 것이니, 그렇게 되면 영영 못 고치고 맙니다."

오용도 고개를 내저으면서 반대했다.

"형님은 그런 일에 마음을 쓰지 마시고 형님 몸에나 마음을 쓰십시오. 제가 재주는 부족합니다만, 이제는 겨울도 다 가고 했으니까, 제가 북경을 쳐서 노원외와 석수를 구하고 간부음부(奸夫淫婦)를 잡아서 형님의 원수를 갚아드리겠습니다."

"말씀대로 그렇게만 된다면 송강은 죽어도 눈을 감고 죽을 거요!"

오용은 즉시 모든 두령들을 충의당에 모이라고 영을 내렸다. 그리하여 송강이 나아가 자리에 앉기를 기다려 그도 그 곁에 가서 앉은 후 입을 열었다.

"이번에 형님의 병환이 나으시고, 안태의 선생이 곁에 계시게 되었으니 이렇게 다행한 일이 없습니다. 그런데 그동안 사람을 여러 번 북경성에 보내어 소식을 정탐했더니 양중서는 우리가 또 치러 올까 두려워서 어쩔 줄 모르고 있답니다. 그래서 또 사람을 보내어 성내 여러 곳에다가 우리가 쳐들어갈지라도 북경 백성들한테는 손해를 안 줄 터이니 조금도 겁내지 말라고 써붙이게 했습니다. 이 때문에 양중서는 더욱 떨고 있지요. 그리고 서울 채태사는 지난번에 관승 형제가 우리에게 가담했다는 사실을 천자께 속이고 있답니다. 그래서 대사(大赦)만 내리는 날이 있으면 모든 일을 우물우물할 생각으로 있고, 또 우리를 건드렸다가는 더욱 귀찮아지겠으니까, 자주 양중서한테 편지를 보내어 노준의와 석수를 죽이지 못하도록 만류하고 있답니다."

송강이 그 말을 듣고 한마디 한다.

"그렇다면 마침 잘됐구려. 내일이라도 군사를 거느리고 나가서 북경성을 칩시다!"

"물론 치기는 하죠. 그러나 치는 날은 원소절이 며칠 안 남았으니, 이 날로 정하지요. 해마다 북경성 안에서 등불을 켜 다는 풍속이 있잖습니까? 그 기회를 타서 미리 성내에 복병을 두었다가 밖에서 쳐들어오는 군사와 합세하여 한꺼번에 쳐부순다면 일이 쉽게 될 것입니다."

하고 오용이 말하자, 송강은 기뻐하며 다시 한마디 한다.

"참, 그게 좋겠군! 그럼 군사가 속히 영을 내리시오."

송강도 북경서 관민(官民)이 모두 등불놀이에 취해 있을 때 일을 일으키는 것은 묘책이라고 생각한 것이다.

북경성 함락

오용은 좌중을 한번 둘러보고서 말했다.

"그런데 가장 긴요한 일이 한 가지 있습니다. 다른 일이 아니라 성안에서 먼저 높은 곳에 불을 질러 그것으로 군호를 삼아야겠는데, 여러분들 가운데서 누가 그 일을 책임지고 하겠습니까?"

말이 떨어지자, 한 사람이 쑥 나서면서 자원한다.

"제가 그 일을 하겠습니다."

모두들 그쪽을 바라보니, 이 사람은 고상조(鼓上蚤)라는 칭호를 듣는 시천이다.

"제가 어렸을 적에 북경을 구경한 일이 있습니다. 성안에 취운루(翠雲樓)라는 높다란 다락이 있는데, 취운루엔 크고 작은 방이 백열 개나 있다더군요. 제가 정월 대보름날 밤에 취운루에 올라가서 거기다 불을 지를 테니까, 오두령께서는 군사를 몰아 쳐들어오십시오."

"좋소! 그럼 내일 아침 일찍이 떠나서 보름날 밤에 사람들이 법석거릴 때 취운루에다 불을 지르시오. 성공하면 오로지 시두령의 공로요!"

시천은 만족해서 물러갔다.

이튿날 아침에 오용은 해진과 해보를 불러 영을 내렸다.

"두 분은 사냥꾼처럼 차리고 관가에 산짐승 잡은 것을 바치러 가는 것처럼 성안에 들어가 있다가 취운루에서 불이 일거들랑 유수사(留守司) 앞을 지키면서 통보하러 다니는 관병을 보는 대로 죽이시오."

두 사람은 영을 받고 물러갔다.

다음으로 오용은 두천과 송만 두 사람을 불러 영을 내린다.

"두 분은 쌀장수로 차리고 수레를 끌고 성내로 들어가서 객주에 머물러 있다가, 보름날 밤에 취운루에서 불이 일거들랑 곧 달려가서 동문(東門)을 빼앗으란 말이오."

두 사람이 영을 듣고 내려간 뒤, 오용은 공명과 공량을 또 불렀다.

"두 분은 거지 모양을 차리고 북경성 안에 들어가 복잡한 거리에 있다가, 불이 일거들랑 정보 연락을 하러 다니는 관병을 보는 대로 죽이시오."

두 사람이 나간 뒤, 오용은 이응과 사진을 불렀다.

"두 분은 나그네 행색을 하고 동문 밖 객주에 있다가 취운루에 불이 붙거들랑 지체하지 말고 문지기 군사를 죽이고 동문을 빼앗아, 우리 군사가 그리로 쳐들어가도록 하시오."

그다음에 불려 들어오는 사람은 키가 크고 머리는 빡빡 깎아버린 노지심과 무송이다.

"두 분은 중의 행색을 하고서 북경성 밖에 있는 절간에 있다가 성내에서 불이 일어나거든 곧 남문 밖으로 달려와 관군이 그리로 못 나오도록 막고서 요정내시오."

두 사람이 영을 받고 나가자, 이번엔 추연과 추윤이 불려 들어왔다.

"두 분은 등(燈)을 팔러 다니는 상인의 행색을 하고 성내 객줏집에 들어가 있다가, 불이 일어나거든 곧 사옥사(司獄司) 앞으로 달려가서 응원하도록 하시오."

그다음엔 유당과 양웅이 불려왔다.

"두 분은 죄인을 압송하는 공인(公人) 모양을 하고서 대명부 아문(衙門) 앞에 문주를 잡고 있다가 취운루에서 불이 일어난 것을 보고하러 오

는 관인이 보이거든 모조리 죽이시오. 그것들이 서로 연락하고 구원할
수 없도록 하는 겁니다."

그다음엔 공손승과 능진이다.

"공손승 선생은 운유도인(雲遊道人)의 행색을 하시고 도동(道童)으로
분장한 능두령과 함께 화포(火砲) 수백 개를 가지고 성내에 들어가 으슥
한 곳에 계시다가 불이 일거들랑 곧 화포를 터뜨려주십시오."

그다음엔 장순과 연청이다.

"두 분은 수문(水門)으로 해서 몰래 성내에 들어가 있다가 불이 일어
나거든 즉시 노원외의 집으로 달려가 음부(淫婦)와 간부(奸夫)를 묶어놓
으시오."

그다음으로는 왕영·손신·장청·호삼랑·고대수·손이랑 등 여섯 사
람이 두 사람씩 세 패로 나누어 각각 시골뜨기 행색으로 거리에 나와서
등 구경하는 체하다가 취운루에서 불이 일거들랑 노준의 집으로 달려
가 그 집에다 불을 지르고,

그다음 시진은 악화를 데리고 군관 행색을 차리고서 성내에 들어가
북경 사수로의 압로절급으로 있는 채복을 찾아보고, 노준의와 석수를
죽이지 못하도록 책임지라는 영을 내리니, 모든 두령들이 각기 오용 군
사의 영을 받들고서 차례로 산을 내려갔다. 이때가 정월 초순이었다.

한편, 북경 대명부의 유수사 양중서는 대보름날도 며칠 남지 아니했
는지라, 문달·이성·왕태수 등 부하 관원들을 모아놓고 원소절 관등놀
이에 대하여 의논을 하고 있었다.

"해마다 서울서 하는 것과 마찬가지로 원소절 관등놀이를 성대하게
베풀어 북경 대명부 관민이 한가지로 즐겨왔건만, 근자에는 두 번이나
양산박 강적들한테 침략을 당한 터이라 아직도 민심이 불안한즉, 나는
금년엔 이런 행사를 그만두는 것이 좋을 줄로 생각하는데 여러분들은
어떻게 생각하오?"

문달이 반대 의견을 말한다.

"도적떼들이 지난번 왔다가 제풀에 모두 달아나지 않았습니까? 요사이 성내 성외에 고시문이라는 것을 붙여놓은 것은, 저것들이 궁여지계(窮餘之計)로 한번 허장성세해본 것에 불과한 것이니 상공께서는 과히 염려하지 마십시오. 만약 금년에 해마다 시행하던 관등놀이를 안 해보십시오. 저것들의 정탐군이 알고 가서, 도리어 치소(恥笑)를 당할 것입니다."

"그러니까 행사를 시행해야 옳다는 주장인가?"

"그렇습니다. 그전보다 더 성대히 집집마다 화등(花燈)을 달고, 관공서와 모든 단체에서는 사화(社火)를 켜고, 시가의 중앙에다 두 개의 오산(鰲山)을 쌓아 올리고서 탑을 세우고 거기에 화등을 달고, 열사흘날부터 열이렛날까지 밤새도록 통금해제를 하여, 서울과 꼭 같이 닷새 동안 상공께서 백성들과 함께 즐기실 수 있도록 부민 전체에게 알리심이 좋겠습니다. 그렇게 하시면 소장은 군사를 거느리고 비호곡에 나가 주둔하고 있으면서 도적들의 간계를 방어할 것이고, 또 이도감은 철기마군(鐵騎馬軍)을 인솔하고 성 주위를 돌면서 백성들의 마음을 편안하게 해줄 터이니 이로써 만사 원만할 듯합니다."

"참으로 좋은 생각이오! 그러면 곧 방(榜)을 써붙여 백성들에게 알리도록 하오."

이리하여 일단 중지하려던 원소절 관등놀이는 대규모로 거행하게 되었으니, 그렇잖아도 북경 대명부는 하북에서 제일 큰 고을이기 때문에 4, 5백 리 밖에 멀리 떨어져 있는 고을에서도 등을 팔러 들어오는 상인이 해마다 구름같이 모여드는 터이었는데, 금년에도 북경서 관등놀이가 거행된다는 소문이 퍼지자, 각처로부터 사람들이 날마다 무수히 모여들기 시작했다.

그리하여 성내 중심지거나 변두리거나, 거리거리 골목골목엔 화등을 안 단 집이 없고, 큰 집에서는 대문 밖에다 오색병풍과 명인서화와 골동완기(骨董玩器) 등속을 진열해놓고, 시렁을 매고서 등롱을 달았으며, 폭죽 터지는 소리와 하늘을 장식하는 불꽃놀이는 사람의 정신을 흥겹게 한다. 그중에서도 장관인 것은 대명부 유수사 앞 다리 가에 쌓아올린 오산(鰲山)이니, 산 위에 만들어놓은 붉고 누른 빛의 두 마리 커다란 용(龍)은 그 비늘 하나하나가 등불로 되어 있고, 입에서 뿜어내는 물은 바로 다리 아래 개천으로 떨어지는데, 산 둘레에도 온통 등불이요, 다리의 양쪽 난간에도 등불이 총총 달려 있는 광경이다.

그리고 또 동불사(銅佛寺) 앞에도 오산을 이룩하고 산 위에 백룡(白龍)을 세우고 사면에 불을 켜놓았는데 그 수효가 부지기수요, 취운루 앞에는 더 큰 오산이 있는데, 취운루의 아래층, 이층, 삼층의 처마 끝에서는 분수(噴水)가 떨어지고 아로새긴 기둥은 불빛에 현황하니 과연 하북(河北) 제일가는 주루(酒樓)라 일컬을 만하다. 그리고 아래위에 백 개도 넘는 각 방에서 매일 풍악 소리, 노랫소리는 정신이 빠질 지경이고, 성중 각처에서 궁관(宮觀), 사원(寺院), 불전(佛殿), 법당(法堂)마다 등롱을 달고 올해에도 풍년 되기를 경축하는 터이니, 술집과 기생집이야 더 말해 무엇하랴.

이같이 전에 없는 굉장한 관등놀이가 시작되었다는 소식이 양산박에 전해지자 오용은 대단히 기뻐서 자세한 이야기를 송강에게 알려주었다.

그러자 송강은 친히 군마를 인솔하고 나가 북경을 공략하겠다고 고집을 피운다. 그러는 것을 안도전이 기어코 못 가게 말렸다.

"단연코 안 됩니다. 장군은 아직도 종처가 완전히 아물지 아니했는데 경솔히 움직였다가 종처가 다시 덧나면, 그때는 고쳐보지도 못하게 될 겁니다."

오용도 또한 말렸다.

"조리를 더 하셔야 합니다. 제가 형님 대신 갔다 오겠으니, 안정하고 계십시오."

송강도 고집을 꺾고 승낙하자 오용은 즉시 철면공목 배선을 불러 팔 개 대대의 군마를 편성하도록 지시하니,

제1대는 대도 관승이 선찬과 학사문을 데리고 앞장서고, 진삼산 황신이 뒤에서 응원하기로 하는데, 이들이 마군(馬軍)이요,

제2대는 표자두 임충이 마린과 등비를 데리고서 앞장이 되고, 소이 광 화영이 그 뒤를 후원하는데, 이 역시 마군이요,

제3대는 쌍편 호연작이 한도와 팽기를 데리고서 앞장이 되고, 병울 지 손립이 뒤에서 응원하는데, 이 또한 마군이요,

제4대는 벽력화 진명이 구붕과 연순을 데리고 앞장이 되고, 도간호 진달이 뒤에서 후원하는데, 이들도 마군이요,

제5대는 보군(步軍)의 두령 몰차란 목홍이 두흥·장천수를 데리고 나 가고,

제6대는 흑선풍 이규가 이립·조정과 함께 나가고,

제7대는 삽시호 뇌횡이 시은·목춘과 함께 나가고,

제8대는 혼세마왕 번서가 항충·이곤과 함께 나가기로 했다. 이같이 팔로(八路)의 마보군(馬步軍)의 부대편성이 끝나자 오용은 영을 내렸다.

"자, 그러면 마군, 보군이 모두 지금 출발해 정월 보름날 밤 2경에 일 제히 북경성 아래에 도착해야 하는 거요. 어김이 있어서는 안 되겠으니 그런 줄 아시오!"

"네에!"

8개 대대의 두령들은 일제히 대답하고서 산을 내려가고, 나머지 두 령들은 송강과 함께 산채를 지키기로 했다.

그런데 맨 먼저 염탐꾼으로 파견된 시천은 성문으로 들어가지 않고 밤새 몰래 성벽을 기어넘어 들어갔다.

밤중에 담을 기어넘는 재주란 좀도둑으로 살아나온 시천이를 따를 사람이 아마 없을 것이다.

이렇게 성안으로 들어온 시천은 객줏집에서 일행이 많지 않은 혼자 손님이라고 받지 않기 때문에 할 수 없이 낮에는 거리로 싸다니다가 밤에는 동악묘(東嶽廟)의 신좌(神座) 밑에 가서 잤다.

보름날이 되자면 아직도 이틀이 남은 정월 열사흗날, 거리를 왔다 갔다 하며 사람들이 등을 매달 실정을 세우고 있는 모양을 구경하고 있던 시천은, 해진과 해보가 사냥꾼 모양을 하고 등에다 꿩과 토끼를 짊어지고서 지나가는 모양을 보았다. 그리고 그다음 날엔 쌀장수로 행색을 차린 두천과 송만이 쌀포대를 가득 실은 수레를 끌고 지나가는 모양도 보았다.

시천은 자기도 취운루의 내부를 미리 검사해두려고 그리로 가니까, 거지 행색으로 차린 공명이 다 떨어진 옷을 입고, 머리는 풀어 산발하고, 바른손엔 막대를 짚고, 왼손엔 주발을 들고서 한쪽 다리를 절름거리며 걸어오고 있다.

사람들이 다 지나간 다음에 시천이 그의 뒤로 가서 가만히 불렀다.

"형님!"

공명이 놀라서 돌아다본다.

"북경 포도관 놈들이 눈깔이 멀었다면 몰라도 이래서는 단박 본색이 드러납니다. 대관절 얼굴이 그렇게 희멀끔하고 불그레하니, 누가 진짜 거지로 보겠습니까? 괜스레 큰일을 그르치지 마시고 어디 가 숨어 계십시오."

시천이 말을 마치자마자, 이번엔 저쪽에서 공량이 걸어오고 있는데 역시 공명과 마찬가지로 분장한 것이 말이 아니다.

"형님도 눈같이 흰 살빛을 그대로 두고 있으니, 누가 형님을 배에서 쪼르륵 소리를 내는 거지로 보아주겠어요?"

시천이 이와 같이 말하고 있을 때 누가 그의 등 뒤에서 옷을 잡아당긴다.

"잘들 한다!"

깜짝 놀라 돌아다보니 포도관인 복색을 입은 양웅과 유당이다.

"아이구 간담이 서늘하이! 난 정말 포도관인 줄 알았구먼!"

양웅과 유당은 눈짓을 하여 시천과 공명 형제를 으슥한 곳으로 끌고 가서 말한다.

"자네들 정말 지각없는 사람들일세! 어쩌자고 그런 데서 이야기하고 섰는 겐가? 그러다가 진짜 포도관 눈에 띄기만 하면 자네들은 당장에 본색이 간파되고 말 것이요, 우리들 전체의 일은 망치는 게 아닌가? 다시는 자네들 거리로 나다니지 말게!"

"그럭하지요. 어제 추연과 추윤이 거리에서 등을 팔고 있는 것을 보았고, 노지심과 무송이 성 밖의 절에 있는 것을 보았습니다. 그러니 더 긴말 할 것 없이 시각이 되거들랑 각기 제가 맡은 책임만 다하면 되겠지요!"

하고 공명이 대꾸하므로 다섯 사람은 더 이야기하지 않고 그 자리를 떠나 어떤 절간 앞으로 지나가노라니까, 한 사람의 도사(道士)가 절 안에서 나오는데, 가만히 보니 바로 공손승 선생이 도동으로 분장한 능진을 데리고 나오는 것이었다.

그들 일곱 명은 서로 눈짓만 하고는 각각 저 갈 데로 헤어져 갔다.

원소절(元宵節)인 대보름날이 가까워지자 양중서는 먼저 문달에게 군사를 주어 비호곡에 나가 도적을 막으라 하고, 열나흗날엔 이성으로 하여금 마군 6백 명을 인솔하고서 성안의 둘레를 순찰하게 했다.

그다음 날이 정월 대보름인데, 마침 날씨가 청명하여 아침부터 사람들의 왕래가 번잡했고, 황혼 때가 되자 일륜명월(一輪明月)이 쑥 솟아오르니, 성중 백성의 흥취는 자못 높아졌다.

그리하여 거리에는 강물처럼 밀려가는 사람의 물결이요, 하늘에는 우산 살같이 퍼지는 꽃불이라, 여기저기에서는 노랫소리, 비파 소리가 그치지 아니한다.

이날 밤,

채복은 잠깐 볼일이 있어 옥을 간수하는 책임을 동생 채경에게 잠시 맡기고 자기 집으로 돌아왔다. 그가 대문간에 들어서니까 뜻밖에도 모를 사람 두 사람이 따라 들어오므로 그는 불빛에 유심히 바라보니 군관 복색을 입은 사람은 소선풍 시진이 분명하나 또 한 사람은 처음 보는 사람이다. 이 사람은 하인 행색으로 차린 악화였다.

채복은 놀라면서 시진을 안으로 인도해 들인 후 술상을 내오게 했다.

"천만에! 술은 그만두십시오."

"왜 사양하십니까?"

"급한 일이 있어 찾아뵈러 왔습니다. 그간 노원외와 석수 두 사람한테 베푸신 은혜는 깊이 감사합니다. 그런데 또 청할 것은, 마침 오늘 밤이 원소절 번잡한 때인 만큼 상관없으리라 생각되는데, 옥중의 두 분과 꼭 만나야 할 일이 있어서 그러는 게니, 채형이 좀 어려우시더라도 나를 잠시 옥 안에 들어갈 수 있도록 해주시오!"

채복은 관아의 공인(公人)인지라, 시진의 청하는 소리를 듣고, 십중 팔구 무슨 일이 터진 것이로구나, 이렇게 직감했다. 그와 동시에 머리가 뗑 하여졌다. 어떻게 했으면 좋을지 생각이 안 난다. 옥을 지키는 책임자로 있으면서 외부 사람의 청을 듣고 죄수 방에 그 사람을 들어가게 해준다는 것은 말이 안 되는 일이지만, 그렇다 해서 눈치만 보고도 짐작되다시피 성안의 정세가 뒤집혀진 이 마당에 앉아서 이 같은 청을 안 들어주다가는 이 사람들의 군사가 성안으로 조수처럼 밀려들어오는 때엔 자기 목숨은 물론이요, 가족들의 목숨까지도 가랑잎같이 떨어지고 말 것이니, 이 일을 어찌하면 좋을꼬? 한참 생각하다가 그는,

"좋습니다! 잠깐만 기다려주십시오."

하고, 안으로 들어가서 관복 두 벌을 들고 나와서 말한다.

"옷을 갈아입으시고 들어가시면, 아마 아무도 유심히 살펴보지 않을 겝니다."

시진은 채복에게 고맙다고 인사하고 그 옷을 받아 자기도 바꿔 입고, 악화한테도 바꿔 입게 한 후, 그길로 옥으로 들어갔다. 때는 초경(初更) 때였다.

이때, 왕영·호삼랑·손신·고대수·장청과 손이랑 세 쌍 부부는, 헙수룩한 시골뜨기 모양으로 변장하고서 사람들 틈에 끼어 동문으로 들어갔다.

공손승은 상자 하나를 울러맨 능진을 데리고서, 대명부 부청 바로 옆에 있는 성황묘(城隍廟) 뒤꼍 쪽마루에 걸터앉아 다리를 쉬고 있었다.

추연과 추윤은 등롱(燈籠)을 지고서 거리를 오락가락하고, 두천과 송만은 각각 수레 한 개씩을 밀면서 동문 안 큰길가에 있는 양중서의 관저(官邸) 앞에 가서 서성거리고 있었다.

유당과 양웅은 각각 손에 수화곤을 쥐고 품속에 칼을 감추고서 나무 다리 양쪽에 걸터앉아 있었다.

연청과 장순은 수문으로 해서 성안으로 기어들어와 인적이 없는 으슥한 구석에 몸을 숨기고 있었다.

어느덧 밤이 2경이라고 북을 울리는 소리가 들린다.

이때, 시천은 불 지르는 데 필요한 유황과 염초를 하나 가득 담은 채롱 위에다 종이로 만든 조화를 얹어 꽃장수처럼 분장하고 취운루 위로 올라갔다. 이 방 저 방에서 술 취한 젊은 남녀들이 노래하고 춤추며 피리 불고 장난치며 밤 가는 줄 모르고 떠들어댄다.

"꽃 사시오. 꽃이오."

시천은 이같이 외치면서 이 방 저 방을 기웃거리며 위층으로 올라가노라니까, 누가 일부러 어깨를 툭 스치며 지나간다. 가만히 보니, 창끝에다 토끼를 한 마리씩 잡아 매달고서 그것을 울러매고 가는 해진과 해보였다.

시천이 그들을 보고 가만히 물었다.

"시각이 다 됐는데, 밖에선 뭘 하고 있는 겐가?"

그러나 해진이 시천의 귀에다 입을 대고 가만히 말한다.

"남의 일 걱정 말고 자네가 할 일이나 빨리 하라구! 조금 전에 보니까, 이 앞으로 염탐하러 다니는 관군 병사가 몇 놈이나 오락가락하데! 우리 군사가 가까이 와 있는 게 분명하니 빨리 자네 맡은 일이나 하란 말야!"

이렇게 해진이 수군거리고 있을 때 아니나 다를까, 갑자기 취운루 앞에서 고함치는 소리가 요란히 들린다.

"양산박 군사들이 서문(西門) 밖에 왔다!"

"도둑놈들이 쳐들어온다!"

이 소리를 듣고, 해진이 핀잔을 한다.

"뭘 하는 거야! 빨리 불을 지르지 않고서! 난 유수사 앞에 가서 응원을 해야겠어!"

한마디 남기고서 해진이 달아나자, 과연 싸움에 패한 관군들이 성안으로 쫓겨 들어오면서 지껄여대는 소리가 들린다.

"문장군(聞將軍) 영채가 망가졌어요! 양산박 적구(賊寇)가 성 아래 와 있어요!"

이때, 성안을 순시하고 있던 이성은 이 소리를 듣고 급히 군사들로 하여금 성문을 단속하게 한 후, 쏜살같이 말을 달려 유수사 앞으로 와서 그곳을 지키고, 또 자기가 친히 백여 명 군사를 인솔하고서 성안을 경비하던 왕태수도 이 소식을 듣고 급히 유수사 앞으로 달려왔다.

이때, 양중서는 천하태평인 듯 관저에서 술에 취해 한가롭게 앉아 있었는데, 아전이 들어와서 위급한 사정을 고하여도 잘 알아듣지 못하고 멍하니 있다가 두 번 세 번 위급한 사태를 말하니까, 그제야 정신이 들어서 속히 말을 대령하라고 소리를 지르는 게 아닌가.

그럴 때 별안간 취운루에서 하늘을 찌를 듯한 불길이 타오르며, 그 불빛이 보름달을 무색하게 만든다. 양중서는 급히 말에 올라앉아 달려나갔다. 그때 장정 두 놈이 길을 막으면서 밀고 오던 수레에다 불을 지른다. 수레는 귀청이 떨어질 듯한 폭음이 터지면서 활활 타오른다.

양중서는 정신이 현황해 동문을 바라보고 달려가려니까, 거기서 또 장정 두 놈이 고함을 지르며 달려든다.

"이응이 여기서 기다리고 있다!"

"사진이 여기 있다."

두 장수가 박도(朴刀)를 휘두르며 달려드는 바람에 성문을 지키고 있던 관군들은 놀라 달아나다가 십여 명이 거꾸러졌다. 그 위에 두천과 송만이 이응과 사진을 응원한다.

일이 급하게 된 양중서는 말머리를 돌려 남문(南門)을 바라보고 달려가니까 앞장서서 달리던 부하 군졸들이 기절초풍해서 되돌아오는 게 아닌가. 어떤 까닭이냐고 묻기도 전에,

"절구통같이 생긴 중놈 두 놈이 선장(禪杖)을 휘두르면서 성안으로 쳐들어와요!"

하고 군졸들이 고한다. 앞뒤로 길이 다 막힌 양중서는 하는 수 없이 말을 돌려 유수사 앞으로 돌아올 수밖에 없었다.

그러나 유수사 앞에 이르러 보니, 그곳에 해진과 해보가 창을 휘두르며 버티고 서 있기 때문에 아무도 근처에 얼씬도 못 하는데, 때마침 왕태수가 어디서 나오다가 양웅과 유당이 한꺼번에 내리치는 방망이에 골통을 얻어맞고 머리가 깨어지며 눈알이 툭 불거져 그 자리에 뻗어버렸다. 그리고 왕태수를 호위해 나오던 관원들은 제각기 목숨을 구하여

달아나버린다.

양중서는 혼비백산해서 급히 서문(西門) 쪽으로 달려가노라니까, 별안간 성황묘 안에서 쾅! 하고 천지가 진동하는 듯 화포가 일제히 터지면서, 추연과 추윤이 기다란 대나무 끝에다 횃불을 켜가지고 그것을 쳐들고 집집마다 돌아다니며 불을 지른다.

그리고 남쪽에 있는 색주가(色酒家) 동네에서는 왕영과 호삼랑 내외가 닥치는 대로 사내놈들을 죽이고, 손신과 고대수 내외는 품속에서 칼을 꺼내 들고서 그들을 돕고 있는데, 동불사(銅佛寺) 앞에서는 장청과 손이랑 부부가 등을 매달아놓은 오산에다 불을 질렀다. 이렇게 되고 보니, 북경성 안의 백성들은 쥐구멍이라도 있으면 달아날 지경이라 집집마다 아우성 소리요, 사면에서 통곡하는 울음소리인데, 수십 군데서 일어나고 있는 화재는 사방을 불바다로 만들었다.

이런 틈을 간신히 빠져서 문턱에 당도한 양중서는 다행히 이성의 군사를 만나 급히 남문 문루 위로 올라가서 내려다보니, 성 아래엔 적군이 밀물처럼 깔려 있는데 대장기(大將旗)에는 '대도 관승(大刀關勝)'이라 크게 쓰여 있고, 왼편에는 선찬이요, 오른편에는 학사문이요, 뒤에는 황신이 각각 기러기 날개 형상의 진형으로 군사를 휘동하여 벌써 문루 앞까지 가까이 와 있는 게 아닌가.

양중서는 도저히 서문으로는 못 나가겠으므로 다시 북문 쪽으로 달려가니 여기도 불빛이 대낮같이 밝은데, 와글거리는 군사들 가운데 대장 임충이 창을 비껴 쥐고서 말 위에 높이 앉아 있고, 왼편엔 마린, 오른편엔 등비가 있고, 뒤에는 화영이 군사를 독려하면서 쳐들어오는 것이었다.

양중서는 또 하는 수 없어서 다시 두 번째 동문으로 달려가니, 횃불이 총총한 가운데 목홍·두흥·정천수 세 명 장수가 박도(朴刀) 들고 앞장서서 1천여 명 군사를 거느리고 쳐들어온다.

또 하는 수가 없어서 양중서는 남문으로 다시 달려가서 빠져나갈 구멍을 찾는데, 성문 밖에서 횃불이 일제히 오르면서 이립과 조정을 데리고 흑선풍 이규가 웃통을 벌거벗은 채 두 손에 쌍도끼를 쥐고 쳐들어오는데, 벌써 얼마나 많은 사람을 죽였는지 그의 몸뚱어리는 온통 피투성이다.

이때, 이성이 양중서를 호위하여 앞으로 돌격하여 한 가닥 혈로(血路)를 뚫고 나오자, 왼편에서 아우성 소리가 요란하게 일면서 수없이 많은 군사가 몰려오는데, 앞서 오는 장수는 쌍편 호연작이라, 그는 바로 양중서 앞으로 달려든다. 이성이 즉시 쌍칼을 휘두르며 그를 맞아 싸웠다.

그러나 도무지 싸울 마음이 없어서 말을 돌려 달아나려 하자, 왼편에서 한도, 오른편에서 팽기가 뛰어나오고 그 뒤에서 손립이 내닫는다.

그리하여 이성은 달아나지도 못하고 그들을 상대로 싸우는 중인데, 손립의 등 뒤에서 화영이 활을 쏘아 이성의 부장(副將)을 말에서 떨어뜨린다.

이성은 이 꼴을 당하자 그만 혼이 빠져서 말을 채찍질하여 달아나는데 불과 백 보도 달아나지 못해서 오른편으로부터 바라 소리 요란하게 일어나며, 무수히 많은 횃불이 길을 막으면서 벽력화 진명이 연순·구붕과 함께 나타나며, 그 뒤에서는 진달이 군사를 몰고 내닫는다. 이성은 죽을힘을 다해서 일변 싸우며 일변 양중서를 호위하며, 피투성이가 되어 그곳을 뚫고 빠져나갔다.

이러는 사이에 성안에서는, 두천과 송만이 양중서 관저를 습격하여 집안 식구들을 모조리 죽여버렸고, 유당과 양웅은 왕태수의 집안 식구들을 하나도 남김없이 죽여버렸다. 공명과 공량은 사옥사(司獄司)의 담을 뛰어넘어 들어갔고, 추연과 추윤은 사옥사 문전에 버티고 서서 왕래하는 사람들을 얼씬도 못 하게 하고 있었다.

그런데 아까부터 옥 안에 들어와 있던 시진과 악화는 취운루에 불이 붙은 것을 바라보고는 즉시 채복을 향해서 말했다.

"저걸 보시오? 못 보시오? 자 어떡할 작정이오? 노원외와 석두령을 얼른 내놓지 무얼 주저하는 거요?"

채경은 이때 옥문 앞에 있었는데 추연과 추윤이 별안간 옥문을 열어 젖히고 뛰어들어왔다.

"양산박 호걸들이 모여듭신다! 빨리 노원외와 석수 두 분을 이리로 모셔오너라!"

채경이 미처 무어라고 대답할 사이도 없이 지붕으로부터 공명과 공량이 뛰어내려오고, 그와 동시에 시진은 감추어 가지고 있던 기계를 꺼내 노준의와 석수가 들어 있는 감방으로 달려가서 그들의 목에 씌워 있던 칼을 벗겨버린다. 그리고 그는 채복을 보고 말한다.

"채형! 이러고 있을 때가 아니오! 내가 댁의 가족을 보호해줄 터이니, 나하고 같이 댁으로 가십시다!"

시진이 채복의 손을 이끌고 나오니, 추연과 추윤이 그 뒤를 따라와서 채복·채경과 함께 그 집의 식구들이 무사한 것을 보고는 밖으로 나갔다.

이날 밤 비로소 자유의 몸이 된 노준의는 석수와 공명·공량과 함께 자기 집을 향하여 오다가, 시진을 따라 채복의 집에 갔던 추연·추윤 두 사람을 만나 모두들 함께 이고와 가씨(賈氏)를 잡으려고 급히 달음질했다.

그러나 이고가 이날 밤 북경 판국이 이같이 뒤집혀진 이때까지 가씨와 함께 집에 남아 있을 이치는 없다. 취운루를 비롯하여 북경성 안 사방에서 화재가 일어나고, 양산박 도적떼가 쳐들어왔다는 소식이 들리자, 이고는 즉시 금은보화만 꾸려 가씨와 함께 집에서 뛰어나왔던 것이다. 그러나 정문으로 나가 보니까 헤아릴 수 없이 많은 적병이 몰려오는 고로 도로 집안으로 들어와서 이번엔 뒷문을 열고 나가 담 밑으로 흐르는 개울 속으로 뛰어내려가 숨으려 했더니, 언덕 위에서 장순이 소리를 꽥 지르는 게 아닌가.

"이 쌍놈의 새끼야! 어딜 도망가겠다고 날뛰는 거냐?"

이 소리에 깜짝 놀란 이고는 언덕 아래 매여 있는 뱃간으로 뛰어내려 선창 속으로 가만히 숨으려 했더니, 그 안에서 손이 한 개 불쑥 나와 그의 덜미를 움켜잡는 게 아닌가.

"이놈, 이고야! 네가 나를 알겠니?"

하고 호령하는데, 그 목소리를 들으니 바로 연청이다.

이고는 당황해서 애걸했다.

"동생! 나하고 자네하고 원수진 일이 없잖은가? 제발 한 번만 봐주게!"

그러나 이때 언덕 위에 있던 장순은 가씨를 붙들어 한옆에 끼고 뱃전으로 내려온 고로, 연청은 이고 놈을 단단히 움켜쥐고 장순과 함께 동문 쪽으로 끌고 갔다.

연놈이 이같이 붙들려간 뒤에 자기 집에 들어온 노준의는 계집과 이고 놈을 찾아보다가 그만두고, 같이 온 다섯 사람과 함께 중요한 세간살이를 모두 수레 위에다 실었다. 양산박으로 운반해가서 형제들과 나누어 쓰자는 생각에서였다.

한편, 채복의 집에 가 있던 시진은, 그 집안 식구들을 안심시키고 짐을 싸게 했다. 그들을 산채로 데리고 가서 목숨을 보전해주려는 생각이었다.

그런데 채복이 짐을 싸다 말고 시진을 보고서,

"저, 시선생! 한 가지 청이 있습니다. 북경 백성들이야 무슨 죄가 있습니까? 제발 백성들한테만은 해를 끼치지 말도록 일러주십시오."

하고 청한다. 시진은,

"옳은 말이오!"

즉시 이같이 대답하고 군사 오용을 찾아가, 양민을 해치지 말라고 영을 시급히 내리게 했다. 그러나 이 같은 영이 내리기 전에 성중 백성들 가운데 많은 수효가 칼에 상했거나 불에 타고 말았으니 애석한 일이다.

이윽고 날이 밝았다.

오용과 시진은 징을 쳐서 군사를 거두고, 두령들은 유수사로 집합하게 했는데, 그들은 노준의와 석수 두 사람과 만나서 기쁨을 나누느라고 한참 동안 자리를 못 잡는다.

노준의가 옥중에서 채복·채경 형제 때문에 고생을 하지 않고 잘 있었다는 이야길 하고 있을 때, 연청과 장순이 이고와 가씨를 끌고 들어왔다.

연놈의 꼴을 보고 노준의는 사지가 후들후들 떨리었지만, 간신히 참으면서,

"두 연놈은 내가 감시해 끌고 가리다!"

하고 부탁한다. 양산박에 올라가서 처치해버리려고 주의를 정한 것이다.

한편 양중서를 호위해 간신히 목숨을 살려 도망해 나온 이성은, 얼마 되지 않는 패잔병을 이끌고 비호곡으로부터 돌아오는 문달과 만나 합세하여 남쪽으로 도망쳤다.

그러나 얼마 달아나지 못해서 함성이 천지를 진동시키며 혼세마왕 번서가 왼편엔 항충, 오른편엔 이곤, 뒤에는 뇌횡·시은·목춘 등과 함께 보군(步軍) 1천 명을 거느리고 나타나서 길을 막으니, 이야말로 죄수가 석방되었다가 감옥에 다시 들어온 격이요, 자리에서 일어났던 병객이 다시 병상에 눕게 된 격이다.

이에 이르러 양중서·이성·문달 세 사람은 죽기를 한하고서 적진 가운데를 뚫고, 일변 싸우며 일변 도망하여 마침내 서쪽으로 탈출했다.

이때 번서는 항충·이곤과 함께 그들의 뒤를 추격하다가 그만두고,

뇌횡·시은·목춘과 함께 북경성으로 들어가서 다시 영을 기다리기로 했다.

한편, 군사 오용은 성내 각처에다 백성들은 안심하라는 방을 써붙이게 하고, 또한 아직도 타고 있는 불을 진화시키는 데 군사를 전부 동원시켰다. 그리고 양중서·이성·문달·왕태수의 가족들은 죽은 것은 죽었고, 도망한 것은 도망한 것으로 치고서 그 이상 더 추궁하지 않기로 했다.

이같이 한 후에 오용은 영을 내려서 먼저 유수사의 곳간을 열어 백성들에게 곡식을 나누어준 다음, 금은·보패·비단 등속 온갖 재물을 수레에 실어 양산박으로 가지고 가도록 준비시키고, 이고와 가씨는 함거에다 감금한 후 오시(午時)나 되어서 양산박을 향하여 삼대(三隊)로 나누어 길을 떠나니, 나팔 소리, 꽹과리 소리 요란하다. 엊그제는 발자국 소리도 죽이고 오던 길이 오늘은 개선군의 행렬이다.

이때 양산박 송강한테는 신행태보 대종이 먼저 와서 전후 전말을 보고한 고로 송강은 여러 두령들과 함께 산 아래까지 내려가서 싸움에 이기고 돌아오는 그들을 마중하여 충의당으로 들어온 후, 노준의에게 공손히 예를 하고 말했다.

"원외님을 산으로 올라오시게 한 후 우리 함께 대의(大義)를 바로잡으려던 노릇이 그만 잘못되어 뜻밖에 고생을 하시게 했으니 참으로 황송합니다. 오늘날 이렇게 다시 만나뵈니 오직 황천(皇天)이 도우신 것만 같습니다."

노준의도 대단히 감격하여 말한다.

"겸사의 말씀! 어찌 저 멀리 떨어져 있는 하늘이 우리들의 사사로운 일을 일일이 알고 돕겠습니까? 오직 위로는 형장의 호위(虎威)와 아래로는 여러분 두령들이 힘써주신 덕택이죠. 이 은혜는 이 몸이 열 번 죽어서도 보답하기 어렵겠습니다."

노준의는 이렇게 말하고서 일어나더니 채복과 채경을 데리고 와서 송강에게 인사를 드리게 한 후, 이 형제들의 은공을 이야기한다.

"만일 이 두 사람이 아니었더라면 내가 옥중에서 벌써 죽었지, 지금까지 살아 있지도 못했을 겝니다."

"참으로 고마우신 분들입니다그려!"

송강은 채복 형제를 칭찬하고 나서 노준의를 보고 말한다.

"그런데 이제는 때가 왔으니 하는 말입니다마는, 꼭 한 가지 들어주셔야 할 일이 있습니다."

"제가 할 수 있는 일이라면 무슨 일인들 사양하겠습니까?"

송강은 교의에서 일어나 노준의의 손을 이끌며 말한다.

"오늘부터 이 자리에 앉아주십시오."

노준의는 깜짝 놀라 송강의 손을 얼른 놓고서 말한다.

"천만의 말씀! 이 사람이 무엇이기에 감히 산채의 주인이 된단 말씀입니까? 형장을 모시고 다니면서 잔심부름이나 하는 졸개가 되어 목숨을 구해주신 은혜나 갚으면 천행인 줄 압니다."

그래도 송강이 두 번 세 번 간청하나, 노준의가 그 말을 들을 이치는 없다. 두 사람이 하나는 권커니, 하나는 사양하거니 서로 미는 모양을 보고 있던 흑선풍 이규가 못 참겠다는 듯이 한마디 한다.

"형님도 참 이상한 성질이오! 전일엔 그 자리가 좋았기에 앉았다가 오늘엔 뭣 땜에 딴 사람한테 물려주는 겐가? 대체 그 교의는 금으로 만들었나? 물려주고 물려받고! 제기랄, 눈꼴시어 못 살겠네!"

송강이 듣고 꾸짖었다.

"너는 닥쳐!"

그러자 노준의는 송구스러운 듯 송강을 보고 말한다.

"형장께서 너무 이렇게 말씀하시면 제가 옥중에 갇혀 있는 것보다 마음이 편치 못합니다."

이때 흑선풍이 또 한마디 한다.

"형님이 황제 되고, 노원외가 승상 되고, 우리가 모두 금전(金殿) 안에 있는 신하나 된다면 몰라도 이건 뭐 아직까진 우리가 수박(水泊)에 있는 강도들 아닌가? 그냥 그전대로 있는 게 좋아!"

송강은 너무도 기가 막혀 말을 못 하고 있는데, 오용이 입을 열었다.

"이렇게 하시지요. 우선 원외님을 동쪽 객실에 모시어 빈객(賓客)으로 대우하고 얼마쯤 지난 뒤에 원외님이 무슨 공을 세우시거든, 그때 다시 의논하여 형님께서 양위(讓位)하셔도 늦지 않을 것 같습니다."

송강도 당장 양위해야겠다고 고집할 이유가 없는지라 그 말에 좇아서 노준의를 동쪽 객실에 들게 하고 연청으로 하여금 그를 모시게 했다. 그리고 채복·채경의 가족과 그동안 설영이 모셔온 관승의 가족들에게도 각각 집을 주어 편안하게 있도록 처리한 다음, 그 이튿날엔 이번 싸움에 이기고 돌아온 장병들을 위해서 크게 잔치를 베풀었다.

대도 관승

　이리하여 양산박 마·보·수(馬步水) 삼군(三軍)과 대소 두목(頭目)과 졸개들은 끼리끼리 패를 짜서 사방으로 흩어져 술을 마시고 노래를 부르며 놀고 있을 때, 충의당 안에서는 술이 몇 순배 돌자, 술기운이 얼굴에 불그레하게 오른 노준의가 술잔을 탁자에 놓고 일어서면서 한마디 묻는다.

　"그런데 여러분! 저 음부와 간부 연놈을 끌고 온 것이 있는데, 그걸 어떻게 처치할랍니까?"

　송강이 싱그레 웃으면서 말한다.

　"참말 나도 그걸 잊고 있었습니다그려."

　그러고서 송강은 졸개들로 하여금 함거를 끌어오게 한 후, 그 속에서 연놈을 끌어내다가 이고는 뜰아래 왼편 장군주(將軍柱)에 묶어놓고, 가씨는 오른편 장군주에다 묶어놓게 하고서 노준의에게 말한다.

　"이것들의 죄상이야 다시 물어볼 필요도 없겠으니, 원외님이 자량해서 처치하십시오."

　그러자 노준의는 품에서 단도를 쑥 꺼내들고 뜰아래로 내려간다. 모든 두령들은 일시에 이야기를 뚝 그치고 눈을 그리로 돌렸다.

　노준의는 먼저 이고 앞으로 오더니,

"이놈! 찢어 죽여도 시원치 않을 놈아!"

벼락 치듯 한마디 호령하고서, 칼로 그놈의 배를 쭈욱 가르니까, 뱃속의 창자가 쏟아져버린다.

그다음에 노준의는 오른편 기둥에 묶여 있는 가씨 앞으로 가서,

"이 더러운 년!"

씹어뱉듯이 한마디 뱉고서, 칼로 계집의 배를 갈라버린 후, 다시 그는 두 연놈의 모가지를 베어버린다. 그는 이같이 원한을 풀어버린 다음에 손을 씻고 다시 충의당에 올라가서 여러 사람에게 사례를 하니, 두령들은 그에게 술을 따라주면서 칭찬하기를 마지아니했다.

한편, 북경 대명부 양중서는 양산박 군사들이 모두 물러갔다는 소식을 알고서, 그제서야 문달과 이성으로 하여금 남아 있는 군사를 모아 북경으로 돌아와 보니, 여기저기 새까맣게 타버린 폐허에서는 백성들의 울부짖는 소리가 처량했으나, 양중서의 부인만은 후원의 화초밭 속에 숨어서 요행히 살아 있었다. 양중서는 반가이 부인의 손을 쥐었다.

"여보세요, 빨리 조정에 상주(上奏)하시고, 아버님께 따로 편지를 써 보내셔서, 속히 구원병을 청해 원수를 갚아야 하지 않겠어요?"

양중서의 부인은 서울 친정아버지 되는 채태사에게 원수를 갚아달라고 하자는 것이었다.

"암, 그래야지!"

양중서는 곧 문서를 만들기 시작했다.

이번 난리통에 관군의 손실은 3만여 명이요, 백성들 가운데 죽은 자가 5천여 명, 부상자는 이루 그 수효를 알 수 없다.

이 같은 상황을 적어서 상주문(上奏文)과 함께 또 채태사에게 보내는 사신(私信)을 작성한 후, 양중서는 이것을 부장(副將)에게 주어 밤을 새워 서울에 올라가서 태사부(太師府)에 전달하라고 지시했다.

상주문과 편지를 갖고 북경을 떠난 부장은 주야로 달려서 이틀 만에

서울 태사부에 도착하여 즉시 채태사에게 그것을 올렸다.

채태사는 애초엔 양산박 도적떼를 조정에 귀순시켜 그것을 양중서의 공로로 돌린 다음에 자기도 그 덕분에 천자한테 잘 보이려고 생각했던 터이었는데, 이제는 기대하던 일이 다 깨져버린 상태라, 화를 내면서 밀서를 가지고 온 부장을 물러가라고 호령했다.

그 이튿날 새벽 5경 때 채태사는 경양루의 종을 치게 하여 문무백관을 대루원(待漏院)으로 모은 후, 그가 맨 앞에서 도군 황제(道君皇帝)의 옥좌 앞으로 나가 양중서의 상주문을 올리고서 아뢰었다.

"양산박 도적떼가 북경성을 공략했으나 관군은 힘이 모자라 당할 길이 없었다 하옵니다."

도군 황제는 상주문을 읽어본 다음에 대단히 놀라면서 책망한다.

"아무러기로 성이 깨어질 만큼 관군이 무력했단 말이오?"

그러자 간의대부(諫議大夫) 조정(趙鼎)이 옥좌 앞으로 나와서 아뢴다.

"아뢰옵니다. 전자에 누차 양산박에 토벌군을 보내봤사오나 한 번도 싸움에 패하지 않고 돌아온 일이 없사옵니다. 생각하옵건대 이는 지리(地利)를 얻지 못했던 까닭인가 하옵니다. 소신의 어리석은 소견으로는 조척을 내리시와 그들로 하여금 조정에 귀순하도록 하시옵고, 그들을 신하로서 대접하여 변경 땅을 지키도록 내보내시어 나라에 공을 세우도록 하옵심이 좋으리라 생각되옵니다."

채태사가 곁에서 이 말을 듣고 당장에 언성을 높여 조정을 꾸짖는다.

"그게 어디 당한 말이오? 간의대부로서 도적을 충신으로 만들려고 드니, 이렇게도 조정의 기강을 유린할 수 있소? 그 죄는 사형에 처해야 마땅하오!"

서슬이 시퍼렇게 꾸짖는 소리에, 신하들 가운데 조정과 의견을 같이하는 사람들도 있었으나, 그들은 모두 입도 못 벌렸다. 그만큼 채태사는 조정에서 저 혼자 충신 노릇을 하는 판국이다.

도군 황제는 아무도 딴말을 못 하는 모양을 보고 채태사 채경의 말이 옳다는 줄 알고 그 자리에서 조정의 관작(官爵)을 파직하여 평민을 만들게 했다. 그리고 채경에게 묻는다.

　"양산박 도적들이 그다지도 형세가 크다면 누구를 보내서 토벌해야 할꼬?"

　채태사가 아뢴다.

　"신의 우견(愚見)으로서는, 저것들이 아무리 형세가 왕성하다 하나 불과 초적(草賊)이온데, 어찌 대군(大軍)을 사용하겠습니까! 신이 두 장수를 천거하옵겠는데, 한 사람은 단정규(單廷珪)라는 인물이옵고, 한 사람은 위정국(魏定國)이라는 인물로서 두 사람이 함께 능주(凌州) 땅에 단련사(團練使)로 있사옵니다. 원하옵건대, 폐하께서는 성지(聖旨)를 내리시와 두 사람을 불러 일지인마(一枝人馬)를 주시고, 양산박 도적들을 소탕하라 하시옵소서."

　도군 황제는 그 말에 만족하여 즉시 추밀원(樞密院)으로 하여금 문서를 작성하여 능주로 칙사를 보내도록 하라고 분부를 내린 후에 옥좌에서 일어났다. 문무백관들은 조회로부터 물러나오면서 모두들 속으론 채태사의 처사를 비웃었다.

　그러나 자기의 주장을 관철한 채태사는 득의양양해서 물러나온 후, 이튿날 칙서(勅書)를 가진 차관(差官)을 능주로 파견했다.

　한편, 양산박 산채에서는 북경서 빼앗아온 금은보화를 골고루 장병들에게 나눠주고, 날마다 소와 말을 잡아 연회를 베풀어 삼군을 위로했다. 그리하여 산채의 도처에 고기는 산더미같이 쌓여 있고, 술은 여기저기 독째 내놓고 마냥 퍼먹게 하니, 모든 두령들이 신바람이 나서 어쩔 줄 모르는 판이다. 이럴 때, 술에 거나하게 취한 송강을 보고 오용이 말한다.

　"그런데 형님, 한 가지 걱정이 있습니다."

송강이 반문한다.

"아니, 이렇게 모두들 흥겨워하는데, 무슨 걱정이 있다고 하시는 거요?"

"이번에 노원외 때문에 북경을 쳐서 백성들을 많이 죽이고, 부고(府庫)를 털고 양중서를 내쫓고 했으니, 그놈 양중서란 놈이 가만있겠습니까? 더구나 그놈의 장인이 당대에 세도하는 채태사인데요? 틀림없이 대군을 일으켜서 우리한테 복수하러 올 겝니다."

"군사(軍師)의 말씀이 이치에 합당한 말씀이오. 지금이라도 속히 사람을 보내서 염탐을 해오도록 해야겠소이다."

"염탐꾼은 제가 이미 보내둔 것이 있습니다. 아마 미구에 돌아올 겝니다."

두 사람이 이같이 말하고 있을 때, 그 염탐꾼이란 사람이 마침 돌아와서 보고한다.

"군사께서 예상하던 대로 그대로 됐습니다. 양중서가 조정에 상주해서 토벌군이 나오게 될 모양입니다."

그는 이같이 말하면서, 간의대부 조정이 대사령(大赦令)을 내리시라 주장하다가 채태사한테 호령을 듣고 파직당한 일이며, 채태사의 천거로 능주 땅의 단정규와 위정국 두 사람의 단련사가 토벌군의 대장으로 파견되리라는 사실 등을 자세히 보고하는 것이다.

송강이 그 이야기를 듣고 걱정한다.

"일이 그렇게 되었다면 불가불 싸워야겠는데, 어떻게 막아야 하나요?"

오용이 대답한다.

"두 놈을 한꺼번에 묶어드릴 테니 과히 염려 마십시오!"

그러자 관승이 자리에서 벌떡 일어나며 두 사람을 보고 말한다.

"제가 산에 올라온 후로 공은 털끝만큼도 세워보지 못했습니다. 다행히 이번에 우리를 토벌하러 온다는 대장이 단정규와 위정국이라니 이 두 사람은 제가 포성(蒲城)에 있을 때부터 잘 알고 사귀어오던 사람입니다. 단정규는 물을 잘 이용해서 적군을 물에 침몰시키기를 잘하는 까닭에 성수장군(聖水將軍)이라 부르고, 위정국은 화공(火攻)을 잘하는 까닭에 신화장군(神火將軍)이라고 부르지요. 제가 재주는 없습니다만, 5천 명만 주시면 군사를 거느리고 능주로 가서 두 사람을 항복하라고 권해보아서 그들이 항복하면 데리고 올라오고, 만일 항복하지 않는다면 두 놈을 사로잡아다 형님께 바치오리다. 공연히 여러 두령들한테 수고를 끼치지 말고 저한테 맡겨주시는 것이 좋을 것 같은데, 형님 의향이 어떠신지요?"

송강은 그 말을 듣고 만족해서, 즉시 학사문과 선찬 두 사람을 불러 관승과 함께 군사 5천 명을 거느리고 내일 출동하라고 지시했다.

이리하여 그 이튿날 송강은 여러 두령들과 함께 금사탄까지 내려가서 관승의 일행을 전송하고, 다시 충의당으로 돌아왔다.

송강이 자리에 앉으니까 오용이 말한다.

"관승이 장담은 하고서 떠났지만, 아무래도 그 마음은 믿기 어려운데요. 다시 몇 사람 장수를 추려 보내시어 관승을 감시하기도 하고 응원하도록 하는 것이 좋을 듯한데, 어떻겠습니까?"

송강은 고개를 좌우로 흔든다.

"그게 무슨 말씀이오? 내가 보기엔 관승은 의기가 무섭고, 시종이 여일한 호걸 남자요! 군사(軍師)는 너무 사람을 의심하시는구려."

"글쎄요, 사람들의 마음이 모두 형님 마음만 같았으면 얼마나 좋겠습니까? 그러지 마시고, 임충과 양지를 대장으로 삼고, 손립과 황신을 부장으로 삼아, 5천 명 군사를 거느리고 내려가게 하십시다."

이때, 흑선풍이 한마디 참견한다.

"그럼 나도 가야지!"

송강은 꾸짖었다.

"네가 나설 때가 아니야! 너는 가만히 앉아 있어!"

"내가 가만히 있으면 몸에 병이 생긴단 말예요! 흥! 날 못 가게만 해 봐라, 내 혼자서 갈 테니!"

"저놈이 군령(軍令)을 모르고! 정말 대가리가 떨어지고 싶은가 보다!"

송강이 되게 꾸짖으니 흑선풍은 그만 입을 다물고 원망스러운 눈으로 송강을 바라보더니, 밖으로 나가버린다.

송강은 오용이 권하는 대로 임충과 양지로 하여금 군사를 거느리고서 관승을 따라가게 했다.

이튿날, 송강과 오용이 이야기하고 앉았노라니까, 군졸 한 명이 달려와서 보고한다.

"간밤에 흑선풍 이규가 도끼 두 자루를 들고 나가더니 여태 돌아오지 아니합니다."

보고를 듣고 송강이 한숨을 쉬며 탄식이다.

"내가 잘못했다! 어제 내가 너무 과한 말로 나무랐더니 그 녀석이 그만 딴 데로 달아난 모양이군!"

"형님이 잘못이십니다. 이규가 거죽은 험상궂고 추하게 생겼지만, 의리가 무섭고 마음이 곧기론 그만입니다. 다른 데로 갈 이치가 있나요? 2, 3일 지나면 반드시 돌아올 게니, 형님은 심려 마십시오."

오용이 이같이 위로의 말을 했건만 송강은 마음이 불안해서 대종을 불러 흑선풍을 찾아가 보라고 부탁한 후, 그래도 마음이 놓이지 않아서 시천·이운·악화·왕정륙 네 사람 수장(首將)으로 하여금 길을 나누어 네 갈래로 가면서 흑선풍을 찾아오라고 당부하는 것이었다.

이때, 흑선풍 이규는 송강으로부터 꾸지람을 듣고 홧김에 제 방으로 건너가 도끼 두 자루를 가지고 산을 내려온 후, 능주로 향하여 길을 걸으면서 혼자 가슴속으로 생각했다.

'그까짓 거 두 놈을 잡으려고 만 명이나 군사를 동원시켜 능주를 치러 간단 말인가? 내 혼자서 성을 넘어가 도끼 한 개로 한 놈씩 찍어 죽여버린다면, 아마 우리 형님이 깜짝 놀랄 게라! 그리고 다른 두령들도 기가 차서 숨도 크게 못 쉴 거라!'

이같이 생각하면서 그는 반나절이나 활갯짓하며 걸어갔다. 그러자 점점 기운이 빠지고, 허리가 휘청휘청해진다. 뱃속에서 무엇이든지 들어오라는 것 같은데, 생각해보니 급히 나오느라고 노잣돈을 한 푼도 안 가지고 잊어버리고 나왔다.

그렇다고 굶을 수는 없고, 이걸 어쩌나 하고 휘적휘적 걸어가다 보니까 길거리에 술집이 하나 보인다. 그는 옳다 됐다 싶어서, 그 집으로 쑥 들어가 한편 구석에 앉아서,

"여보 주인 있소?"

하고 소리쳤다.

주보가 나와서 묻는다.

"무얼 잡수시렵니까?"

"술집에서 무얼 먹겠느냐 물을 거 없지! 술 서 근하고, 고기 두 근 갖고 와!"

주보는 아니꼽다는 눈으로 그를 바라보더니 안으로 들어가서 주문한 대로 술과 고기를 갖다놓는다.

그가 술과 고기를 다 먹고 나서 일어나 내빼려니까, 주보가 앞을 가로막으면서,

"술값을 내고 가시오!"

하며 손을 벌린다.

"술값? 술값은 내가 장사하고 나서 돌아올 때 갚지!"

흑선풍은 이렇게 한마디 던지고서 그냥 문밖으로 나가려 드는데 이

때 마침 곰같이 크게 생긴 사나이 하나가 밖에서 들어오다가 어깨로 그를 툭 치더니, 욕을 퍼붓는다.

"어디서 이렇게 새카맣게 생겨먹은 자식이, 여기가 누가 경영하는 술집인 줄 알고 이러는 거야? 그래 남의 술 공짜로 먹고 달아나기냐?"

흑선풍은 눈을 동그랗게 뜨고서 대답했다.

"그래! 네가 몰라서 그렇지, 난 언제든지 어디 가서든지 공짜로 잡수신다!"

그러자 그 사나이가 허리를 젖히면서 말한다.

"이놈이 아직 주인을 못 만나서 이 모양이로구나. 네가 이놈 내 이름을 들었다간 똥을 싸고 기절할 게다. 나로 말하면, 양산박 호걸 한백룡(韓伯龍)이라는 어른이시다. 이 술집 밑천도 송강 형님이 대주시는 거란 말야! 알아들었느냐?"

흑선풍은 이 말을 듣고 킥킥 웃었다. 산에서 한 번도 이런 놈의 이야기를 듣지도 못했거니와 꼴도 처음 보는 놈이 이같이 허풍을 치니, 그가 웃을 만도 하다.

그러나 이자는 이자대로 까닭이 있어 하는 말이니, 본래 그는 강도질을 하고 돌아다니다가 양산박에 입당해볼까 생각하고서 어떻게 연줄을 타서 주귀의 집에 몸을 의탁하고 있었는데, 주귀가 그를 데리고 송강에게 인사 오기 전에 송강이 등창 병으로 병석에 누워 있었고, 또 산채는 북경을 공격하느라고 부산했기 때문에 끝내 송강을 만나게 할 기회가 없으니까 주귀는 우선 이자에게 밑천을 얼마 대주고 술집을 경영하면서 때가 오기를 기다리라 했던 것이다.

그런 까닭이 있으니까 이자가 지금 이렇게 한번 허풍을 쳐본 것이다.

흑선풍은 더 대꾸하지 않고, 그자가 막고 섰는 문간을 그대로 빠져나가려 했다. 그러자 그는 주먹으로 흑선풍의 가슴을 쥐어지르면서 또 호령이다.

"이놈아! 아직도 못 알아들었느냐? 술값을 내고 가란 말야!"

그러자 흑선풍 이규는 허리춤에서 도끼 한 자루를 선뜻 꺼내 들고 불쑥 내밀면서,

"옜다! 그럼 이걸 술값 대신 잡고 있거라. 내 돌아올 때 찾아가마."

하고 그에게 준다. 한백룡은 이것이 정말인 줄 알고, 그 도끼를 전당으로 잡으려고 손을 내밀어 받으려 했다. 그러나 그 순간, 흑선풍이 내리치는 도끼 끝에 그의 대가리는 반쪽이 쪼개지면서 거꾸러졌다. 인생의 절반 세월을 강도로 살아오다가 양산박에는 올라가 보지도 못한 채 한백룡은 불쌍하게도 흑선풍 이규의 손에 죽어버렸다.

이 같은 변괴를 당한 술집 더부살이 세 명은 기절초풍해서, 어째서 저희 부모가 다리를 두 개만 만들어주었던가 원망하면서, 멀리 떨어져 있는 마을 쪽을 향해 걸음아 날 살려라고 달음질친다.

흑선풍은 태연히 방 안으로 들어가서 돈을 뒤져 품속에 넣은 다음에 그 집에다 불을 질러버리고, 다시 능주를 향해 걸음을 재촉하는데, 뉘엿뉘엿 해가 서산에 넘어갈 무렵, 맞은편에서 이쪽으로 걸어오는 굉장히 크게 생긴 사나이가 유심히 그를 아래위로 훑어보는 고로, 그는 기분이 나빴다.

"이 자식이 왜 사람을 아래위로 훑어보는 거야?"

그가 이렇게 한마디 던지니까 그 사나이는 딱 버티고 서더니,

"이놈아! 너 뭐하는 새끼냐?"

하고 눈을 부릅뜬다.

흑선풍은 그놈에게 한 대 먹이려고 주먹을 불끈 쥐고 내질렀건만, 어느새 그자의 주먹에 이마빡을 얻어맞고 그는 땅바닥에 넘어졌다.

"애, 이놈 봐라. 주먹이 제법 세구나!"

그는 땅바닥에 앉아서 이같이 생각하면서 고개를 쳐들고 그자를 바라보며 물었다.

"대관절 너 이름이 뭐냐?"

"이놈아! 난 이름 같은 거 없다! 잔말 말고 일어나서 덤비기나 해! 상대는 해줄 테니!"

흑선풍이 화가 나서 벌떡 일어나자, 어느새 또 그자의 발길이 옆구리를 걷어차는 바람에 흑선풍은 다시 거꾸러졌다.

"이거 못 당하겠구나!"

그는 땅바닥을 짚고 일어나면서 한마디 남기고 그만 도망하기 시작했다. 그가 이 세상에 태어났다가 이같이 호되게 봉변을 당해보기는 오늘이 처음이다.

그러자 그 사나이가 소리 크게 부른다.

"애! 껌둥아, 이름은 뭐고, 어디 살고 있니?"

달아나던 흑선풍 이규는 발을 멈추고 대답했다.

"네가 내 이름을 듣고 놀라 자빠질까봐 말 않는 게 좋겠다마는, 나 같은 호걸 어른이 너를 속일 수도 없다. 양산박 두령 중 흑선풍 이규라는 어른이 즉 나란 말이다!"

"이놈아, 거짓말 마라!"

"네가 곧이 안 듣겠단 말이지? 그렇다면 이걸 봐라!"

흑선풍은 윗저고리를 쳐들고 허리춤에 있는 두 자루의 도끼를 보였다.

"네가 양산박 호걸이라면, 혼자서 뭘 하러 어디를 간다는 게냐?"

"형님과 말다툼을 하고서 능주에 있는 단가(單哥), 위가(魏哥) 두 놈을 죽이러 가는 길이다."

"소문을 들으니까 양산박에선 벌써 군사가 능주로 갔다던데, 누구누구가 갔는지 네가 아니?"

"먼저 간 것이 대도 관승이고, 그 뒤를 따라서 표자두 임충이하고 청면수 양지가 군사를 데리고 갔지."

이 소리를 듣더니 그 사나이는 흑선풍 앞에 넙죽 절을 하는 게 아니닌가.

흑선풍은 물었다.

"내 이름은 아까 말했지만, 노형은 대관절 누구요?"

그 사나이가 일어나서 대답한다.

"예, 나는 중간부 사람으로 조부님 때부터 삼 대째 씨름을 업으로 삼고 살아옵니다. 씨름의 묘법(抄法)을 대대로 전해 받으면서 아직 제자들한테도 안 가르치고 있습니다."

"그래서 그런지, 나도 엔간한 터인데 아까 노형 수단에는 넘어지고 말았단 말이야. 그게 비법(秘法)이로군?"

"그렇지요! 그런데 제가 성질이 나빠서 그런지, 어딜 가거나 사람들과 잘 사귀지를 못해서 걱정이랍니다. 그래서 산동·하북 지방에서 저를 몰면목(沒面目) 초정(焦挺)이라고 부르지요!"

"그래 초형(焦兄)은 지금 어디로 가는 길이오?"

"예, 근자에 소문을 들으니까 구주(寇州) 지방에 고수산(枯樹山)이라는 산속에 강도 한 명이 살고 있는데, 이 사람이 얼마나 사람을 잘 죽이는지 별명을 상문신(喪門神)이라고 부른다나요. 이름은 포욱(鮑旭)이라 한다지요. 그래, 지금 제가 이 사람을 찾아가 입당해서 강도질이나 같이 할까 하는 판입니다."

"이왕 그런 생각이 있다면, 그만한 수단과 포부를 가진 사람이 왜 우리 형님한테로 안 가고 그러시오?"

"양산박 말씀이죠? 가고 싶은 생각이야 간절하지만, 연줄이 있어야죠? 오늘 우연히 형장을 만났으니 나를 양산박에 데려가주시구려."

"좋소! 하지만 내가 우리 형님하고 다투고 내려온 터이니, 한 놈도 못 죽이고 빈손으로는 못 들어가겠소. 그러니까 우리 이렇게 합시다. 노형이 나하고 함께 이길로 고수산엘 가서 포욱을 데리고 능주로 가서 단가·위가 두 놈을 죽인 후에 양산박으로 갑시다! 이렇게 되면 참 좋겠소."

"그렇게 되기는 어려울 게요! 능주라는 데가 성지(城池)가 크고 군사가 많은 곳이라, 우리 두 사람이 목숨이나 빼앗기기 쉽지요. 그러지 말고 고수산에 올라가서 포욱이나 달래어서 양산박으로 가는 것이 상책일 것 같소이다."

두 사람이 이같이 이야기하고 있는데, 뜻밖에도 흑선풍 등 뒤에서 시천이 나타나면서,

"형님 여기 계시군요! 어서 산으로 돌아갑시다. 지금 여러 사람이 사방으로 형님을 찾아다니는 중이니 어서 가십시다."

하고 그의 앞에 와서 선다.

"너 이 어른한테 인사나 드려라."

흑선풍은 그 말엔 대답도 않고 시천을 초정에게 인사시킨다. 그래서 시천은 초정에게 절을 하고, 다시 흑선풍을 졸라댔다.

"송공명 형님이 눈이 빠지게 기다리고 계세요. 어서 속히 산으로 돌아가십시다."

"아니야, 넌 가만있어! 난 초형하고 고수산에 가서 포욱을 데리고 가야 한단 말야. 초형하고 그렇게 하기로 언약했거든!"

"포욱이 뭣하는 사람인지 모릅니다만, 송공명 형님이 고대하고 계시니 산채로 먼저 돌아가야 해요."

"여러 말 하지 말고, 우리하고 같이 고수산에 안 가겠거든 너 먼저 돌아가서 형님한테 말이나 전해라. 난 곧 돌아갈 테니 염려 마시라고!"

시천은 흑선풍이 또 야단칠까봐 겁이 나서 더 조르지 못하고 양산박으로 돌아가자, 흑선풍과 초정은 구주의 고수산을 향해서 떠났다.

그런데 이때 관승은 선찬·학사문과 함께 5천 명 군사를 인솔하여 능주 근방에 도달했고, 한편 능주 태수(太守)는 도군 황제의 칙지(勅旨)를

채태사로부터 받았는지라 즉시 병마단련사(兵馬團練使)로 있는 단정규와 위정국을 불러 무기와 군량을 준비하게 한 후 택일하여 곧 출동하려는 판이었는데, 그들이 출동하기 전에 갑자기 놀라운 정보가 들어왔다.

"포동에서 유명하던 대도 관승이 많은 군사를 거느리고 지금 쳐들어왔습니다."

이 같은 보고를 받은 병마단련사 단정규·위정국은 크게 노해서 즉시 군사를 거느리고 성 밖으로 나와 보니, 사실대로 관승이 진문(陳門) 앞에 나와 있다.

'성수장군 단정규', '신화장군 위정국', 이렇게 커다랗게 쓴 대장기를 꽂은 두 사람의 장수가, 단정규는 검은 말을 타고, 위정국은 붉은 말을 타고 관승을 향해서 뛰어나가니까, 관승이 두 사람을 보고서 큰소리로 인사를 하는 것이었다.

"두 분 장군, 오래간만에 뵙습니다. 그간 별고 없었습니까?"

이 소리를 듣고 단정규와 위정국은 한 번 웃고 나서 관승을 향해 꾸짖었다.

"이 염치없는 배반자야! 위로 조정의 은혜를 배반하고 아래로 조상의 이름을 욕되게 한 너같이 더러운 놈이 무슨 낯짝으로 군사를 끌고 와서 우리한테 인사를 하는 거냐?"

그러나 관승은 부드러운 음성으로 대답한다.

"두 분 장군은 그다지 노여워 마시고 잠시 내 말씀을 들어주시오. 지금 천자께서 어두워서 정사(政事)를 잘 모르시는 틈을 타서 간신들이 권세를 잡고 저희들과 가까운 사람이 아니면 써주지를 않고, 혐의쩍은 일만 있으면 원수를 갚기에 분망한 고로, 우리 송공명 형님은 인의충신(仁義忠信)을 근본으로 삼고서 체천행도하시는 터요, 특히 이번에 나로 하여금 두 분 장군을 모셔오라 하여 왔으니, 아무쪼록 내 말을 들으시고 함께 산으로 가십시다!"

단정규·위정국 두 장수는 노해서 일시에 말을 달려 나오므로 관승도 두 사람을 맞아 싸우려 했더니 왼편에서 선찬이 튀어나오고, 오른편에서 학사문이 튀어나와 두 장수를 상대한다.

칼과 칼이 부딪치니 불이 번쩍하고, 창과 창이 서로 찌르니 살기가 등등하다.

관승은 진전에서 이 모양을 바라보면서 속으로 칭찬하기를 마지아니했다.

이같이 한참 싸우더니, 단정규·위정국 두 장수가 갑자기 말머리를 돌이켜 저희들 본진으로 도망하니까, 학사문과 선찬은 각각 두 사람의 뒤를 쫓아간다. 조금 가다가 위정국은 왼편으로 내빼고 단정규는 오른편으로 내빼므로 선찬은 위정국을 쫓아가고 학사문은 단정규를 쫓는다. 이같이 추격하여 선찬이 불과 4, 5백 보가량 쫓아갔을 때, 붉은 갑옷에 붉은 기를 든 4, 5백 명의 보군(步軍)이 나타나더니 선찬을 포위해버리고 넘어뜨리고는 달려들어 말과 사람을 함께 묶어 끌고 간다.

그리고 오른편으로 단정규를 추격하던 학사문도 검정 갑옷에 검정 깃발을 든 4, 5백 명의 보군한테 포위당해서 선찬과 마찬가지로 말 탄 채 사로잡혀버렸다.

단정규와 위정국은 두 사람을 이같이 사로잡아 능주성 안으로 호송한 후 정병(精兵) 5백 명을 거느리고 다시 나와 관승을 들이치므로, 관승은 놀란 끝이라 싸워볼 용기도 없이 그냥 도망하는데, 단정규와 위정국은 말을 채쳐 급히 쫓아오니 형세가 자못 위급하게 되었다. 이때 마침 관승의 맞은편에서 두 떼의 군마가 먼지를 뽀얗게 일으키며 달려오더니, 왼편에서 임충, 오른편에서 양지, 두 장수가 좌우로 달려나와 능주 군사를 몰아친다.

관승은 비로소 마음을 놓고 패잔(敗殘) 군사를 모아 임충·양지의 군사와 합치려니까 또 손립·황신 두 사람의 부대가 도착한다. 그리하여 그들은 능주 군사를 물리치고 그곳에 하채(下寨)했다.

한편, 단정규와 위정국은 사로잡은 선찬과 학사문을 이끌고 주아(川衙)로 들어가니, 장태수(張太守)는 잔치를 벌이고 두 장수에게 치하를 하는 일방, 사로잡은 선찬과 학사문을 함거에 가둬 편장(偏將)으로 하여금 즉시 서울로 압송하도록 지시하는 것이었다.

장태수의 명령을 받은 편장은 그 이튿날 3백 명 보군을 인솔하고 함거를 끌고 옹위하여 가는데, 점심나절이 지나 한곳에 당도하니 눈앞에 보이는 산에는 온통 말라 죽은 나무뿐이요, 땅바닥에는 갈대풀만 뾰족뾰족 싹이 나왔는데, 조금 더 가노라니까 별안간 바람 소리가 요란하게 나면서 한 떼의 강도들이 마른나무 수풀에서 튀어나오더니 길을 딱 막으면서 소리를 지른다.

"거기 섰거라!"

목소리가 벼락 치는 소리 같고, 두 손엔 도끼를 들고 있으니 이 사람은 바로 양산박 흑선풍이요, 그 뒤에 서 있는 사람은 말할 것도 없이 몰면목 초정이다. 두 사람이 이같이 나타나서 함거를 뺏으려고 달려드니까, 호송 책임자 편장은 겁을 집어먹고 달아난다.

이때 또 한 명 눈썹이 쇠가위 같고, 두 눈은 툭 불거진 놈이 튀어나오니 이 사람이 바로 상문신(喪門神) 포욱인데, 그는 달려나오기가 무섭게 한칼로 편장의 모가지를 썽둥 베어버린다.

함거를 옹위해오던 군사들이 모두 혼이 빠져서 달아나버리자, 흑선풍 이규는 함거 앞으로 가서 안을 들여다보더니 그만 깜짝 놀라 소리를 지른다.

"아니, 이게 웬일이여!"

함거 안에 갇혀 있는 선찬과 학사문도 흑선풍을 보고 반가워서 소리를 지른다.

"아니, 이 형은 또 웬일이여?"

하고 두 사람이 일시에 물으니까, 흑선풍이 말한다.

"나 말이지? 난 송공명 형님이 안 된다고 능주 싸움에 안 보내주기에 몰래 혼자서 산을 내려왔지! 오다가 한백룡이라나 하는 자를 처치해버리고, 다시 걸어오다가 노상에서 이 초형을 만났더니 초형이 나를 이리로 데리고 왔지."

흑선풍은 이같이 말하고 함거의 문을 열어 두 사람을 밖으로 나오게 한 후, 초정과 포욱을 보고 인사를 하게 한다.

서로 인사가 끝난 뒤에 선찬이 또 묻는다.

"그런데 어떻게 알고 나와서 우리 두 사람을 구했나?"

"응, 초형이 나를 이곳 고수산에 데리고 와서 이 포욱 형을 만나봤더니 그만 일면여구(一面如舊)라, 세 사람이 서로 뜻이 맞아서 우리가 함께 능주로 치고 들어가자고 의논을 하고 있는 판인데, 그때 산꼭대기서 아래를 감시하고 있던 졸개가 들어와서, 한 떼의 관군이 함거를 끌고 온다고 보고한단 말야. 그래 우리는 관군이 여기를 토벌하러 오는 줄 알고 뛰어내려왔는데, 생각지도 않던 두 분 형제가 함거 속에 갇혀 있으니, 이거 참 신통하지 않아?"

흑선풍이 잠깐 말을 멈추자, 곁에서 포욱이 선찬과 학사문더러 산 위로 올라가자고 청했다. 그래서 그들은 모두 산채로 올라가서 떡 벌어진 대접을 받았다. 창졸간에 장만한 음식이지만 주인 포욱의 정성이 나타나 보이므로 학사문은 감격하여 그에게 술을 권하면서 말했다.

"포형 같으신 분이 왜 우리 양산박엘 오시지 않을까…."

포욱이 기쁜 얼굴로 대답한다.

"그렇잖아도 아까 이형(李兄)한테 청을 해서 함께 가기로 했답니다."

"그런데 양산박에 입당하려면 꼭 한 가지 절차를 밟아야 하는데…."

"그런 줄도 알고 있습니다. 그래 아까 이형과 의논하기를, 우리 세 사람이 우선 능주로 가서 공을 세우기로 했지요. 제가 가지고 있는 말이 3

백 필은 되고, 졸개가 모두 7백 명은 있으니까, 우리 다섯 사람이 함께 가서 능주를 쳐부숩시다!"

그들은 이같이 의논을 정하고서 이튿날 졸개 6, 7백 명을 거느리고 고수산을 내려와 능주로 향했다.

그런데 이때 능주서는 죄인을 압송하던 부장이 고수산에서 칼 맞아 죽고, 그 자리를 도망해 돌아간 군사들이 장태수에게 이것을 보고하자 곁에서 이 같은 보고를 들은 단정규와 위정국은 분해서 이를 북북 갈면서,

"이제 이놈을 잡기만 하면 서울까지 보낼 것 없이 당장 여기서 모가지를 베어버리겠다!"

하고 부르짖는 것이었다.

이럴 때 연락하는 군졸이 들어와서,

"지금 관승의 군사가 성 밖에 몰려왔습니다."

하고 보고한다.

단정규는 먼저 일어나 밖으로 나와서 5백 명 흑갑군(黑甲軍)을 인솔하여 성문 밖으로 뛰어나갔다.

"나라를 욕되게 하고 싸움에 패전한 관승아, 이놈아! 속히 나와서 내 손에 죽어라!"

하고 단정규가 고함을 지르자 관승이 말을 달려나가 한데 어우러져 싸우기를 50여 합, 이때 관승은 단정규를 못 당하는 것처럼 갑자기 말머리를 돌려 뒤로 달아나니까 단정규는 급히 그 뒤를 추격하여 십 리나 쫓아갔다. 그럴 때 관승이 별안간 말머리를 돌리면서 큰소리로 꾸짖는다.

"이놈아! 속히 말에서 내려 항복하지 않으면 때를 놓친다!"

단정규는 약이 바짝 올라 관승의 등을 창으로 찌르려 했는데 이 순간,

"이놈!"

하는 소리가 벼락같이 들리면서 관승의 칼 등어리가 단정규의 손을 치니, 단정규는 쥐고 있던 칼을 놓치고 말에서 떨어졌다.

땅바닥에서 단정규가 일어나기도 전에 관승이 급히 말에서 뛰어내리더니 단정규를 안아 일으키면서 말한다.

"장군, 내 죄를 용서하시오!"

관승의 이 말 한마디에 단정규는 너무도 황공해서 그만 무릎을 꿇고 다시 땅바닥에 엎드려서 마침내 항복한다.

"죽여주시든지 부하에 두어주시든지 처분대로 하시기만 바랍니다!"

"자아, 그만 일어나십시오. 이 사람이 송공명 형님한테 두 분 장군을 여러 번 천거했고, 이번엔 일부러 두 분을 모셔가려고 온 것입니다. 우리들과 함께 대의(大義)에 뭉쳐 일해보십시다."

"제가 재주는 없습니다마는, 정성껏 형들의 일을 도와는 드리겠습니다."

두 사람은 이같이 의사가 합해 나란히 말머리를 맞대고 걸어가노라니까, 임충이 마중 나오면서 놀라는 눈으로 묻는다.

"어떻게 되어서 이렇게 두 분이 나란히 오시는 거요?"

"저 산 밑에서 피차에 지난 일과, 지금 세상 돌아가는 이야기를 하다가 서로 뜻이 맞아, 같이 일해보자고 이 친구가 항복하여 오는 길이라오."

관승이 사실을 이렇게 돌려 꾸며서 대답하니까 임충은 기뻐했다.

단정규는 이때 관승에게 이야기하고서 다시 자기의 진문(陣門) 앞으로 가서 큰소리로 군호를 했다. 그러자 즉시 검정 갑옷을 입은 흑갑군 5백 명이 와 하고 그를 따라 나왔는데, 그중 몇 놈만은 따라 나오지 않고 도로 성 안으로 달려들어가서 이 사실을 장태수에게 고해바쳤다.

장태수 곁에서 보고를 들은 위정국은 단정규가 배반한 것을 알고 대단히 분해했다. 그리하여 그는 이튿날 군사를 거느리고 성 밖으로 나갔다.

이때 단정규는 관승·임충과 함께 진문(陣門) 앞에서 바라보니, 능주 군의 진영에서 문기(門旗)가 열리며 신화장군 위정국이 달려나온다.

위정국은 말 위에서 단정규가 관승·임충과 함께 나란히 있는 것을 보고 욕을 한다.

"이놈! 은혜를 잊어버리고 주인을 배반하는 염치없는 자식아! 너도 이놈, 사람의 자식이냐?"

관승은 이 소리를 듣고 웃으면서 달려나가 대적하니, 위정국은 달려 들어 싸우기를 십여 합 하다가 말머리를 돌이켜 본진으로 달아나므로, 관승은 급히 그 뒤를 추격하려 했다. 그럴 때, 단정규가 급히 쫓아오면 서 큰소리로 외쳤다.

"관장군! 쫓아가지 마시오! 계교에 빠집니다!"

관승이 이 소리를 듣고 급히 말고삐를 잡아당기며 우뚝 서서 가만히 적진의 동정을 살피니, 적진에서는 벌써 4, 5백 명이나 되는 화병(火兵) 이 손에 화기(火器)를 들고 50량(輛)의 화거(火車)를 밀고서 달려나오는 데, 수레마다 인화물을 가득 실었고, 군사들은 모두 유황·염초 등 오색 연약(烟藥)을 들고 나오다가 수레에다 불을 지르니, 이것이 사람한테 가 까이 오면 사람이 거꾸러지고, 말한테 가까이 가면 말이 자빠지는 판이 라, 관승은 수하 군사들이 울부짖으며 흩어지는 바람에 저도 모르게 40 리나 뒤로 쫓겨나갔다.

위정국은 통쾌하게 이기고서, 화군(火軍)을 거두어 성을 바라보고 돌 아가는데 이 어이된 일이냐? 성안에서는 사방에 불꽃이 일어나며 검은 연기가 하늘을 덮고 있다.

이것이 어떻게 된 일이냐 하면 흑선풍 이규가 초정과 포욱과 함께 고 수산에서 7백 명 졸개를 인솔하여 능주의 북문(北門)을 깨치고 들어가서 각처에다 불을 지르고, 창고 문을 깨뜨린 후 곡식을 끌어내고 있는 까닭이다.

위정국이 성안에서 나온 군졸들로부터 일이 이같이 된 사정을 알고 는 감히 성안에 들어갈 생각은 하지도 못하고, 즉시 군사를 돌리려 했 다. 그러나 이때 뒤를 쫓아오던 관승의 군사가 좌우로 에워싸고 쳐들어 오는 게 아닌가.

손발이 맞지 아니하여 이미 능주를 빼앗겼는데, 뒤에서 또 관승이 포 위하고 들어오므로, 위정국은 간신히 샛길로 빠져서 중릉현(中陵縣)으 로 들어가 그곳에 주둔했다.

그러나 관승의 군사는 중릉현까지 쫓아와서 사방으로 포위하고 공 격을 개시한다.

위정국은 성문을 굳게 닫고 나가지 아니했다.

이같이 며칠이 지나자 단정규가 관승과 임충을 보고 말한다.

"위정국이란 사람이 성질이 용맹하기는 무척 용맹하나 워낙 고집이 대단한 사람이기 때문에 맹렬히 치면 칠수록 제가 죽으면 죽었지, 항복 하지는 않을 겝니다."

"그럼 어떡하는 게 좋을까요?"

하고 관승이 물으니까, 단정규는 대답한다.

"제가 성안에 들어가 위형(魏兄)을 만나서 알아듣도록 말하여 항복해 오도록 할 수밖에 없습니다."

"그렇게 쉽게 말을 들을 것 같습니까?"

"그 사람도 사내자식입니다. 말을 알아듣겠지요."

"그럼, 그렇게 해보시지요."

관승이 허락하자, 단정규는 혼자서 말을 타고 성문 앞에 가서 문 지 키는 군사에게 소식을 전하게 했다.

위정국이 조금 있다가 나와서 묻는다.

"나를 뭣하러 만나러 왔소?"

단정규가 부드러운 음성으로 말한다.

"노여워하지만 마시고 내 말씀을 조용히 들어주시오. 지금 조정이 어두워서 천하가 어지럽건만 천자께옵서는 캄캄 모르시고 오직 간신 놈들이 권세를 농락하니 이렇게 통분할 데가 어디 있습니까? 보십시오! 도의(道義)는 땅에 떨어졌고, 검은 것도 희다 우겨대고, 흰 것도 검다 우겨대면서, 몇몇 놈이 못 할 짓 없이 나쁜 짓을 다 하지 않습니까? 진정으로 국가와 민족을 사랑하는 사람은 지금 모두 송공명 형님한테 귀순하여 양산 수박(梁山水泊)에 뭉쳐 있으면서 간신(奸臣)이 물러가고 정의(正義)가 이길 때가 속히 오도록 마련하는 중이니 장군도 나와 함께 송공명한테로 가십시다."

위정국은 이 말을 듣고 얼른 대답을 못 하며 한참 동안 궁리하더니 입을 뗀다.

"꼭 나를 귀순시키고 싶다면, 관승이 친히 나한테 와서 청을 해야지! 관승이 안 온다면 나는 죽어도 항복하지 않겠소!"

"알았소이다."

단정규는 한마디 남기고 즉시 말을 달려 관승에게 가서 이 말을 전했다. 관승은 그 말을 듣고 쾌히 승낙하며,

"관승이 무엇이 대단해서 못 간단 말이오!"

하고, 선뜻 말 위에 올라앉아 혼자서 가려고 한다.

"형님! 사람의 마음이란 예측하기 어렵습니다. 다시 생각해보시고 신중히 하십시오."

임충이 이같이 간하니까 관승은,

"전부터 친히 사귀던 친구 간인데, 걱정 없소!"

하고 그대로 말을 달려 바로 중릉현으로 들어가니, 위정국은 관승이 친히 찾아온 것이 마음에 흡족해서 대단히 기뻐하며 맞아들이고서 술

상을 드리게 하여 관대하면서 옛정을 충분히 표했다.

그러고 나서 5백 명 부하 군사를 거느리고 관승과 함께 중릉현을 떠나서 관승의 진영으로 들어와 임충과 양지 등 그 외의 두령들과 인사를 한 뒤에 일제히 영채를 거두어서 양산박을 향하여 회군했다.

관승이 이같이 공을 이루고서 회군하여 일행이 금사탄 가까이 이르자, 수군 두령들 다수가 배를 끌고 나와서 환영하는데, 웬 사람이 혼자서 숨을 헐레벌떡거리며 달려온다. 여러 사람이 바라보니 그는 다른 사람 아니라, 금모견(金毛犬)이라는 별호를 가진 단경주였다.

임충이 그를 보고 물었다.

"아니, 단형(段兄)은 양림·석용과 함께 북방 변경으로 말을 사러 가지 아니했던가? 그런데 어찌해서 이렇게 혼자 헐떡거리며 돌아오는 거요?"

번견복와지계

단경주가 숨을 씨근거리면서 대답한다.

"양림·석용 두 형제와 함께 북방으로 가서 좋은 말을 2백 마리나 사가지고 오다가 그만 강도떼를 만났습니다."

"아니, 어디서 그랬어?"

"바로 청주(靑州) 땅에 들어서자, 별호를 험도신(險道神)이라고 부르는 욱보사(郁保四)란 놈이 2백 명이나 되는 부하를 데리고 달려들어, 말을 모조리 빼앗아 증두시(曾頭市)로 내빼버렸답니다. 이렇게 분란을 당하고 나서 보니까 양림·석용 두 분이 어디로 갔는지 종적이 안 보입니다. 그래, 저는 이런 사정을 속히 고하려고 밤을 도와 부리나케 오는 길이죠."

임충은 조천왕의 목숨을 빼앗긴 증두시라는 말만 듣고서도 피가 끓는 것을 느끼었으나 우선 산으로 올라가야겠으므로,

"하여간 빨리 산으로 올라가서 형님과 상의해서 결정합시다."

하고 여러 사람들과 함께 배에 올랐다.

물을 건너 산에 올라 바로 충의당에 들어가자 관승은 송강에게 인사하고 즉시 단정규와 위정국을 인사시켰다.

송강은 대단히 만족해서,

"두 분 장군이 이렇게 와주시니, 참으로 영광스럽소이다."

이같이 말하고 있을 때 흑선풍 이규가 앞으로 나서면서,

"형님, 제 말씀도 들어주십시오. 저는 형님 허락도 없이 산에서 내려가서, 도중에 한백룡을 죽여버리고, 우연히 초정과 포욱 두 형제를 만나서 세 사람이 합세하여 능주성을 깨치고 들어가 아주 짓밟아버렸습니다. 참 신나게 잘했지요!"

이렇게 말하고서 초정·포욱 두 사람을 송강에게 인사시킨다. 송강은, 단정규·위정국 외에 또 두 사람의 호걸이 더 느는 것을 대단히 기뻐했다.

그러자 그다음에 단경주가 앞으로 나오더니, 이번에는 청주 땅에서 욱보사한테 사가지고 오던 말을 죄다 뺏긴 사실을 고하는 것이었다.

송강은 이야기를 듣고 대단히 흥분했다.

"전자에 우리 말 조야옥사자(照夜玉獅子)를 빼앗기고, 또 조천왕의 생명까지 빼앗긴 원수도 아직 갚지 못했는데, 이제 또 말을 2백 필이나 그놈한테 빼앗기다니! 이 원수를 갚지 않고서는 우리가 치욕을 면치 못할 것이다!"

그가 흥분해서 이같이 말하자, 곁에서 오용이 말한다.

"원수를 갚아야지요! 요새 봄 일기가 따뜻해서 싸움을 하기엔 매우 좋습니다. 전자에 조천왕은 지리(地利)를 얻지 못했기 때문에 참패를 당했던 것이니, 이번엔 지혜를 짜내어 저것들을 잡아 없애야 합니다!"

그는 이렇게 말하고서 우선 증두시의 실정을 염탐해오라고 시천을 그곳으로 보냈다.

그런데 시천이 증두시를 향하여 떠난 지 사흘이 못 되어 양림과 석용이 돌아와서 증두시의 상황을 대강 이야기했다. 그리고 끝으로 이런 말을 했다.

"그놈들이 그렇게 형세가 대단하여 만만치 않은 데다가, 사문공(史文

恭)이란 놈이 우리 양산박을 그냥 두지 않겠다고 큰소리를 탕탕 친답니다."

두 사람의 이야기를 듣고 송강은 또 흥분했다.

"그렇다면 그놈들을 그냥 내버려두고 시일을 천연시킬 필요가 없지! 당장 지금 군사를 일으킵시다!"

오랫동안 앓고 난 뒤라서 그런지, 요사이 송강은 이렇게 흥분하기를 잘하므로, 오용이 곁에서 말했다.

"그렇게 흥분하시지 마십시오. 시천이 알아보러 갔으니, 그 사람이 돌아올 때까지 기다려도 늦지 않습니다."

"그래도 좋지만, 그놈이 큰소리친다니까 속이 상해서 못 견디겠소이다그려! 빨리 적정(敵情)을 알아보려면 대종을 새로 보내봅시다."

"그렇게 하지요."

송강과 오용이 이같이 결정하고서 대종을 증두시로 또 보냈더니, 그는 며칠이 지나지 아니해서 증두시에 갔다 와서 정찰(偵察)한 결과를 보고한다.

"증두시 놈들이 능주에서 참패한 보복을 하려고 지금 싸움 준비에 야단법석입니다. 성문 출입구에다 대채를 세우고, 법화사 절간에다 중군(中軍)의 본영을 설치하고, 수백 리나 되는 주위엔 총총히 깃발을 꽂아놓고 있는 까닭에, 대체 어느 쪽으로 쳐들어가야 좋을지 도무지 알 수 없게 꾸며놓았습니다."

그 이튿날 시천이도 돌아와서 증두시의 실황을 좀 더 자세히 보고한다.

"제가 바로 성중으로 들어가서 사방을 두루 살펴보았더니 진영을 다섯 군데나 벌여놓고, 성문 밖 전면(前面)엔 2천 명 군마가 주둔하고 지키고 있는데 본진(本陣)은 교사(教師) 사문공이 지휘하고, 북쪽 진은 첫째아들 증도와 부교사(副教師) 소정이고, 남쪽 진은 둘째아들 증밀이고, 서쪽 진은 셋째아들 증삭이고, 동쪽 진은 넷째아들 증괴, 가운데에 있는 진은 막내아들 증승이 저의 아비 증롱(曾弄)하고 지키고 있습니다. 그런데 청주서 말을 강탈해간 욱보사라는 놈은 법화사 마당에다 뺏어간 말을 매놓고 정양하고 있다는데, 이 자식이 험도신이란 별명 그대로 키는 열 자나 되고, 허리통은 세 아름이나 되어 보이는 무지무지한 놈입니다."

이 같은 보고를 듣고 오용은 즉시 모든 두령들을 소집한 후 의논을 시작했다.

"자아, 저놈들이 다섯 개의 진을 벌여놓고 있는 이상 우리도 다섯 개의 부대를 편성하여 한 부대가 한 개씩을 맡아서 들이치는 게 좋지 않을까요?"

오용이 이렇게 말을 시작하자 노준의가 먼저 자리에서 일어나서 말한다.

"제가 여러분의 힘으로 목숨이 살아서 산에 올라오기는 했으나 아직 아무런 공을 세우지 못하고 은혜에 보답하지 못한 까닭에 이번에 선봉으로 나가고 싶은데 들어주시겠습니까?"

송강이 이 말을 듣고 기대하며 오용을 바라보면서 그의 의견을 묻는다.

"원외님이 산을 내려가시겠다니 그럼 선봉으로 나가시도록 합시다그려."

그러나 오용은 반대다.

"좋지 않습니다. 원외님이 산에 올라오신 지 얼마 안 되고, 또 한 번도 싸워보신 경험도 없는 데다가, 산이 험해서 말을 타기에도 불편하니, 선봉이 되시기에는 적당하지 못합니다. 따로 일개 부대를 인솔하고 나가서 복병으로 숨어 있다가 이편 중군(中軍)에서 포향이 울리거든 그때 신속히 나와서 응원하시는 게 좋겠습니다."

송강은 오용의 말대로 노원외로 하여금 연청을 데리고서 군사 5백 명을 인솔하고 중로에 매복하고 있으라고 부탁했다. 그런데 오용이 노준의를 선봉으로 안 쓴 이유는, 이번 싸움에서 사문공을 잡으면 그 공이 선봉대장 노준의한테 돌아가고, 그렇게 되면 조천왕의 유언대로 양산박의 주인 자리에 노준의를 앉히려는 것이 송강의 내심임을 그가 알아차린 까닭이다.

그러나 송강은 미처 여기까지는 생각하지 못하고 오용 군사(軍師)의 말에 따랐을 뿐이다.

오용은 계속하여 다섯 개의 부대를 편성하니, 증두시 남쪽 진지는 마군(馬軍) 두령 진명·화영, 부장에 마린·등비가 군사 3천 명을 몰고 나가서 치고,

증두시 동쪽 진지는 보군(步軍) 두령 노지심·무송, 부장에 공명·공량이 역시 군사 3천 명을 몰고 나가서 치고,

북쪽 진지는 마군 두령 양지·사진, 부장에 양춘·진달이 군사 3천을 몰고 나가 치고, 서쪽 진지는 보군 두령 주동·뇌횡, 부장에 추연·추윤이 군사 3천을 몰고 나가 치고,

증두시 중앙은 도두령(都頭領)인 송강, 군사 오용, 공손승이 책임 맡는데 여기에 따라가는 장수는 여방·곽성·해진·해보·대종·시천이 군사 5천을 몰고 나가 치기로 하고, 뒤를 받쳐주는 장수로는 흑선풍 이규·혼세마왕 번서, 부장에 항충·이곤 등이 보군과 마군 5천을 몰고 나가 치기로 했다.

그리고 나머지 두령들은 모두 양산박 산채를 지키기로 했다.

한편, 이때 양산박 군사가 이같이 출동하게 되자, 증두시에서는 염탐꾼으로부터 정보를 받고서 증장관(曾長官)이 즉시 사문공과 소정을 청하여 긴급 군정회의를 열었다.

"자아, 이번엔 양산박 놈들이 우리한테 기어코 분풀이를 해볼 작정

이라니, 이 노릇을 어떻게 하면 좋소?"

하고 증장관이 물으니까, 사문공은 서슴지 않고 대답한다.

"그런 것들을 가지고 너무 걱정 마십시오. 마을 어귀 여러 군데에다 함정을 많이 파놓고서 그놈들을 모조리 함정 속에 빠뜨려 잡을 테니까 염려 없습니다."

증장관은 안심하고서 곧 백성들에게 영을 내려 장정들은 모두들 괭이와 삽을 들고 나와서 성문 밖에다 수없이 많은 함정을 파도록 지시했다. 그리고 함정 위에다 실정을 만들어 덮고서 그 위에 흙을 슬쩍 덮고, 사방엔 군사를 매복시켰다.

그런데 송강의 군사가 출동할 때, 오용은 시천으로 하여금 적의 동정을 염탐해오라고 미리 부탁했었던 고로 4, 5일 만에 시천이 행군하는 도중에 돌아와서 오용에게 보고한다.

"증두시에 가보았더니 성남성북(城南城北)에 수없이 많은 함정을 파놓고 우리 군사가 오기만 기다리고 있더군요."

오용이 듣고 껄껄 웃는다.

"하잘것없는 놈들! 기껏해서 준비가 그것뿐이란 말이지!"

오용은 그대로 진군(進軍)하여 오정 때쯤 해서 증두시 가까이 당도했다.

그때 앞을 바라보니 몸에는 흰 전포(戰袍)를 입고 허리엔 푸른 두건을 쓴 사람이 말을 타고 간다.

"군사님! 저놈을 쫓아가볼까요?"

전대(前隊)에서 군사가 와서 이같이 묻는 것을, 오용은 제지시켰다.

"아니다. 우리는 여기다 철질려(鐵蒺藜)를 깔고, 진을 쳐야겠다."

하고서, 오용은 다섯 개의 부대로 하여금 각각 사방에 참호를 깊이 파고, 거기다 가시 돋친 쇠꼬챙이를 깔고서 진을 치도록 지시했다.

이렇게 진을 치고서 양산박 군사는 사흘을 지냈다. 그러나 웬일인지 증두시에서는 나와서 싸워볼 기색도 보이지 않는다.

오용은 또 시천을 불러, 증두시의 보병으로 변장하고 성내에 들어가서, 저놈들이 싸우러 나오지 않는 까닭과, 함정이 적진과 상거가 얼마나 멀리 있으며, 함정의 수효는 얼마나 되는가를 조사해서, 돌아올 때엔 그 함정마다에 표를 해놓고 돌아오라고 지시했다.

명령을 받고 나간 시천은 적의 보병으로 변장하고 성내에 들어갔다가 하루 만에 돌아와서 자세히 보고했다.

오용은 즉시 군사들에게 영을 내리니, 맨 앞에 있는 제일선 보병들은 각각 괭이를 갖고 두 대로 나누어 있고 또 1백 개의 수레에다 마른 갈대풀과 화약과 염초 같은 것을 싣고서 중군에 감추어두라는 것이다.

그날 밤 오용은 각 진(陣)의 두령들에게 작전명령을 내리니, 내일 오정 때쯤 되어서 동서(東西) 두 길로 보병이 증두시를 공격하거든 증두시의 북채(北寨)를 맡고 있는 양지와 사진은 군마를 한일자로 벌여 세워놓고서, 아무리 적병이 기를 휘두르고 바라를 치고 야단을 떨더라도 결코 나가지 말라고 부탁했다.

이때 증두시의 사문공은 송강의 군사를 어떻게 잘 꾀어내어 자기들의 진지로 들어오는 좁은 길로 들어오게 한 다음에 함정에 빠뜨릴 것인가, 이런 궁리만 하고 있었다.

이튿날 오정 때 조금 전이다. 증두시 남채(南寨)의 전방에서 포성이 울리더니, 양산박 군사가 남문(南門)을 공격해왔다.

그러자 미구에 동채(東寨)에서 연락병이 달려오더니 고한다.

"지금 중놈 두 놈이, 한 놈은 철선장(鐵禪杖)을 휘저으며, 한 놈은 칼을 휘두르면서 쳐들어옵니다."

"중놈이라면, 하나가 노지심이고, 하나는 무송일 게다."

하고 사문공은 혹시나 실수가 있을까 봐서 군사 절반을 나누어 동채에 있는 증괴한테로 응원 가게 했다.

그러자 미처 군사가 동쪽으로 떠나기 전에 서쪽에서도 연락병이 와서 보고한다.

"수염이 기다란 놈하고, 호랑이 상판으로 생겨먹은 놈하고, 두 놈이 '미염공 주동'이라는 기와 '삽시호 뇌횡'이라는 기를 꽂고 나와서 마구 쳐들어옵니다."

사문공이 이 보고를 받고 서쪽 증삭의 진으로도 응원군을 보냈다.

이같이 분별하고 나니까, 이번엔 자기 진지의 정면에서 포(砲) 터지는 소리가 천지를 흔든다.

사문공은 움직이지 않고 가만히 동정을 살폈다. 송강군이 달려와서 함정에 빠지기만 하면 근처에 숨어 있는 복병이 내달아 모조리 사로잡을 텐데 하고 그는 기다리고 있는 판이다.

그러나 사태는 그가 기대하는 것과는 판이하게 달라진다.

오용이 이때 마군(馬軍)을 휘동하여 사문공 진지의 배후로부터 달려나와 좌우에서 공격하자 앞에 있던 군사들은 진지를 지키느라 자리를 뜨지 못하고 좌우의 복병들은 모두 전면으로 나가려다가 함정 속에 떨어져버렸다.

사문공이 놀라서 쫓아나오려 하는데 오용이 채찍을 들고 한 번 호령하니까 그의 진영에서 바라 소리가 요란하게 나면서 불이 붙은 백여 채의 수레가 일시에 굴러나오니 감히 가까이 갈 수가 없다.

유황과 염초와 갈대 풀이 타느라고 검은 연기가 하늘을 덮는다.

사문공이 급히 군사를 돌이키려 할 때, 공손승이 칼을 휘두르며 도술을 부리니까, 별안간 바람이 세게 불더니 화염이 남문을 태우기 시작하여 삽시간에 문루와 채책(寨柵)이 홀랑 타버린다.

오용은 싸움에 이기고서, 징을 쳐 군사를 거두었다.

사문공은 그 밤을 새워 채문(寨門)을 수리하고 다시 그곳을 지키고 있는데, 이튿날 증도가 와서,

"아무래도 적의 두목을 먼저 베어버리지 않고는 적을 멸망시키기 어렵겠으니, 선생님은 나오지 말고, 여기만 지키고 계십시오."

이같이 부탁하고 친히 군사를 이끌고 나아가 싸움을 건다.

이때, 양산박 중군(中軍)에서 송강이 여방·곽성과 함께 진전으로 나와 보니, 과연 대장기 나부끼는 곳에 말 위에 앉아 있는 증도가 보이므로 그는 치가 떨려서 채찍을 번쩍 쳐들고 외쳤다.

"누가 저놈을 잡아 우리의 원수를 갚을 수 없나?"

송강의 말이 떨어지자 즉시 여방이 달려나가 증도와 싸우기를 30여 합 하는데, 곽성이 가만히 보니까 여방의 창법(槍法)이 차차 어지러워져 가므로, 혹시나 여방에게 실수가 있을까 싶어, 그는 창을 꼬나잡고 뛰어나가 증도를 옆구리에서 협공하니 세 마리의 말이 한 덩어리가 되어 서로 싸운다.

그런데 원래 여방과 곽성의 창끝에는 표범의 꼬리가 장식품으로 달려 있는 것인데 두 사람이 한꺼번에 증도를 치려다가 이 금전표미(金錢豹尾) 장식품의 붉은 주영(朱纓)이 서로 엉클어져 떨어지지 않으므로 그들은 칼을 빼어 그것을 끊으려 한다.

이때 활 잘 쏘는 화영이 진중에서 이 모양을 바라보다가 급히 칼날 같은 비전(鈚箭)을 꺼내 활에 메겨서 증도를 향해 겨냥댄다.

증도는 이때 창을 빼어 여방의 목을 찌르려는 순간이었는데, 화영의 화살이 먼저 날아와서 증도의 왼쪽 어깨에 꽂히자, 그는 두 다리를 뻗고 말에서 떨어진다. 그때 여방·곽성 두 장수는 동시에 창끝으로 증도를 찔러 그 자리에서 요정을 냈다.

증도를 호위하고 있었던 십여 명 말 탄 군사가 급히 전채(前寨)로 들어가서 사문공에게 보고하고 또 중채(中寨)로 가서 증장관한테 보고하니, 증장관은 그만 목을 놓고 통곡한다.

곁에서 이 모양을 본 증장관의 막내아들 증승은 이를 부드득 갈면서 큰소리로 외쳤다.

"형님의 원수를 갚겠으니, 빨리 내 말을 끌고 오너라!"

증승은 기골이 장대하고 무예가 출중할 뿐 아니라 특히 두 자루의 비도(飛刀)를 잘 쓰는 까닭에 사람들이 감히 그의 곁에 가까이 가지 못하는 터이건만, 증장관은 혹시나 실수가 있을까 싶어, 울음을 그치고 그를 나가지 못하게 말렸다.

아버지 증장관이 말리는 것을 듣지 않고, 증승이 무장을 단단히 하고 말에 올라 바로 전채(前寨)로 나가니까 그의 교사 사문공도 그를 붙들고 말린다.

"장군은 좀 참으시오. 적을 얕보아서는 안 됩니다. 송강의 진중에는 꾀 많은 장수, 용맹 있는 장수가 많다는 것을 알아야 합니다. 내 생각 같아서는 다섯 군데 진지를 지키고 있으면서 사람을 가만히 능주로 보내 급히 조정에 알리는 것이 필요합니다. 그래서 많은 군사를 얻어가지고 한편으로는 양산박을 치고 한편으로 증두시를 지킨다면, 저놈들이 언제까지나 여기서 싸우고 있을 수 없게 되어 자연 저희들 산으로 돌아가게 될 것입니다. 그렇게 되면 이 사람이 재주는 부족하지만 장군의 형제분들과 함께 저놈들을 무찔러버리렵니다."

사문공이 말을 마치기도 전에 북채(北寨)로부터 부교사 소정이 달려와서 그의 말을 듣고 있다가, 역시 그 말에 동의하면서 또 말린다.

"참말 그렇게 합시오. 양산박 오용이란 놈은 잔꾀도 많고 지략이 놀라운 놈이니까 얕보아서는 안 됩니다. 그러니까 가만히 지키고 있다가 구원병이 오거든 그때 상의해서 행동합시다."

그러나 증승은 소리를 버럭 지르면서 말한다.

"그래, 형이 맞아 죽었는데 날더러 앉아 있으라니, 어디 당한 말이오? 지체하면 지체할수록 저놈들 세력만 키워주고 우리는 결딴나요!"

사문공과 소정은 막을 도리가 없어 입을 다무니까, 증승은 수십 명

기마병을 거느리고 진지 앞으로 나갔다.

송강이 알고서 전군(前軍)에 영을 내리니까 진명이 낭아곤을 휘두르며 증승을 향해 달려나가는데, 흑선풍 이규가 웃통을 벌거벗고 쌍도끼를 가지고 춤추며 달려나간다.

"저 시커먼 놈이 양산박 흑선풍 이규란 놈입니다."

증승의 부하 중에서 누가 이렇게 알려주니까, 증승은 활을 가진 군사에게 명령한다.

"저 웃통 벗은 놈을 쏘아라!"

명령이 떨어지자, 화살이 일시에 날아오는 것을 항충·이곤 두 장수가 방패로 흑선풍의 윗도리는 가리었으나 화살 한 개는 그의 왼쪽 넓적다리에 들어가 맞았다. 흑선풍이 그만 땅바닥에 넘어지니까, 증승의 등 뒤에서 기마병들이 달려나와 그를 붙잡으려는 것을 진명·화영이 먼저 달려가 한사코 구해낼 때, 마린·등비·여방·곽성이 쫓아나와 서로 협조하여 무사히 진지까지 돌아왔다.

증승도 송강군의 진 속에 인물다운 장수가 많은 것을 보고 더 싸우고 싶지 아니해서 그만두고 돌아갔다.

송강은 증승이 돌아가는 것을 보고 자기도 군사를 거두었다.

이튿날, 증승은 사문공과 소정 두 사람이 싸우지 말라고 권고하건만, 형님의 원수를 갚겠다고 고집하는 까닭에 하는 수 없이 사문공도 갑옷 입고 말을 집어탔다. 그 말이 전날 단경주한테서 빼앗은 천리마 조야옥사자였다.

이때 송강은 모든 장수를 데리고 진문(陣門)을 열어놓고서 증승의 군사가 오기를 기다리고 있었는데, 맞은편에서 사문공이 좋은 말을 타고 오는 것을 본 송강은 그만 화가 나서 곧 전군(前軍)으로 하여금 대적하라는 영을 내렸다. 그러자 진명이 쫓아나가 사문공과 싸우기를 20합도 못 하고 말머리를 돌려 본진으로 도망한다. 그러자 사문공은 나는 듯이 쫓아와서 창으로 진명의 넓적다리를 찔러 말 위에서 떨어뜨리니 위태로운 순간에 여방·곽성·마린·등비 네 사람 장수가 급히 달려가 그를 구해내어 돌아왔다.

이렇게 진명의 목숨은 구해냈으나 이 싸움에서 많은 군사를 잃어버린 송강은 패군(敗軍)을 수습하여 십 리를 물러가서 진을 치고 주둔했다. 그러고는 부상당한 진명을 수레에 실어서 산채로 보내어 치료하게 하는 한편, 오용과 의논하여 관승·서녕·단정규·위정국 등 네 사람을 내려오게 하여 힘을 보태도록 마련했다.

그리고 송강은 그날 밤 손수 향로에 향을 피우고 기도를 드린 다음에 점을 쳐서 한 괘를 얻었다.

오용이 곁에서 점괘를 보더니만 말한다.

"큰 탈은 없겠으나 오늘 밤엔 적병이 반드시 쳐들어올 점괘입니다."

"그럼 속히 방비를 해야 하지 않겠소이까?"

"그러나 염려 마십시오. 호령만 내리시면 저절로 무사하게 될 겝니다."

그리고 오용은 세 군데 진지의 두령들에게 이 뜻을 알리고, 오늘 밤에 해진은 왼편에서, 해보는 오른편에서 뛰어나오게 하고, 그 외의 군사들은 각각 사방에 매복시키도록 명령을 내렸다.

이날 밤하늘은 맑고 달이 밝았는데, 사문공은 진중에서 증승을 보고 말했다.

"적군이 오늘 장수 두 사람을 잃었습니다. 아마 겁이 나서 떨고 있을 겁니다. 그러니까 이럴 때 저놈들의 진을 들이치는 것이 좋을 겁니다."

증승은 교사의 이 말을 듣고 즉시 북쪽 진지의 소정과 남쪽의 증밀·서쪽의 증삭을 불러서 약속한 다음, 그날 밤 2경 때 말의 방울을 떼놓고 가만가만히 송강의 중군(中軍) 진지로 들어갔다.

그러나 진지 안에 들어가 보니 사방에 사람의 그림자라고는 하나도 없다. 아뿔싸! 꾀에 빠졌다 싶어서 급히 돌아서 나가려 하는데, 그 순간 왼편으로부터 양두사 해진, 오른편으로부터 쌍미갈 해보가, 배후에서는 소이광 화영이 일시에 내달아 치는 바람에 캄캄한 어둠 속에서 증삭은 해진의 창끝에 찔려 말 아래 거꾸러지고 말았다.

그리고 함성이 요란하게 일어나며 화광이 충천하더니 동서 양쪽으로부터 수없이 많은 군사가 쏟아져 나오니 증두시의 군사가 이를 어찌 당하랴. 사문공은 한참 동안 혼전(混戰)하다가 간신히 길을 빠져 본진으로 돌아왔다.

증장관은 이번에 또 셋째아들을 잃고서 얼이 빠진 것처럼 한참 울고 나더니, 그 이튿날 사문공을 시켜 문서를 닦아가지고 가서 송강에게 항복하도록 하라고 명령하는 것이었다.

사문공도 이미 겁을 집어먹고 있는 처지인지라, 즉시 글을 만든 후, 사람을 시켜 송강의 진영으로 가져가게 했다.

송강이 진중에 앉아 있다가 증두시에서 온 사람으로부터 문서를 받아보니 다음과 같다.

　　증두시의 성주 증롱은 두 번 절하고 송공명 통군 두령께 아뢰나이다. 전자에 자식놈이 무지하와 저의 작은 용맹을 믿고 천리마를 빼앗은 탓으로 이 때문에 조천왕이 산에서 내려오신 것을 자식놈이 마땅히 귀순해야 할 것임에도 불구하고 철없는 군졸이 도리어 냉전(冷箭)을 쏘았던 것이니, 그 죄 무겁기로는 소생의 입이 백 개가 된다 할지라도 변명하지 못하겠나이다. 그러하오나 생각하옵건대 이는 진실로 본의가 아니었사옵고, 또 미련한 자식놈도 이미 없어졌사옵기에 감히 사람을 보내어 화친(和親)을 청하는 터이옵나이다. 원하옵건대 싸움을 거두시고 군사를 쉬게 하실진댄, 저희가 빼앗아왔던 마필(馬匹)을 돌려보냄은 물론이옵고, 다시 금백(金帛)을 올리어 이로써 삼군(三軍)에 호상하시도록 하옵겠나이다. 삼가 글월을 올리는 터이오니 깊이 통촉해주시옵기를 복망하나이다.

송강은 항복문서를 다 읽은 뒤에 종이를 북북 찢어버리고 만면에 노기를 띤 채 호령하는 것이었다.

"우리 형님을 죽여버리고 나서, 그냥 화친을 하잔 말이냐? 내가 네놈들의 마을을 메주 밟듯 짓밟아버려도 시원치 않겠다!"

이 소리를 듣고 항복문서를 가지고 온 사나이는 그만 땅바닥에 엎드려 발발 떨기만 한다.

이때 오용이 송강 앞으로 나와서 말한다.

"형님, 고정하십시오. 우리가 증가(曾家)와 싸우는 것은 다만 의기(意氣) 때문인데, 이미 증가에서 사람을 보내어 강화하자는 것을, 우리가 분한 생각만 하고 들어주지 않는다면, 이는 대의(大義)를 저버리는 것입니다."

듣고 보니 군사(軍師)의 말이 옳은지라 송강은 흥분을 가라앉히고 회답을 써주고 또 은(銀) 열 냥을 행아로 주어 그 사나이를 돌려보냈다.

증장관이 사문공과 함께 회답을 받아서 펼쳐보니 다음과 같다.

양산박 주장 송강은 증두시주(曾頭市主)에게 회답하노라. 자고로 신의(信義) 없는 나라는 끝내 멸망하고, 무례한 사람은 반드시 죽고, 의롭지 못한 재물은 지니지 못하며, 용맹 없는 장수는 반드시 패했나니, 이는 자연한 이치라 조금도 기이함이 없노라. 양산박과 증두시가 각기 경계를 지키며 피차에 원수진 일이 없었건만, 너희들이 한때 괴악한 행실을 한 까닭으로 오늘의 원수가 되고 말았은즉, 만일 진심으로 강화할 마음이 있을진대 두 차례나 빼앗아간 마필을 돌려보내고 말을 탈취하던 흉한(兇漢) 욱보사를 묶어 보낼지며, 또한 군사에게 상줄 금백(金帛)을 보내되 충성을 다하고 예의를 갖추어야 하리니, 만일 어긋남이 있을 때엔 용서 없으리로다.

증장관과 사문공은 회답을 읽고 나서 놀라기도 했고, 걱정스럽기도 했다. 그러나 하는 수 없이 이튿날 사람을 송강의 진영으로 보내, 욱보사를 보내라 하시면 보내기는 하겠으되 그 대신 송강 진영에서 인질(人質) 한 사람을 보내달라고 청하게 했다.

송강과 오용은 승낙하고 즉시 그 자리에서 시천·이규·번서·항충·이규 다섯 사람을 불러 증두시로 가라 한 후, 그들이 떠날 때 오용은 시천의 귀에다 입을 대고,

"가서 있다가, 만일 변괴가 생기거든 이렇게 이렇게 하란 말이야."

하고 꾀를 일러주었다.

흑선풍 이규는 지난번 싸움에 다쳤던 상처도 회복되었기 때문에 아주 용기 있게 시천과 함께 앞장서서 나갔다.

이렇게 그들 다섯 사람이 증두시로 떠나간 뒤에 양산박으로부터 관승·서녕·단정규·위정국 네 사람이 도착했다.

증두시로 들어온 시천 등 다섯 사람은 바로 증장관 앞으로 나가 인사를 드리고, 일동을 대표해서 시천이,

"저희들 다섯 사람이 송공명 형님의 분부로 왔습니다."

하고, 흑선풍과 기타 동료들을 한 사람씩 소개했다.

그러자 사문공이 증장관을 보고 한마디 한다.

"오용이 자그마치 다섯 사람이나 보내는 것은 무슨 계교가 있는가 봅니다. 수상한데요?"

이 소리를 듣고 흑선풍은 앞으로 뛰어나가 사문공의 멱살을 잡고 한 대 후려갈긴다.

"이새끼! 뭣이 수상하단 말이냐?"

흑선풍이 또 때리려 드는 것을 증장관이 황망히 말리니까, 시천이 한 마디 한다.

"이 사람이 성미는 대단히 조급하지요만, 송공명 형님의 아주 심복 형제입니다. 그러니까 조금도 의심하지 마십시오."

이때 증장관은, 사문공이야 어떻게 생각하든 간에 오직 강화를 속히 해야겠다는 생각뿐이라, 술상을 들여오게 하여 다섯 사람을 관대한 후, 그들을 법화사로 가서 그곳에 거처하도록 하고 군사 5백 명으로 하여금 법화사를 경호하게 했다. 그리고 막내아들 증승으로 하여금 욱보사를 따라서 송강의 본진으로 가게 했다.

그리하여 욱보사와 증승은 송강의 중군으로 들어가 인사를 드리고, 두 번째 싸움에 빼앗았던 말과 금백을 실은 수레 한 채를 바쳤다.

송강이 눈을 크게 뜨고 바깥을 내다보더니,

"저건 모두 두 번째 싸움에 뺏어갔던 말들이다! 그 전날 단경주한테서 강탈해간 조야옥사자라는 말은 없지 않느냐?"

하고 두 사람을 향하여 눈을 부라린다.

"네. 그 말은 저의 사부(師父) 사문공님이 타고 다니기 때문에 가져오지 못했습니다."

하고 증승이 아뢰자 송강은 노기를 띤 음성으로 호령했다.

"그런 법이 어디 있느냐? 잔소리 말고 속히 돌려보내라고 편지를 써보내라. 그렇잖으면 용서 없다!"

증승은 그 자리에서 편지를 써서 데리고 왔던 군졸에게 주었다.

그러나 증승의 편지를 받아본 사문공은 조야옥사자 천리마를 내놓으려 들지 않는다.

"다른 말이라면 내가 얼마든지 있는 대로 다 보낸대도 아깝지 않다만 이 말만은 세상없어도 안 내놓겠다!"

이같이 완강하게 거절하는 바람에 심부름꾼이 여러 차례나 송강군

(宋江軍)과 증가군(曾家軍) 사이를 왕복했다. 송강은 그 말을 기어코 도로 찾아야겠다는 것이요, 사문공은 죽어도 그 말만은 못 내놓겠다는 까닭이었다. 여러 번 심부름꾼이 왕복한 끝에 사문공으로부터,

'기어코 이 말을 도로 찾아가지고 싶거든, 먼저 퇴군을 해야 한다. 그런다면 이 말을 나중에 돌려보내겠다.'

라는 회답이 왔다. 송강은 이 말을 듣고 괘씸하게 생각하고 오용과 더불어 이놈을 장차 어떻게 처리할까 의논하고 있는 중인데, 이때 정보원이 들어와서 뜻밖의 일을 보고한다.

"지금 청주와 능주 두 군데서 증두시로 응원군이 오는 중입니다."

송강과 오용은 이 같은 정보가 증두시에 들어가는 날이면 또 증가 놈의 마음이 변할 것이므로 일찌감치 그놈의 응원군을 조처하기 위하여 관승·단정규·위정국 세 사람으로 하여금 청주 군마를 담당하게 하고, 화영·마린·등비 세 사람은 능주 군마를 담당하여 길을 막으라고 명령한 후, 욱보사를 불러 좋은 말로 구슬렸다.

"자네가 이번에 우리 편이 되어 공을 세우기만 하면 산채의 두령을 시켜줄 것이고, 또 말을 뺏어갔던 원한도 풀어버리겠네. 그건 화살을 꺾어 맹세해도 좋단 말이야. 그런데 만일 자네가 우리 말을 안 듣겠다면, 증두시를 아주 무찔러버릴 테니까, 그건 자네 좋을 대로 하게. 생각이 어떤가?"

"저는 항복했습니다. 시키시는 대로 시행합죠."

"그렇다면 내가 이르는 대로 해야 하네."

오용은 이렇게 말하고서 잠깐 멈추었다가 다시 말을 계속한다.

"자네가 여기서 몰래 빠져나간 체하고 돌아가서, 사문공에게 이렇게 말하란 말이야. 이번에 증승과 함께 강화를 하려고 송강군 진중에 들어가서 눈치를 살펴봤더니, 송강은 꾀를 써서 어떻게든지 천리마만 찾을 생각이고 강화할 생각은 조금도 없으니까, 말만 돌려보내 주는 날이면

그자의 태도가 돌변할 것이라고 말하란 말일세. 그리고 또 지금 청주와 능주에서 응원군이 오고 있다는 소식을 듣고 대단히 당황해서 고민하는 모양 같으니, 이때가 마땅히 계교를 한번 써볼 때라고 권하란 말일세. 그래 사문공이 자네 말을 믿고 행동을 개시한다면, 그 뒷일은 내가 알아서 하겠네."

"네, 잘 알아들었습니다. 돌아가서 그대로 하지요."

욱보사는 즉시 사문공의 진영으로 찾아가, 오용이 가르친 대로 말했다. 사문공은 새로운 정보를 들었는지라 좋아하면서 욱보사를 데리고 증장관한테로 건너가더니, 송강에게는 강화할 생각이 없다는 것과, 응원군이 온다는 바람에 겁을 집어먹고 있을 이때를 타서 적진을 들이치는 것이 좋겠다고 주장하는 것이었다.

증장관은 그 말을 듣고도 주저하는 눈치다.

"그렇지만 내 자식 증승이 그곳에 있는데 우리가 들이치고 보면 저놈들이 반드시 내 자식 놈을 죽여버리지 그냥 두지 않을 테니, 일이 어렵지 않소?"

"먼저 송강의 영채를 치는데, 언제 저놈들이 그럴 겨를이 있습니까? 오늘 밤으로 영을 내려서 모두들 합세하여 송강의 대채를 들이쳐, 적의 우두머리를 없애버린 다음에야 다른 것들은 힘도 못 쓰고 달아날 겝니다. 그다음에 돌아와서 법화사에 볼모로 잡아둔 다섯 놈을 몽땅 죽여버리면 그만이죠."

사문공의 말을 듣고 보니 일이 그같이 될 가능성도 있으므로 증장관은 그를 보고,

"글쎄, 그렇게 될 듯싶거든, 일이나 잘 꾸며보시오."

이같이 허락한다. 그리하여 사문공은 즉시 북쪽 진지의 소정, 동쪽 진지의 증괴, 남쪽 진지의 증밀에게 오늘 밤 적진을 습격하도록 영을 내렸다.

이러는 모양을 보고서 욱보사는 슬그머니 법화사 안에 있는 대채로 들어가서 흑선풍 등 다섯 사람을 만나보고, 그들 중 시천이한테는 일이 이같이 되고 있다는 소식을 알렸다.

한편 이때 송강은 욱보사를 적진으로 보내놓고서 마음이 놓이지 아니하여 불안했다.

"과연 계교대로 일이 이루어질까?"

그가 이같이 근심하고 있으니까, 오용이 안심시킨다.

"욱보사가 얼른 돌아오지 않는 것을 보건대 아마 우리 계교대로 일이 되나 봅니다. 오늘 밤에 적이 우리 진영을 겁채(劫寨)할 테니까, 노지심하고 무송더러는 보군(步軍)을 거느리고 동쪽 진지를 치라 하고, 주동과 뇌횡더러는 서쪽 진지를 치라 하고, 양지와 사진더러는 마군(馬軍)을 거느리고 북쪽 진지를 짓밟아버리라고 하겠습니다. 이것이 번견복와지계(番犬伏窩之計)라는 백발백중하는 묘법이랍니다."

사냥개가 짐승의 굴속에 들어가 숨어 엎드렸다가 짐승이 돌아올 때면 내달아서 잡아 죽이는 것과 같은 전법을 '번견복와지계'라고 하는 것이었다.

이날 밤, 달빛은 몽롱하고 별빛조차 희미한데, 사문공은 소정을 선두에 서게 하고 증밀과 증괴를 뒤에서 따르게 하여 말방울도 떼어놓고 조용조용히 송강군 진지로 향했다.

그러나 진문 앞에 이르러 보니 진문이 걸려 있지도 않고, 안으로 들어서 보니 사람의 그림자라고는 하나도 없이 조용하다. 아뿔싸! 이놈들의 꾀에 빠졌구나 싶어서, 급히 몸을 돌이켜 본진으로 돌아오려는데, 갑자기 증두시에서 바라 소리, 북소리가 요란하게 일어나며, 법화사에서 종 치는 소리가 들리더니, 동서 양문에서 탕! 탕! 화포(火砲) 터지는 소리가 나면서 아우성치는 소리와 함께 무수히 많은 적군이 쏟아져 나온다.

이때 법화사 안에서 종을 친 사람은 시천인데 그는 흑선풍·번서·항충·이곤 등과 함께 손에 각각 연장을 들고 달려나왔다.

사문공은 혼비백산하여 자기 진으로 돌아가려 했으나 어두워서 길이 보이지 않고 또 증장관도 어디 있는지 보이지 않는 까닭에 대단히 초조했다. 그런데 이때 증장관은 증두시가 벌써 적에게 유린당하고 또 동서 양 문으로부터 양산박 대군이 쏟아져 나오는지라 그만 스스로 목을 동여매고서 자살해버렸다.

그리고 증밀은 서쪽 자기 진지로 돌아가려다가 주동의 박도(朴刀)에 맞아 죽어버렸고, 증괴는 동쪽 진지로 돌아가려다가 난군(亂軍) 중에 말 아래 떨어져 말굽 아래 귀신이 되어버렸고, 소정만은 끝까지 목숨을 보전하여 북문을 나오기는 했으나, 거기엔 무수한 함정이 있을 뿐 아니라 뒤에선 노지심과 무송이 쫓아오고 앞에서는 양지와 사진이 길을 막는 바람에, 오도 가도 못 하고 쩔쩔매다가 어지럽게 날아오는 화살에 맞아 말 아래 거꾸러졌다.

그리고 그 뒤에서 허둥지둥 쫓겨오던 증두시의 군사들은 열 놈 스무 놈 차례차례 함정 속에 떨어지고 또 떨어지고… 포개고 포개져 함정 속 귀신이 되고 말았다.

오직 사문공 하나만은 천리마 덕택으로 서문(西門)을 빠져나와 정처 없이 도망하는데, 안개가 뿌옇게 끼어서 전후좌우가 잘 보이지 않으므로 그는 아무 데로나 되는 대로 약 20리가량 달렸다. 그러자 별안간 바라 소리가 요란하게 나더니 수풀 속에서 4, 5백 명 군사가 달려나오면서 앞에서 뛰어오던 장수가 몽둥이로 말 다리를 후려갈기는 것이었다. 그러나 이 말이 워낙 천리마라, 몽둥이가 날아들자 천리마는 몸을 솟구쳐 그 사나이의 머리 위를 선뜻 뛰어넘어갔다.

사문공은 계속해서 달아나는데, 갑자기 구름이 두껍게 덮이고, 온몸에 냉기가 스며들고, 안개가 자욱하게 끼면서 사나운 바람이 일더니, 사면팔방에 보이는 것이 오직 조개의 망령이다.

사문공은 말을 돌이켜 오던 길로 채찍질하여 달리다가 얼마 가지 아니해서 연청이 길을 가로막는 것과 마주쳤다. 그는 급히 연청을 피해서 옆길로 달아나는데 이번엔 옥기린 노준의가 나타나면서,

"이놈, 도둑놈! 네가 감히 어딜 가느냐!"

큰소리와 함께 그의 박도(朴刀)가 사문공의 허벅다리를 내리치는 바람에 그는 말 아래로 떨어졌다.

노준의는 사문공을 결박하고, 연청은 천리마 조야옥사자를 이끌고서 두 사람이 함께 증두시로 들어갔다.

송강은 두 사람이 사문공을 잡아 들어오는 것을 보고 한편으론 기뻐하면서도 한편으론 분한 기색이 나타난다. 그가 기뻐하는 까닭은 노준의가 공을 세워준 까닭이요, 분해하는 까닭은 조천왕이 사문공한테 죽임을 당한 일이 생각나는 까닭이다.

그러나 이제는 증두시에서 원수를 다 잡은 셈이니까 아직 죽이지 않고 있던 증승을 그 자리에서 죽이고, 그리고 증가일문(曾家一門)을 한 사람 남기지 않고 모조리 잡아 죽인 다음에 금은보화·군기·양식을 있는 대로 모두 털어 수레에 싣고서 양산박으로 돌아가 모든 두령들과 삼군에 골고루 상을 주었다. 그동안 관승은 청주서 오는 응원군을 격퇴했고, 화영은 능주 군사를 격퇴하고서 양산박에 돌아와 있었는데, 이같이 양산박의 전군(全軍)이 승리하고 돌아올 때 도중에서 그들은 조금도 민폐를 끼치지 아니했다. 일행 중에 천리마 조야옥사자와 사문공이 함거 속에 갇혀 끼어 있었음은 물론이다.

송강은 모든 두령들을 충의당으로 모은 후 상복(喪服)을 입게 하고, 성수서생(聖手書生) 소양으로 하여금 제문(祭文)을 짓게 한 후, 사문공의 배를 가르고서 간을 꺼내 조천왕 영전(靈前)에 바치고서 곡읍(哭泣)하며 제사를 지냈다.

이같이 원수를 갚은 보고를 마치고 나서 송강은 말했다.

"형제들! 이제 조천왕의 유언대로 양산박 주인을 정해야 하겠소이다."

이 소리를 듣고 오용이 일어섰다.

"그전대로 형님이 첫째 자리에 앉으시고, 노원외가 그다음에 앉으시고, 그 외엔 모두 그전대로 있는 것이 좋겠습니다."

그러나 송강이 머리를 좌우로 흔든다.

"전일 조천왕께서 유언하시기를, 누구든지 사문공을 잡은 사람에게 양산박 주인 자리를 주라 하시지 않았소? 그런데 오늘날 노원외가 사문공을 사로잡았기 때문에 그놈의 간을 빼어 형님 앞에 드리고 우리가 원한을 풀었는데, 무슨 여러 말 할 게 있소? 노원외가 이 자리에 앉는 것이 당연하단 말요!"

이때 노준의가 일어섰다.

"저는 덕도 없고 재주도 없는 인물이올시다. 말석에 끼워주신대도 분에 넘치는 일이라고 생각합니다."

송강이 그의 말을 꺾는다.

"잠깐 참으시오. 내가 결코 겸사의 말이 아니라, 노원외보다 못한 점이 세 가지 있습니다. 첫째, 나는 키가 작고 살빛이 검어서 외양부터 인물답지 못한 사람이지만, 노원외는 다른 사람이 도저히 미치지 못합니다. 몸집이 늠름하고 귀인(貴人)의 상을 가졌습니다.

둘째, 나는 일개 지방의 아전 출신으로 죄를 짓고서 도망해 다니다가 여러 형제들의 덕택으로 잠시 이 자리에 앉아 있는 형편이지만, 노원외로 말씀하면 부귀한 집안에 태어나서 호걸로 자랐으니, 이도 또한 다른 사람이 도저히 못 따르는 점이올시다.

셋째로, 나는 백성을 편안하게 할 만큼 글을 배운 것도 없고, 무리들을 대적할 만한 무술도 없을 뿐 아니라, 손으로 닭 한 마리 잡을 만한 힘도 없고, 일찍이 한 번의 공도 세운 적이 없건만, 노원외로 말씀하면 만

명을 대적할 만한 힘이 있고, 학문은 고금에 통달하는 터이니 아무도 따를 사람이 없습니다.

양산박 주인으로 계시다가 후일 조정에서 부르시거든 공을 세워주심으로써 여러 형제들을 영광스럽게 해주십시오. 이 사람의 마음은 이미 결정했으니 아예 사퇴하지 마십시오."

노준의는 그만 엎드렸다.

"형님! 제발 그런 말씀 마십시오. 제가 차라리 죽을지언정 그 말씀엔 복종하지 못하겠습니다!"

(5권 계속)

굉천뢰 능진
송조 천하에서 제일가는 포수. 한 번 쏘면 족히 15리 밖에까지 날아가는데 그 석포(石砲)가 떨어지는 곳에는 천붕지함하고 산도석렬한다 해서 굉천뢰(轟天雷)라 불린다.

금모견 단경주
머리터럭이 붉고 구레나룻 털이 누르므로 '금모견(金毛犬)'이라 불린다. 오랫동안 북방에 가서 말을 훔쳐다 파는 것이 생업이었다.

금전표자 탕융
쇠를 잘 다루는 대장장이. 얼굴이 주근깨 바가지라 해서 금전표자(金錢豹子)라 불린다.

금창수 서녕
금창법과 '연환마'를 깨치는 구겸창법에서 천하 독보인 인물이다.

나진인
계주 관하 구궁현 이선산에 사는 도인으로, 공손승의 스승이다.

낭자 연청
노원외의 심복인. 호화수(好花繡)를 몸에 지녔을 뿐 아니라, 다방면에 재주도 있거니와 특별히 영리한 인물이다.

대도 관승
관운장의 적파자손으로, 청룡언월도를 잘 쓰는 등 무예에 통달하며 만부부당지용이 있는 인물이다.

독화성 공량
모두성 공명과 형제간이다.

모두성 공명
청주부 재주(財主)와 말썽이 생겨 다투다가 재주의 온 집안 식구를 죽인 후 5, 6백 명 졸개를 모아 백호산으로 들어가서 도둑질하고 지내는 인물이다.

몰면목 초정
어딜 가거나 사람들과 잘 사귀지를 못해서 몰면목(沒面目)이라 불린다.

문달과 이성
양중서 휘하에서 병마도감으로 있는 장수들이다.

백승장군 한도
진주 단련사. 한 자루 조목삭(棗木槊)을 잘 쓰는 까닭에 사람들이 백승장군(百勝將軍)이라 부른다.

비천대성 이곤
'일면단패'를 쓰는데 단패 위에 표창(鏢槍) 이십사 근을 꽂고 손으로 일구보검을 쓰는 인물이다.

사문공
증두시 증가부 집 오형제의 교사(教師).

상문신 포욱
고수산 산속에서 강도질하는 인물. 사람을 잘 죽이는 까닭에 별명이 상문신(喪門神)이다.

성수장군 단정규
능주에서 단련사로 있는 인물. 물을 잘 이용해서 적군을 물에 침몰시키기를 잘하는 까닭에 성수장군(聖水將軍)이라 불린다.

숙원경
전사 태위. 송강 일행에게 붙들려 어쩔 수 없이 그들이 자신의 태위직을 사칭하게 한다.

신의 안도전
건강부 내에서 의원을 하는 인물로, 송강의 위중한 병을 치료한다.

신화장군 위정국
능주에서 단련사로 있는 인물. 화공(火攻)을 잘하는 까닭에 신화장군(神火將軍)이라 불린다.

쌍편 호연작
여녕군 도통제. 두 자루 동편(銅鞭)을 쓰되 만부부당지용이 있는 인물이다.

옥기린 노준의
북경 대명부에서 첫손가락에 꼽히는 부자. 무예가 출중하여 곤봉을 손에 잡으면 천하에 대적할 사람이 없다.

이고
노준의의 집안일을 보살피는 도주관. 노원외 아내와 사통해오다 노원외를 배신한다.

일지화 채경
채복의 친동생. 언제나 꽃 한 가지를 꺾어 머리에 꽂고 다니는 까닭에 일지화(一枝花)라고 불린다.

정목안 학사문
모친이 '정목안(井木犴)'이 품속에 들어오는 꿈을 꾸고서 잉태했다 해서 '정목안'이라는 별명으로 불린다. 십팔반무예에 정통한 범 같은 장수이다.

증가오호
증두시 증가부 주인 증장자(曾長者)의 아들 오형제. 증도·증밀·증색·증괴·증승. 이들 별명이 증가오호(曾家五虎)다.

천목장군 팽기
영주 단련사. 두 대(代) 장문(將門)의 자제로서, 무예가 출중하고 한 자루 삼첨양인도를 잘 쓰는 까닭에 천목장군(天目將軍)이라 불린다.

철비박 채복
북경 토박이 사람으로 외양이 당당하게 잘생겼고 무예 수단이 비상한 까닭에 철비박(鐵臂膊)이라 불린다.

추군마 선찬
얼굴 모양은 냄비 밑바닥 같고, 콧구멍은 하늘로 뚫려 있으며, 곱슬머리에다 빨강 수염에 키는 8척이지만, 한 자루 강도를 쓰는 수단이 출중하여 일찍이 왕부(王府)에서 군마(郡馬)로 있었던 인물이다.

팔비나탁 항충
일면단패를 쓰되 패 위에 비도(飛刀)를 이십사 파(把) 꽂으며 손으로 일조철표창을 잘 쓴다.

험도신 욱보사
험도신(險道神)이란 별명 그대로 키는 열 자나 되고 허리통은 세 아름이나 되는 인물. 단경주의 말을 모조리 빼앗아 증두시로 내뺐다.

혼세마왕 번서
망탕산의 괴수. 호풍환우(呼風喚雨)하고 용·병여신(用兵如神)한 인물이다.

활섬파 왕정륙
물속에서 헤엄치기와 장봉을 좋아하며, 뜀박질을 잘하는 까닭에 활섬파(活閃婆)라 불린다.